QUER VERLAG

Der gläserne Traum

Antje Wagner

Roman

Für Elli LaBusch

„Dabei hätten wir es wissen müssen: daß Faszination sich immer von Fremdheit nährt und daß man diese Fremdheit pflegen muß wie ein seltenes Pflänzchen."

Erste Auflage September 1999
Zweite Auflage September 2002

Umschlag und grafische Realisierung von Sergio Vitale unter Verwendung einer Fotografie von Andreas Larsson/Gaze

Druck und Bindung FINIDR s. r. o., Český Těšín

ISBN 3-89656-040-9
Printed in the Czech Republic

Bitte fordern Sie unser Gesamtverzeichnis an:
Querverlag GmbH, Akazienstraße 25, D-10823 Berlin
http://www.querverlag.de

Prolog

Vielleicht habe ich zu spät angefangen, dem ganzen Vorfall nachzuspüren. Aber ich möchte herausfinden, was eigentlich passiert ist damals und wieso es passieren konnte. Ich muß zugeben, daß ich lange vermieden habe, darüber nachzudenken. Vergangen war vergangen. Und schlafende Geister soll man nicht wecken. Doch die unbequemen Fragen kamen. Es ist etwas vorgefallen. Etwas Ungewöhnliches? Ja. Vielleicht sogar etwas Absonderliches, wenn man die Dinge, die außerhalb von Schönheit und Häßlichkeit und jenseits von Harmonie und Wahnsinn liegen, als absonderlich bezeichnen möchte.

Ich habe erst dann begonnen, über alles nachzudenken, als die Gerüchte laut wurden, daß die Familie Assmann fortziehen würde. Die Familie Assmann sind die Nachbarn meiner Eltern. Ich hörte jedoch nicht das Wort „Nachbarn“. Das Wort dahinter war es, das ich nicht vergessen konnte: Clarissa.

Clarissa.

Als ich das erste Mal von dem Gerücht hörte, war etwas wie Wahnsinn schnell und scharf durch meinen Kopf gezuckt. Aber dann hatte ich mich umgedreht und gelacht. Ich redete nicht darüber. Ich stellte niemandem Fragen. Es war ein Gerücht, sonst nichts. Es konnte nicht sein, daß Clarissa fortziehen würde. Es durfte nicht sein.

Eigentlich haben sowohl ich als auch sie unsere eigenen Wohnungen, einige Stunden entfernt von dem winzigen Dorf Rotau an der Elbe, in dem wir aufgewachsen waren. Beide hat es uns in Städte gezogen, aber immer wieder sind wir zurückgekehrt in das gemeinsame Haus der Kindheit, das ein Teerdach hat und zwei Wohnungen darunter, deren Türen sich genau gegenüberliegen. Wir sind einander immer wieder begegnet, und wenn wir uns sahen, war mir, als stiege ich aus meinem jetzigen Leben in eine Fotografie hinein.

Ich lasse dann die Zeit vor dem Rahmen zurück und verfange mich in unserer gemeinsamen Vergangenheit.

Ich konnte nicht glauben, daß Clarissas Familie fortziehen würde. Sie lebte hier, seit ich denken konnte. Ich war drei, als wir in das Haus zogen, und immer waren sie dagewesen: Clarissa, zwei Jahre älter als ich, und ihre Eltern, die ich duzte und Onkel und Tante nannte. Später dann nannte ich sie nur noch beim Vornamen.

Ich habe es weggeschoben, als meine Eltern das Thema zum ersten Mal ansprachen:

„Sie suchen nach etwas Größerem, ein Haus mit Grundstück, etwas Eigenes eben. Wahrscheinlich irgendwo in Dübenau."

Ich habe es weggeschoben. Und irgendwie glaube ich es immer noch nicht. Etwas wie Wahnsinn durchzuckt schnell und kurz meinen Kopf, wenn ich daran denke, und ich schließe die Augen und lache.

Doch das Gerücht hat sich bestätigt. Das Haus in Dübenau wird tatsächlich gebaut. Es ist ein großes Haus mit Grundstück. Die Familie Assmann wird in einem Jahr fortziehen. Und wenn Clarissa ihre Eltern besucht, diese wenigen Male im Jahr, wird sie nicht in das kleine Dörfchen an der Elbe kommen. Sie wird fort sein und mit ihr auch meine Wurzeln.

Obwohl ich keine Vorstellung davon habe, wie es sein würde, wenn die gegenüberliegende Tür geschlossen bliebe, so läßt mich doch eine merkwürdige Ahnung davon nicht mehr los.

Etwas ist zerrissen zwischen uns, das lange Zeit wie selbstverständlich bestanden hatte. Innig und anscheinend unzerstörbar. Etwas ist zerrissen. Vielleicht habe ich zu spät angefangen, dem Vorfall nachzuspüren. Ich werde nichts mehr daran ändern können, aber ich möchte verstehen. Es ist, als müßte etwas reifen.

~

Ich weiß nicht, wieso ich jetzt immer öfter an Chris denke. Eigentlich denke ich nie zurück. Aber es ist etwas vorgefallen, das ich nicht so leicht von mir wegschieben kann.

Bevor Chris meine Geliebte wurde, waren wir immer aufeinander zugeflogen, wenn wir uns zufällig zur selben Zeit in Rotau trafen. Wir waren Freundinnen gewesen. Einander zu begegnen hieß, einem Stück Kindheit zu begegnen. Aber alles wurde anders, als unsere Beziehung begann. Wir hielten sie vor unseren Familien geheim, und selbst die kleinen Zeichen der Freundschaft waren uns plötzlich verräterisch vorgekommen. Und jetzt, zwei Jahre nach der Trennung, ist ohnehin nichts mehr wie vorher. Eine seltsame Benommenheit hält mich in dem Dorf umfangen, die nie weicht, bevor ich wieder im Zug sitze und meinem Alltag entgegenfahre. Ein Erinnern ist es, das einer Droge gleicht, und wenn Chris ebenfalls dort ist, bin ich nicht mehr ich selbst, sondern ein Kind von einer unbeugsamen Härte.

Wir sind fortgezogen, beide, aber unsere Familien leben noch dort, unsere Wurzeln sind um das Haus gepflanzt. Sie berühren sich und verlaufen über- und untereinander. Und schließlich wachsen sie in zwei Richtungen davon. Doch wir kehrten immer zurück. Immer, in all den Jahren, hat es Begegnungen gegeben. Und in einem Jahr werde ich nicht mehr hierher zurückkehren können. In einem Jahr wird meine Familie nach Dübenau ziehen.

In unserem Haus hat jede ein Zimmer für sich allein, kein Besucherzimmer, in dem schnell eine Liege aufgestellt wird, wenn die Töchter zu Besuch kommen, sondern einen Raum ganz für sich, den niemand sonst nutzt und den unsere Eltern bereit halten mit Bett und Tisch und frischen Blumen im Fenster. Diese Zimmer warten immer, hell und luftig, unter dem Dach aus Teer, hinter den beiden Türen, die sich genau gegenüberliegen.

Es ist etwas vorgefallen zwischen ihr und mir, das wir beide einfach verdrängt haben. Wir haben nicht nur das Gespräch vermieden, sondern auch unsere Begegnung. Es scheint, als habe nicht nur ich Angst davor, an Vergangenem zu rühren. Ich werde nichts mehr daran ändern können, aber ich möchte verstehen. Es ist, als müßte etwas reifen.

Winter

Winter ist eine Frau, die ich nicht auslöschen kann. Ich versuche sie zu vergessen, sobald ihre Spur fortgeschmolzen und das Eis aus meinem Haar getaut ist. Doch jedes Jahr kehrt sie zurück. In die Erinnerung und in mein Dasein. Mein Herz wird langsam, wenn sie kommt. Sein Schlag klirrt in meinen Ohren.

Winters Weiblichkeit ist verletzend. Sie geht ins Herz mit einer eisigen Klinge. Sie macht mir angst, doch immer wieder endet meine Flucht in ihrem Kuß. Winter hat pechschwarzes Haar, das den Himmel verdeckt und die Sonne einspinnt. Spät am Tag erst befreit sich der Schein daraus und schickt ein fahles Licht zu mir hinunter. Doch schnell wird die Sonne wieder eingefangen und dunkel umsponnen.

Winter hat ihre eigene Helle. Sie ist eine Braut, und ihr Kleid ist so blendend bleich wie ihre Haut. Sie folgt mir und wirft ihre Schleppe vor meine Füße. Ich versinke knöcheltief darin. Meine Spur ist in die Schleppe hineingeschmolzen, verräterisch, und weist ihr meine Richtung. Winter bindet mich. Eine schnelle Flucht ist nicht möglich. In ihrer Nähe friert mein Herz, und die Glieder erstarren. Jedes Jahr fängt sie mich mühelos.

Ihr flockiges Singen vor meinen Augen nimmt mir die Sicht. Ich folge der Sirene in die Irre. Ihr entgegen. Der Wahnsinn steht neben mir. Winter haucht mir ihre Küsse zu, bissiger als der Wind, der meine Wangen zerschneidet. Ich taste nach ihren Bissen und höre, wie sie lacht. Ein hohes Pfeifen, das meine Ohren betäubt.

Ihre Schleppe umwindet mich, fesselt die Beine. Sie knicken, und ich falle. In die vereiste Spitze ihres Kleides hinein, die meine Hände ritzt, wenn ich mich daraus befreien will. Ich lasse die stechende Spitze los und sehe bestürzt mein Blut im Stoff. Ihr Auge – schwarz über alledem.

Wir sind eins: ihr Leib, mein Blut, ihr Auge. Die Farben, die seit jeher zusammengehören. Wir sind eins. Und sie windet das weiße Band aus ihrem Haar und schlingt es um meinen Körper, der unter ihrer Berührung erstarrt und willenlos wird. Willenlos nur, nicht wunschlos. Und das ist es, was mich aufschreckt.

Winter packt mich mit ihrer eisigen Sinnlichkeit. Und ich fiebere. Ich brenne auf ihre Kälte, ich hungere nach ihren Küssen, diesen kleinen schmerzhaften Bissen in meinem Fleisch. Ich giere danach, ihr mein Blut zu geben, mein glühendes Blut, bis ich bleich und weiß werde wie sie und ich meine Glieder von ihren nicht mehr unterscheiden kann.

Winters Liebkosung durchdringt mich scharf und präzise. Die Fesseln quer über meinem Körper peitschen die Sinne frei. Ich erlebe einen orgiastischen Tod unter dem Schlag meines entgrenzten Herzens. Winter saugt mir die Lust aus der Wunde, und mein Schrei erstickt im weißen Knebel.

Jedes Jahr halte ich Hochzeit, gebunden, in einer bleichen Schleppe. Jedes Jahr schmilzt Winter sich zu Tode am heißen Schrei meines Blutes.

Nach über zehn Jahren wird dies die erste weiße Weihnacht sein. Ich stapfe durch den Schnee im Magdeburger Stadtwald und lausche auf das Knirschen unter meinen Füßen. Seit einer Ewigkeit denke ich wieder an die Wintertage meiner Kindheit.

Sicher, es hat auch in den letzten Jahren geschneit, niemals jedoch an den Weihnachtstagen. Heute ist der 23. Dezember und mein erster Urlaubstag. Ich betrachte das Glitzern in den Ästen. Langsam wird mir kalt. Natürlich habe ich nicht die richtigen Sachen an. Es ist selten geworden, daß ich längere Spaziergänge unternehme. Die Arme fest um meinen Oberkörper geschlungen, mache ich mich auf den Heimweg.

Obwohl meine Zehen halb erfroren sind, warte ich nicht auf den Bus, als ich wieder auf der Straße bin. Ich gehe zu Fuß in die Stadt zurück und bewege mich schnell dabei, um warm zu werden. Auf dem halben Weg beginnt es wieder zu schneien. Ich laufe durch die belebteren Straßen der Innenstadt und betrachte die Gesichter der Menschen, die hektisch nach den letzten Geschenken suchen.

Eigentlich gehöre ich dazu, denke ich. Auch ich habe die lästige Sache mit den Geschenken wie immer bis zum Schluß weggeschoben und bin im Grunde nur in die Stadt gekommen, um mich in den Kaufrummel zu stürzen. Dann hat es aber plötzlich zu schneien begonnen, und ich weiß nicht, was es war, es hängt jedenfalls mit diesem weißen Treiben zusammen: Irgend etwas hat mich vom Boulevard fort und zum Stadtwald gezogen.

Jetzt, eine Stunde später, stehe ich wieder in dem Getümmel und bin überhaupt nicht willens, mich auf das Gedränge einzulassen. Normalerweise macht mir so was nichts aus. Heute aber verspüre ich einen unerklärlichen Zorn auf diesen gesamten, in glänzendes Papier gepackten Irrsinn und auf mich. Der Schnee muß schuld sein.

Der Schnee.

Es ist ein Wunder, daß er sich in der Stadt überhaupt hält. Morgen liegt sicher nur noch Matsch auf den Straßen, denke ich und halte mein Gesicht in das weiße Treiben. Und unerwartet zieht sich bei diesem Gedanken etwas in meiner Brust zusammen.

Ich habe meine Wohnung erreicht. Alle Fenster sind dunkel; ich besitze weder Weihnachtsbaum noch Schwibbogen. Nicht mal eine Lichterkette. Und heute vermisse ich plötzlich die hellen Punkte im Fenster. Seit ich vor Jahren zu Hause ausgezogen bin, habe ich den ganzen kitschigen Rummel um Weihnachten zu vermeiden versucht. Erst Clarissa hat das geändert, als wir zusammenlebten. „Atmosphäre" hat sie es genannt. Ich denke immer noch, daß es Kitsch ist. Trotzdem fehlt mir der Kram heute auf einmal. Der Schnee hat mich wohl wirklich ein bißchen sentimental gemacht.

Ich schließe die Tür auf und habe plötzlich einen merkwürdigen Einfall. Eigentlich bin ich kein sonderlich spontaner Mensch, aber irgendwas rät mir, nicht weiter nachzudenken, sondern eine Reisetasche zu packen und den nächsten Bus zum Bahnhof zu nehmen.

„Clarissa!"

Sie rufen mich zum Abendessen, und obwohl ich keinen Hunger habe, stehe ich von meinem Platz am Fenster auf, um mich zu ihnen an den Tisch zu setzen.

Es ist schon merkwürdig, wie hilflos man der Mutter gegenüber immer bleibt.

Ich bin jetzt über dreißig, aber immer das *Kind* geblieben. Immer. Ich wollte nicht, daß meine Familie wegzieht. Ich würde ja mitziehen, auch wenn ich schon lange nicht mehr bei ihnen wohnte. Ich hatte nicht über die Folgen nachgedacht, als sie uns fragten: meinen Bruder und mich. Sie fragten eigentlich auch nicht wirklich, sondern so, wie Eltern Kinder eben fragen: Sie setzten uns in Kenntnis. Und ihre Frage verbarg eigentlich nur die Pflicht, ja zu sagen, die Pflicht, ihren Entschluß zu bestätigen. Zu gehorchen. Und ich habe mich ihnen nie widersetzen können. Vor allem nicht ihr – meiner Mutter. Und so hatte ich eben vor allem sie gesehen, als wir gefragt wurden. Ich hatte nicht an mich gedacht. Ich hatte sogar geglaubt, nicht das Recht zu haben, nein zu sagen. Schließlich wohnte ich nicht mehr hier. Der Umzug betraf mich nur indirekt. Daß mich alles aber doch ganz unmittelbar anging, begriff ich erst, als es bereits zu spät war. Ich habe mich nicht gewehrt. Ich hatte mich nie gegen sie gewehrt. Vielleicht hätte ich das einfach tun sollen: widersprechen. Mich einmal, nur ein einziges Mal in meinem Leben, gegen meine Mutter zur Wehr setzen. Aber ich war zu feige gewesen. Wie immer.

Ich traue mich nicht einmal, nur auf einen Joghurt zum Abendessen zu bestehen. Das würde eine endlose Diskussion über gesunde Ernährung und die Wichtigkeit regelmäßiger Mahlzeiten nach sich ziehen. So greife ich nach einer Scheibe Brot, streiche Käse darauf und beiße hinein. Und schon ist die Welt in Ordnung.

Nicht mehr in Rotau zu Hause zu sein wird auch heißen, Chris nicht mehr zu begegnen. Und obwohl ich seit der Trennung eigentlich immer geflüchtet bin und jedes Zusammentreffen, soweit es eben ging, vermieden habe, wußte ich in demselben Moment, als feststand, daß wir fortziehen würden, daß etwas entsetzlich falsch lief. Daß da ein schlimmer Fehler passiert war, den ich nun nicht mehr rückgängig machen konnte. Aber ich konnte wenigstens versuchen, die Folgen zu mildern.

Irgendwie hängt beides zusammen: die Art, in der ich meiner Mutter begegne, immer als Kind und immer fraglos, und die Tatsache, daß Chris und ich einander eben nicht mehr begegnen können. Ich spüre, daß es an mir liegt, nicht an ihnen. Und ich möchte herausfinden, was es ist. Manchmal denke ich, ich laufe nicht vor ihnen davon, sondern vor mir selbst.

Ich bin nun seit einer Woche hier in Rotau. Am Käsebrot kauend, sehe ich aus dem Fenster. Seit Tagen fällt Schnee. Dicke Flocken, unaufhörlich neu. Es ist der kälteste und schneereichste Winter, seit ich zurückdenken kann. Wenn ich nach draußen gehe, über den Damm, hin zum Wald, dann stelle ich mir jedes Mal vor, daß es der letzte Winter hier sein wird. Der Gedanke ist schon zum Zwang geworden. Der letzte Winter in Rotau! Ich halte es nicht aus. Wo mag Chris eigentlich sein? Zu Weihnachten ist sie immer hier. Heute ist der 21. Dezember. Ich muß reden. Wir müssen endlich über alles reden. Ich habe seit der Trennung alles erstickt, meine ganze Wut und all meine Fragen. Wir müssen reden. Endlich.

Aber bevor ich mit ihr rede, muß ich nachdenken. Nachdenken, vor der Begegnung.

Ja, ich will ihr begegnen. Noch haben wir ein Jahr, in dem wir uns sehen und miteinander sprechen können, ganz ohne diesen häßlichen Zwang, der ganz automatisch besteht, wenn eine zur anderen kommt. Hierher kommt keine, hier sind wir zu Hause. Keine ist im Vorteil, keine im Nachteil. Aber vorher muß ich für mich klären, was vorgefallen ist, damals.

Denken. Wenn ich hier bin, kann ich nicht denken. Hier bin ich Kind geblieben und gehorche. Ich muß fort. Ich werde in das Dorf fahren, wo Chris und ich mal Urlaub gemacht haben. Lütow.

Die Hütte besuchen. Das Ehepaar Winkoof. Die See beobachten. Mich klären. Ich werde hinfahren. Gleich morgen.

~

Ich liege unter dem schweren Deckbett vergraben.

Clarissa hat damals, in der ersten Nacht hier, unter den kaum zu hebenden Federn gelegen wie eine Hingerichtete, niedergedrückt und bewegungslos, und hat Tränen gelacht, während sie sich ausmalte, wie dieses Bleifederbett wahrscheinlich als Mordwaffe diente, indem es harmlose Urlauber einfach zerquetschte.

Das Fenster ist geöffnet und läßt einen Schwall klarer Nachtluft und das Geräusch der Bäume ins Zimmer, die sich im Wind bewegen und unter der Schneelast ächzen. Wenn ich auf das Quietschen der Bettfedern lausche, das bei jeder Bewegung aufsteigt, Seufzen eines altgewordenen Freundes, wenn ich die Augen dabei schließe und an nichts mehr denke als an den morgigen Schnee, nicht mehr an meine liegengebliebene Arbeit, nicht mehr an all meine Bekannten, die ahnungslos sind, wo ich mich aufhalte, an nichts also denke als an den weichen, weichen Schnee, dann muß ich lächeln. Das Lächeln rettet sich bis in meinen Traum.

Ja, es ist ein guter Einfall gewesen, hierher zu kommen. Die Hütte gehört Freunden von mir, und seit einer Ewigkeit besitze ich einen zweiten Schlüssel. Jedes Jahr haben sie mir aufs neue angeboten, noch einmal Urlaub hier zu machen. So wie damals, als ich im Sommer mit Clarissa hier war. Doch immer habe ich abgelehnt. Ich konnte nicht. Ich hätte nicht gedacht, daß ich überhaupt noch einmal zurückkehren würde.

Als ich das Holztor geöffnet hatte, an dem immer noch dieselben drei Planken fehlten, entdeckte ich Fußspuren im Schnee, die bis zum Fenster und dann um die Hütte herumführten. Vielleicht ist es einer der Nachbarn gewesen, der nach dem Rechten sehen wollte.

~

Ich weiß nicht, warum ich gerade hierher gekommen bin. Seit Chris und ich vor drei Jahren hier in Lütow Urlaub gemacht hatten, ist mir niemals eingefallen, in dieses Dorf zurückzukehren.

Die Zugfahrt hat sechs Stunden gedauert. Dann mußte ich noch eine entsetzlich lange und entsetzlich kalte halbe Stunde auf den klapprigen Bus warten, der mich ins Dorf brachte. Bis zum Ortsausgang war ich schließlich gelaufen, ganz schnell und die eisigen Finger tapfer um den Griff der Reisetasche gekrallt, um zum Haus des alten Ehepaars Winkoof zu kommen.

Wir hatten die beiden damals im Sommer kennengelernt. Chris und ich waren oft bei ihnen zu Besuch gewesen. Dort wollte ich nach einem Zimmer fragen. Als ich klopfte, waren meine Finger schon ganz steif. Die alte Hannah Winkoof öffnete, und als sie mich erkannte, nahm sie mich kurzerhand in den Arm. Sie schob mich ins Haus hinein und an die Ofenbank, und bald darauf hielt ich einen Pott mit heißer Milch in den starren Fingern. Natürlich war ein Zimmer frei. Niemand war im Winter hier, denn die wenigen Urlauber, die sich in dieses Dorf verirrten, kamen im Sommer.

Wenn ich jetzt auf der Ofenbank sitze, die alte Hannah hat einen Teller mit Zimt- und Mandelplätzchen vor mich gestellt, wenn ich so sitze und den weihnachtlich-süßen Plätzchengeruch als denselben erkenne, der mich zur Adventszeit immer bei meiner Großmutter empfangen hat, wenn ich spüre, wie ich innerlich langsam aufzutauen beginne, da fühle ich mich so wohl, daß ich beinah weinen könnte. Ja, es ist die richtige Entscheidung gewesen, hierherzukommen. Hierher, zu Hannah und Max, in das Dorf mit der Hütte an der See, hierher, obwohl meine Eltern auf genau die Weise auf meinen Entschluß reagierten, wie ich es erwartet hatte: mit Unverständnis und nicht ohne laute Worte. Ich schließe kurz die Augen und wische die Erinnerung an diesen unschönen Abschied fort. Jetzt bin ich hier. Das Feuer prasselt, und mein Rücken ist an der Ofenwand bereits so heiß geworden, daß ich ein wenig abrücken muß. Ich werde Weihnachten hier verbringen und vielleicht sogar noch ein paar Tage mehr.

~

Der Morgen des Heiligen Abends.

Ich gehe früh in den Wald. Der Schnee ist dick und trocken. Es gibt Namen für diese unterschiedlichen Sorten Schnee. Die Bauern hier wissen sie, und Clarissa hätte das sicher interessiert. Mir sind die Namen immer egal gewesen. Ich kann nur sagen, daß der Schnee naß ist oder trocken, grob oder fein. Aber heute hätte ich gern die Bezeichnung für diesen körnigen, trockenen Schnee gewußt, der sich nicht ballen läßt und in meiner Hand anscheinend nur widerwillig schmilzt.

Als ich klein war, hatte ich den Winter nicht gemocht. Alle Kinder fuhren Ski. Ich haßte es. Meine Eltern hatten mir wohlmeinend mal ein Paar Ski zu Weihnachten geschenkt, und ich hatte ziemlich hilflos davor gestanden und bin dann sogar wütend geworden. Wie viel lieber wäre mir was anderes gewesen!

Lustlos war ich mit den neuen Ski losgezogen, zum Fuchsberg, wo alle Kinder waren. Clarissa sah ich schon von weitem. Sie war eine totale Schneefanatikerin und fuhr Tour um Tour mit ihren Ski den Berg hinunter. Ich stellte mich an den Rand und war von all der Fröhlichkeit ausgeschlossen. Langsam wurde mir kalt. Und dann hatte sich ganz plötzlich eine Horde Kinder zusammengerottet und angefangen, „Memme! Memme!“ zu schreien und „Feigling!“, weil ich die einzige war, die sich nicht den Berg runtertraute.

Clarissa kam, als sie gerade begonnen hatten, mich mit Schnee zu bewerfen. Sie nahm mich einfach an die Hand und führte mich zur Schanze. Die Schanze war der gefährlichere Rodelberg, gleich neben dem Fuchsberg. Er hatte einen kleinen Hügel mitten auf der Bahn, und man flog unweigerlich ein Stück in die Luft, wenn man drüberfuhr. Dort trauten sich nur die Mutigsten runter. Und Clarissa führte mich zur Schanze und nahm mich vor sich, meine Ski zwischen ihre. Sie umfaßte meine Taille, und unter uns war das Tal, steil und beängstigend. Und dann stieß sie uns ab, und ich spürte nichts mehr als einen nervenaufreibenden Kitzel. Die Geschwindigkeit erfaßte mich wie ein Rausch und pumpte Sauerstoff in mein Hirn. Ihre Hände an meiner Taille – ich hatte keine Angst. Wir erreichten den Hügel, und als wir in die Höhe geschleudert wurden, hätte dieser Hügel plötzlich noch viel steiler sein können, viel größer und dahinter von mir aus ein Abgrund, denn dieser Flug, der so kurz, so kurz nur dauerte, hob mein Inneres aus den Angeln und ließ es einen Moment lang fliegen, als ob es keine Erde mehr gäbe, die es zu sich und in meinen Körper zurückzerren würde. Ich war geflogen. Und Clarissa hatte mir beigebracht, mutig zu sein.

~

Gestern abend war ich bei der Hütte. Sie sieht noch genauso aus wie damals, mit den winzigen Fenstern und dem eigenartigen Dach. Ich hatte mich schon vor drei Jahren über das Dach gewundert. Es ähnelt einem Lappen, der schon oft geflickt worden ist. Die Dachziegel haben unterschiedliche Farben: dunkle und graue, welche mit Moos darauf, ausgebleichte rote und strahlend gelbe. Die hellen sind die neuesten.

Das Dach sieht immer noch so bunt aus. Gott sei Dank. Ich hasse den Gedanken, es könnte plötzlich einheitlich gedeckt werden, und alle Ziegel kämen mit einem Mal runter und tausend identische wieder rauf.

Gestern also war ich dort. Wie erwartet, ist alles dunkel gewesen. Der Weg zur Tür war zugeschneit. Es scheint schon längere Zeit niemand dort gewesen zu sein. Ich habe geglaubt, daß Chris' Freunde dort das Weihnachtsfest verbringen würden. Vielleicht kommen sie ja tatsächlich noch. Gestern ist schließlich erst der 22. gewesen. Aber ich will ihnen eigentlich nicht begegnen. Ich bin einmal um die Hütte herumgelaufen und habe in die winzigen Fenster hineingesehen: das große Bauernbett und der Holzschrank mit den Gläsern voller Birnen, Pfirsichen und Leberwurst. Alles ist wie damals. Nichts hat sich verändert. Das Holztor ist noch immer nicht repariert; es fehlen dieselben drei Planken.

Ich werde nicht mehr hingehen. Es ist gut gewesen zu sehen, daß die Hütte noch steht. Daß es noch dieselbe ist wie damals. Es ist gut gewesen zu sehen, daß es anscheinend Dinge gibt, die ihre Form immer behalten. Das ist es. Jetzt bin ich irgendwie gelassener. Und ich kann sogar an den Urlaub mit Chris damals zurückdenken, ohne dieses eigenartig mulmige Gefühl.

Komisch, daß es erst möglich ist, nachdem ich wieder hier bin. Vorher hatte ich immer vermieden, in der Vergangenheit rumzukramen, und wenn ich doch mal an den Urlaub zurückdachte, so hatte sich diese Erinnerung mit anderen vermischt, die damit eigentlich nichts zu tun hatten, weil es Erinnerungen an Dinge waren, die erst später passiert sind. Trotzdem hat es immer diese Vermischung gegeben. Und die schöne, weiße Zeit des Urlaubs damals hat in meiner Erinnerung stets ganz anders ausgesehen. Nachdem ich bei der Hütte gewesen bin, kann ich wieder an die Zeit denken, wie sie war. Man kann Erlebnisse also auch stehen lassen. Man kann sie als unbeeinflußbare Begebenheiten sehen, die fest stehen wie die Hütte dort, ohne ein anders gedecktes Dach, ohne neuen Anstrich, sondern so, wie sie wirklich sind.

~

Im Wald liegt der Schnee so schwer auf den Bäumen, daß die Äste sich tief beugen. Ich laufe all die Wege entlang, die ich damals mit Clarissa ausgekundschaftet habe und die jetzt so anders aussehen als im Sommer. Der Schnee hier unterscheidet sich von dem im Stadtwald. Wenn es nicht so komisch klänge, würde ich sagen, er ist genährter, gesünder, kraftvoller.

Ich erreiche die kleine Lichtung und laufe weiter, denn ich weiß, daß der Wald hier bald endet und ein Feld sich anschließt. Dorthin will ich. Felder im Winter besitzen etwas außergewöhnlich Beruhigendes. Die Einsamkeit, das Weiß über den immer noch sichtbaren Formen der Ackerfurchen – das alles hat etwas Heiliges. Ich verlasse den Wald und trete an den Rand des Feldes. Es liegt genauso da, wie ich es erwartet hatte. Und wenn das möglich wäre, dann ist es sogar noch eine Spur einsamer, eine Spur weißer, eine Spur heiliger. Ein solches Feld besitzt eine Stille, die manchmal bereits an Wahnsinn grenzt. Ich lasse meinen Blick über die weiße Decke gleiten und mache im Schnee die Fährte von Rehen aus, die wie eine Perlenkette diagonal über das Feld verläuft. Meine Augen schweifen weit über die flachen, ewig sich gleichenden, weißbedeckten Ackerfurchen und über die hie und da hervorragenden, glasharten Grasbüschel und stocken dann plötzlich. Mein Blick stößt sich an einer Unebenheit innerhalb der Ebene, an einem kleinen Hügel mitten im Feld, an einem ganz offensichtlichen Fremdkörper. Ich unterdrücke den Impuls, den Feldrand zu verlassen und quer über die Furchen zu diesem Hügel zu laufen, um herauszufinden, worum es sich dabei handelt. Ich bleibe am Rand stehen. Ich weiß nicht, wie ich es erklären soll, aber ich kann den Gedanken nicht ertragen, Spuren auf dem Feld zu hinterlassen, das abgesehen von den Rehtritten völlig unberührt ist. Statt dessen hole ich den Feldstecher aus dem Rucksack und betrachte die merkwürdige Erscheinung durch das Glas.

Mein Atem geht schneller.

Der Hügel hat die Form eines Frauenkörpers.

Ich senke das Glas und schaue nach einer Weile noch einmal hindurch.

Ein Körper, der auf dem Boden hockt, den Kopf tief zur Erde gesenkt und den Rücken in Richtung Himmel. Es sieht so aus, als ob eine Person sich eng an die Ackerschollen zu schmiegen versuchte oder betete.

Eine Schneewehe. Es muß eine Schneewehe sein. Aber es ist wirklich merkwürdig, welche Formen die Natur hervorbringt. Gibt es da nicht so einen Glauben, daß am Heiligen Abend Wunder passieren? Clarissa hat so was immer erzählt. Sie begeisterte sich für solche Sachen. Eigentlich für alles, was irgendwie mysteriös war.

Jetzt brauche ich nicht einmal mehr den Feldstecher zu benutzen. Ich erkenne die Umrisse des Frauenkörpers mit bloßem Auge. Als hockte dort eine Frau mit den Armen auf dem Boden, auf die sie den Kopf gelegt hat. Eine Schicht Schnee über allem.

Clarissa.

Sie hätte das sehen müssen. Ich glaube, sie hätte sich sofort ihren Block gegriffen und angefangen zu malen. Oder sie hätte mir eine Geschichte erzählt über diese Frau oder mir selbst eine abzutrotzen versucht.

Clarissa.

Als Clarissa und ich spontan zusammenzogen, schien das eine hervorragende Idee zu sein. Alles war einfach perfekt. Ich selbst konnte nicht glauben, daß sie plötzlich meine Geliebte war. Clarissa, der die halbe Welt zu Füßen lag!

Ich hatte sie zu Silvester besucht, und wir hatten irrsinnig viel getrunken und gelacht, waren dann gemeinsam ins Bett gegangen und hatten noch herumgealbert, uns gekitzelt und gestreichelt und schließlich – miteinander geschlafen. Und das gemeinsame Aufwachen am nächsten Morgen, dem Neujahrsmorgen, war irgendwie merkwürdig gewesen und doch sehr vertraut. Clarissas Kopf hatte in meiner Achselhöhle gelegen, als ob er dort hingehörte. Als hätte er nie woanders gelegen. Das war seltsam, und ich hatte meinen Arm darunter hervorgezogen, bevor sie erwachte. Als wir aufstanden, war alles genauso, wie es am Abend vorher gewesen war. Wir alberten ein bißchen rum, frühstückten ausgiebig, und keine war verlegen gewesen. Wir hatten eigentlich kein Wort darüber verloren, und wahrscheinlich wäre alles so geblieben wie früher, wenn ich nicht plötzlich dieses Angebot bekommen hätte.

Nur zehn Tage später, ich war wieder in Berlin und in meinem eigenen Leben und hatte beschlossen, das Silvestererlebnis als eine nette Episode abzutun, war Angela, meine Chefin, zu mir gekommen und hatte mir vorgeschlagen, in Magdeburg zu arbeiten.

Magdeburg. Clarissas Stadt.

Irgendwie schnappt das Leben immer zu. Ich weiß wirklich nicht, ob ich dieses Angebot unter anderen Umständen als die unverzichtbare Chance angesehen hätte, die ich plötzlich darin sah, ob ich mir überhaupt Mühe gemacht hätte, ernsthaft darüber nachzudenken. Schließlich lebte ich seit Jahren in Berlin. Dort waren meine sämtlichen Freunde, dort fühlte ich mich zu Hause, dort hatte ich mein Coming-out erlebt und die wichtigsten Erfahrungen gemacht. Ich war mit der Stadt aufs engste verbunden. Ich hatte meine Liebhaberinnen in Berlin. Und der Job bei *Insider*, Berlins größtem Stadtmagazin, war sehr gut.

Und nun dieses Angebot in Magdeburg.

Magdeburg war ein Provinznest.

Heute weiß ich, daß ich Magdeburg unrecht tat. Aber damals kannte ich es nur vom Hörensagen, und gegen Berlin erschien es mir schrecklich grau. Die Menschen dort erschienen mir langweilig und rückständig. Ich war überzeugt davon, daß das Nachtleben überschaubar und einfallslos sei. Wenn nicht so viel daran hinge, hätte ich das Angebot ohne nachzudenken abgelehnt. Vielleicht hätte ich nur eine ganz kleine Ahnung davon gehabt, daß ich unwiderruflich etwas verpaßte, wenn ich in Berlin blieb und die Missionarsarbeit in den Pampas, wie wir alle es nannten, ausschlug. Doch es gab eben Gründe, darüber nachzudenken. Es war ohne Zweifel ein Karrieresprung. Und diese Silvesternacht – plötzlich war sie wieder sehr real.

Angelas Vorschlag lag durchaus im Bereich des Möglichen. Ich sah mich in einer echten Klemme: Hier war mein Leben in Berlin, dort war eins in Magdeburg, das ich erst aufbauen mußte und das mich aller Wahrscheinlichkeit nach enttäuschen würde. Die

Arbeit dort brächte mich allerdings beruflich enorm weiter. Eigentlich war es genau die Chance, die ich brauchte. Hatte ich nicht immer heimlich bedauert, nie eine wirkliche Chance bekommen zu haben, die Gelegenheit, all meine Energien einzusetzen und auszutesten? Und dort war auch Clarissa.

Und je länger ich darüber nachdachte, je mehr Zeit verging, desto klarer wurde mir, daß ich das Angebot annehmen würde.

Es waren also zwei Dinge, die mich reizten. Es waren zwei Dinge, die ich glaubte, mir ewig vorwerfen zu müssen, wenn ich die Herausforderung nicht annahm und die Chance ungenutzt ließ. Erstens wie gesagt mein Job. Ich hatte schon lange den Wunsch, in einem Buchverlag zu arbeiten, und nun gründete also *Insider* einen eigenen Verlag in Sachsen-Anhalts Hauptstadt und bot mir eine leitende Stelle an. Es war ein Karrieresprung, ein sehr hoher Sprung sogar, einer, für den es sich durchaus lohnte, eine einmal gewonnene Sicherheit aufzugeben.

Kein Mensch wußte, warum der Verlag gerade in Magdeburg gegründet wurde, aber es war nun einmal so. Verlag und Zeitschrift hingen wie zwei Schwestern zusammen. Für den Anfang, die schwerste Zeit, ohne Frage, wurden natürlich absolut verläßliche, verantwortungsvolle Leute gesucht. Und hier kamen mir mein jahrelanges Engagement für *Insider* und meine Erfahrung endlich zugute. Ich gehörte zu den wenigen, die ausgewählt und gefragt wurden. Irgendwie war es ja sogar ein Kompliment, ausgewählt worden zu sein. Ein seltsames Kompliment zwar, das mich aus der Großstadt in die Provinz „befördern" würde, aber unbestreitbar ein Kompliment an meine Durchsetzungskraft, an meine Stärke und meine Fähigkeiten. Angela hatte von einem Jahr, höchstens von zweien gesprochen, eben solange, bis *bizarr* die ersten Schritte ins Verlagsleben gemacht hatte. Wenn ich wollte, könnte ich nach dieser Zeit dann eine Nachfolgerin einarbeiten und zu *Insider* zurückkehren. Dies war also der eine Grund, den Vorschlag gründlicher zu überdenken.

Der andere Grund war Clarissa. Ich rief sie an.

Keinen Monat später begann ich meine Arbeit bei *bizarr.* Clarissa hatte mir begeistert angeboten, in ihrer Wohnung zu leben, bis ich was Passendes gefunden hätte. Und so geschah es. Bereits in der ersten Nacht in Clarissas Wohnung hatte ich das ganz intensive Gefühl, zu Hause angekommen zu sein. Ich ahnte, daß ich mich nirgends so geborgen und sicher fühlen würde wie hier. Und ich ahnte auch, daß ich bleiben würde.

Schon am Abend meiner Ankunft umfing mich wieder die merkwürdige Stimmung des Silvesterabends, aber diesmal konnte ich sie nicht verleugnen und davor flüchten, denn ich wohnte jetzt hier, mitten in dieser Stimmung, und plötzlich sah ich alles ganz ruhig und ohne die Angst, unsere Freundschaft könnte daran zerbrechen. Warum eigentlich sollte ich verbergen, daß ich mich zu Clarissa hingezogen fühlte? Warum sollte ich es vermeiden, sie zu berühren? Warum sollten wir nicht miteinander schlafen?

Die Dinge waren schon am Abend meiner Ankunft entschieden.

Clarissa und ich wurden ein Paar. Wir lebten gemeinsam in der Wohnung. Wir begannen unseren Alltag zu teilen, ohne daß sich eine gespannte Atmosphäre aufgebaut hätte. Wir kannten einander ja schon so lange. Und jetzt, jetzt liebten wir uns eben.

Trotzdem war unser Vertrautsein ein wenig komisch gewesen. Denn war Clarissa nicht so etwas Ähnliches wie eine Schwester? Es kam mir irgendwie inzestuös vor, aber das hatte die Neugier nur verstärkt. Und schließlich fügte sich alles ganz logisch. Wir beide paßten eigentlich wirklich zusammen. Wir wußten mehr voneinander, als ein anderer Mensch je wissen würde. Und wir teilten bereits jetzt so viele Erinnerungen und so viele Schätze, wie wir mit keinem anderen teilten. Clarissa war damals 29, ich 27. Wir kannten uns also seit 25 Jahren! Wenn ich jetzt so zurückschaue, muß ich sagen, daß ich sie nicht einmal begehrt habe.

Ich war glücklich, sicher, so wie man eben glücklich sein kann, wenn man mit der Schwester zusammenlebt, aber Leidenschaft war nie dabei, wenn ich Clarissa berührte. Wir schliefen miteinander wie Schulmädchen. Die anfängliche Neugier war bald einer genüßlichen Trägheit gewichen. Und nach kurzer Zeit genügte allein das Wissen, daß sie neben mir im Bett lag, um mich zufrieden und schläfrig zu machen. Ich sehnte mich nicht mehr nach ihrem Gewicht auf meinem Leib und nach ihrer Zunge in meinem Mund und auf den Brüsten. Ihre Hand, die sich zwischen meine Beine stahl, war warm und vertraut, und wohlig streckte ich mich unter ihr. Sie erregte mich nicht. Sie gab mir das Gefühl von Geborgenheit.

Begehrt habe ich sie nicht. Ich habe sie umhegt. Ich baute mit ihr ein Harmoniehängemattennest, ein kuschelweiches Schmuseheim, eine Kissenstatt für die Trägheit. Und ich glaube trotzdem, daß es so etwas wie Liebe war.

Das Begehren kam erst später. Fast ein Jahr später. Bis dahin lebten wir in schwesterlichem Einklang. Ohne Streit. Ohne große Aufregungen. Wir lebten einfach miteinander und teilten unsere liebgewordenen Alltäglichkeiten. Ich kann nicht mal sagen, daß ich unzufrieden war. Und doch muß etwas in uns gegärt haben. Denn die Erregung, die uns dann überfiel, ganz plötzlich und ohne Vorwarnung, und nicht nur eine von uns, sondern synchron sowohl sie als auch mich, war von einer Aggressivität, die Gründe haben mußte.

Ich hatte später meine Verantwortung für Clarissa ohne weiteres weggeworfen. Ich begehrte nur noch. Ich fieberte. Ich war wie wahnsinnig. Ich tat alles, um sie zu verletzen. Ich war süchtig nach ihren Wunden. Und ich glaube, auch das war Liebe.

Ich schüttele mich, und die weißen Flocken stieben von meiner gewachsten Jacke. Der Schnee hat sich auf mein Haar, meine Sachen und in den Kragen gelegt und schon eine kleine Schicht gebildet, und ich habe es nicht mal bemerkt. Der Blick auf die Uhr sagt mir, daß ich fast vierzig Minuten hier gestanden habe. Vierzig Minuten! Ohne mich zu bewegen. Ich habe nur auf das Feld gestarrt, auf die Frauengestalt aus Schnee. Ich bewege vorsichtig die Zehen; ich kann sie kaum mehr spüren. Schnell mache ich mich auf den Heimweg. Ich will mir eine sehr heiße, sehr starke Bärenmilch bereiten.

Ich bin ganz sicher auch wegen des Ehepaars Winkoof hergekommen.

Eigentlich bin ich schon immer Träumen nachgejagt, habe Menschen und Orte im Geist zu Illusionen verwandelt und war jedesmal aufs neue enttäuscht gewesen, wenn diese Dinge sich später als allzu wirklich erwiesen, allzu fehlerbehaftet und eben ganz und gar nicht perfekt.

Was ich aber festgestellt habe, ist, daß eine Illusion sich für eine beschränkte Zeit aufrecht erhalten läßt. Ich kann in einem Menschen und in einem Ort und in einer Situation das Perfekte sehen und spüren und ganz darin aufgehen, wenn das Ganze zeitlich begrenzt ist, wenn ich bald wieder gehe, wenn ich nichts auszureizen versuche.

Ich weiß, daß auch mein Gefühl hier an diesem Ort nur eine Illusion ist. Ich hole mir die Harmonie einer Familie ins Blut, ich möchte meine Großeltern in dem Ehepaar Winkoof wiederbeleben, ich versuche, nicht an morgen zu denken. Ich fühle mich geborgen hier. Aber ich weiß, daß solche Dinge nicht von Dauer sind. Wahrscheinlich ist es das: Ich sehne mich nach Dauer, nach einer immer andauernden Illusion. Und weil es so was nicht gibt, werde ich in wenigen Tagen wieder fahren. Ich muß wohl vor meinen Träumen davonlaufen, damit sie lebendig bleiben.

Ich laufe durch den Wald, hin zu der kleinen Lichtung und noch ein Stückchen weiter, denn ich weiß, dahinter gibt es ein Feld, und ich liebe Felder voll Schnee. Das ist übrigens eines dieser wenigen Dinge, die Chris und ich gemeinsam gehabt hatten: das Hingezogensein zur Natur.

Das Feld reißt meinen Blick zu sich hin. Ich muß kurz die Augen schließen, so gleißend ist das Weiß. Die Sonne liegt funkelnd auf dem Schnee. Ich atme tief ein. Manchmal habe ich das Gefühl, ich bekäme nie genug Luft, meine Lungen seien zu klein für den Sauerstoff, der um mich ist. Ich schaue über das Feld.

Da bleibt mein Blick an einem weißen Hügel hängen.

Was zum Teufel ist das denn?

Das sieht ja aus wie …

Ich mache einen Schritt auf das weiße Feld und gehe auf den Hügel zu. Einmal drehe ich mich kurz um und sehe meine Spuren im Schnee. Ich erreiche die Erscheinung. Tatsächlich. Ein Frauenkörper. Ein hockender Frauenkörper. Mein Gott, daß so etwas auf natürliche Weise entstehen kann! Es ist unglaublich. Ich wage nicht, die Erscheinung zu berühren, und stehe nur nachdenklich davor. Hinter mir ist die Kette meiner Fußspuren, quer über das Feld.

Spuren.

Eigentlich wollte ich immer Spuren hinterlassen. Auch in Menschen. Gerade in Menschen. Chris wollte ich in allem, was ich tat und sagte, etwas Besonderes sein. Ich wollte mich ihr einprägen. Für immer. Als sie damals nach Magdeburg kam, weil sie bei *bizarr* zu arbeiten begann, und in meiner Tür stand, da hatte ich eigentlich schon gewußt, daß sie bleiben würde. Ich wußte, daß nur ein ganz sanfter Druck genügen würde, um sie zum Bleiben zu überreden und den Gedanken an eine eigene Wohnung aufzugeben.

Es ist merkwürdig, wie verschieden wir beide geworden waren, nachdem wir unser Kindheitshaus verlassen hatten. Als wir noch dort wohnten, hatte ich immer das Gefühl gehabt, wir seien so etwas wie Zwillingsschwestern, wir wären einander gleich bis hin zu den verrücktesten Leidenschaften und den abwegigsten Ideen. Wir hatten Sätze nicht zu Ende sprechen müssen, weil wir genau wußten, was die andere dachte. Wir hatten denselben Humor, dieselbe Melancholie, dieselben Faxen im Kopf. Selbst unsere Träume waren die gleichen gewesen. Es ist so eigenartig, daß ich in der Chris, die damals zu Silvester bei mir war und die dann Wochen später in meiner Tür stand, nicht mehr meine Schwester sehen konnte, daß ich Mühe hatte, überhaupt noch etwas von dem zu erkennen, was uns damals so sehr verbunden hatte. Sie hatte sich verändert. Aber vielleicht stimmt das ja gar nicht. Vielleicht hatte ich mich verändert? Oder vielleicht hatte es diese absolute Vertrautheit, die mir immer vor Augen stand, wenn ich an unsere gemeinsame Kindheit dachte, gar nicht gegeben. Vielleicht war das ja so eine Illusion, in die ich immer geflüchtet war?

Ich weiß es nicht. Fest steht nur, daß Chris mir fremd war, so wie sie damals in der Tür stand, verfroren, denn wie immer hatte sie einen viel zu dünnen, aber dafür topmodischen Mantel an. Ich grinste in mich rein. Den Wert dieses Mantels konnte sie hier in Magdeburg sowieso vergessen. Mode war hier noch nicht so sehr zum Zwang mutiert, wie es in Berlin anscheinend der Fall war. Es würde eine ganz schöne Umstellung für Chris werden: von der Metropole nach Sachsen-Anhalts kleiner Hauptstadt.

Damals zu Silvester, als sie bei mir war und wir zum ersten Mal seit vier Jahren mehr als nur ein Stündchen zwischen Tür und Angel in Rotau miteinander verbringen wollten, damals, als sie also tatsächlich zugesagt hatte und mich besuchte, in meiner Wohnung in Magdeburg, für ein Silvester zu zweit, damals hatte ich das erste Mal unsere Verschiedenheit gespürt. Unsere Unvereinbarkeit.

Als Chris sich die ganze Zeit hindurch irgendwie verkrampft benahm, weil sie sich einfach nicht fallenlassen konnte und meine sämtlichen Fragen auf ihre Arbeit bezog und nie auf ihre Person, als sie mir von ihrem Job in Berlin erzählt hatte und überhaupt: Berlin!, da hatte ich mich plötzlich gefragt, warum sie eigentlich hierhergekommen war, zu mir, ihrer Nachbarin, und zu keinem rauschenden Fest mit vielen Leuten gegangen war, sondern einfach nur zu mir, in eine verflixt angespannte Zweisamkeit.

Und im Laufe des Abends, nach ein paar Gläsern Wein und nachdem Chris endlich ihr viel zu modernes und viel zu unbequemes Hemd etwas geöffnet und an den Armen hochgekrempelt hatte, nachdem sich endlich ein Hauch von Entspannung in ihren Zügen abzuzeichnen begann, da hatte ich plötzlich den Grund für ihr Hiersein erahnt.

Sie war müde.

Niemals hätte Chris diesen Satz akzeptiert. Niemals.

Aber ich sah, daß sie müde war. Sie schien sich einfach nach Ruhe zu sehnen, nach Entspannung, nach etwas Harmonischem. Ich glaube, es drängte sie gar nicht zu mir als der Person, die ich war. Ich war eigentlich nur ein Mittel, denn meine Gegenwart erlaubte ihr, wieder in ihre Kindheit zurückzukehren, und sei es auch nur für Stunden. Das war es. Chris sehnte sich nach Ruhe. Und Kindheit war etwas, wo es Ruhe gegeben hatte und auf jede Frage eine Antwort, wo klare Regeln geherrscht hatten und das Leben funktionierte, indem man sich an diese Regeln hielt. Ja, ich bin sicher, daß es das gewesen war.

Ich sah Chris an diesem Abend das erste Mal seit dem Wegzug von unserem Rotauer Zuhause vor acht Jahren bewußt an, sah die Linien, die sich scharf in ihrem Gesicht abzeichneten – dabei war sie damals gerade erst 27 –, ich sah die Härte, die sich in ihr

Gesicht gearbeitet hatte, und auch die Kühle darin, die sie beibehielt, beinah den ganzen Abend lang. Ich weiß nicht, ob Berlin sie so gemacht hat. Ich denke, es gab schon immer diese Potenz in ihr, aber Berlin hat das Ganze wohl erst hervorgeholt. Chris hat sich nie mit einfachen Dingen zufriedengegeben. Sie wollte immer das Vollkommene. Das war schon in unserer Kindheit so gewesen. In der Schule arbeitete sie bis zum Exzeß, wenn sie irgendeinen Lehrer oder irgendeine Lehrerin beeindrucken wollte. Sie suchte die Härte der Lehrer. Sie suchte die Herausforderung überall. Sie begann damals, Geige zu spielen und Fußball. Chris wollte überall dabeisein, alles können, bis zur Perfektion.

Wahrscheinlich mußte es einfach Berlin sein. Chris brauchte den Kampf. Eine Stelle, die ihr irgendwie zugeschoben worden wäre, irgendeinen Glücksgriff, hätte sie wahrscheinlich nicht akzeptieren können. Sie war hart geworden, weil sie Erfolg haben wollte. Das entsprach ihrem Wesen. Die Großstadt entsprach ihrem Wesen. Aber ihr Wesen schien sich eben auch nach Ruhe zu sehnen, nach einem Ort, wo sie ihre Härte einmal fallenlassen und ihre Bedürfnisse zeigen konnte.

Ich wußte, daß ich in der Lage war, ihr diesen Wunsch zu erfüllen.

Chris schien sich nach einer Weile in meiner verkitschten Wohnung sichtlich wohl zu fühlen. Später, als ich ihre eigene in Berlin gesehen hatte, wußte ich, warum. Denn genauso, wie Chris sich nach außen gab, kühl und distanziert, so hatte sie auch ihre Wohnung eingerichtet. Weiße Wände, ein einziges schwarzgerahmtes Bild, Schränke aus Metall, die mich an Aktenschränke erinnerten, unbequeme Stühle. Eine Wohnung, die Vorstellungen von Mathematik, Präzision und Geometrie wachrief. Kaum etwas Persönliches. Nirgends ein Foto an der Wand, nirgends ein alter getrockneter Blumenstrauß. Nicht einmal eine Muschel aus dem Urlaub. Alles sah teuer aus und praktisch und neu. Arbeitsatmosphäre eben. Als hätte sie Angst, sich von irgend etwas Persönlichem ablenken zu lassen.

Kein Wunder also, daß Chris meine Wohnung empfinden mußte wie ein Kuschelmuschel-Federbett. Wenn ich nämlich eins hasse, so ist es Nüchternheit. Ich brauche Farbe, Formen und

Kuschelmuschel eben. Und genauso sah meine Wohnung damals aus. Wände in leuchtendem Gelb und Rot und Teppiche und Tücher, Kerzenständer, Fotos und Gedichte an den Wänden, und in jedem Zimmer eine Überfülle an Erinnerungen. Erinnerungen aus allen Urlauben, von Freunden, Souvenire und Mitbringsel, Flohmarktschätze. Ich hatte mir angewöhnt, meine Kleider nicht mehr in den Kleiderschrank, sondern an die Wände zu hängen. Und so hatte ich Nägel in jeden verfügbaren Platz geschlagen und mich mit den Kleidern umgeben. Ich liebte es, mich in meiner Wohnung zu bewegen. Die Kleider an den Wänden gaben mir das Gefühl, nicht allein zu sein, sondern umschlossen von Seelen, Kleiderseelen, und von mir selbst.

Chris war zuerst wohl etwas geschockt gewesen über meine Wohnung. Sie verriet mir später, daß sie es nie verstanden hätte, warum ich eine solche Intimität preisgab, denn all die Dinge, die hier standen und hingen, erzählten eine Geschichte. Aber gerade das wollte ich ja: Geschichten erzählen, mich umgeben mit Geschichten. Jedes Kleid und jeder Ostseekiesel verbarg eine Geschichte. Und somit war ich eingerahmt von nichtausgesprochenen Geschichten, nach denen ich greifen konnte, sobald Chris eins der Dinge berührte.

Wieso fällt mir das nur alles wieder ein? Vielleicht erinnert mich diese Gestalt aus Schnee daran. Es sieht aus, als versuche eine Frau sich unter dem Schnee zu verstecken, doch es ist vergebens, denn ihre Form bleibt immer sichtbar. Vielleicht haben Chris und ich genau das gleiche versucht: uns zu verstecken. Chris tat das, indem sie alles, was auf ihre Innerlichkeit und auf Intimes weisen könnte, in ihrer Wohnung und in ihrem Auftreten vermied. Und ich tat es, indem ich meine Wohnung und mein Erscheinungsbild mit Intimität völlig überdeckte. Chris war von keiner einzigen Geschichte umgeben, die Aufschluß über ihr Wesen geben könnte. Und ich war von viel zu vielen Geschichten umgeben, als daß man mein wirkliches Ich noch erkennen konnte.

Chris aber begann sich in meiner Wohnung wohl zu fühlen. Ganz offensichtlich genoß sie die Behaglichkeit und streckte sich bald gemütlich auf dem Sofa aus. Nichts war perfekt in meiner

Wohnung. Die Teppiche hatten Rotweinflecken. Die meisten Möbel hatte ich im Sperrmüll ausgegraben und später angemalt oder mit Tüchern geschmückt. Eigentlich war die Wohnung ein einziges Sammelsurium, in dem nichts so richtig zueinanderpaßte.

Als ich merkte, daß Chris sich zu entspannen begann, daß die Linien in ihrem Gesicht weicher wurden, da durchfuhr mich plötzlich ein Gedanke: Sie brauchte mich! Sie brauchte ganz augenscheinlich etwas, das weich genug war, damit sie ihre Härte unbeschadet darin betten konnte. Sie brauchte etwas, das ihr so nahe kam, daß sie ihre Distanz aufgeben konnte. Und als ich das erkannte: daß sie mich brauchte, da wurde ich plötzlich stark, und ein eigenartiger Wille wuchs in mir. Ich wollte. Ich wollte ihr mein Weiches anbieten.

~

Bärenmilch.

Das ist etwas, das ich durch Clarissa kennengelernt hatte. Man nimmt einen Topf Milch, Rum nach Belieben – je mehr desto besser – und viel Honig. Das Ganze wird dann erhitzt. Wenn man davon einige Schälchen trinkt, ist einem nirgends mehr kalt.

Während die Milch heiß wird, lege ich Holz nach.

Komisch, daß ich jetzt Spaß an diesen Dingen habe. Es gibt keine Dusche hier und nicht mal eine anständige Toilette. Bevor ich mit Clarissa zusammengezogen war, hatte ich niemals in irgendeiner unperfekten Wohnung gelebt oder mal im Urlaub gezeltet. Nie wäre mir eingefallen, aufs Geratewohl irgendwo hinzufahren, ohne zu wissen, ob es dort überhaupt ein Hotel gab, ohne vorher eine Reiseroute anzufertigen und den Verkehrsfunk abzuhören. Ich plane gern. Ich habe schon immer gern geplant. Ich mag es, wenn ich mich lange vorher auf irgend etwas freuen kann, auf einen Urlaub zum Beispiel.

Es ist immer gut gewesen zu wissen, wohin ich fahren würde und wann, und vor allem eben, mir sicher zu sein, daß ein Platz frei sein würde, wenn ich käme, sicher zu sein, daß alles bereit wäre. Daß man eben auf meine Ankunft wartete.

Clarissa war ganz anders.

Sie hatte auf diese merkwürdigen Urlaube bestanden, wo alles drunter und drüber ging, wo ich von einem Alptraum in den nächsten gestürzt war, wo meine sämtlichen Energien für die angestrengte Suche nach einem Schlafplatz außerhalb der Bahnhofsmission draufgingen und wo ich ständig nur gebetet hatte, daß niemand unsere in freier Wildbahn oder im Auto liegenden Sachen stehlen würde oder uns in einem unbeobachteten Moment überfallen. Clarissa hatte das alles nichts ausgemacht. Sie hatte sich nie den Kopf darüber zerbrochen, wo wir nächtigen würden. Und was das Überfallen anging: Clarissa war vollkommen von dem Guten im Menschen überzeugt. Da sie also derart unbekümmert war, mußte ich schließlich doppelt aufmerksam und verantwortungsvoll sein! Unsere Urlaube waren für mich ein Horror.

Das heißt, eigentlich hatte alles ganz harmlos angefangen. So wie unsere Beziehung ja auch. Clarissa hatte im März, erst dreieinhalb Wochen, nachdem ich eingezogen war, vorgeschlagen, mal Urlaub zu machen. Und ich befürwortete diese Idee, nur daß alles so kurzfristig geschehen sollte, machte mich etwas nervös.

Clarissa wollte gleich richtig weit weg – nach Australien! –, eine Idee, die ich damals für einen Scherz hielt, denn weder hatte sie das Geld dafür, noch das nötige Wissen über das Land. Sie kannte keine Seele dort und hatte keine Vorstellung davon, was sie eigentlich erwartete. Ich hatte diese Idee also nicht ernstgenommen. Konnte ich denn wissen, daß Clarissa ihren Traum ein halbes Jahr später tatsächlich wahr machen würde und von heute auf morgen einen Flug buchen und dann fast zwei Monate dortbleiben würde? Ich kannte Clarissa damals noch schlecht.

Ich schlug vor, nach Italien zu fahren. Ich wußte von einem ganz entzückenden Schlößchen in Ligurien, mitten in den Bergen, völlig abgeschieden von der Zivilisation. Eine Art Märchenschloß. Ich war wirklich überzeugt gewesen, daß das genau das richtige für Clarissa wäre. Es war ein erstklassiges Hotel. Luxus pur. Außerdem hatte ich mit diesem Vorschlag bereits ein gewaltiges Zugeständnis gemacht, denn allein wäre ich niemals dorthin gefahren. Mich drängt es immer in große Städte, in Metropolen, hin zur Kultur, hin zum Leben. Das Schlößchen vorzuschlagen war ein Geschenk an Clarissa.

Aber ich hatte mich in ihr getäuscht.

Clarissa war vollkommen abgeneigt. Daß ich vielleicht einfach ein paar Tage hätte verstreichen lassen müssen, um ihr etwas Zeit zu geben, wußte ich damals noch nicht. Denn Clarissa war fürchterlich wandelbar.

Schwor sie heute noch auf das ursprünglich naturhafte Leben, so konnte sie sich morgen schon nach dem Glamour von London und Paris verzehren. Hatte sie sich gestern als Menschenrechtlerin erklärt, so war sie anderntags erbitterte Verfechterin der Todesstrafe. Clarissa war im Prinzip für alles zu begeistern. Man mußte eben nur Glück haben und auf die jeweilige Stimmung treffen. Clarissa war durchaus für Luxus und Eleganz zu haben, aber sie begeisterte sich eben auch für das einfache Dasein in der Natur. Leider hatte ich das Pech, damals gerade auf diese zweite Laune getroffen zu sein.

Nun, wir fuhren weder nach Australien, noch in die Pampas, noch sonstwohin, wo es keinerlei zivilisierte Einrichtung in Hunderten von Kilometern gab. Wir fuhren nach Dänemark!

Nie im Leben hätte ich mir träumen lassen, mal nach Dänemark zu fahren. Ich wollte meinen Urlaub nicht in einer Einsiedelei verbringen. Mir reichte es ja schon, in Magdeburg gefangen zu sein und mich der gesamten Szene, den herrlichen Berliner Discos, den Clubs, den Kneipen entfremdet zu wissen. In meinem Urlaub wollte ich raus: nach London, nach Barcelona, vielleicht mal nach Moskau, auf jeden Fall aber dahin, wo ich mir sicher war, aktiv sein zu können und viel zu erleben, und wenn schon nicht in die Großstadt, dann wenigstens in ein Sporthotel oder eben in eine Luxusanlage, wo man mal so richtig verwöhnt wurde, wo es Vergnügungseinrichtungen gab und Menschen, ja die vor allem: richtig viele interessante Menschen.

Doch ich stieß auf hartnäckigen Widerstand, als ich Clarissa all diese Vorschläge machte: Ligurien oder die europäischen Metropolen.

Clarissa wollte Natur! Und zwar Natur pur. Ohne Bedienstete in Fracks, ohne Praline auf dem Kopfkissen zur Nacht. Ohne mehrgängige Menüs am Abend. Wenn schon nicht Australien, dann doch wenigstens Nordsee.

Im Geist war ich sämtliche Vergnügungsorte an der Nordsee durchgegangen. Vielleicht war das Nachtleben dort ja gar nicht so schlecht. Aber peinlich war es schon: Nordsee! Das konnte ich ja niemandem erzählen. Sylt oder so was käme nicht in Frage! Nordsee: Das klang nach Husum und Büsum, nach Möwe und Schlick und viel, viel Langeweile zwischen lauter Spießern. Und dann war das Wort Dänemark gefallen.

Ich weiß bis heute nicht, wieso ich mich habe breitschlagen lassen. Wir waren dort in einer Hütte gefangen, die auf einem Grundstück stand, das sich etwa einen Kilometer nach allen Seiten erstreckte. Der nächste Nachbar befand sich in einer ähnlichen Hütte, ungefähr fünf Kilometer weiter. Ich weiß nicht, warum ich tatsächlich zugesagt habe, in diesen winzigen Ort im Nirgendwo zu fahren, dessen größte Attraktivität in einem Leuchtturm bestand, und dessen vielgepriesener „sauberer Strand" sich aus Bergen schmerzhafter Kiesel und scharfkantiger Muscheln zusammensetzte. Vielleicht habe ich eingewilligt, weil Clarissa vorher noch mit Begeisterung davon gesprochen hatte, mit dem Zelt dorthin zu fahren beziehungsweise sogar dorthin zu trampen! Sie wollte nicht mal auf einem Campingplatz nächtigen, sondern irgendwo am Strand, wo wir dann draußen liegen würden, nur mit Isomatte und Schlafsack, um die Sterne sehen zu können und das Meer zu riechen.

Es war gerade früher März. Mitten im Winter also.

Es war eine grauenhafte Vorstellung. Ich sah uns schon daliegen: an der, wie man ja weiß, selbst im Sommer rauhen Nordsee, in klammen Schlafsäcken, zu Eis gefroren, verschnupft und sehr hungrig, weil es uns nicht gelungen war, tagsüber die Fische mit der Hand zu fangen.

Ich streikte.

Mein Triumph war dann diese lächerliche Hütte an dem Stein- und Muschelstrand. Aber wenigstens war es ein Dach überm Kopf, und einen Kamin gab es auch. Als wir dann dort ankamen, war auch Clarissa froh gewesen, daß wir im Warmen saßen, denn obwohl draußen zwar kein Schnee lag, war es furchtbar stürmisch und ungemütlich.

Und dann war das Unglaubliche passiert: Ich begann mich irgendwie wohl zu fühlen. Ich habe das Clarissa zwar nie gesagt, ich ließ sie glauben, daß ich nur ihr zuliebe dorthin gefahren war, daß ich ihr zuliebe diese ganze unbequeme Strapaze auf mich nahm, aber es begann mir tatsächlich Spaß zu machen, allmorgendlich zur Pumpe zu gehen und mich dort zu waschen, die Essensabfälle hinter der Hütte zu vergraben und mit Clarissa den Kieselstrand entlang weit in den Nebel und ins Nichts zu spazieren.

Ja, damit hatten unsere Urlaube angefangen. Geendet haben sie zwei Jahre später mit einer Tour in die Berge, ebenfalls im Winter, wo wir mit Clarissas Freunden zusammen in einer Höhle schliefen. Und es war so, wie ich es mir vorgestellt hatte: Ich war naß und verfroren und erschöpft. Nirgends gab es ein wirklich gemütliches Plätzchen, wo man sich zurückziehen konnte, nur das Lagerfeuer, an dem man sich die Seite, die man den Flammen zuwendete, fast verbrannte, während die andere langsam erfror. Trotzdem hatte mir auch dieser Urlaub Spaß gemacht. Ich will ihn nicht missen. Vielleicht, weil ich über meine selbsterrichteten Grenzen gestiegen bin? Natürlich waren das keine Urlaube, wie ich sie mir erträumte, aber es waren schöne Erfahrungen, das muß ich zugeben.

Seit der Trennung habe ich so was nicht mehr gemacht. Aber jetzt, wenn ich die Bärenmilch in ein Schälchen schöpfe und dann in kleinen Schlucken trinke, wenn ich mich in dieser Hütte umsehe und daran denke, heute nacht wieder in dem monströsen Federbett vergraben zu liegen, da bin ich Clarissa irgendwie dankbar dafür, daß sie mich zu all diesen Dingen hingeführt hat.

~

Ich bin jetzt schon eine Woche hier. Irgendwie finde ich Ruhe. Ich werde tatsächlich ausgeglichener, obwohl ich weiß, daß es eigentlich nicht möglich ist, an entfernten Orten zur Ruhe zu kommen, unter Palmen und inmitten des Kreischens exotischer Vögel etwa, oder aber in diesem winzigen Dorf an der See, in dem die Zeit stehengeblieben ist. Ich weiß es genau: daß es nur eine Selbsttäuschung ist, ruhig geworden zu sein, ein Trugschluß, die eigenen Gedanken in einer fremden Umgebung und inmitten fremder Menschen vergessen zu können. Denn man nimmt sie immer mit, die Gedanken. Es ist eine Illusion, irgendwo hinzufahren, um Gedanken hinter sich zu lassen, um rein zu werden von der eigenen Vergangenheit, um zu vergessen und neu zu beginnen. Nie wird man rein sein von irgend etwas, denn ganz bloß zu sein von Vergangenem bedeutet, aus nichts mehr zu bestehen, keine Erfahrungen zu besitzen und folglich auch keine Gedanken; nichts mehr zu sein, nichts als eine Hülle. Und trotzdem …

Es ist eine trügerische Hoffnung, der ich wieder und wieder aufgesessen bin. Ich habe mich fortwährend unter Glasglocken begeben und bin solange dort geblieben, bis sie zerbrochen sind oder ich selbst sie zerbrochen habe, und immer habe ich mich in genau demselben Karussell aus Gedanken und Erfahrungen wiedergefunden, von dem ich abgesprungen zu sein glaubte. Aber trotz alledem finde ich Ruhe hier. Liegt es daran, daß ich nichts verdränge? Dies soll keine Glasglocke sein. Ich gehe jeden Tag den Weg durch den Wald, zu dem Feld, auf dem die Frauengestalt aus Schnee ruht. Ich gehe den Weg, den Chris und ich damals so oft gegangen sind.

Die Frau aus Schnee.

Wer umarmt sie? Wer wischt ihr die Flocken aus dem Gesicht? Wer tröstet sie, daß sie so ganz aus Kälte ist?

Sie wird schmelzen unter einer kosenden Hand.

Nach einem Jahr zogen Chris und ich nach Berlin. Ich hatte das Gefühl, etwas ganz Neues anzufangen. Als die Reisevorbereitungen anfingen und ich so nach und nach meine ganzen Dinge in Koffern und Kisten verstaute und begann, mich von einer Menge Kram zu trennen, fiel mir auf, wie sehr ich mich auf Berlin freute. Das letzte Jahr, hier in dieser Wohnung mit Chris, war zwar sehr schön und sehr harmonisch gewesen, aber jetzt, während des Packens, fiel mir zum ersten Mal auf, daß in dieser Harmonie schon etwas gelegen hatte, das sich meiner wie eine Krankheit bemächtigt hatte, ganz verstohlen, und so allmählich, daß es mir gar nicht bewußt geworden war.

Ich hatte begonnen, mich zufrieden zu fühlen. Ich hatte begonnen; mich auszuruhen. Ich hatte begonnen, heimisch zu werden, obwohl ich niemals heimisch werden wollte und konnte, weil ich beweglich sein mußte, weil ich beweglich war, mein Leben war doch eine einzige Bewegung, und Anhalten kam einem kleinen Sterben gleich. Jetzt beim Packen empfand ich das erste Mal, daß ich zu still geworden war in diesem Jahr, daß ich zu wenig rausgekommen war und mich so leicht zufriedengegeben hatte. Mir reichte die Anwesenheit von Chris, wenn ich nach Hause kam, und unsere gemeinsamen Abende zu Hause. Unsere Gemeinsamkeit hatte dazu geführt, daß wir es nicht mehr für nötig hielten, auszugehen, Freunde zu treffen und Spaß zu haben. Wir waren träge geworden.

Neben mir stand eine Kiste, in die ich all die Dinge hineinwarf, von denen ich mich trennen wollte. Die ganzen getrockneten Blüten lagen schon darin und die Flaschen, die ich als Kerzenständer benutzt hatte. Wachsbekleckerte Tücher flogen hinterher und Steine, Glasstücke, Muscheln, kleine Töpfchen mit Creme- und Parfümresten und eine Menge Dinge, die mir immer sehr wichtig vorgekommen waren, als sie noch in meinem Zimmer gestanden oder gehangen hatten. Ich würde alles wegwerfen.

Man müßte immer den Mut haben, Dinge wegzuwerfen, Gewohnheiten, Trägheiten, Rituale. Wegwerfen, bevor sie einem das Leben vollstopften. Ich fühlte mich freier, je voller die Kiste wurde. Ja, ich freute mich auf Berlin. Ich würde einiges ändern. Vor allem freute ich mich auf das Ausgehen, auf das Einkaufen – endlich einmal richtig bummeln gehen, Klamotten kaufen, richtig tolle Klamotten –, auf die vielen Leute, die Kultur, die neue Wohnung, eigentlich auf alles.

Die Wohnung lag in Schöneberg.

Es war Wenkes und Claudias Wohnung gewesen. Ich habe damals sogar mitgeholfen, die Zimmer zu tapezieren und zu streichen. Jedes Zimmer hatte eine eigene Farbe. Wenkes Zimmer war gelb, Claudias grün, die Küche orange und der gemeinsame Raum blau, der Flur lila und das Bad rot. Die Wohnung war ein einziger bunter Irrsinn.

Daß Wenke und Claudia sich mal trennen würden, hatte niemand für möglich gehalten. Sie galten als das Traumpaar. Ich hatte Wenke von Magdeburg aus angerufen, um mich mal wieder zu melden und zu verabreden, denn ab und zu war ich schließlich noch in Berlin bei *Insider* und übernachtete dann meist bei den beiden. Wenke hatte mir dann von der Trennung erzählt. Ich war schlicht entgeistert gewesen.

Zwei Tage später rief ich wieder an und fragte nach der Wohnung. Wie ich vermutete, wollten weder Wenke noch Claudia in den gemeinsamen Wänden bleiben. Beide suchten bereits nach etwas Neuem. Ich bat darum, die Wohnung übernehmen zu können, und so kam dann alles. Zwei Monate später zogen Clarissa und ich nach Berlin.

Jeden Tag gehe ich denselben Weg. Immer durch den Wald und zum Feld. Niemals woandershin. Ich stehe am Feldrand und betrachte die Gestalt aus Schnee. Eiswesen. Ich betrachte sie aus der Ferne. Und jeden Tag gibt es diese frischen Spuren im Schnee, Fußspuren, die bis zu der Erscheinung führen. Ich habe es im Feldstecher gesehen: bis zu der Frau und niemals weiter. Es ist egal, wann ich komme – immer sind die Spuren da, kleine Wunden im Schnee, noch nicht verheilt von der sanften Berührung der dichtfallenden Flocken.

Der Gedanke, daß es jemanden gibt, der wie ich Tag für Tag denselben Weg geht, um sie zu sehen, diese Frau, um bei ihr zu stehen und der Stille zu lauschen – ein einsamer Wanderer, der solange bleibt, bis der Wind ihm in die Knochen gefahren ist, die Kälte seine Wange zerschnitten hat und er gehen muß – dieser Gedanke schenkt mir Ruhe.

Ich will ihm nicht begegnen, diesem stillen Wanderer. Ich möchte meine Gedanken um die Frau aus Schnee nicht teilen. Aber daß es jemanden gibt, der diesen Anblick mit mir teilt, der diese Momente der Stille vielleicht ebenso erlebt wie ich: als Momente, die alle entschlafenen Erinnerungen wieder wachküssen, daß es ihn gibt, ist irgendwie tröstlich.

~

Es ist dunkel. Ich liebe diese Stunde, die noch kein Morgen ist, aber auch keine richtige Nacht mehr. Ich laufe durch den Wald wie gehetzt. Der Schnee dämmert dunkel auf den Wegen. Ich bin aus dem Schlaf geschreckt, weil ich spürte, daß etwas mich rief, daß etwas an mir zerrte, und ich bin gelaufen. Den ganzen Weg. Ich stehe vor dem Feld. Es ist Nacht, dunkle Nacht und doch: helle Nacht, denn hier auf dem weiten Feld liegt der Schnee fahl im Mondlicht wie ein abgezogenes weißes Fell.

Der Anblick trifft mich mitten ins Herz.

Schneehaut.

Ich streife die Schuhe ab und die Socken ebenso. Ich reiße mir den Mantel vom Leib, den Pullover, die Hose und den Slip. So wie ich bin, ganz bloß, laufe ich in den Schnee hinein, in das Fell aus harschem Eis, das tausendzüngig meine Füße durchnadelt, und ich muß schreien vor Schmerz und vor Kälte, die mich blutig küßt, die wie ein Ring um meine Lunge ist, ich laufe durch die Nadeln und in den eisigen Ring, der mir die Luft abschnürt, und ich schreie, schreie, und dann: nichts. Stille. Wärme. Taubheit.

Ich stehe vor ihr, der Frau aus Schnee, meine Frau, meine Mutter, die ich nicht lieben kann, weil ich ein Kind bin, das gehorcht, aber nicht lieben darf, mein Kind, mein Bruder, du Geliebter, meine Chris, dein Gefäß wollte ich sein, meine versunkene Erinnerung und auch du, meine eigene harsche Seele, unter dem Schnee begraben, versteckt und zugeschneit, ewiglich.

In Mußestunden und wenn ich sicher sein konnte, die Wohnung längere Zeit für mich allein zu haben, nahm ich meinen Lieblingsbildband hervor und blätterte verzückt in den Seiten. Chris wußte nichts von dieser Leidenschaft. Ich war süchtig nach den Fotos. Sie erregten mich.

Da gab es Frauen, deren Köpfe von Masken verdeckt waren, Tiermasken oder einfachen Masken aus Leder. Das zu betrachten war reine Lust. Manchmal trugen die Frauen nichts als breite Gürtel am Leib. Sie reichten vom Ansatz des Busens bis kurz unter den Bauchnabel, und gerade weil sie den Anschein von Angezogensein erweckten, rückten sie die Nacktheit der Frauen erst in den Blick. Mit metallenem Schmuck exotisch verziert, standen die Gürtel in einem eigenartigen Kontrast zu der weißen Haut. Sie betonten deren Verletzlichkeit.

Ich liebte Kontraste.

Ich liebte es, Frauen an eisernen Pfeilern zu sehen oder ausgestreckt auf metallenen Streben. Die Vorstellung, das kalte

Metall an der eigenen Haut zu spüren, war elektrisierend. Glattes Eisen neben dem verwundbaren Weich eines Frauenleibs; die Kühle des Metalls unter dem warmen Fleisch – es war eine faszinierende Vorstellung.

Kontraste.

Ich saß über den Bildern, wenn ich sicher war, daß Chris noch lange nicht in die Wohnung käme, und während ich minutenlang auf die Masken, auf das Metall und die weiße Haut starrte, streichelte ich mich.

Es war von Anfang an ein merkwürdiges Gefühl dabei gewesen, als wir Magdeburg verließen, um nach Berlin zu ziehen. Schon im Wagen, als wir die Stadt hinter uns gelassen hatten, fühlte ich mich ein wenig klein und ausgeliefert. Chris steuerte das Auto sicher durch den Verkehr und erzählte mir von der Wohnung, von Berlin, von ihren Freunden. Und plötzlich war mir alles so entsetzlich fremd gewesen, die Wohnung, Berlin, diese Freunde, obwohl ich alles aus den Gesprächen mit Chris schon ganz genau kannte. Doch jetzt kam mir alles sehr beängstigend vor, weil ich nicht mehr aus der Ferne daraufsah, sondern weil alles sehr nah war und unausweichlich. Ich fühlte mich in einer merkwürdigen Position. Chris bemerkte Gott sei Dank nichts. Ich fühlte mich klein, weil ich von all dem, was mich erwartete, keine Ahnung hatte, weil alles von Chris ausgegangen war, weil ich diese Wohnung nicht mit ausgesucht hatte, und weil ich mich in Berlin nicht auskannte.

Als wir nach ein paar Stunden schließlich ankamen – Chris hatte uns tatsächlich mühelos durch den Stadtverkehr bugsiert, und ich bewunderte sie dafür, denn mir selbst war die Orientierung zwischen den Baustellen und den Umleitungen und inmitten all der Hektik und des Gewimmels längst abhanden gekommen –, war ich schon viel gelassener. Die Wohnung lag in einer stilleren Straße, mit hohen Bäumen davor. Die Häuser waren alt und zum Glück nicht saniert. Das war schon mal ein Pluspunkt. Ich haßte sanierte Wohnungen. Wir stiegen die eine Treppe hoch, und als Chris dann die Tür aufschloß, war meine Angst plötzlich weg. Die Wohnung hatte drei Zimmer, war also viel größer als die, die wir in Magdeburg bewohnt hatten, die Wände waren hoch, so hoch, daß ich mein Hochbett ohne Probleme aufstellen konnte, und jeder Raum war lustig bunt bemalt. Das gefiel mir alles auf Anhieb.

Die Veränderung hat uns wohl schon lange im Blut gelegen wie eine Krankheit, aber ausgebrochen ist sie erst in Berlin.

Meine Arbeit bei *Insider* begann bereits wenige Tage, nachdem wir umgezogen waren. Clarissa arbeitete an der Wohnung, malte Bilder an die Wand ihres Zimmers, hängte Tücher auf, räumte die Sachen aus sämtlichen Kisten und Koffern, die ich noch lange stehengelassen hätte. Clarissa entwickelte einen Eifer, der mich erstaunte. Sie gestaltete Küche und Bad, und ich sagte nichts dazu und nichts dagegen. Ich ließ sie einfach wuseln. Ich hatte gespürt, daß Clarissa sich ein neues Zuhause schaffen mußte, um hier leben zu können. Und folglich sah die Wohnung bereits nach wenigen Tagen der in Magdeburg sehr ähnlich. Doch als Clarissa schließlich noch Wochen später, als sämtliche Sachen lange aus- und neu eingeräumt waren, als es nichts mehr an der neuen Wohnung zu verändern und verbessern gab, immer noch zu Hause blieb und täglich ratloser und unzufriedener wurde, fragte ich sie, ob sie nicht anfangen wollte, sich eine Arbeit zu suchen. In Magdeburg hat sie an der Volkshochschule gelehrt. Sie hat Sprachkurse gegeben, Spanisch und Französisch. Was sie in Berlin tun wollte, hat sie nie richtig thematisiert. Sie hat nur davon geredet, neu anzufangen, etwas anderes zu machen, etwas, was sie wirklich wollte.

Clarissa schien mir nie ein besonders willensstarker Mensch zu sein. Sie war ängstlich und unentschlossen, wenn sie etwas Neues begann, wenn sie mit Ämtern, mit Bürokratie und all diesen Dingen zu tun hatte. Clarissa erschien mir in solchen Dingen furchtbar unselbständig. Die Stelle an der Volkshochschule hatte sie durch eine Freundin bekommen, die ebenfalls dort arbeitete. Ich bin sicher, daß sich Clarissa niemals von selbst dort vorgestellt hätte.

Auf der anderen Seite war Clarissa ein wahres Goldstück für ihre Arbeitgeber, wenn sie erst mal eine Stelle hatte. Sie konnte sich mühelos in etwas hineinarbeiten. Sie war geschickt und überaus aufmerksam. Auf eine mysteriöse Weise verstand sie es, sich sehr schnell unentbehrlich zu machen.

Doch in Berlin passierte genau das, was ich befürchtet hatte: Clarissa traute sich einfach nichts zu. Zwar schrieb sie Bewerbungen, aber sie ging nicht zu den Vorstellungsgesprächen. Ich schwieg dazu, um sie nicht noch mehr zu verunsichern. Ich wußte, daß es Clarissa nicht guttun würde, wenn ich ihr dabei half. Sie mußte von selbst und aus eigener Kraft eine Arbeit finden, ansonsten würde sie mir meine Hilfe eines Tages vorwerfen. Oder sie würde es sich vorwerfen, diese Hilfe angenommen zu haben. Doch ich spürte immer deutlicher, daß Clarissa mir insgeheim die Schuld daran gab, daß Tag um Tag verstrich, ohne daß sich irgend etwas tat.

Und eines Abends kam ich von *Insider* nach Hause, es war bereits sehr spät, denn wir hatten eine interne Feier gehabt, als ich Clarissa völlig aufgelöst im Bad auf den Fliesen sitzend vorfand, nur mit Slip und ihrem Morgenmantel bekleidet, eine Schere in der Hand, mit der sie sich Arme und Beine über und über zerritzt hatte. Als sie mich sah, versuchte sie, die Arme und Beine mit dem Morgenmantel zu bedecken, aber die Ritze hatte ich natürlich schon gesehen, und ich war mich sicher, daß es auch Clarissas Wunsch gewesen ist, daß ich diese Verletzungen sah. Ich ging zu ihr und setzte mich neben sie auf die Fliesen, und da legte sie den Kopf in meinen Schoß und begann zu weinen.

An diesem Abend erfuhr ich, daß Clarissa mit meiner Hilfe nicht nur gerechnet hatte, sondern daß sie glaubte, es sei meine Pflicht, ihr diese Hilfe zu geben. Sie redete von Verantwortung und Rücksicht und Liebe, aber sie selbst war völlig verantwortungslos und ohne Rücksicht und Liebe im Umgang mit diesen Worten. Sie griff mich nicht nur an – sie klagte mich an! Sie warf mir Kälte vor und Gleichgültigkeit und war ganz außer sich. Sie war in einer mir unverständlichen Intensität enttäuscht darüber, daß ich keine Anstalten gemacht hatte, ihr irgendwie bei der Arbeitssuche behilflich zu sein. Ich versuchte ihr meine eigenen Überlegungen nahezubringen, nämlich daß ich überzeugt war, sie hätte durchaus genug eigene Kraft, so etwas zu tun, und außerdem, daß ich diese übergroße Verantwortung von vornherein ablehne.

Clarissa brach darauf noch einmal in Tränen aus. Und dann, nach einer Weile, stand sie einfach auf und ging in ihr Zimmer. Ich rief ihr hinterher, aber sie reagierte nicht. Sie verschwand hinter ihrer Tür und kam nicht noch einmal heraus. Sie hatte das Licht gelöscht, und ich war sicher, daß sie ins Bett gegangen war und allein bleiben wollte. Ich war nicht noch einmal zu ihr gegangen.

Als ich am nächsten Morgen aufstand, um zur Arbeit zu gehen, stellte ich fest, daß Clarissa bereits gefrühstückt hatte und nicht mehr in der Wohnung war. In den folgenden Tagen bekam ich sie kaum zu Gesicht. Sie redete nicht mit mir, antwortete mir nicht auf die Frage, was sie tagsüber gemacht hätte, und schließlich gewöhnte ich es mir ab, ihr diese Frage zu stellen. Sie wollte sie ja ganz offensichtlich nicht beantworten. Doch daß ich sie nicht mehr fragte, schien sie nur noch mehr zu erzürnen.

Und dann, nach etwa anderthalb Wochen, als ich eines Abends nach Hause kam, fand ich einen romantisch gedeckten Tisch vor, Wein und Kerzen und all der Kram, und Clarissa hatte eins der Kleider getragen, das ich am liebsten mochte. Sie hatte über beide Ohren gegrinst, so als hätte sie jemandem ein mächtiges Schnippchen geschlagen. Und dann hatte sie mir von dem Kindermuseum erzählt.

~

Es war wie verhext.

Ich konnte Chris nicht mehr anfassen. Ich war von Komplexen besessen, und ich begehrte ihren Körper nicht mehr. Die Neugier der ersten Nächte war vorbei, und ich fühlte mich, als seien wir seit einer Ewigkeit verheiratet. Es graute mir seit einigen Wochen sogar davor, gemeinsam mit Chris schlafen zu gehen, weil sie mich berühren könnte. Nicht, daß ich ihre Berührungen nicht genoß. Ich liebte es, mich ihr zu geben, aber ich selbst, ich war nicht mehr fähig, sie zu lieben. Meine Liebkosungen waren irgendwie in alten Bewegungsabläufen erstarrt. Ich durchlief immer und immer wieder das Muster der Wiederholung. Meine Hände schienen nichts anderes mehr zu können, als zu berühren, wie und was sie von Anfang an berührt hatten.

Sie folgten einem Schema, und ich konnte nicht dagegen tun. Es war, als sei ich nicht in Lage, ein uraltes Muster zu durchbrechen. Ich erlebte immer wieder ein und denselben Tag: den Tag, an dem wir das erste Mal miteinander geschlafen hatten. Eine scheue Begegnung, eine sanfte, stille Vereinigung, fern aggressiver Leidenschaft. Es war ein Fluch, der auf meinen Händen und auf meinem Geist lastete und mich müde und müder machte von Mal zu Mal, von Akt zu Akt, von Berührung zu Berührung: der Fluch der Wiederholung.

Als wir in Magdeburg lebten, hatten wir auch nicht sehr oft miteinander geschlafen. Das hat mich aber nie gestört. Chris hatte meine Bedürfnisse nicht verstanden, und ich brauchte den Sex mit ihr eigentlich nicht. Im Gegenteil, in der Art, wie wir sexuell miteinander umgingen, daß wir eben selten und wenn, dann ganz einträchtig miteinander schliefen, hatte ich sogar die Erfüllung meines heimlichsten Wunsches vermutet, des Wunsches, den mir all meine Liebhaber und Liebhaberinnen nicht erfüllen konnten: endlich einmal eine Beziehung zu führen, die nicht vom Sex abhing, die nicht daraus entsprang und nicht daran zugrunde ging. Wenn ich Sex brauchte, außergewöhnlichen Sex, dann hatte ich meine Geliebten. Eine Wurzel fand ich nur in Chris.

Über Nacht in meinem eigenen Zimmer zu bleiben, hätte ich nicht fertiggebracht, denn ich wollte ja bei ihr sein, wollte sie neben mir wissen, wollte neben ihr aufwachen. Aber ich hatte einfach keine Lust mehr, mit ihr zu schlafen. So also hatte ich mir angewöhnt, vor Chris ins Bett zu gehen und mich schlafend zu stellen, wenn sie aus dem Bad ins Zimmer trat. Hatte sie dann das Licht ausgeschaltet und hörte ich nach einiger Zeit ihren regelmäßigen Atem neben mir, schmiegte ich mich an sie. Wenn ich den Arm um sie legte und mit der Hand eine Haarsträhne aus ihrem Gesicht strich, fühlte ich nichts als eine angenehme Müdigkeit. Um nichts in der Welt hätte ich diese herrlich ruhigen Atemzüge neben mir unterbrechen wollen.

In jenen Nächten war das Bett wie Wasser, und die Satinwolken glitten kühler als sonst um meinen Körper. Die Nacht küßte schneeige Stille in mein Haar, und ich trieb glücklich auf der Welle sanfter Geschlechtslosigkeit, unter der Hand eines Winterwinds, der keine Fragen mehr mit sich führte und der das Segel meiner schläfrigen Zufriedenheit blähte.

Manchmal hatte Chris jedoch noch nicht geschlafen und drehte sich unerwartet zu mir, wenn sie mein Schmiegen bemerkte. Sie streckte die Hand aus, und ein kurzer Widerspruch in meinem Kopf nahm mir für einen Augenblick die Luft. Ich wollte nicht. Ich wollte nicht, daß sie mich berührte. Ich wollte meine eigene Lust nicht. Ich dachte in diesem Moment nicht an Genuß, sondern an die Verpflichtung, sie ebenfalls zu lieben. Nachher. Doch mein Widerstand sackte in sich zusammen, sobald ihre Finger sich unter mein T-Shirt und in den Slip stahlen.

Aber wenn ich wieder ruhig und der Schweiß auf meiner Haut erkaltet war, wälzte sich die Müdigkeit auf mich. Sacht legte ich die Hände auf Chris' Körper, doch mein Herz schlug langsam dabei und wog schwer wie ein Stein. Eine Lähmung verschloß mir den Mund und machte mich ungeschickt.

Es war paradox: Sollte ich Chris lieben, war ich müde und wollte nichts, als tief schlafen. Doch sobald *sie* mich berührte, wurde ich wach. Ich konnte gar nichts dagegen tun. Chris kannte Berührungen, die wie Gift waren. Gift, nach dem man süchtig wird und das man begehrt, obwohl es den Körper schwächt und den Geist höhlt. Ich gab mich jedesmal, sobald sie die Hand nach mir ausstreckte. Und ich liebte es, mich zu geben. Ihre Berührungen waren ein Aderlaß. Sie saugte das Lebensblut aus meinem Leib, und ich wand mich unter ihr, verwundet, schwach und schwächer werdend, willenloser mit jeder Sekunde, denn sie trank an meinem Willen. Er glänzte rot auf ihren Lippen. Sie trank. Tropfen für Tropfen. Heiß rann er ihre Kehle hinunter und stärkte sie. Ich wurde weiß und weißer, und sie hielt und nahm mich und saugte an der Wunde zwischen meinen Beinen. Und ich spürte ihre Zähne, spitz und scharf, und dann eine lange Zunge, die hinein in die Wunde und wieder hinaus glitt, die in mich tauchte und meine Lust leckte. Sie war ein Vampir, der an mir trank.

~

Ich habe nie erfahren, wie Clarissa an das Praktikum im Kindermuseum gekommen war, eine Arbeit, die sich später zu einer freien und gutbezahlten Stelle entwickeln sollte. Fest stand, daß sie sich seitdem veränderte. Aber vielleicht irre ich mich. Vielleicht hatte sie sich gar nicht verändert? Möglicherweise beobachtete ich nur schärfer? War ich aufmerksamer geworden? Damals jedenfalls schien es mir so, als ob Clarissa sich veränderte. Sie erblühte. Sie entwickelte ein bemerkenswertes Selbstbewußtsein.

Dazu muß allerdings gesagt werden, daß Clarissa über eine erstaunliche Fähigkeit verfügte: egal ob sie müde war oder frustriert, am Boden zerstört, schlecht gelaunt oder todtraurig – sobald sie unter Menschen kam, fielen all diese Gefühle wie durch einen seltsamen Zauber von ihr, und sie wurde zu einer blühenden, anbetungswürdigen, zu einer betörenden, einer alle bezaubernden Clarissa. Aufmerksamkeit war für Clarissa wie Benzin für einen Motor. Clarissa drehte voll auf, wenn sie Aufmerksamkeit erhielt, meine eigene oder die der anderen.

Im Kindermuseum war Clarissa ständig unter Menschen, die sie vergötterten und ihr genau die Aufmerksamkeit schenkten, die sie benötigte. Clarissa wurde anders. Sie wurde selbstbewußt wie nie zuvor und hob ihre kleinen Eigenheiten hervor. Clarissa pflegte ihre Marotten.

Ich durfte sie nie kritisieren, es sei denn im Scherz. Sie war eine Prinzessin, deren Sinn es war, schön zu sein und eitel, kapriziös und undurchschaubar. Und ich – ich war ihre Ergänzung. Sie brauchte mich. Sie konnte nur strahlen, wenn sie mich um sich wußte. Manchmal mußte ich nicht einmal in unmittelbarer Nähe sein. Ihr genügte das Wissen, daß ich da war, irgendwo. Ich sollte immer ein Auge auf sie haben, wenn sie sich amüsierte, wenn sie trank und wenn sie flirtete. Vor allem wenn sie flirtete. Clarissa liebte es, vor meinen Augen zu flirten. Sie lief zu Höchstformen auf, je näher ich ihr war, und wenn sie sicher sein konnte, daß ich sie beobachtete. Sie war eine Hexe.

Mit Leichtigkeit zog sie die Aufmerksamkeit auf sich. Es war eben etwas Ungewöhnliches an ihr. Wahrscheinlich waren es ihre Kindlichkeit und diese unerschöpfliche Begeisterung, die sie beinah jeder Sache entgegenbrachte. Man kann es nicht anders erklären, aber wenn Clarissa die Dinge beschrieb, dann wurden die banalsten Begebenheiten mysteriös, die kleinsten Sachen riesengroß, und die wichtigen – die vergaß sie einfach. Clarissa verdrehte alles, und wenn man sich mit ihr unterhielt, mußte man entweder irre werden, oder man verliebte sich in sie. Oder – und das war das Gefährliche an Clarissa – man wünschte sich, sie zu verletzen. Doch das kam später.

Jedenfalls gelang es Clarissa immer und überall, die Aufmerksamkeit auf sich zu lenken. Sie beteuerte mir stets, daß sie das nie absichtlich tue, daß sie nie irgendwas forciere, und ich glaube ihr das sogar. Sie war eben einfach merkwürdig, und die Leute kamen schon aus Neugier zu ihr. Und waren sie erst einmal da, so wurden sie schnell von ihrer Art gefangen genommen. Männer und Frauen lagen ihr zu Füßen. Und ich mußte mit ansehen, wie sie flirtete.

Sie berührte ihr Gegenüber wie zufällig, streifte Haut und Haar, ließ schließlich ihre Hand mal hier, mal dort etwas länger verweilen, bis sie zuletzt ruhig auf einem Bein oder Arm oder der Hand liegenblieb. Wie selbstverständlich. Und ich sah zu. Ich sah alles. Sogar die Küsse und später dann die Lust in ihrem Blick. Aber die Lust galt nicht ihrem Gegenüber. Immer galt sie mir. Clarissa vergewisserte sich stets, daß ich da war und sie im Auge hatte. Und beinah beruhigt wendete sie sich wieder um und konzentrierte sich stärker noch als vorher auf die Frau oder den Mann. Sie war eine Hexe.

Habe ich damals eigentlich schon geahnt, wie weit alles führen würde? Ich glaube nicht. Aber seinen Ursprung hatte er dort: mein Zorn auf sie. Er schlug Wurzeln in meiner Ohnmacht und wurde größer von Tag zu Tag, und ich wußte damals noch nicht einmal, daß ein großes Gefühl in mir wuchs, das endlich die Lauheit aus meinem Innern verdrängen und sich bestimmend seinen Weg bahnen sollte. Und seine Frucht würde Begehren sein. Begehren.

Ich sollte eifersüchtig sein, aber nicht zu sehr. Ich sollte besitzergreifend sein, aber nicht zu sehr. Und vor allem sollte ich Clarissa niemals eingrenzen.

~

Chris war müde. Sie war so müde, daß sie auf keine meiner Berührungen reagierte. Sie lag neben mir, in meinem Bett, in meinem Zimmer, und die Berührung meiner Fingerspitzen auf ihrem Gesicht blieb ohne Wirkung. Ich ließ die Finger auf ihren Hals zuwandern. Keine Reaktion. Ich knöpfte ihr Hemd auf. Keine Reaktion. Mein Mut sank. Wieso reagierte *ich* eigentlich nahezu sofort, wenn Chris mich anfaßte? Es war dann, als ob eine Maschine angeschaltet würde. Der Strom floß, und der Mechanismus lief ab, ganz egal, ob ich wollte oder nicht. Dieser Mechanismus funktionierte sogar, wenn sie mich nicht einmal berührte, sondern nur ansah – auf eine ganz bestimmte Art ansah. Während ich selbst anscheinend keinen Einfluß auf ihren Körper nehmen konnte, hatte Chris jederzeit Kontakt zu meinem. Zwischen ihrem Willen und meinem Leib gab es eine beunruhigende Verbindung, und ich war nicht fähig, diesen Kontakt ohne weiteres zu unterbrechen.

Sah sie mich an, reagierte ich.

Sprach sie mit einer rauheren Stimme, reagierte ich.

Faßte sie mich an, reagierte ich.

Ich hatte den Eindruck, sie machte bereits ein Spiel daraus. Denn während wir früher erbittert streiten konnten und jede auf ihrer Meinung beharrte und zu keinem Kompromiß bereit war, griff Chris nun immer häufiger auf die Funkverbindung zwischen ihrem Willen und meinem Leib zurück und brachte mich schnell zum Schweigen. Mit einem einzigen Griff unterband sie sämtliche Argumente, die mir noch auf der Zunge gelegen hatten.

Ich weiß nicht, wie sie das machte, aber es funktionierte.

Meine Finger streichelten ihren Hals. Sie bewegte sich nicht mal. Ihre Atemzüge waren ruhig und gleichmäßig, als ob sie schliefe. Ich ließ den Zeigefinger in die Spalte zwischen ihren Brüsten gleiten. Keine Reaktion. Verdammt! Meine eigenen Brüste schienen ein Eigenleben zu haben, sobald Chris auch nur den Blick darauf heftete. Sie schwollen an und hoben sich. Sie wurden ganz Neugier. Sie wurden eine einzige Einladung: Faß mich an, greif mich, drück zu!

Und Chris umfaßte sie dann mit beiden Händen, und ich wurde schwach davon, meine Brüste blühten unter ihren Fingern.

Ich ließ meine Hände in das halbgeöffnete Hemd hineingleiten und hob den Stoff etwas an. Die Hände schwebten jetzt kurz über ihren Brüsten. Ich wartete. Könnte ich doch ihren Willen nach meinem Wunsch formen, so wie sie es täglich mit meinem tat. Hätte ich doch ihren Mut! Ich wünschte, sie würde sich unter meinen Fingern bewegen und stöhnen und meinen Namen sagen und würde sich hingeben, ganz und gar, und nur noch Lust und Wunsch sein.

Doch selbst in ihrer Lust blieb Chris nur für sich allein. Sie war außergewöhnlich schnell erregbar und erreichte Orgasmen in weniger als einer Minute. Sie genoß still und ohne Regung. Sie gab mir nicht einmal die Befriedigung eines Seufzens. Erst wenn sie meine Hand oder meinen Kopf zwischen ihren Beinen hervor- und wegzog, erst dann wußte ich, daß sie gekommen war. Nie war eine Regung für mich bestimmt. Chris ließ mich nicht teilhaben an ihrer Lust. Sie schien in sich hineinzulauschen, mit geschlossenen Augen und leicht geöffnetem Mund. Sie schien völlig bewegungslos in einer Innenwelt zu weilen, während ich sie liebte. In diesen Augenblicken war sie mir sehr fern. Sie gab sich nur sich selbst. Niemals mir. Niemals mir. Sie behielt ihre Stärke bei, wenn ich bereits die Kontrolle über meine Worte und meine Reaktionen verloren hätte und nichts mehr gewesen wäre als ein zuckender, bittender Körper.

Meine Hände senkten sich ganz langsam, und an den Handtellern spürte ich zuerst ihre Brustwarzen. Dann schloß ich die Finger um das weiche Fleisch. Sofort öffnete sie die Augen und ließ einen unwilligen Laut hören. Abrupt zog sie meine Hände unter dem Hemd hervor und schloß die Augen wieder.

Und das war's.

Sie lag auf meinem Bett. Und ich saß neben ihr. Unfähig. Unfähig. Irgend etwas würgte mich, doch ich schluckte es hinunter. Es tat in der Kehle weh. Was war ich nur für sie? Ein Casanova ohne Einfälle. Es war so oft so. Deswegen bin ich immer feiger geworden.

Ratlos wanderten meine Finger auf ihre Stirn zu und zeichneten vorsichtige Kreise. Ich traute mir immer weniger zu, sie zu erregen und zu befriedigen. Ich sah nur noch schlechte Zeichen überall. Selbst in ihren schnellen Orgasmen. Vielleicht wollte sie ja gar nicht so schnell kommen? Vielleicht sehnte sie sich nach einer Liebhaberin, die geschickt genug war, ihre Lust aufzuspüren und sie zu bremsen, die sie anstachelte und wieder beruhigte, eine Liebhaberin, die ein Spiel treiben konnte mit ihrer Lust?

Ich.

Was war ich? Ich war zu unsensibel, auch nur zu bemerken, wann Chris' Lust wuchs. Sie atmete nicht schneller. Sie bewegte sich nicht anders. Ihre Lippen röteten sich nicht.

Chris erregte sich einfach. Chris wurde sekundenschnell feucht. Chris kam. Und obwohl ich es war, die sie berührte, schien ich keinen wirklichen Einfluß zu haben. Ich war Mittel, *Mittel*, sonst nichts, und wie es schien, nicht einmal ein gutes.

Als ich anfing, mir Sorgen darüber zu machen, was Chris wohl von der Liebhaberin in mir hielt, begann eigentlich alles. Ich glaube, meine Sorgen in dieser Hinsicht waren der Auslöser für etwas, das eigentlich schon ganz lange und ganz groß in mir existiert hatte: Ich bekam Angst davor, daß Chris bemerken würde, wie langweilig ich eigentlich war. Ich fürchtete mich davor, sie an jemand anderes zu verlieren. Vielleicht fürchtete ich weniger, sie zu verlieren, als vielmehr, damit verbunden, zur Versagerin verurteilt zu sein. Wenn sie die Andeutung einer Kritik an meiner Person machte, glaubte ich zu sterben. Ich war sehr empfindlich geworden. Denn plötzlich bedeutete jede Kritik auch einen Hinweis auf meine Langweiligkeit und meine Unfähigkeit. Kritik war zur Bedrohung geworden. Zur Bedrohung, verlassen zu werden. Ich wurde übersensibel für alles, was mich vorher nicht im Geringsten interessiert hatte. Mit wem verbrachte sie ihre Freizeit? Wer war ihr so viel wert, daß sie lieber dort war als bei mir? Und vor allem warum?

Ich war verrückt nach ihr, weil ich sicher war, sie niemals vollständig zu besitzen. Ich wollte sie ganz für mich allein. Und doch wußte ich, daß ein solcher Wunsch sich niemals, niemals erfüllen durfte, denn die Erfüllung wäre das Ende all meiner Sehnsucht gewesen. Doch ungeachtet all dieser Überlegungen begann ich, Chris heimlich zu überwachen, und reagierte verletzt auf die kleinste Ablehnung.

~

Ich war verrückt nach Clarissa, weil ich glaubte, sie niemals ganz zu besitzen. Immer gab es die anderen. Immer ahnte ich, daß sie sich auch anderen Frauen gab. Und Männern. Ich aber wollte sie vollkommen für mich. Als ob ich nicht gewußt hätte, daß der Wunsch nach Besitz etwas mit Besessenheit zu tun hat. Ich war besessen. Besessen von ihr und besessen von meiner eigenen Unfähigkeit, ihre Freiheit zu zerstückeln. Ich glaube, ich habe mich schon damals danach gesehnt, Clarissa zu zerstören.

Eines Nachts, es war Winter und beinahe so kalt wie jetzt, kam sie nicht nach Hause. Das war nicht weiter ungewöhnlich. Clarissa tat, was sie wollte. Als wir noch in Magdeburg gewohnt hatten, war mir das egal gewesen. Es hatte mich einfach nicht interessiert, wann und wie lange sie wegblieb und ob sie auswärts oder zu Hause schlief. Mir war nichts Beunruhigendes an ihrem Fortbleiben aufgefallen. Entweder hatte Clarissa in Magdeburg niemals wirklich versucht, mich zu hintergehen, oder aber ich war zu vertrauensselig, zu dumm gewesen, ihre Ausschweifungen zu bemerken. Ich kümmerte mich eigentlich nicht sehr darum, wo Clarissa gewöhnlich ihre Zeit verbrachte. Jetzt aber, hier in Berlin, war ich plötzlich empfindsam geworden. Es war, als hätte ich auf einmal Augen, die vorher blind gewesen waren. Mein Gott, wir wohnten doch seit so langer Zeit in einer Wohnung! Und erst jetzt wurde ich plötzlich gezwungenermaßen Zeugin ihrer merkwürdigen Gewohnheiten und Affären. Erst jetzt fügte sich alles.

Was mich beunruhigte, war mein Wunsch, Clarissa dafür zu strafen. Ich hatte einen solchen Gedanken das erste Mal, und es machte mich nervös. Denn wir hatten uns eigentlich Freiheit gestattet. Wir wußten ja, daß Enge uns erdrücken würde. Und doch hatte ich plötzlich den Wunsch, Clarissa zu verletzen. Zum ersten Mal wollte ich sie unter mir wissen, wollte, daß sie mich um die Erlaubnis bat, gehen und kommen zu dürfen. Und ich wollte ihr diese Bitte abschlagen.

~

Es war egal.

Selbst wenn ich fremdging, wenn ich mich amüsierte, wenn ich Chris belog und sie bewußt verletzte, selbst dann fühlte ich mich schwächer als sie. Dem kurzen Moment des Triumphs folgte das Gefühl der Ohnmacht. Ein jämmerliches Gefühl. Ich war ihr ausgeliefert in einer Form, die mich verunsicherte. Vielleicht war es mir einfach nicht möglich, über längere Zeit mit einem Menschen zusammenzusein, ohne mich jämmerlich zu fühlen und ausgeliefert und klein. Es war bisher immer so gewesen, wenn Gefühl dabei war und nicht nur mein Körper. Ich war groß, wenn ich liebte. Ich war groß, wenn ich begehrte. Aber sobald ich liebte *und* begehrte, wurde ich winzig klein.

~

Eines Nachts wurde alles anders.

Etwas brach hervor, das seit langem gebrodelt hatte, und veränderte unser Verhältnis von Grund auf. Und es kam mit einer Macht und Lust, die ich nicht in uns geahnt hatte.

Es war einer dieser lächerlichen Anlässe gewesen: Clarissa hatte gekocht, und ich war später hinzugekommen, hatte das Essen dann gelobt, hatte gegessen, hatte geschwiegen, hatte vor mich hingebrütet, war in Gedanken überall gewesen, nur nicht bei diesem Abend und bei ihr. Und dann fragte sie zum zweiten Mal: „Was denkst du gerade", und ich hatte wie zuvor geantwortet: „Nichts." Da schob sie ihren Teller so heftig zur Seite, daß ihr Weinglas dabei umfiel. Sie lief aus dem Raum, und ich sah ihr nach und bemerkte zum ersten Mal an diesem Abend, daß sie schön war. Sie trug das lilafarbene Gewand, das ich ihr einmal geschenkt hatte. Ich kann nur Gewand dazu sagen, denn es ist weder ein Kleid, noch ein Anzug, noch sonst irgend etwas, das ich mit Namen kenne. Jedenfalls ist es ein außergewöhnliches Stück. Außergewöhnlich erlesen und außergewöhnlich gewagt. Ich hatte es nach eigenen Angaben anfertigen lassen. Ein farbiger Hauch nur. Eine lila Andeutung.

Ich sah ihren Zorn und wurde selbst zornig. Verstand sie denn nicht, daß es mir unmöglich war, sie ständig zu beachten und zu bewundern, daß ich abgespannt war und Ruhe, einfach nur Ruhe wollte? Ich hatte stumm zugesehen, wie sie in aller Eile ein paar Sachen in ihre Handtasche warf und sich die Haare hochsteckte. Als sie fertig war, wendete sie sich zu mir herum. Ihre Stimme war nicht fest, als sie sagte:

„Ich gehe aus. Du brauchst nicht zu warten."

Plötzlich wußte ich alles.

Es fiel mir wie Schuppen von den Augen, und ich verstand plötzlich, verstand so vieles, verstand unsere ständigen Mißverständnisse, unsere Schwierigkeiten miteinander, unsere Langeweile. Dies hier war alles Inszenierung, denn Clarissa sehnte sich nach meiner Eifersucht, sehnte sich nach einer lautstarken Szene, in der ich versuchen sollte, sie abzuhalten, jetzt zu gehen. Sie sehnte sich nach einem Ausbruch. Denn dieser wäre ein Serum für sie, das sie einsaugen würde, um daran zu erstarken. Ihre Stimme würde fest werden, und sie würde mir ins Gesicht lachen und erneut sagen:

„Ich gehe aus. Du brauchst nicht zu warten."

Aber dann würde alles echt sein und keine Inszenierung mehr. Und sie würde mit Befriedigung gehen können. Diesen Gefallen aber hatte ich ihr nie getan.

Ich sah sie nur an und fragte:

„Wohin?"

Und nun war es an ihr zu sprechen, und wie erwartet, wurde sie wuselig und zippelig, denn eigentlich hätte ich diejenige sein müssen, die antworten sollte. Clarissa wollte die Dinge immer in ihrer Hand wissen. Sie wollte die Fragen stellen und die Bedingungen. Sie allein.

Und nachdem sie mir ein paar konfuse Dinge an den Kopf geworfen hatte, ging sie einfach. Sie warf die Tür laut ins Schloß, und die Stille, die zurückblieb, war merkwürdig unwirklich. Ich saß noch immer am Tisch, vor mir die Teller mit den Resten. Ich starrte in den Rotweinfleck auf der Tischdecke und spürte meinem Zorn nach.

Sie würde zurückkehren. Das war gewiß. Ich wußte nur nicht, wann und wie. Ich hatte keine Ahnung von Clarissas Liebschaften. Sie tat einfach, was sie wollte, und ließ mir nichts als Vermutungen. Irgendwann würde sie aber zurückkommen. Sie war verrückt nach meiner Gleichgültigkeit. Und plötzlich ahnte ich, daß sie nur deswegen bei mir blieb. Ich gab ihr nur selten mehr als Gleichgültigkeit. Sie war süchtig nach meiner Kühle, weil sie sich daran stieß und stieß, immer wieder, weil sie sich die Finger wund rieb an meiner Unnachgiebigkeit. Zeit unseres Beisammenseins suchte sie nach endgültigen Worten, und ich hatte niemals das Wort Liebe geäußert. Sie aber suchte nach einer Liebe, der sie sich sicher sein konnte, und dann würde sie gehen. Es war verrückt, aber es war so. Sie verzehrte sich nach Sicherheit, um diese, sobald sie ihrer habhaft wurde, sofort zu zerstören. Sie würde mich auf der Stelle verlassen, wenn sie meiner sicher wäre. Daran hatte ich keinen Zweifel. Es würde dann nichts mehr geben, das sie reizte.

Eigentlich war alles ein Spiel. Aber wir beide spielten es bitterernst. Es war nichts Harmloses mehr. Es war ein Balanceakt. Clarissa brauchte Anerkennung wie Luft. Und indem ich ihr diese Anerkennung vorenthielt und sie nicht anbetete, wie all ihre Freunde es taten, indem ich mich nur sehr selten ihr allein widmete, war sie gezwungen, um meine Aufmerksamkeit zu kämpfen und stolz oder demütig zu sein. Sie war süchtig danach, kämpfen zu müssen, und wenn es sein mußte, sich sogar zu erniedrigen. Aber das hätte sie niemals zugegeben.

~

Ich hatte die Tür hinter mir zugeschlagen. In letzter Zeit nahm alles irgendwie überhand. Daß Chris mich einfach überging, war ja nichts Neues. Was neu war: die Sensibilität, mit der ich reagierte. Früher lachte ich nur, wenn sie mir mit Zynismus begegnete. Jetzt machte es mir etwas aus. Sie hörte mir nicht zu, und das verletzte mich. Das Schlimme war, daß ich diese Verletztheit nach außen trug, daß ich nicht mehr kühl bleiben konnte.

Vielleicht begehrte sie mich nicht mehr. Vielleicht war ich ihr gleichgültig geworden. An jenem Abend jedenfalls konnte ich nicht in der Wohnung bleiben. Manchmal machte mich meine Zwiespältigkeit verrückt. Je mehr Chris sich zurückzog, je ironischer sie wurde, desto mehr begehrte ich sie. Ich wünschte mir, daß sie mich packte und nahm, hart und ohne zu fragen.

Wenn einige Zeit dieser Ignoranz vergangen war und sie sich mir schließlich zuwendete, war der Zynismus aus ihrem Verhalten verschwunden, und mit ihm auch dieser erregende Schwindel, der mich ergriff, sobald sie mich ablehnte. Sie wendete sich mir zu, endlich, und obwohl es das war, was ich gewollt hatte, war ich doch immer irgendwie enttäuscht gewesen.

Ich hatte an diesem Abend die Tür hinter mir zugeworfen, weil ich mich schwach fühlte; zu schwach, um Chris Begehren zu entlocken. Doch schon, als ich die Treppen hinunterlief, hatte ich das seltsame Gefühl, daß mein Ausbruch diesmal Folgen haben würde. Als Chris „wohin" fragte, hatte etwas seltsam Lauerndes in ihrer Stimme mitgeklungen. Und um ihren Mund war ein hartes Lächeln gewesen. Ihr Blick war an mir hoch und runter gegangen, ganz anders als sonst, intensiv und irgendwie anzüglich, und ich fühlte mich in dem lila Nichts, das ich trug, plötzlich nackt. Etwas hatte sich in meinem Unterleib zusammengekrampft.

Sie machte mich wahnsinnig. Ich begehrte sie, begehrte sie wie eine Verrückte. Und ich hatte Angst, daß sie bemerkte, was mit mir los war.

Ich ging ins *Pour Elle* und beschloß, mich vollkommen zu verausgaben. Ich trug wie gesagt dieses Gespinst aus Lila, das Chris mir mal geschenkt hatte. Es war viel zu auffällig fürs *Pour Elle*. Ich würde die ganze Aufmerksamkeit auf mich lenken. Aber das war mir sogar recht. Auf der Straße kramte ich noch mal meinen Schminkspiegel hervor und überprüfte mein Make-up. Bis auf die Lippen war alles ganz passabel. Ich nahm den Lippenstift und färbte sie blutrot.

~

Für unsere Bekannten hatte es wohl so ausgesehen, als ob ich diejenige war, die Clarissa einfach genommen, die sie erobert hatte. Doch in Wirklichkeit hat sie gewählt. Irgendwann wäre der Moment dagewesen, ihr zu vertrauen, ihr zu sagen, daß ich sie liebte. Vielleicht wäre dann alles ganz anders gekommen. Vielleicht hätten wir uns retten können. Vielleicht hätten wir die Kurve gekriegt. Andererseits hätten wir nie so offen sein können, wenn wir einander sicher gewesen wären. Verletzungen sind Öffnungen, und indem wir uns verletzten, immer wieder und immer wieder neu, indem wir immer tiefer in diesen Kreislauf aus Verletzungen hineinschlitterten, öffneten wir uns immer mehr und lernten einander auf eine Art und in einer Tiefe kennen, wie wir es nie vermocht hätten, wenn wir uns nicht so mißtraut hätten.

Mißtrauen hat immer mit Verzweiflung zu tun, mit der Angst, verlassen zu werden und selbst zu verlassen. Und wer diese Verzweiflung kennt, wer immer nur im Jetzt lebt, denn jeder Morgen könnte ja etwas sein, das es möglicherweise nicht gäbe, wer also nur im Hier und Jetzt lebt, im Augenblick, der wird versuchen, diesen Augenblick auszukosten, bis zum Exzeß auszukosten, denn es könnte der letzte sein.

Vielleicht hätte ich mich öffnen müssen, weil sie mich brauchte und das Wissen um meine Liebe. Doch der Moment kam und verging. Und ich habe ihn nicht genutzt. Ich habe ihn absichtlich verpaßt, weil ich Clarissa bis zum Schluß mißtraut habe. Sie hat ihn ebenfalls verstreichen lassen, diesen Augenblick, weil sie Angst vor endgültigen Worten hatte. Und als sie schließlich die Worte schrieb, die alles hätten verändern können, da war der Moment, an dem man solche Worte äußern konnte, bereits vorbei.

So geschah alles, wie es geschehen sollte.

~

Die Disco war total voll. Natürlich – es war Samstagabend. Die Luft war heiß und trocken. Ich schälte mich aus meinem Mantel und hängte ihn über einen Stuhl. Sofort wurde ich angestarrt; die Blicke kribbelten nur so über meinen Leib. Gleich fühlte ich mich besser. Gott, wie ich es liebte, Aufmerksamkeit zu erregen! Dieses lila Teil war wirklich eine Sensation. Keine Ahnung, woher Chris es eigentlich hatte. Möglicherweise war es sogar eine Extra-Anfertigung. Jedenfalls war es so raffiniert geschnitten, daß ich vom Hals bis zum Knöchel zwar vollkommen bedeckt war und doch praktisch nichts trug. Eigentlich war es nur eine Hülle, durchscheinend und schleierdünn.

Das Ganze bestand aus hauchfeinem Gewebe, das mehrmals eng um meinen Körper geschlungen war, um die Beine, um die Arme, nur nicht um die Brüste. Diese bedeckte nur eine einzige Schicht. Um die Taille schloß sich ein breiter, corsageähnlicher Gürtel, der aus Stäbchen gefertigt war. Er war unnachgiebig wie ein Korsett und zwang mich in eine beständig aufrechte Position. Der Rücken blieb dabei durchgedrückt. Außerdem war der Gürtel so konstruiert, daß er meine Mitte derart zusammenpreßte, daß ich unwahrscheinlich dünn aussah, und da er bis zum unteren Ansatz meines Busens reichte, schob er ihn in die Höhe und schien ihn auf diese Weise zu vergrößern.

Ich sah mich um. Ich wollte eine Frau heute nacht. Ich mußte verführen. Mein Blick ging durch den Raum, über die Tanzenden, und blieb schließlich an einer Gestalt an der Bar hängen. Ich schlenderte auf sie zu.

~

In dieser Nacht wartete ich auf Clarissa. Ich ahnte, daß sie absichtlich lange wegbleiben, daß sie möglicherweise erst am nächsten Morgen zurückkommen würde, mit Rauch im Haar und Lippen, die von den Küssen einer anderen Frau noch geschwollen waren. Ich saß in dem weiten Raum mit den Füßen auf dem Tisch, neben mir lagen die Zigaretten, und nach und nach füllte sich der Ascher, und der Rauch trieb in Schwaden durch das geöffnete Fenster. Die Nacht stand im Raum, klar und kalt, und ich war nichts als ein glühender Punkt im Dunkeln. Sie würde kommen. Ich wartete.

Zorn ist ein machtvolles Gefühl. Zorn ist lustvoll. Ich genoß es, Zorn zu spüren. Er kam in Wellen und begann jedes andere Gefühl in mir zu ertränken. Jedes außer dem des Begehrens.

Begehren.

Ich lag in dem Sessel, mit den Füßen auf dem Tisch, und rauchte. Vollkommen still. Vollkommen unbeweglich. Und ich wußte, daß ich sie bestrafen würde. Und Clarissa wußte das ebenfalls. Und ich wollte es. Ich lächelte. Nach langer Zeit drückte ich die letzte Zigarette aus. Und dann begann ich mich vorzubereiten.

~

Ich setzte mich auf einen Barhocker und bestellte einen Wein. Als ich das Glas hob, drehte ich mich ein wenig und schlug beide Beine auf der Seite über, wo die Frau saß. Ich hob das Glas und atmete das Bouquet ein. Meine Augen waren geschlossen. Dann hob ich den Blick.

Als Kind hatte ich das mit Chris vor dem Spiegel geübt: den Augenaufschlag. Ich war die bessere gewesen. Ich hatte es bis zur Perfektion gebracht.

Erst müssen die Wimpern wie ein Schatten auf den Wangen liegen, ganz schwer und dicht, und dann müssen sie sich langsam heben und den Blick in ein Paar ungewöhnlich große, ein Paar sehr offene Augen hineinziehen. Und man muß dem Gegenüber dabei genau in die Pupillen sehen. Und schließlich, fast erschrocken, so als hätten sie zuviel offenbart, müssen die Wimpern sich wieder halb über die Augen senken.

Ich sah sie unter den halboffenen, halbgeschlossenen Lidern an. Es hatte funktioniert. Sie sah nicht nur her – sie starrte. Ich lächelte. Als wäre sie sich plötzlich bewußt geworden, daß sie starrte, drehte sie sich zur Bar und bestellte einen Fizz. Einen Fizz! Ich grinste fast im Innern.

~

Ich öffnete die Tür zu Clarissas Zimmer.

Wenn Clarissa nicht da war, ging ich selten hinein. Sie hätte nichts dagegen gehabt, das wußte ich, sie selbst ging auch ständig in mein Zimmer, aber für mich gab es so was wie eine unsichtbare Grenze an ihrer Tür. Obwohl wir uns so vertraut waren, hatte ich stets das Gefühl, etwas Unmoralisches zu tun.

Vielleicht lag es an der ungewöhnlichen Intimität, die das Zimmer ausstrahlte, daß ich mir beim Eintreten jedesmal so vorkam, als läse ich heimlich ein fremdes Tagebuch. Die Intimität dieses Zimmers traf mich immer wieder wie ein Schlag.

Clarissa war eine Sammlerin. Sie konnte sich einfach von nichts trennen. Sie kaufte ständig überflüssige Dinge, kleine hölzerne Elefanten beispielsweise oder eine kaputte Schiffslaterne, dann bekam sie dauernd von ihren Freunden Sachen geschenkt, Tücher, Murmeln, ungewöhnliche Flaschen, und außerdem fand sie immer wieder kleine Ungewöhnlichkeiten auf Flohmärkten oder sogar auf der Straße, und alles, alles bekam einen Platz in ihrem Zimmer. Es war vollgestopft mit Kinkerlitzchen und Albernheiten. Und immer wenn ich eintrat, hatte ich Angst, etwas umzuwerfen, das dann auf irgend etwas anderes fallen würde und es ebenfalls umwarf, und so weiter. Wie bei einer Reihe Dominosteine eben.

Ich ging nur einen kleinen Schritt hinein. Sofort umfing mich der typische Geruch. Etwas wie Thymian und andere Kräuter. Es war wirklich eigenartig. Nirgends sonst in der Wohnung roch es so. Nicht einmal an Clarissa selbst hatte ich den Geruch festgestellt. Es gab ihn nur in ihrem Zimmer, und wo er herkam, war mir unbegreiflich, denn weder trocknete Clarissa Kräuter, noch hatte sie ein entsprechendes Parfüm.

Vielleicht rochen ja die Wände so. Wahrscheinlicher aber war, daß sich ganz einfach alle Gerüche der tausend Dinge in diesem Raum zusammengeschlossen hatten, bis sich eben diese eigenartig kräutrige Mischung ergab.

Ich ging nur kurz um die Tür. Dann zog ich den Schlüssel heraus. Jede Tür unserer Wohnung hat einen Schlüssel. Clarissa benutzte sie manchmal, ich nie. Wenn wir uns stritten, konnte es vorkommen, daß Clarissa aufsprang und sich einschloß. Einmal hatte sie auch mich eingeschlossen. Mir war das egal gewesen. Ich hatte ruhig weitergearbeitet. Was mich immer gestört hat, war, daß Clarissa sich auf diese Weise einfach aus der Affäre zog. Sie verschwand von der Bildfläche, und das war es dann. Sie verweigerte sich einer Auseinandersetzung.

Ich ging durch die gesamte Wohnung und zog jeden einzelnen Schlüssel heraus. Die Dinge würden sich ändern.

~

„Würde es dir etwas ausmachen, den Barhocker ein wenig mehr hierher zu schieben? Ich würde gern einen Fuß abstützen."

Mein Gott, Clarissa! Das war ja wohl der blödeste Spruch, den du je vorgebracht hast. Aber entweder sah ich aus wie Madonna, oder Madame war ein wenig einfältig, jedenfalls tat sie wirklich, worum ich sie gebeten hatte, glitt vom Hocker und schob ihn näher an meinen. Dann setzte sie sich wieder. In der Zwischenzeit hatte ich Gelegenheit, sie etwas näher in Augenschein zu nehmen. Sie trug eine anthrazitfarbene, weitgeschnittene Bügelfaltenhose aus irgendeinem edlen Stoff, ein weißes Hemd, das wie aus den Dreißigern aussah, mit großem Kragen, dazu eine Art Jackett, aber nicht ganz so streng, eher lässig und doch sehr elegant, und um den Hals ein Tuch – oder war es ein dünner Schal? Jedenfalls total dandyhaft. Ich stehe überhaupt nicht auf solche Frauen. Frauen, die auf Barhockern sitzen, Fizz trinken und Dandy spielen, sind mir zuwider. Zudem trug sie das Haar bis zum Kinn, ein normales Aschblond, das nicht zu den Kleidern paßte, aber doch irgendwie zu ihrer Person. Es ist nicht so, daß ich Haar, das bis zum Kinn geht, verabscheue, aber bei ihr sah es aus, als sei sie mit dieser Frisur geboren worden, als hätte sie nie etwas anderes getragen als aschblondes, kinnlanges Haar. Sie war ungeschminkt, und auch das störte mich. Alles störte mich an ihr. Das war seltsam.

Sie sah aus, als lebte sie schon eine Ewigkeit ohne Aufregung und Veränderung, obwohl sie höchstens Mitte Dreißig sein konnte. Sie sah aus wie eine, die keine Frau sucht, sondern ein weibliches Ding, das sich in ihr perfekt eingerichtetes Leben einzufügen versteht, das keinen Raum einnimmt und keine Bedürfnisse hat. Sie sah aus wie eine, die ich hassen könnte. Sie strahlte eine enorme Unflexibilität aus, und ich war sicher, daß sie nicht nur beruflich erfolgreich und wohlhabend, sondern auch geltungsbedürftig war.

Ich stellte den Fuß auf die Holzleiste des Barhockers. Obwohl es draußen eiskalt war, hatte ich nicht mal ordentliche Schuhe an. Ich trug noch immer die lilafarbenen Sandaletten, und die Füße darin waren nackt. Die Frau starrte jetzt auf meinen Fuß. Ich lächelte erneut. Meine Füße sind tatsächlich sehr schön. Man muß nicht unbedingt Fußfetischistin sein, um ihnen zu verfallen. Ich pflege sie sehr, und da ich stolz auf sie bin, zeige ich sie auch gern. Heute waren die Nägel in demselben Lilaton bemalt, den auch der Stoff an meinem Körper hatte, und die zweiten Zehen schmückte jeweils ein exotischer Ring. Die Frau löste noch immer nicht die Augen von dem Fuß. Da bewegte ich meine Zehen ein wenig. Ich bin sehr gelenkig und kann jeden Zeh einzeln heben und senken. Jetzt sah es so aus, als seien die Zehen Finger, die sich über die Sohle meiner Sandalette bewegten, die sie griffen, sie streichelten. Die Frau wurde unruhig. Endlich lachte ich. Ich hatte sie. So schnell, mein Gott. Sie hob den Kopf. Und dann machte sie endlich den Mund auf. Das Spiel konnte beginnen.

„Der rote Wein, der lila Stoff und das schwarze Haar. Das paßt fantastisch."

„Wie charmant. Danke."

Mein Gott, was war ich süß! Ich spielte ein wenig an meinen Fingern herum, als ob ich schrecklich nervös wäre, schlug die Augen nieder und fuhr mir dann auch noch durchs Haar. Solche Gesten hatte ich geübt. Sie sahen perfekt aus. Perfekt verlegen und perfekt bezaubernd. Sie fiel sofort darauf herein. Ich trank den letzten Schluck meines Rotweins. Das erste Glas schüttete ich meist regelrecht hinunter. Das war nicht gerade stilvoll, aber ich hatte gelernt, schnell zu trinken, ohne daß es auffiel. Je schneller man trank, desto größer war die Wirkung. Und ich spürte auch schon einen angenehmen Rausch in meinem Kopf, der mich von innen wärmte und wie ein kitzeliger Stachel war, der mich antrieb, immer weiterzumachen.

Ich stellte das leere Glas auf den Tresen. Sie sah mir dabei zu, wie mein Zeigefinger über den Fuß des Glases glitt. Ich legte die Hand wieder auf meinen Oberschenkel und spielte mit den dünnen Stoffen. Wie unbeabsichtigt glitt ich mit den Fingern spielerisch mal unter die eine, dann unter die andere Schicht, streichelte den Stoff, und dann, wie ertappt, hielt ich die Hand still. Sie sagte nichts. Ich wollte sie dazu bewegen, irgendwas zu tun, also ließ ich meinen Blick fort von ihr und hin zur Tanzfläche wandern, als suchte ich jemanden unter den Gesichtern. Und wie erwartet, sprach sie mich wieder an, denn ganz sicher fürchtete sie, sie sei mir bereits langweilig geworden, und ich suchte meine Bekannten, meine Begleiterin, oder wen auch immer.

„Kann ich dich einladen? Magst du Longdrinks?"

Ich sah sie an, als hätte sie mir eben vorgeschlagen, eine tote Ratte zu essen, und antwortete: „Ich nehme einen Martini Rosso, mit doppelt Eis und Zitrone."

Ich machte mir nicht irrsinnig viel aus Martini, aber momentan paßte es zu der Figur, die ich verkörperte. Es war so herrlich, sich einfach gehenzulassen. Und ich war gewillt, heute keine Grenzen einzuhalten, weder die der Höflichkeit noch der Zurückhaltung. Ich würde genau so sein, wie ich mich gerade fühlte.

„Eiskalt draußen", sagte ich und legte einfach meine Finger auf ihre Hand, damit sie fühlen konnte, wie kühl meine Fingerspitzen waren. Sie war etwas unschlüssig, was sie mit den Fingern machen sollte, und rieb sie dann ein wenig zwischen ihren Händen. Nach einer Weile zog ich die Finger wieder zurück. Ich nippte an dem Martini.

Ich fragte, was sie so mache. Sie war Filmkritikerin. Wie gräßlich. Ich kannte mich mit Filmen überhaupt nicht aus. Mein Metier waren Bücher, und Filmen stand ich schon immer etwas mißtrauisch gegenüber. Ich hatte keine Lust, mich über Filme zu unterhalten, und unterbrach sie sofort, als sie anfangen wollte, darüber zu erzählen. Es war eigentlich unhöflich, ihr so rigoros das Wort abzuschneiden, aber es machte mir Spaß, rücksichtslos zu sein.

Ich begann über mich zu erzählen, über meine Reisen, über Spanien, wo ich mal studiert hatte, Paris, wo ich Au Pair war, und Australien, wo ich sechs Wochen verbracht hatte. Und ich erfand einen Haufen Unsinn und unter- und übertrieb alles und schuf ein herrliches Netz aus abenteuerlichen Anekdoten und ungewöhnlichen Begebenheiten. Und sie amüsierte sich. Ich war egoistisch, weil ich ihr nicht die kleinste Chance ließ, sich in das Gespräch mit einzubringen. Aber Egoismus war eine heimliche, süße Sucht von mir. Bei Menschen, die mir absolut gleichgültig waren, frönte ich dieser Sucht bis zum Exzeß.

Nach einer Weile nahm ich das Martiniglas in den Schoß und begann mit dem Zeigefinger wie zufällig immer über den Rand zu gleiten. Ich zog langsame Kreise, und ab und zu trank ich einen Schluck. Und dort, wo mein Mund angesetzt hatte, war ein feuchter Abdruck, und in diesen Abdruck tauchte ich den Zeigefinger und zog eine feuchte Spur um das Glas. Ich merkte, daß sie mich nicht mehr ansah. Sie beobachtete nur noch meinen Finger. Es wäre wahrscheinlich ganz egal gewesen, was ich sagte, Hauptsache ich sprach. Und ich gab vor, ins Erzählen vertieft zu sein, und nicht zu bemerken, wohin sie starrte. Ich hob das Glas und führte es an die Lippen. Und sie sah mir zu. Ich trank einen Schluck, ganz bedächtig. Und als ich das Glas senkte, sah ich wieder auf den feuchten Lippenabdruck am Rand, wo ein paar Tropfen hingen. Und ich führte diesen Fleck erneut in Mundhöhe, aber nur, um die Zungenspitze auszustrecken und einen Tropfen abzulecken. Dann stellte ich das Glas wieder auf den Tisch und erzählte weiter. Sie war unruhig geworden und nahm schnell einen Schluck von ihrem Fizz. Und da beugte ich mich zu ihr hinüber und fragte sie:

„Ich hab so was noch nie getrunken, mit Früchten und dem ganzen Zeug. Meinst du, ich könnte mal kosten?"

Schnell und irgendwie freudig antwortete sie: „Ich bestell dir einen" und wollte schon nach dem Barkeeper winken, als ich die Hand auf ihren Oberschenkel legte, um sie daran zu hindern.

„Nein, nur mal kosten. Nachher schmeckt es mir nicht, und dann hab ich ein ganzes Glas voll davon."

Die Muskeln an ihrem Oberschenkel unter meiner Hand wurden fest. Sie schien meine Hand nicht zu bemerken, doch ich spürte die Spannung unter meinen Fingern. Sie reichte mir ihr Glas. Ich ließ meine Hand, wo sie war, als hätte ich sie vergessen. Ich nahm das Glas und drehte es in der Hand, wie um den Inhalt zu betrachten. In Wirklichkeit suchte ich ihren Lippenabdruck. Und als ich ihn gefunden hatte, setzte ich das Glas an den Mund. Meine Lippen lagen genau auf dem Abdruck von ihren, und ich trank. Da legte sie ihre Hand über meine auf ihrem Oberschenkel. Ich bog meine Finger und erspürte unter dem festen Stoff ihre Muskeln. Ich bewegte die Finger weiter. Und ein wenig verspielt, glitt meine Hand ihren Oberschenkel auf und ab und wanderte schließlich zu den Innenseiten.

Sie hielt ihr Glas wieder in der Hand, doch ihre Finger zitterten. Meine Hand war leicht und verspielt und wanderte, wanderte, während ich erzählte und so tat, als sei das alles ganz natürlich. Und sie gab vor, mir zu lauschen, und doch spürte ich genau, wie sie sich immer mehr anspannte und wie ihr Lächeln sich verzerrte. Als meine Hand gefährlich hoch gelangt war, griff sie danach und hielt sie fest. Sie unterbrach meinen Redefluß und sagte mit gepreßter Stimme:

„Komm mit zu mir. Ich wohne gleich um die Ecke. Ich will dir was zeigen."

„Gut", sagte ich und freute mich ganz unschuldig. Ich glitt vom Hocker, ließ mir von ihr in den Mantel helfen und nahm ihren Arm.

Es war verrückt. Clarissa und ich hätten nie zusammenziehen dürfen. Jede wußte genau, daß die Enge uns gegeneinander ausspielen würde. Immer hatte ich geglaubt, daß das Gefühl dabei sterben würde. Aber es ist etwas anderes: Die Wahrnehmung stirbt. Ich jedenfalls nahm Clarissa nicht mehr als faszinierende Frau wahr. Ich nahm sie als gefährlich wahr. Und all die kleinen Eigenheiten, die ich vorher so sehr gemocht hatte, lauter Dinge, die ihre Persönlichkeit erst ausmachten, waren mir Plagen geworden, die ich ausmerzen wollte.

Ich laufe durch den Schnee. Heute ist er noch weicher als am Tag zuvor. Bald wird er schmelzen. Ich muß also fahren. Bis zur Schneeschmelze will ich nicht hierbleiben. Wieder nehme ich meinen gewohnten Weg: ein weiter Bogen an der Hütte vorbei, in den Wald hinein und bis zur Lichtung.

Die Gestalt der Frau im Schnee liegt noch immer unverändert da.

Ich muß fahren. Der Gedanke, eines Tages hier zu stehen und diese Frauengestalt plötzlich in sich versinken zu sehen, ihre Form verändern, bis nur noch ein gewöhnlicher Haufen Matsch übrigbliebe, ist unerträglich. Ich stehe einige Meter vor der Erscheinung und atme die klare Luft tief in meine Lungen ein. Daß ich immer dieses Gefühl habe, nie genug Luft zu bekommen …

Viele sagen, man müsse sich entscheiden. Immer müßte man sich entscheiden. Für eine Identität, für eine Sache, für ein Leben. Ständig verlangt man Entscheidungen von mir. Auch Chris hat das getan. Ich war und bin aber ein völlig entscheidungsloser Mensch. Ich zeichne mich durch eine absolute Entscheidungslosigkeit aus. Es fällt mir schwer, mich auf eine Sache festzulegen, wenn ich die andere dadurch verliere. So ist es bei allem. Auch beim Sex. Ich weiß keinen Menschentypen, den ich nicht begehren könnte. Das fängt bei den Geschlechtern an und zieht sich hin bis zu den verschiedenen sozialen Schichten, den Unterschieden in der Intelligenz, dem Alter, der Ausstrahlung, was auch immer. Es ist mir egal, ob eine Frau sanft ist oder hart, ob sie dick ist oder dünn, einfach oder intellektuell. Männer können brummig, feinfühlig, sexistisch, knabenhaft, vulgär oder respektvoll sein. Ich habe zwar gewisse Vorlieben, aber wenn ich will, sind alle begehrenswert. Ich kann meinen Bruder begehren und all meine Verwandten. Das Alter der Menschen ist gleichgültig. Es gibt keine Grenzen. Und der Gedanke, mich für eine einzige Sexualität zu entscheiden, ist mir entsetzlich.

Selbst mein Genießen unterscheidet sich von Mensch zu Mensch. Es gibt Momente, da liebe ich es zu zwingen, andere, wo ich selbst gezwungen werden will. Ich habe so vieles in mir: die Lust, mich zu erniedrigen, die Lust, selbst zu demütigen, und natürlich die Sehnsucht nach Geborgenheit. Meine Berührungen sind bei jedem Menschen anders. Fest, verwundend, sacht, liebkosend, verweigernd, fordernd. Es gibt keine Maßstäbe in mir. Die Maßstäbe, die es gibt, habe nicht ich gemacht. Aber sie sind da. Um mich. Maßstäbe umgeben mich und flüstern mir ein, daß manche Gefühle, die ich habe, falsch seien und unmoralisch. Daß ich zum Beispiel meinen Bruder nicht so lieben dürfte, wie ich es tue: so nahe am Inzest. Daß ich mich als Frau nicht unterwerfen dürfe, vor allem nicht einem Mann. Daß ich niemanden zu etwas zwingen solle. Maßstäbe überall. Und es ist schwer, diesem Käfig von dichtgesetzten Maßstäben zu entfliehen.

Ich schrecke aus meinen Gedanken auf; das Wasser dringt durch meine Stiefel. Ich muß fahren. Morgen schon. Der Schnee ist zu weich. Der Wind zu warm. Er reißt an meinen Nerven wie eine fiebrige Ahnung vom kommenden Frühling. Ich darf die Schneeschmelze auf keinen Fall hier erleben. Diesen Ort werde ich hinter mir lassen als eine Erinnerung, die unveränderlich ist. Wenn ich zurückdenke, will ich die Frau im Schnee vor Augen haben. Keine graugeschmolzene Landschaft.

Clarissa entwickelte eine intensive Eifersucht auf die Dinge, die mich beschäftigten, und auf die Menschen, mit denen ich mich umgab. Sie versuchte diese Regung zu verbergen, aber ich durchschaute sie, und es bereitete mir Spaß, sie ratlos zu machen, indem ich ihre Zärtlichkeiten abwies. Ich traf mich mit Arbeitskollegen zum Geschäftsessen, wenn wir eigentlich unser einjähriges Zusammensein hätten feiern sollen. Ich verbrachte Nächte vor dem Computer, und obwohl ich wußte, daß Clarissa nebenan im Bett auf mich wartete, blieb ich in meinem eigenen Zimmer und ging in mein eigenes Bett. Sie litt darunter, das spürte ich. Mir aber bereitete es ein heimliches Vergnügen, sie zu beobachten und zu sehen, wie sie sich vergeblich bemühte, ihre Eifersucht in den Griff zu bekommen.

Sie veränderte sich während meiner beharrlichen Ablehnung, ich mußte nur ausdauernd genug sein. Sie veränderte sich. Sie konnte nichts dagegen tun, und ich war fasziniert zu sehen, welche Ausmaße diese Veränderung annahm. Erst wurde sie ebenfalls ablehnend. Sie versuchte, so wie ich zu sein, doch diese Regung glich bei ihr eher dem Trotz eines Kindes, das um Aufmerksamkeit buhlt. Wenn diese Aufmerksamkeit ausblieb – was eigentlich immer der Fall war, denn ich ließ mich nicht bestechen –, wurde sie wütend. Türen knallten, Clarissa verschwand für den Tag. Manchmal auch für die Nacht. Je nachdem, wonach ihr war. Sie warf mir Schimpfwörter an den Kopf. Ich aber blieb völlig teilnahmslos, obwohl ich heimlich jede Regung Clarissas genoß und mich nach mehr, nach viel mehr davon sehnte.

Mit Vorfreude erwartete ich ihre letzte Stimmung, eine Grundstimmung, eine Gefühlsäußerung, die mich erregte. Ich liebte es, Clarissa in dieser Verfassung zu sehen. Sie dorthin zu bringen war mein Ziel geworden: Wenn ich mich nämlich selbst nach ihren Wutausbrüchen immer noch nicht geregt hatte, um sie zu trösten und ihr die körperliche Aufmerksamkeit zu schenken, derer sie ganz offensichtlich dringend bedurfte, dann wurde sie schließlich sanft und sanfter, und langsam schlich sich Demut in ihr Verhalten. Dann kam sie zu mir, anschmiegsam und bittend. Und an dieser Stelle hatte ich das Experiment immer abgebrochen und mich Clarissa zugewandt. Sobald ich zärtlich wurde, verschwand Clarissas Demut, und nur die Anschmiegsamkeit blieb. Und heimlich hatte ich es immer bedauert.

Ich bin mir sicher, daß Clarissa ebenfalls wußte, daß wir ein Experiment durchführten. Denn wäre sie mir sonst soweit gefolgt, und hätte sie sich erniedrigt, wenn sie es nicht gewußt hätte? Es lag ein eigenartiger Reiz darin, Clarissa leiden zu lassen, ihr meine Aufmerksamkeit vorzuenthalten, meine Gedanken und vor allem meine Augen, meine Hände, meinen Mund. Sie sehnte sich nach meinem Körper. Und es gab mir einen seltsamen Kick, sie warten zu lassen, sie sich verändern zu sehen. Und dann, wenn sie demütig wurde, war etwas wie lustvolle Perversion dabei, wenn ich sie noch ein kleines Weilchen länger hinhielt. Ich brach das Experiment wie gesagt hier ab, aber ich bedauerte es. Ich genoß ihre Demut, damals schon, und wußte, daß es mehr geben würde. Mein Verlangen danach fraß Tag für Tag an meinen Hemmungen.

Doch es war ein Balanceakt, den wir da vollführten. Sie wollte meine Ablehnung, aber irgendwann mußte sie in Anerkennung münden, sonst würde sie daran kaputt gehen. Andererseits durfte ich nie allzu anerkennend, allzu aufmerksam sein. Meine Aufmerksamkeit mußte wieder in Ablehnung umschlagen. Wir kannten die Spielregeln, ohne daß wir uns jemals über das Spiel unterhalten hatten. Ich war cool, sie war schön. Das war es. Ich sagte ihr nie, daß ich sie brauchte.

Auf der Straße schwieg ich. Schweigen erhöht die Spannung. Unsere Schritte hallten, und das Klappern meiner lilafarbenen Sandaletten auf dem vereisten Asphalt erschien mir unnatürlich laut. Sie wollte sich ganz offensichtlich von der Stille befreien, denn sie stellte mir immer mal wieder eine Frage. Ich aber antwortete nur mit Ja und Nein. Und das Gespräch versiegte rasch. Es war noch früh. Kurz nach Mitternacht. Wie es aussah, würde ich zeitig nach Hause kommen. Doch beim Gedanken daran und an Chris und unseren Streit wuchs eine merkwürdige Aggression in mir, und ich lief langsamer.

Sie kam kurz nach vier.

Leise öffnete sich die Tür, und ein Arm tastete im Dunkeln nach dem Lichtschalter. Meine Augen hatten sich nach der langen Zeit, die ich auf sie gewartet hatte, an das Dunkel gewöhnt. Ich konnte alles ohne Anstrengung erkennen. Clarissa war da im Nachteil. Ich sah sie tasten. Ihre Finger berührten den Schalter. Sie drückte.

Es knipste und – blieb dunkel, denn ich hatte sämtliche Sicherungen herausgedreht.

Clarissa knipste noch zweimal, dann war ich bei ihr. Ich riß sie vom Türrahmen weg und ins Zimmer hinein, warf die Tür zu und schloß sie ab.

Sie stolperte. Ganz offensichtlich war sie angetrunken.

Ich sitze im Zug. Zurück nach Berlin. Zurück in mein Leben. Raus aus der Illusion. Zwei Wochen bin ich hier gewesen. Zwei Wochen sind eine lange Zeit für Illusionen.

Heute morgen bin ich ein letztes Mal zum Feld gewandert. Noch einmal ging mein Blick über die farbenfahle Tristesse bis zum Horizont. Noch einmal betrachtete ich die Ackerfurchen, die wie Nebeltiere, geduckt und Stille atmend, über die Weite zogen. Stille ist blau und weiß. Und vom Krähen eines verfrorenen Hahnes wird sie nicht durchbrochen, sondern verstärkt.

Ich habe mich von ihr verabschiedet: von der Frau aus Schnee. Sie sah noch so aus wie am ersten Tag, aber der Schnee, der Schnee auf dem Feld hat sich bereits verändert. Er ist grau geworden, grau wie die Haut eines gealterten Menschen, grau wie das Haar meiner Großmutter. Grau sind die Dinge, wenn sie sterben.

Ich hasse Abschiede. Immer tun sie weh. Ich bin durch den Wald gelaufen, und der Schnee unter meinen Sohlen hat nicht mehr geknirscht. Er hat geschmatzt. Ein altes Schmatzen. Ich mußte sofort fahren. Als ich gesehen hatte, daß der Schnee grau geworden war, habe ich meine Tasche gepackt und bin gefahren. Ohne Ankündigung. Einfach so. Die alte Hannah und Max – sie waren so überrascht gewesen.

Ich möchte meine Erinnerung bewahren: die kristallbesetzten Morgen, die klare Kälte, das nächtliche Heulen der Hunde von den entfernten Höfen, das über den Schnee bis zu meinem Fenster drang, und das Mondlicht, ein kühles Laken, das alles umschloß. Auch mich.

Der Winter geht. Ich verabscheue ihn – diesen grauen Schnee, sterbende Haut des Winters, Wasserblut. Ich sehe aus dem Zugfenster. Je weiter wir uns von Lütow entfernen, desto wäßriger wird der Schnee. Abschiede hab ich von jeher gehaßt. Immer tut es weh zu gehen. Aber andererseits ist es mir immer leichtgefallen, irgendwo heimisch zu werden.

Die Sonne fällt auf den Sitz neben mich. Ein Guß, der hell von der Sitzbank über den Boden fließt.

Ja, der Frühling wird kommen.

Heute werde ich fahren. Ich bin die vierte Woche hier, mein längster Urlaub überhaupt. Es ist eigenartig. Ich habe es nie geschafft, irgend etwas wirklich hinter mir zu lassen und mich voll und ganz auf den Augenblick zu konzentrieren. Aber dieser Ort hier scheint jenseits der Grenzen zu liegen. Magdeburgs beleuchtete Bäume, der Weihnachtsmarkt, die glühweinschwangere Luft in den Cafés, selbst meine Bekannten sind in eine zeitlose Ferne gerückt. Ich habe achtgeben müssen, nicht dem Vergessen in die Hände zu fallen, denn seit einiger Zeit zählte ich die Tage nicht mehr, sie haben sich verflochten, und obwohl ich das Gefühl habe stillzustehen, ist die Zeit vergangen. Unaufhaltsam. Das erste Mal bin nicht ich durch die Tage gegangen, sondern die Tage gingen durch mich.

Als ich heute morgen aus dem Fenster sah, da war der Schnee verschwunden. Jetzt trete ich aus der Tür, und die Helligkeit fällt mir ins Gesicht. O ja, es wird Frühling. Ich kann ihn fast riechen. Ich gehe nun ein letztes Mal den Weg durch den Wald, zum Feld. Diese Sonne, die da vor mir auf dem Waldboden liegt, ist keine Wintersonne mehr, aber eine Frühlingssonne ist es auch noch nicht. Eine Grenzgängerin. Das Grün, das so lange unter dem Schnee vergraben war, sieht fad aus und schwach.

Ich erreiche das Feld.

Braun und erdig. Kalt und naß. Das erste Mal verlasse ich den Feldrand und betrete die Furchen. Es gibt keinen Schnee mehr, den ich entweihen könnte. Ich hinterlasse keine Spuren mehr. Hier ist die Stelle, wo sie geruht hat: die Frau aus Schnee. Meine

Frau. Winterfrau. Jeden Tag bin ich zu ihr gegangen. Ich habe sie kleiner werden sehen. Und grauer. Das zu beobachten hat etwas ganz tief in meinem Innern angerührt. Ich bin bei ihr gewesen. Unter meinen Augen hat sie sich aufgelöst, bis sie heute ganz verschwunden ist.

Ich streiche mit der Hand sanft über die nasse Erde, wo sie geruht hat. Da funkelt etwas im Licht. Ich hebe den Ring in die Höhe. Ein Ring mit einem übergroßen Bernstein. Ich halte den Stein gegen das Licht. In dem Amber schwimmt ein winziges Insekt, eingeschlossen, erstarrt, für immer. Eine Erinnerung. Meine Schneefrau, hat es dich etwa wirklich gegeben? Bist du geflohen, als der Schnee dich freigeschmolzen hat, und hast mir deinen Ring gelassen, damit ich dich nicht vergesse?

Jetzt werde ich auch noch poetisch! Natürlich hat es dich nie gegeben. Du warst Schnee, sonst nichts, reiner Schnee, und jetzt bist du verschwunden. Ich stecke den Ring in meine Tasche und sehe in die Sonne.

Ja, ich fahre.

Ich lasse den Winter hinter mir.

~

Wir erreichten ihre Wohnung.

Sie sah nervös aus. So, als wollte sie keinen Fehler machen. Als sie die Tür aufschloß und das Licht anknipste, sah ich genau die Wohnung, die ich mir vorgestellt hatte: hohe, helle Räume. Wände, die mit Stuck verziert waren. Erlesene Möbel. Dielen und ein flauschiger weißer Teppich in einer Ecke. Da sollte noch mal jemand sagen, Lesben seien geizig. Diese hier gab augenscheinlich sehr viel für Luxus aus. Ohne zu zögern lief ich durch die Wohnung. Drei Zimmer.

In dem weiträumigen Wohnzimmer gab es eine Ottomane, die irgendwie britisch aussah. An den Wänden hingen Grafiken und übergroße Fotos. Ein antikes Bord mit Kunstbänden stand an einer Wand. Es gab nur sehr wenig Möbel. Sie setzte also auf Akzente. Der Raum war weit und hell. Ich spürte, daß sie mich von der Seite beobachtete. Die Wohnung war sehr aufgeräumt, der Teppich sehr weiß, die CDs exakt eingeordnet. Die HiFi-

Anlage mußte ein Vermögen gekostet haben. So viel, wie ich wahrscheinlich in einem halben Jahr verdiente, dachte ich amüsiert.

Am beeindruckendsten war der Erker. Die Fenster erstreckten sich über zwei Wände. Sie begannen knapp einen Fuß über dem Boden und reichten bis unter die Decke. Zwischen den Fenstern versteckt waren winzige Lämpchen in die Wände eingearbeitet. Sie betätigte einen Schalter, und die Fensterecke wurde in ein gedämpftes Licht getaucht. Die Lämpchen in den Wänden erinnerten mich an Augen.

Ich sagte kein Wort.

Ich ging in das zweite Zimmer. Ganz offensichtlich war es ihr Arbeitszimmer. Es war riesig. Beinahe so groß wie Chris' und mein Zimmer zusammen. Eine Regalwand beherbergte ungefähr hundert Videos und etwa halb so viele Ordner. Auch hier gab es eine beeindruckende Fensterfront. An dieser Front und an zwei weiteren Wänden entlang schlängelte sich ein Schreibtisch, der über und über mit Blättern, Heftern und Stiften bedeckt war. Es gab alles, was ein perfektes Büro ausmachte: einen Computer mit Drucker, ein Faxgerät und sogar einen Tischkopierer. In einer Ecke dieses dreiseitigen Schreibtischs standen zwei Videorecorder und ein Fernseher mit riesigem Monitor. Ich muß zugeben, daß ich ein wenig irritiert war. Wer war diese Frau? Mußte ich sie vielleicht sogar kennen? Ich sah mich nach ihr um und entdeckte, daß sie schmunzelte.

Ich ging an ihr vorbei und wollte die dritte Tür öffnen, hinter der ich ihr Schlafzimmer vermutete. Doch bevor ich die Klinke runterdrücken konnte, stellte sie sich mir in den Weg und schob mich wieder ins Wohnzimmer hinein. Sie deutete auf die Ottomane, und ich setzte mich. Dann ging sie zu einer kleinen Bar und holte einen Sekt aus dem Kühlfach.

Sekt!

Ich hasse Sekt. Ich hasse Sekt über alles: dieses blubbernde, farblose Getränk, das mich so schnell betrunken macht und immer an Silvester erinnert.

Ich war erbost über den Sekt, den ich jetzt in der Hand hielt, der fröhlich vor sich hin perlte und mich an all die Neujahrsvorsätze erinnerte, die ich nie eingehalten hatte.

Ich stürzte den Sekt hinunter, und sofort stieg mir eine Leichtigkeit in den Kopf. O ja, es war ein besonderer Tag! Es würde einer werden. Aber bestimmt anders, als diese Frau es sich erhoffte.

Sie hatte sich mir gegenüber gesetzt und mich beobachtet. Sie schien sich sichtlich wohl zu fühlen in ihrer Rolle und gab sich als weltgewandte Frau. Ich hätte schreien können. Sie sah so lächerlich aus in den Sachen, die sie trug, und in dieser Wohnung. Die Sachen paßten zur Wohnung. Der Sekt paßte hierher. Aber sie – sie paßte zu nichts von alledem. Sie sah aus, als hätte sie sich verkleidet. Als versuchte sie, eine Lady zu sein, etwas, das ihr nie gelingen würde. Sie ahnte nichts von meinen Gedanken. Sie lehnte sich in ihren Sessel zurück und drehte das Glas in ihren Fingern. Sie sagte etwas über den Sekt, welche Sorte es war und woher er stammte, aber natürlich interessierte mich das nicht im geringsten. Ich erwiderte noch nichts. Ich fühlte nur befriedigt, wie ich immer zorniger wurde. Sie begann mir zu erzählen, was für ein ausschweifendes Leben sie doch führe. Sie erzählte und erzählte: von ihren Freunden, von ihrer Familie, von ihrer Arbeit.

Sie gehe auch in Salons. Das konnte ich mir schon vorstellen. Sie – in einem ihrer edlen, aber völlig unpassenden Anzüge, mit dem kinnlangen, aschigen Haar, dem bemüht arroganten Blick, der aber nur lächerlich wirkte. Ich sah sie auf einem Sessel sitzen, mit einem Fizz in der Hand, zwischen lauter Langweilern und Möchtegern-Salonisten! Wie ausschweifend! Sicher wurde da über Sektsorten diskutiert.

Sie sah mich an, während sie das alles erzählte, und ihre Stimme bekam einen lächerlich rauhen Klang, lächerlich, weil er sich bemühte, erotisch zu sein und doch einfach nur schlüpfrig war. Jetzt reichte es. Ich stellte das leere Sektglas auf den Tisch, stand von der Ottomane auf, ging auf sie zu und nahm ihr das Glas aus der Hand. Sie sah etwas irritiert an mir hoch und unterbrach ihren Redeschwall. Es war gut, daß sie saß. Da war sie viel kleiner.

„Zieh dieses Zeug aus!“

Ich wies auf ihre Klamotten.

„Na, na.“

Sie lachte und versuchte doch tatsächlich, die Coole zu spielen. Ich wurde immer ruhiger. Als ich jedoch bemerkte, daß sie wieder nach ihrem Sekt greifen wollte, machte ich einen raschen Schritt auf sie zu, zog sie am Kragen hoch, griff dann mit beiden Händen zu und riß ihr Hemd einfach entzwei. Die Knöpfe sprangen nach allen Seiten, und sie sah mich plötzlich fast blöde vor Erstaunen an. Als sie ihre Hand hob, um mich abzuwehren, griff ich in ihr mausiges Haar und ohrfeigte sie. Da sackte sie in sich zusammen, und nichts war mehr geblieben von ihrer damenhaft arroganten Art. Sie saß einfach da und starrte zu mir hoch, und ihr Blick war hündisch geworden, bettelnd.

Ich verabscheute allzu weiche Menschen.

Demut ist etwas sehr Schönes. Es liegt Stolz darin. Ein Stolz auf den eigenen Körper, ein Wissen, daß dieser Körper so anziehend ist, daß jemand Gefallen daran finden wird, ihn zu quälen. Ein Stolz.

Doch in dem Blick dieser Frau lag keine Demut. Es spiegelten sich darin alle Selbstzweifel, die sie durch ihr Auftreten zu kaschieren versucht hatte. Warum war sie nicht stolz? Warum war sie nicht so stark, sich mir mit Würde zu unterwerfen? Sie sah an mir hoch, und in ihrem Blick schimmerte etwas Vulgäres, und ich schlug noch einmal zu.

„Tust du jetzt, was ich dir sage?"

Und viel zu schnell und ohne den demutsvoll stolzen Blick der Unterlegenen, der so faszinierend ist, zog sie ihre Sachen aus und saß dann nackt vor mir. Ich spürte genau, daß sie wollte, daß ich sie zwang. Ich sah, daß sie wünschte, daß ich mich an ihrer Unterlegenheit berauschte. Aber ich berauschte mich nicht. Jedenfalls nicht in der Art, wie sie es sich vorstellte. Es war nicht der Rausch der Lust. Ich fühlte Zorn, doch dieser Zorn war wie ein Rausch.

Sie wollte, daß ich etwas für sie tat. Aber ich wußte, daß ich ihr nicht geben würde, was sie wollte, sondern das, was ich wollte.

Ich öffnete einen verborgenen Knopf an meinem lilafarbenen Stoff, und das Unterteil fiel herab. Sehr effektvoll, zugegeben. Ich trug nur noch das Korsett und die Sandaletten. Sie sah an mir hoch, und ihre Augen leuchteten.

„Sieh mich nicht an!" herrschte ich sie an, und folgsam blickte sie zu Boden.

„Hock dich dort hin!“

Ich wies auf einen Platz auf den Dielen. Sie tat, was ich sagte. Sie glaubte immer noch, daß ich ihr etwas geben würde. Natürlich würde ich ihr etwas geben. Aber bestimmt nicht das, was sie sich erhoffte.

Ich ließ sie eine Weile warten, zog in der Zwischenzeit meinen Schal aus dem Mantel und trat dann ruhig auf sie zu. Ich schlang ihr den Schal über die Augen. Sie tat nichts. Sie lächelte sogar. Wie gräßlich. Ich haßte Leute, die die Spielregeln nicht begriffen! Der Schal war lang, und ich knotete ihr mit den Enden noch die Arme hinter dem Rücken zusammen. Wenn sie sie jetzt zu stark bewegte, sie heben wollte oder irgendeine abwehrende Bewegung zu machen versuchte, so würde der Schal ihren Kopf automatisch mit nach hinten ziehen. Sie war zu ruhigen Bewegungen gezwungen. Ich sah, daß sie ihre Schenkel zusammenpreßte und lockerte. Sie rieb sich!

„Laß das!“

Ich kniff sie kurz in eine Brustwarze, und sie gab ein Stöhnen von sich. Sie kniete genau vor mir.

„Du hörst jetzt auf, an dich zu denken. Jetzt wirst du nur noch an mich denken. Mach die Beine breit!“

Da sie nicht gleich gehorchte, griff ich mit beiden Händen nach ihren Knien und zwang sie auseinander. Sie hockte jetzt auf ihren Fersen und war ganz offen für mich.

Ihre Vulva war eine herrliche rosafarbene Öffnung, und ich griff in ihre Feuchtigkeit und ließ meinen Zeigefinger über die geschwollenen Lippen gleiten, zog sie auseinander und umkreiste die kleine Knospe. Ihr Atem ging schnell. Ich würde sie reizen bis zum Äußersten. Meine andere Hand tastete nun ebenfalls über die Lippen, und ich begann, zwei Finger in sie zu versenken, zog sie wieder raus und versuchte es dann mit dreien. Ich dachte gerade daran, meine ganze Hand in sie zu schieben, als ihr Atem meine Überlegung unterbrach. Sie war laut geworden. Sie begann eine Reihe kleiner „Ja's!“ zu formen. Der Schweiß lief ihr zwischen den Brüsten bis zum Bauch runter, ihr Gesicht begann sich bereits zu verzerren, und ich zog abrupt meine Hände von ihr weg.

Da heulte sie auf: „Nicht aufhören! Nicht aufhören jetzt!“

„Wer redet denn von Aufhören?“ sagte ich und griff in ihr Haar.

Ich stand genau über ihr.

„Wir fangen doch gerade erst an.“

Und ich zog ihr Gesicht zwischen meine Schenkel und stellte die Füße zwischen ihre Beine, damit sie sie nicht mehr schließen konnte, öffnete meine Schamlippen mit der anderen Hand, preßte ihren Mund darauf und legte den Kopf in den Nacken. Ich sah die stuckverzierte Decke an, und dann genoß ich ihre Zunge.

~

Sie war ins Zimmer hineingestolpert und versuchte, sich an das Dunkel zu gewöhnen. Ich ließ den Schlüssel in meiner Hosentasche verschwinden. Dann trat ich auf sie zu und packte sie an den Oberarmen.

„Guten Abend, Clarissa!“

„Chris, ich … Was soll das?“

Aufmerksamkeit. Clarissa wollte immer Aufmerksamkeit! Heute würde sie sie bekommen. Sie sah bezaubernd aus in ihrem lilafarbenen Nichts, und ich strich kurz über den Stoff. Ihr Leib beugte sich mir entgegen. Ich roch an ihrem Haar. Haarspray, Rauch und noch etwas anderes.

„Wo warst du?“

„Im *Pour Elle*. Und …“ Ihre Stimme wurde trotzig. „… anschließend bei einer Bekannten.“

Ich sagte nichts. Ich nahm sie, so wie ich sie gepackt hatte, an den Oberarmen, und drängte sie gegen den Sessel. Zuerst wehrte sie sich nicht. Das machte alles einfacher. Doch als ich sie auf den Sessel stieß, so daß sie bäuchlings über die Armlehnen fiel und ihr Kopf vornüberhing, erwachte sie aus ihrer Reglosigkeit. Sie stützte sich mit den Armen auf und wollte sich vom Sessel erheben. Ich aber riß ihr die Arme nach hinten weg, und sie klatschte mit dem Oberkörper auf das Leder. Sie wollte aufspringen, doch ich drückte sie mit Leichtigkeit nieder und zog ihre Arme dabei hinter dem Rücken zusammen, bis sie wimmerte. Dann griff ich nach dem bereitliegenden Gürtel und schlang ihn um ihre Handgelenke. Clarissa lag jetzt reglos und immer noch wimmernd. Das alles war viel einfacher gewesen, als ich gedacht hatte.

Ich ging um den Sessel herum, um ihr Gesicht zu sehen. Da fauchte sie mich an und begann mich zu beschimpfen, und als ich meine Hand ihrem Gesicht näherte, schnappte sie danach. Dieses Biest.

Da ging ich zu meinem Schrank und zog das rote Tuch heraus, das Clarissa haßte, weil es ein Geschenk meiner Ex-Freundin war. Als Clarissa das Tuch sah, zuckte sie zurück. Doch ich packte ihren Kopf und hielt ihn fest, während ich den Stoff um ihren Mund band, sehr fest, so daß sie den Mund öffnen mußte und das Tuch zwischen den Zähnen hatte. Ich verknotete den Stoff und strich dann mit dem Finger langsam über ihre geöffneten, aber nun ungefährlichen Lippen. Clarissa blitzte mich an. Das alles gefiel mir besser, als ich gedacht hatte.

Ich ging wieder um den Sessel herum, öffnete den Knopf an Clarissas Gewand, und obwohl sie strampelte und sich zu wehren versuchte, ließ sich der Stoff Schicht um Schicht mühelos entfernen.

Ein schöner Anblick.

Ich setzte mich auf ihren Rücken, ihre zugeschnürten Arme hinter mir, und klemmte ihren Hintern, zwei sanfte, runde, weiße Hügel, zwischen meinen Schenkeln fest. Ich begann mit einem leichten Schlag. Clarissa gab einen erstickten Ton von sich und versuchte hitzig, sich zu befreien. Sie kam nicht fort. Ich saß auf ihr und hielt sie wie im Schraubstock umklammert. Ich schlug fester zu. Und noch einmal. Und wieder. Clarissa bewegte sich heftig unter mir, um mich abzuschütteln. Ich aber preßte mich mit meinem ganzen Gewicht auf sie, bis sie still war. Ich schlug wieder zu. Und wieder. Fester. Der Abdruck meiner Hand begann sich auf Clarissas Hintern abzuzeichnen.

Nach einer Weile stellte ich fest, daß Clarissa sich anders bewegte als vorher. Sie hob ihr Becken, senkte es, hob es wieder. Ganz offensichtlich versuchte sie, sich an dem Sesselleder zu reiben. Ich schob meine Finger zwischen ihre Beine und war einen Moment lang erstaunt darüber, wie naß sie war. Nur einen Moment. Dann drängte ich meine Hand unter sie, ich machte eine Faust, und während ich sie schlug, rieb sich Clarissa an meinen Knöcheln, sie umschmiegte diese harten Knöchel mit ihren Lippen in einem nassen, eigenartigen Kuß, sie rieb sich, rieb sich, rieb sich, bis sie sich plötzlich aufbäumte und zuckte, zuckte und schrie. Der Schrei wurde von dem Knebel kaum zurückgehalten.

Sie weinte.

Ich machte den Gürtel los, entfernte das Tuch und nahm Clarissa in die Arme. Sie verbarg ihren Kopf an meiner Brust. Sie war heiß vor Scham. Doch als sie das Gesicht schließlich hob, sah ich nichts anderes als einen intensiven Ausdruck des Genusses darin. Sie lächelte mich an.

Und ich, ich lächelte zurück.

Frühling

Frühling ist eine Frau, die mich bestürzt. Niemals habe ich sie anders erlebt als mit einem Lächeln im Gesicht und diesem irren Blick, der alles in ihren Wahnsinn hineinzieht.

Frühling berührt nichts und niemanden. Auf Zehenspitzen tanzt sie um mich herum, im Kreis, immer um mich herum. Singend. Singend und lachend. Die Gewächse, die Luft, die Erde – alles dehnt sich und wallt, aufgepeitscht von diesem Singen, ihrem Lachen und dem irren Blick. Mein Herz wird durchwühlt von Erregung. Frühling packt mich fingerlos, und mein Inneres zieht sich zusammen und weitet sich dann im Zwiespalt von Abscheu und Erregung. Die pulsierenden Gewächse bersten unter ihren tanzenden Füßen, und ich stehe im Platzen der Knospen. Ich höre das keimende Grün. Und mein Finger findet zur Knospe meines Busens, die ebenfalls Blüte werden will, Blüte unter der flirrenden Sonne eines irrlichternden Blicks, duftende Blüte im Regen spitzen Lachens.

Ihr Lachen macht mich wahnsinnig. Sie wirft es hoch in die Luft, immer und immer wieder, bis es zerreißt und als Fetzen die Erde trifft. Das gerissene Lachen flattert auf meine Haut, und die Poren schlucken gierig die winzige Süßigkeit, die den Lachspalten entquillt.

Frühling berührt mich nicht. Sie tanzt in Entfernung. Doch ihr Lachen geht mir bis ins Mark. Es trifft meinen Leib, und die Süßigkeit hinter der Schale fließt in die durstige Haut.

Frühling weckt den Wahnsinn. Ich will sie greifen und unter mich zwingen, ihr den Wahnsinn austreiben und sie büßen lassen für das Wallen in mir und für den Wunsch, Blüte zu sein. Sie aber entzieht sich, sobald ich sie greifen will. Ich fasse ins Leere, und sie wirft mir ihre Küsse zu, lachende, springende, berstende, gießende Küsse, die rot blau gelb die Luft durchwirbeln. Der farbige Irrsinn reißt mich mit sich. Meine Füße sind wundgetanzt, und vergeblich versuche ich, die flirrenden Küsse zu fangen, sie zu spalten und den köstlichen Tropfen aus der gebrochenen Kußschale zu trinken.

Alles, was Frühling zurückläßt, schmeckt süß. Alles entzieht sich mir. Und immer bleibe ich zurück. Mit dünnen Sohlen und dem ungestillten Durst nach süßen Tropfen.

Der Mai ist schüchtern dieses Jahr.

Es ist längst nicht so sonnig und warm, wie es im Frühling sein sollte, aber nach der langen Winterkälte füllen sich die Straßen endlich wieder mit Spaziergängern. Ich bin die lange Dunkelheit leid, und als heute morgen die Maisonnenstrahlen durchs Fenster schienen, beschloß auch ich, ein wenig flanieren zu gehen. Clarissa war immer recht aktiv. Kaum, daß die Sonne ein erstes Lächeln nach dem knurrigen Winter gewagt hatte, war sie in den Keller gegangen, hatte die Räder geholt und Fahrradtouren angeordnet. Ich glaube, ich kenne durch Clarissa jetzt jede Wander- und Radroute und jedes Gartencafé in Magdeburg und Umgebung.

Ich gehe die Fußgängerpromenade entlang. Die sonst so leeren Straßen sind plötzlich übervoll von Menschen. Sogar die Stühle aus den Cafés stehen schon draußen.

Da ich der Hektik bald überdrüssig bin, gehe ich zum Fluß. Ich genieße die lang entbehrte Helligkeit, während ich am Ufer entlangschlendere, und erreiche schließlich mein Lieblingscafé. Seiner Abgelegenheit wegen bleibt dieses Café seit jeher vom Touristenrummel verschont. Es ist eigentlich nur wenigen Eingeweihten bekannt. Clarissa hatte es irgendwann entdeckt, und weil es uns beiden gefiel, waren wir oft hierhergekommen, wenn wir uns nach Ruhe sehnten. Das Café ist eine kleine Oase, eine Miniatur vom idyllischen Landleben: drei grobe Holztische unter einer riesigen Kastanie und auf jedem Tisch stets ein Steintopf mit grünen Zweigen. Über den Rasen huschen viele Katzen, lauter hungrige, kleine Teufel aus der Umgebung, die seit Jahren von der Wirtin durchgefüttert werden. Die Wirtin selbst steht in ihrer makellos weißen Bluse an der Tür des Hauses. Wie gesagt: eine Idylle.

Ich öffne das alte Holztor, und die Wirtin lächelt und grüßt mich. Ich bin es gewohnt, die Tische unter der Kastanie leer vorzufinden. Schon seit Jahren komme ich hierher, auch ohne Clarissa tue ich das nun, habe mich oft den ganzen Tag lang hier aufgehalten, gelesen, mit den Katzen gespielt, gearbeitet und all die köstlichen Speisen genossen, die die Wirtin mir zubereitet hat. Und sehr selten nur hat das kleine Holztor gequietscht, um einen neuen Gast einzulassen.

Aus diesem Grund bin ich erstaunt, heute meinen Lieblingstisch besetzt vorzufinden. Ich steuere darauf zu und setze mich einer jungen Frau gegenüber. Sie sieht auf und lächelt, als ob sie mich erwartet hätte. Obwohl es noch längst nicht warm genug ist, trägt sie nur ein kurzärmliges Kleid. Sie scheint nicht zu frieren und hält ihr Gesicht in die Sonne.

„Sie waren lange nicht da."

Ihre Stimme! Mein Gott, ihre Stimme ist mir so vertraut.

„Kennen wir uns?", frage ich sie.

„Sie wissen doch, was Ihnen wichtig ist. Ihre Arbeit. Die Wohnung. Ihr Zuhause. Die Wiege, die Sie einschläfert. Immerwiederkehrende Riten, die …"

„Woher wissen Sie von meiner Arbeit?", unterbreche ich sie. Ich kann mich beim besten Willen nicht erinnern, diese Frau schon mal getroffen zu haben.

„… immerwiederkehrende Riten, die Ihre Wiege schaukeln und Sie schläfrig machen. Was haben Sie den ganzen Winter über gemacht? Ich nehme an, Sie …"

„Schreiben. Ich schreibe an einem Buch."

Was zum Teufel bringt mich dazu, mich auf ein so merkwürdiges Gespräch einzulassen? Ich habe noch niemandem davon erzählt, daß ich ein Buch schreibe. Und woher, verdammt, kennt sie mich?

„Ich weiß."

Sie neigt sich in meine Richtung. Ihre Arme sind bis zu den Ellenbogen mit goldenen Ringen geschmückt. Sie hält mir ihre Hand entgegen, und ein leises Klingeln ertönt, als die Armreifen gegeneinanderstoßen. An ihrem Mittelfinger prangt ein Ring mit einem großen, runden Bernstein.

„Ein schöner Ring, wirklich. Und ein ungewöhnlich großer Stein. Wissen Sie, ich habe einen ähnlichen", sage ich, als ich ihre Hand umschließe. Unsere Finger haben dieselbe Temperatur.

„Nein. Sie besitzen keinen solchen Ring."

Ich antworte nicht. Was soll ich auch antworten? Darauf zu bestehen, daß ein solcher Ring in meinem Schmucketui zu Hause liegt, scheint mir albern. Also schweige ich.

„Der Ring besitzt Sie."

Wieder schweige ich. Was bringt mich nur dazu, ihre Hand nicht loszulassen und sogar meine Augen kurz zu schließen, um mich dem köstlichen Gefühl der Vertrautheit hinzugeben? Vorsichtig zieht sie ihre Finger aus meiner Hand, macht eine kurze Bewegung, als wolle sie mein Gesicht berühren, hält dann jedoch inne und lehnt sich zurück. Ich versuche es erneut:

„Ich habe das Gefühl, Sie zu kennen, aber ich kann mich nicht erinnern, woher."

Sie lächelt zerstreut und zündet sich eine Zigarette an. Die gedankenverlorene Zärtlichkeit in ihren Bewegungen – sie streichelt die Zigarette beinahe – ist mir vertraut. Woher, woher? Clarissa kommt mir kurz in den Kopf und ihr Hang, alle Gegenstände wie Lebewesen zu behandeln und zu liebkosen. Aber auch Clarissa ist anders als diese Frau.

„Glauben Sie an …" Ihr Blick geht nach oben. „… den Himmel?"

Meine Augen suchen ihre. Es verwirrt mich, daß ich die Farbe nicht feststellen kann. Als hätte ein Maler die Farbreste seiner Palette zusammengemischt, um den Ton ihrer Augen zu komponieren. Es ist ein eigentümliches Blaugrün. Im rechten Auge dominiert das Grün, im linken das Blau. Um die Pupillen leuchten braune Pünktchen.

Sie weicht mir aus. Warum beantwortet sie meine Fragen nicht?

„Sie tun mir unrecht. Nicht *ich* weiche Ihnen aus …"

Habe ich etwa laut gedacht? Ihre Hand spielt mit dem Ring.

„Ich war stets aufrecht. Beantworten Sie bitte meine Frage: Glauben Sie an den Himmel?"

Sie müßte mir eigentlich unheimlich sein, diese Frau mit dem tiefschwarzen Haar und den Funken in den Augen, die meine Gedanken kennt. Doch sie ist es nicht. Sie irritiert mich nur. Ich beschließe zu antworten.

„An den Himmel? Sie meinen Gott! Nun, ich …" Mein Blick umfaßt scharf ihre Gestalt. „Nun, ich glaube, daß die Erde rund ist, einen Durchmesser von 40.000 Kilometern hat, sich um die Sonne dreht und …"

„Also denken Sie, daß der Himmel außen ist." Sie seufzt.

„Außen?" Ich bin verwirrt. „Wenn Sie die Atmosphäre meinen …"

„Ich meine den Himmel."

Verdammt. Auf was für ein Gespräch habe ich mich eingelassen? Es ist doch offensichtlich, daß sie mich veralbert. Ich sehe sie an, doch in ihrem Gesicht ist kein Zeichen von Belustigung zu erkennen.

„Geben Sie mir Zeit, darüber nachzudenken", sage ich. „Darf ich Sie zu einem Glas Wein einladen?"

Ich will schon nach der Wirtin winken, als sie ihre Hand auf meine legt.

„Ja", antwortet sie. „Sie dürfen. Nächste Woche, zur selben Zeit."

Sie drückt noch einmal kurz meine Finger, legt das Geld für ihren Kaffee auf den Tisch und steht auf.

„Wohin?"

„Ich muß gehen. Nehmen Sie sich die Zeit und denken Sie darüber nach. Bitte."

Ein Lächeln noch, ein Winken, und der Ring funkelt in der Sonne. Der lange, schwarze Zopf, der ihr bis zu den Kniekehlen reicht, wippt auf und nieder. Das Holztor klappt zu. Sie ist verschwunden.

~

Es ist doch merkwürdig, wie das Leben mich so in sich einfügt. Ich denke wirklich, daß nicht ich selbst mich darin einfüge. Eher glaube ich, es gibt tatsächlich so etwas wie einen roten Faden, an dem ich mich durch die Jahre und Orte entlanghangle, und alle Dinge, die ich erlebe, führen mich immer wieder zu diesem Faden zurück und ein Stück daran entlang weiter.

Meist passiert es erst sehr viel später, daß ich alle Erfahrungen, auch die schlechten, als notwendig erkenne, daß ich alles als Schritt an dem roten Faden entlang verstehe.

Ich könnte es merkwürdig finden, daß jetzt ich es bin, die in Berlin wohnt und Chris in Magdeburg. Ich könnte es merkwürdig finden, daß ich, die Berlin heimlich immer gehaßt hat, solange ich mit Chris hier wohnte, langsam Freude daran finde, in dieser Stadt zu sein, und daß der Gedanke, sie zu verlassen, um in eine kleinere zu ziehen, immer seltener geworden ist. Chris und ich haben die Seiten gewechselt, und es kommt mir ganz und gar nicht seltsam vor. Das alles scheint Garn des roten Fadens zu sein.

Ich gehe durch Schöneberg spazieren, das heißt, eigentlich gehe ich nicht wirklich spazieren; ich bin auf dem Weg nach Hause. Es ist gegen fünf Uhr abends, die Luft ist lau, schließlich ist es Anfang Mai, und überall regt sich dieses Gefühl auf den Straßen, das man wohl Frühjahrsekstase nennen könnte: Die Pärchen laufen Hand in Hand, die Leute blinzeln einander zu. Ich wittere Hunderte von Geschichten in der Luft. Hinter jedem Augenaufschlag liegt eine verborgen, und ich laufe langsam und aufmerksam, um nicht etwa eine bedeutsame zu verpassen. Ich liebe Geschichten. Ich bin süchtig nach fremdem Leben. Am liebsten möchte ich die Geschichte eines jeden Menschen aus ihm herauspressen, sie filtern und in eine Wortform gießen, die ich in einem Erinnerungsfach aufbewahren kann, um sie hervorzuholen, wann immer mir danach ist.

Ich biege in die Akazienstraße ein. Eigentlich liegt die Straße nicht auf meinem Weg, aber ich möchte noch ein wenig Wein und Käse kaufen, und in der Akazienstraße gibt es einige kleine Delikatessenläden. Als ich mich der Nummer 25 nähere, werde ich unwillkürlich langsamer. Manchmal glaube ich, daß mein Körper eher als mein Geist spürt, wann eine Geschichte passieren wird, die ich auf keinen Fall verpassen darf. So schlendere ich also betont langsam auf das Haus zu.

Kurz bevor ich den torähnlichen Eingang erreiche, öffnet sich dieser, und eine Erscheinung verläßt das Haus, die mir beinahe einen Pfiff von den Lippen lockt.

Eine Frau.

Aber was für eine!

Sie ist in schweren roten Stoff gekleidet, eine Art exotischer Overall mit sehr weiten Beinen und einem engen Oberteil, das sich wie eine Korsage um die Brüste schließt. Sie trägt hochhackige Schuhe, die durchsichtig sind und beim Auftreten so laut klackern, als seien sie aus Glas. Das Auffälligste aber ist ihr Schmuck. Sie trägt ihn an allen sichtbaren Körperstellen. Hals und Dekolleté sind bedeckt davon, und an den Armen schlängeln sich die goldenen Reifen wie Tiere über die Ellenbogen bis zum Bizeps empor. Ihre Knöchel sind mit klingelndem Gold geschmückt. Überhaupt klingelt die gesamte Frau.

Sie schließt die Tür mit einem leisen Tönen ihrer Armspangen, das mir so angenehm in den Ohren klingt wie die Melodie der alten Spieluhr meiner Großmutter. Sie geht langsam, bedächtig. Sie scheint bewußt jede hastige Bewegung zu vermeiden, und ich folge ihr, gebannt von dem sanften, hellen Klingen, das hinter ihr herschwebt bei jedem Schritt.

Ich folge ihr, ohne nachzudenken. In der Hand hält sie einen geflochtenen Korb. Was kauft eine solche Frau wohl ein?

Ich muß ihr folgen. Ich bin eine Frage. Und sie ist die Antwort. Antworten brauche ich sofort. Chris war da anders. Chris hat eigentlich sehr selten sofort geantwortet. War ich nach der Arbeit nach Hause gekommen und hatte unterwegs etwas erlebt, was ich ihr unbedingt mitteilen mußte, so flog ich den Nachhauseweg beinahe, so schnell, so schnell wollte ich mich von der Last des Erlebten befreien. Chris hatte meistens am Computer arbeitend oder in Manuskripten lesend am Schreibtisch gesessen. Wenn ich auf sie zugestürzt war und die Neuigkeiten herausgesprudelt hatte, dann hatte sie von ihrer Arbeit hochgesehen und ganz kurz so wie ein Maulwurf geguckt, als ob sie blind wäre und sich nicht recht zu orientieren wüßte. Das hat mich irgendwie gerührt. Und nach einer Weile erst war dieser Ausdruck in ihrem Gesicht verschwunden und ihrem normalen Ernst gewichen. Und dann hatte ich Fragen hervorgesprudelt, auf die ich eine Antwort wollte, ihre Gedanken dazu, ihre Meinung. Sofort. Und Chris hörte mich an und sagte erst mal gar nichts. Sie hörte nur zu, und wenn ich geendet hatte, dann wandte sie sich wieder ihrer Arbeit zu und sagte: „Später."

Später!

Das waren die Gedanken meines Tages, und sie mußten jetzt, sofort, beantwortet werden, denn jetzt waren sie noch frisch. So aber mußte ich mich zurückziehen, und meine Gedanken schleiften wie abgetrennte Nabelschnüre hinter mir her und verströmten sich ins Nichts. Und wenn ich sie später dann wieder aufnehmen wollte, dann nämlich, wenn Chris für Antworten bereit war, dann waren ihre Enden bereits vertrocknet.

~

Eine Woche später sitze ich wie vereinbart an dem Holztisch unter der Kastanie und warte auf sie. Der Zeitpunkt, an dem sie erscheinen wollte, kommt und vergeht. Ich werde unruhig und krame meine Zigaretten hervor. Mit jeder Minute wächst meine Nervosität. Bis zu diesem Moment habe ich nicht gewußt, wie sehr ich mir wünsche, sie wiederzusehen.

Es ist merkwürdig. Ich kenne diese Frau ja gar nicht. Und doch habe ich das Gefühl, ihr unbedingt wiederbegegnen zu müssen. Das Gespräch fortzusetzen, wo wir aufgehört hatten. Der Gedanke, daß sie mich versetzt hat, daß sie nicht mehr kommen wird, macht mich fast traurig.

Ich denke an Clarissa. Auch sie hat mich oft versetzt. Und ich konnte ihr niemals böse sein, denn sie hatte immer Begründungen, Begründungen für alles, absurde, offensichtlich erlogene Gründe, aber ich hatte ihr immer geglaubt, selbst wenn ich genau wußte, daß sie mich anlog. Sie war in ihrer Flunkerei stets so liebenswert gewesen, daß ich sie manches Mal für all die kleinen

Ausreden gern belohnt hätte, für all die Lügen, die ja irgendwie von einer ungewöhnlichen Kreativität zeugten. Und manchmal hatte ich einfach nur still gelauscht, während sie mir wieder ein Lügenmärchen auftischte, ich hatte nichts gefragt, nichts bezweifelt, nur still zugehört und Clarissas Geschicklichkeit bewundert.

Ich denke jetzt daran und werde auf einmal ruhig.

Ich ahne plötzlich, daß ich die Frau mit dem Bernsteinring wiedersehen werde, daß sie kommen wird, irgendwann, vielleicht nicht heute, vielleicht aber doch, und dann wird sie mir eine Geschichte präsentieren, über die ich lächeln werde, die ich aber anstandslos glauben will, glauben bis auf das kleinste Wort. Ich weiß, daß es so sein wird.

Clarissa.

Ich vermisse sie. Das ist verrückt. Wir haben nicht zueinander gehört. Vielleicht, weil wir allzusehr aufeinander eingehen konnten?

Wir wußten genau, was die andere wollte. Und gerade diese Dinge haben wir dann vermieden. In dieser Hinsicht sind wir sozusagen vollkommen aufeinander eingegangen. Wir haben die Wünsche der anderen erahnt und nicht erfüllt. Es klingt absurd, hierbei von „aufeinander eingehen“ zu reden, aber genau das scheint es zu sein, was Spannung aufbaut und erhält: verweigern.

Clarissa konnte all ihre Taten begründen. Sie analysierte. Sie suchte. Und je offensichtlicher eine Angelegenheit zu ihren Ungunsten stand, desto mehr schien es sie zu reizen, nach Gründen und Rechten für sich zu suchen. Selbst wenn Clarissa ganz klar im Unrecht war, vermochte sie es, ihre Handlungen positiv darzustellen und zu begründen. Sie glaubte daran. Sie glaubte irgendwie tatsächlich an ihr Gutsein und ihre vollkommene Schuldlosigkeit. Für Kritik war sie nicht zugänglich. Natürlich zeigte sie das nicht. Sie war nicht so dumm, offen zuzugeben, daß sie Kritik nicht annehmen konnte. Aber sie benahm sich gekünstelt einsichtig und war doch dabei bis in ihre Wurzeln verletzt.

Clarissa strafte, indem sie den Fehler, der ihr vorgeworfen wurde, so extrem wieder gutmachte, daß in diesem Extrem bereits wieder ein Schuldverweis an mich lag. Sagte ich Clarissa, sie rede einfach zu viel, so viel, daß ich mich außerstande sah, auf den Wust an Informationen irgendwie zu reagieren, was sie natürlich dazu brachte, wegen meines angeblichen Nichtinteresses verletzt zu sein; erklärte ich also mein Verhalten, so war es gewiß, daß Clarissa diese Erklärung als eine persönliche Beleidigung auffaßte. Sie sah mich an und hörte mir still zu. Dann lächelte sie und sagte mit einer gestellten Stimme: „Okay, ich werde mich bemühen." Und schließlich sprach sie stundenlang, wenn es sein mußte, sogar einen ganzen Tag lang, gar nicht mehr. Wenn ich sie anredete, antwortete sie mit Ein-Wort-Sätzen und benahm sich kühl und unbeteiligt. Erst wenn ich meine Erklärung vom Morgen zurücknahm, sprach Clarissa wieder. Es war schlimm – aber das Muster wiederholte sich jedesmal.

Clarissa reagierte nur in Extremen.

Es ist kühl geworden. Der Mai ist allzu schüchtern dieses Jahr. Ich sehe auf die Uhr. Zwei Stunden sind seit dem Zeitpunkt vergangen, an dem sie kommen sollte. Ich lasse meinen unberührten Kaffee stehen und lege das Geld auf den Tisch. Ich werde noch ein wenig durch den Park spazieren.

Der Park.

Wie lange bin ich eigentlich schon nicht mehr dort gewesen?

Ihr Haar ist zu einem festen Zopf geflochten, in dem kleine Perlen glitzern, ein schwarzer, schwerer Zopf, der ihr bis zu den Kniekehlen reicht. Mit jedem Klingeln wippt er sanft hin und her, und als ich ihr so folge, immer den Zopf und den geflochtenen Korb im Auge und das Klingeln im Ohr, verliere ich einen kurzen Moment lang die Orientierung. Ich höre die Autos nicht mehr und nicht die Musik aus den geöffneten Fenstern. Ich sehe nicht mehr die Läden um mich und die hektischen Menschen auf den Bürgersteigen. Ich sehe nichts als das Rot des schweren Tuchstoffs vor meinen Augen und den langsam sich wiegenden nachtschwarzen Zopf. Und ich höre auch nichts anderes mehr als das helle Klingeln des metallenen Schmucks an ihrem Körper.

Ich folge ihr bis zum Markt, wo sie Früchte, einen Laib Weißbrot und Gemüse kauft, die sie in ihrem Korb verstaut. An einem Stand komme ich ihr sehr nahe und kann hören, wie sie in einer fremden Sprache nach einer gurkenförmigen Frucht fragt. Wir stehen so dicht beieinander, daß ich nach dem schwarzen Zopf greifen könnte, und ich rieche ihr eigenartiges Parfüm, das mich an Kräuter erinnert, die ich nicht kenne, aber anscheinend irgendwann und irgendwo schon einmal gerochen haben muß, denn dieser Geruch ist mir nicht fremd.

Als sie zurücktritt, stößt sie gegen mich. Schweigend dreht sie sich um und sieht mir genau ins Gesicht. Ich habe ein zartes, weiches Lächeln erwartet, eine sanfte Stimme, die etwas Entschuldigendes flüstert, einen Blick, der vor mir niederschlägt, doch nichts von dem erfüllt sich. Sie sieht mich sehr scharf an, und um ihren Mund liegt zwar ein Lächeln, aber es ist ein sonderbares Lächeln, ein Lächeln, das ich nicht einordnen kann.

Sie hat verschiedenartige Augen. Fasziniert betrachte ich meine eigenen Spiegelbilder darin: ein grünes und ein blaues. Ihr Blick ist klar. Zu klar. Er scheint bis auf den Grund meiner Seele zu sinken. Und plötzlich habe ich das Gefühl, sie weiß alles über mich. Sie weiß, daß ich ihr gefolgt bin, die ganze Zeit hindurch, und ich, ich bin eigentlich diejenige, die sich entschuldigen muß. Sie beginnt zu lachen, ein glucksendes, aus sich selbst entspringendes Lachen, kleine helle Töne, die wie Sektperlen aus ihrer Kehle aufsteigen und in der Luft platzen.

Ich will etwas sagen. Doch da geht sie schon an mir vorbei, den Korb fest in der Hand, und ich bemerke dabei, daß jeder ihrer Finger goldberingt ist, außer einem, den ein Bernstein schmückt, ein großes, rundes Amber.

Sie geht an mir vorüber. Ganz nah. So nah, daß ihre Brüste meinen Oberarm streifen und ich die Spitzen unter dem dünnen Stoff fühlen kann. Als sie fort ist, erwache ich aus meiner Starre. Das fehlende Klingeln im Ohr und die Farbe Rot, die ich nicht mehr vor mir habe, machen mich plötzlich unruhig. Ich fühle mich wie ein Kind, dem man ein Spielzeug gezeigt und es dann wieder versteckt hatte.

Ich laufe den Weg entlang, und bald sehe ich sie rot zwischen Gewürz- und Blumenständen hervorleuchten. Ich folge ihr unauffällig und bewahre einen größeren Abstand als vorher. Schließlich hat sie mich bereits einmal gesehen. Ich will weiteren Augenkontakt vermeiden. Am Blumenstand greift sie nach einer Lilie. Der Standbesitzer schweigt, als sie die weiße Blume aus einem Krug herauszieht. Es ist ein besonders schönes Exemplar mit einem langen, geraden Stengel und einer exklusiven Blüte.

Sie dreht sich um und sieht in meine Richtung. Schnell verstecke ich mich hinter einem Berg von Weidenkörben, doch ich bin mir nicht sicher, ob ich wirklich unbemerkt geblieben bin. Sie scheint gedankenverloren mit der Blüte zu spielen, fixiert dabei aber immer den Korbberg, hinter dem ich mich verberge. Sie führt die Lilie an ihr Gesicht und riecht daran. Dann senkt sie sie und schiebt die Blütenblätter mit ihrem Daumen und dem dritten Finger auseinander. Sie sieht in das entblößte Innere der Lilie und versenkt dann den Zeigefinger in der Blütenmitte. Der verschwindet ganz in der weißen Höhlung und taucht dann langsam wieder auf, nur um erneut darin zu versinken.

Irgendwie wird mir heiß.

Die Frau dreht ihren Finger kreisförmig in dem Kelch und zieht ihn dann wieder heraus. Sie läßt den Korbberg dabei nicht aus den Augen.

Dann hebt sie den Blütenkopf wieder an ihr Gesicht. Aber diesmal riecht sie nicht daran, sondern öffnet ihre Lippen und schließt sie um die Kelchblätter, ein kurzer Biß, dann öffnet sie sie wieder und senkt ihre Zähne in den Rest des weißen Blütenblattfleisches. Danach hebt sie den Blick, und mit einem genüßlichen Mahlen ihrer kleinen scharfen Zähne sieht sie erneut in meine Richtung, schickt einen durchdringenden Blick durch das Flechtwerk, und mir ist ganz plötzlich klar: Sie weiß, daß ich dort verborgen bin.

Dann läßt sie den Stiel fallen, dreht sich um und geht.

Ich sollte jetzt wohl aufatmen und ebenfalls gehen, aber es ist schon merkwürdig: Es scheint eine einzige Sache zu geben, die stärker ist als Mißtrauen und Vorsicht. Das ist Neugierde. Und diese Frau hat mich neugierig gemacht. Gierig auf Neues, gierig auf – ach, ich weiß es nicht. Ich weiß nur, daß ich ihr folgen muß.

Oh, ich liebe so was. Diese kleinen Geschichten. Kleine Geheimnisse. Ich spüre ihnen nach, ich möchte mein Leben damit füllen – mit Geschichten und Geheimnissen; ich möchte strahlen davon und dann und wann eine Winzigkeit preisgeben.

Seit ich denken kann, horte ich Geschichten. Wenn ich auf die Straße gehe, dann sehe ich niemals auf den Boden. Nein, ich sehe den Menschen ins Gesicht, und das ist es, was sie irritiert. Denn jemanden anzusehen, bedeutet, Interesse zu zeigen. Und das will ich ja auch: Interesse zeigen und die Bereitschaft, mich auf Menschen einzulassen, ihnen zuzuhören, ihnen ihre Geschichte abzulauschen. Oder aber auch, wenn sie noch keine Geschichte haben, eine mit ihnen zu schreiben, eine Geschichte der Körper, eine Geschichte der Lust.

Ich teile. Ich liebe es zu teilen, mich mitzuteilen, auszuteilen, zu verteilen. Und das heißt auch, daß ich meinen Körper teile. Ich will mich austauschen. Und ich gebe die Geschichte meines Körpers gegen eine andere. Und wieder trage ich dann ein neues Geheimnis in mir.

O ja, ich liebe sie, diese kleinen Geheimnisse, die ich vor Chris verbarg, aber niemals vollkommen. Immer ließ ich ein wenig davon hervorschimmern, denn ein Geheimnis ist nur dann spannend, wenn jemand weiß, daß dieses Geheimnis überhaupt existiert. Es ist nur dann von Nutzen, wenn man mit seinem Vorhandensein spielen kann.

~

Es ist beinahe schon beschämend, zuzugeben, den Park gern zu besuchen. Unter meinen Bekannten und mir gibt es so etwas wie eine heimliche Übereinkunft, die städtische Grünanlage abzulehnen. Und so beteuern wir uns gegenseitig immer wieder, der Park sei überpflegt, und überhaupt fehle es ihm an Charakter: geharkte Wege überall, säuberlich angelegte Blumenbeete und Bäume, die um ihren Stamm ein Zäunchen haben. Lächerlich! Clarissa hatte sich uns nie angeschlossen. Sie ging aber oft allein durch den Park. Manchmal gingen wir beide auch zusammen. Doch mit meinen Bekannten ging sie nie.

Sobald ich mich über den Park lustig machte, begann sie ihn zu verteidigen. Und manchmal, wenn ich friedlich aufgelegt war und Clarissa eine Freude machen wollte und etwas Lobendes über die Blumenbeete oder so sagte, dann plötzlich konnte es passieren, daß sie zu lästern begann und die Künstlichkeit des ganzen Gartens in Grund und Boden schimpfte. Ich war nicht schlau daraus geworden.

Wir sind oft in den Park gegangen, haben den kitschigen Sommerpavillon umrundet und sind die geharkten Wege auf- und abgewandert. Manchmal saßen wir auf den Bänken unter dem zurechtgestutzten Efeudach und diskutieren über Gott und die Welt. Wir liefen immer bis zu dem kleinen See und fütterten die Schwäne. Stets ist der See ruhig und klar gewesen. Niemand schien den Wunsch zu haben, Papierschiffe fahren zu lassen oder Flaschen ins Wasser zu werfen. Immer schwammen fünf Schwäne im See. Damals haben wir darüber gewitzelt: Sogar der Liebesnatur der Schwäne setzten sie Grenzen. Womöglich unterlagen sie einer Geburtenkontrolle!

Jetzt, nachdem ich jahrelang fünf Schwäne gefüttert habe, niemals mehr und niemals weniger, fürchte ich, daß diese Tiere tatsächlich abgezählt und wahrscheinlich sogar registriert sind. Vielleicht gibt es irgendwo eine „Schwäneakte“ für den Stadtpark.

Wenn Clarissa und ich uns an der fehlerlosen Pracht sattgesehen hatten, gingen wir nach Hause. In der Wohnung haben wir dann Kaffee aus den angeschlagenen Tassen getrunken, und ich habe noch bis spät abends gearbeitet und Manuskripte Korrektur gelesen. Heute fällt mir auf, daß ich nie einen Fuß auf die immergrünen Rasenflächen des Parks gesetzt habe, die man nicht betreten durfte. Ich hatte auch nie den Wunsch gehabt, das zu tun.

Der Park ist nur fünf Gehminuten von meiner Wohnung entfernt. Doch es müssen bereits Monate vergangen sein, seit ich das letzte Mal das eiserne Tor geöffnet habe, um die sauberen Pfade abzuwandern.

Die klingelnde Frau nimmt denselben Weg zurück und verschwindet wieder in der Akazienstraße Nummer 25. Nachdem einige Minuten verstrichen sind, laufe ich zur Haustür und drücke dagegen. Ich habe Glück. Die Tür ist nicht eingerastet. Ich schiebe sie auf und schlüpfe in den Hausflur. Langsam steige ich die Treppen hoch und lausche dabei an jeder Tür. Ich bin mir irgendwie sicher, daß ich merken werde, hinter welcher sie wohnt, und Türen mit Fernsehgeräuschen dahinter lasse ich schnell hinter mir. Eigentlich weiß ich nicht mal, was ich mir von meinem Spionieren erhoffe. Eine Geschichte? Ja, das ist es wohl! Eine ganz besondere Geschichte.

Was ich niemals wollte, war Menschen zu bestehlen. Jedes Mal ließ ich etwas zum Austausch da. Als wirklich schlimm empfinde ich es, wenn ein Mensch von mir geht, einfach so, wenn er sich schlichtweg von mir abschneidet und sich mitnimmt, jedes Stück, jede Faser, sogar seinen Geruch. Wenn er mir nichts läßt als den Trug der Erinnerung. Woraus soll ich dann meine Geschichte schreiben? Meine Geliebten halten mich allesamt für vergeßlich und sorglos. Denn bei jedem Mann und jeder Frau lasse ich ein Stück von mir zurück. Nein, ich habe niemals irgend etwas vergessen. Ich habe etwas hinterlassen: ein Haarband, ein winziges Parfüm, ein zerlesenes Buch. Nichts davon war Zufall. Oder doch? Was sind schon Zufälle? Sie sind das, was uns zufällt. Und so fiel also allen meinen Geliebten etwas zu: ein Stück Garn, aus dem sich eine Geschichte weben ließ, wenn sie es wollten. Ich ließ mich stückchenweise zurück. Zum Austausch.

Ich laufe von Stockwerk zu Stockwerk. Und dann ist da die letzte Tür, und ich habe die Frau immer noch nicht gefunden. Ich bin bereits etwas resigniert, als ich an diese letzte Tür herantrete. Ich stütze mich am Holz ab, presse mein Ohr dagegen und höre – absolut nichts. Ich presse mich noch enger an die Tür, und da, da ist etwas, ein ganz leises Geräusch, das ziemlich nah sein muß, irgendwo gleich hinter Tür, oder *an* der Tür? Da gibt das Holz auch schon unter meinen Händen und dem Ohr nach, denn die Tür wird nach innen aufgerissen, und ich stürze mitten hinein in die Wohnung, werde von der Schwelle weg hineingezogen, und die Tür wird wieder geschlossen. Ich höre noch, wie sich ein Schlüssel im Schloß dreht.

~

Sie läuft ungefähr hundert Meter vor mir. Diese Entfernung gibt mir die Sicherheit, sie ohne schlechtes Gewissen beobachten zu können. Alles an ihr ist ungewöhnlich. Als erstes ins Auge fällt ihre Art, sich zu bewegen. Leichtfüßig tänzelt sie über die Wege, bleibt dann und wann stehen, bückt sich und hebt etwas vom Boden auf. Dann tänzelt sie weiter, und nach einer Weile glaube ich, eine Melodie im Ohr zu haben, nach der sie sich bewegt.

Ihre Kleidung ist lächerlich. Sie trägt einen uralten breitkrempigen Hut, der farblich gar nicht zu ihrem Mantel paßt. Überhaupt – ein Mantel bei dieser Frühlingswärme! Ein Kindermantel außerdem, und er ist etliche Nummern zu klein. Er sieht aus, als stamme er aus einer der Tonnen fürs Rote Kreuz. Sie kann ihn nicht einmal schließen.

Ich folge ihr, ohne zu wissen, warum. Wir gehen auf verschlungenen Wegen, und ich lächle innerlich über sie. Sie muß schwitzen, denke ich. Unter dem dicken Mantel und dem Hut muß einfach jeder Mensch schwitzen. Irgendwie sieht sie aus, als hätte sie sich verkleidet. Plötzlich läuft sie auf die verbotene Rasenfläche und pflückt ein paar Gänseblümchen. Sie dreht sich übermütig einmal um ihre eigene Achse und – entdeckt mich. Unsere Blicke treffen sich zum ersten Mal. Und ich erstarre vor Schreck.

Halb verdeckt unter der Hutkrempe sieht mich ein Gesicht an, das mich aufrüttelt.

Es ist über und über mit schwarzen Striemen bedeckt. Narben? Schmutz? Eine Zeichnung? Ich weiß es nicht.

Ich starre sie an. Ist sie es? Sie ist es!

Da dreht sie sich gehetzt um und läuft über die Rasenfläche davon. Schnell ist sie hinter den Bäumen verschwunden. Ich folge ihr nicht. Der Schreck nagt lange an meinen Nerven.

~

Der Geruch.

Als erstes nehme ich den Geruch wahr: einen intensiven Blumengeruch. Und als ich den Blick hebe, da sehe ich die Blüten. Überall in Vasen und Krügen stehen sie: Lilien. Es müssen Hunderte sein.

Ich drehe mich um, und da ist niemand. Wer hat mich eben in die Wohnung hineingezogen? Und wo ist dieser Jemand jetzt? Ich bin ruhig. Ich trete an die Wohnungstür heran und drücke die Klinke herunter. Sie ist verschlossen. Also hatte ich tatsächlich einen Schlüssel im Schloß gehört. Ich stehe ganz besonnen da. Ich bin nicht überrascht.

Eigentlich war ich das noch nie: überrascht. Chris hielt mich immer für einen so dramatischen Menschen. Vielleicht bin ich das auch auf eine ganz eigene Weise, aber mich selbst hat nie irgend etwas überrascht. Chris konnte mir die erstaunlichsten Neuigkeiten erzählen, meine Eltern konnten ein Auto gewinnen, mein Bruder sein Studium abbrechen: Nichts hat mich überrascht. Ich hörte alles an, und mein Blut floß ruhig weiter, keine Aufregung kroch mir in die Kehle, so daß ich vor Freude oder Bestürzung kreischen mußte, keine Emotion regte sich in meinem Innern. Es war mir gleichgültig. Nicht einmal der Tod eines Menschen überraschte mich wirklich.

Manchmal dachte ich schon, daß ich vielleicht nicht normal war, und ich hatte versucht, mich zu erinnern, bis in meine Kindheit, ob ich damals schon so unüberraschbar war. Und ich war zu keinem rechten Schluß gekommen. Ich erkannte nur so viel: daß ich schon als Kind mit Vorliebe gespielt hatte. Emotionen nachgespielt. Daß ich Bücher verschlungen hatte und fremde Leidenschaften in mich hineingesogen, daß ich heimlich die Menschen meiner Umgebung beobachtet hatte und ihre Regungen studiert, vor allem, wenn sie stritten, weinten, sich freuten. Daß ich, zehnjährig, mich einmal unter der langen Tischdecke des Wohnzimmertisches versteckt hatte, um bei einem spannenden Abendfilm dabeizusein, den ich aus irgendwelchen Gründen nicht sehen sollte. Mir fällt auf, daß ich schon damals fremde Gefühle, fremde Geschichten, fremde Erregungen getrunken habe wie Wein. Habe ich mir daraus vielleicht mein Inneres konstruiert? Ist mein Inneres vielleicht nichts anderes als geborgt? Chris hat mir oft gesagt, ich sei so dramatisch, so extrem. Aber ist das echt? Bin ich das? Oder spiele ich nur die Rollen erlauschter Geschichten?

~

Am Wochenende sitze ich wieder in dem Café, unter der Kastanie. Neben mir das Teegeschirr. Ich lese. Ich gebe die Hoffnung nicht auf, der eigenartigen Frau wieder zu begegnen. Und das ist etwas, was ich möglicherweise nie verlieren werde: die Fähigkeit, ausdauernd zu sein. Ich habe diese Fähigkeit schon immer gehabt. Dort weiterzumachen, wo andere aufgeben, scheint eine meiner Stärken zu sein.

Ich bin ärgerlich über mich selbst. Ich habe sie entwischen lassen.

Als die Frau, der ich im Park gefolgt war, hinter den Bäumen verschwunden war, als sich mein Schreck über ihr entstelltes Gesicht gelegt hatte, erst da wäre ich fähig gewesen, ein Wort zu sagen. Sie war keine Unbekannte. Sie war die Frau aus dem Café. Verkleidet, verhüllt, entstellt. Aber sie war es gewesen. Eindeutig.

„Guten Tag."

Die Stimme. Ich sehe auf und in ein grünes und ein blaues Auge hinein.

„Guten Tag!"

Meine Stimme klingt mir viel heller in den Ohren als sonst. Warum freue ich mich denn so? Das ist doch absurd.

„Das ist wirklich eine Überraschung! Ich habe letzte Woche auf Sie gewartet, und dann im Park …"

Da unterbricht sie mich schon.

„Es ist ein so schöner Tag. Lassen Sie uns ihn genießen. Sie wollen mich doch nicht überwachen, oder?"

„Nein, aber …"

„Wissen Sie, Chris …"

Sie kennt meinen Namen!

„… es ist nun einmal so, daß es verschiedene Arten von Frauen gibt. Manch eine will eben immerzu wahrgenommen und verhätschelt und bewundert werden. Aber eigentlich will sie das auch nicht. Sie will auch übersehen werden. Denn nur dann hat sie einen Grund, schön zu sein, sich zu verändern, auf sich aufmerksam zu machen. Wenn sie ständig beachtet wird, dann schläft sie ein. So eine Frau will beides: absolutes Interesse und absolute Ignoranz. Das erst gibt ihr einen Sinn."

Augenblicklich fällt mir ein Tag ein, ebenfalls ein Frühlingstag, aber einer, der über vier Jahre zurückliegt.

Clarissa.

Ich räuspere mich.

„Es gab einmal eine Frau, die …"

„Nein! Sagen Sie niemals ‚Es *gab* einmal eine Frau'. Solange Sie darüber erzählen möchten, gibt es sie immer noch. Und seien Sie sich gewiß, daß mich das nicht interessiert. Ich bin wegen Ihnen hier, nicht wegen ihr. Denken Sie über sie nach, im stillen. Jetzt sofort."

„Aber …"

„Nein! Denken Sie nach, denken Sie nach!"

Und sie zieht eine Zigarette aus meiner Schachtel, die auf dem Tisch liegt, und raucht still vor sich hin, und als ich noch einmal zum Sprechen ansetze, sieht sie mich strafend an. Da lehne auch ich mich zurück und beginne in der Anwesenheit dieser Frau tatsächlich zurückzudenken, zurück bis zu dem Frühlingstag vor vier Jahren, als Clarissa und ich unseren ersten ernsthaften Streit erlebten.

Eigentlich fing alles ganz harmlos an. Ich glaube auch nicht, daß ich wirklich Schuld trage. Aber vielleicht sollte man dieses Wort sowieso vermeiden: Schuld. Jedenfalls saßen wir ganz gemütlich zusammen an genau diesem Tisch hier. Wir waren am Nachmittag ins Café gekommen, hatten geredet und einen Kaffee getrunken. Und dann hatten wir beide noch ein Glas Wein bestellt. Süßer Obstwein. Es dämmerte bereits, doch die Luft war noch lau, so daß wir beschlossen, zu bleiben und den Abend zu genießen.

Es war verrückt. Clarissa war ein solcher Stimmungsmensch. Und eigentlich hätte ich einfach nur entsprechend auf ihre Stimmung reagieren müssen. Ich hätte nur ihr kleines Spiel mitspielen müssen, denn es war ein Spiel, ein Spiel, das aus der Stimmung dieses Abends geboren war, das wußten wir ja beide, aber ich konnte mich nicht darauf einlassen. Das konnte ich noch nie. Ich mußte immer ehrlich sein. Ehrlichkeit ist das Wichtigste. Und jede Frage Clarissas versuchte ich ernsthaft zu beantworten, dabei wäre alles viel leichter gewesen, wenn ich, so wie Clarissa, öfter einfach mal ein bißchen geflunkert hätte. Ihr einfach zugestimmt hätte, heile Welt gespielt. Das aber konnte und wollte ich nie: meine Ehrlichkeit aufgeben, nur damit alles einfacher war, nur damit alles paßte, nur damit unser Beisammensein vor Harmonie glänzte. Das war nicht echt.

Clarissa also nippte an ihrem Wein und schien sehr zufrieden zu sein mit dem Abend, mit der Stimmung, mit uns. Und sie sagte:

„Weißt du, Chris, ich merke gerade, daß unsere Partnerschaft mir wirklich Kraft gibt. Manchmal denke ich, daß so viel für mich aus diesem Zusammensein entspringt: Freude, Kreativität, Geduld und Kraft. Ich glaube, daß unsere Beziehung etwas Einmaliges ist, etwas, das ich nicht mehr missen kann."

Augenblicklich war ich hellwach. Augenblicklich war die Luft elektrisch geladen, und ich wagte nicht, mich zu bewegen, weil sich diese Elektrizität so dicht um mich bewegte und diesen Abend, Clarissa, mich, einfach alles, in einer Sekunde zu einem Häufchen Asche verbrennen konnte. Clarissa schien im ersten Moment gar nicht zu verstehen, daß sie etwas Bemerkenswertes ausgesprochen hatte, etwas absolut Gefährliches, ein Tabu sogar, denn sie nippte nur weiter ruhig an ihrem Wein und wartete auf meine Antwort.

Warum habe ich ihr nicht einfach zugestimmt? Wir wußten doch beide, daß das nicht zutraf, was sie da gesagt hatte, jedenfalls nicht ganz und gar. Ich aber antwortete:

„Clarissa, willst du sagen, daß du ohne diese Partnerschaft nicht leben kannst? Willst du mir wirklich erklären, daß du ruhig dasitzen kannst, wenn du weißt, daß du nur aus unserem Zusammensein Kraft schöpfst und aus nichts sonst? Wenn *ich* merken würde, daß ich ohne Partnerschaft nicht mehr existieren könnte, dann würde ich etwas verändern. Die Partnerschaft ist doch nur *eine* Sache im Leben, nicht das Leben selbst."

Clarissas Kopf ruckte ganz plötzlich zu mir herüber, und da lag etwas in ihrem Gesicht, das mich rührte und das in mich fuhr wie ein Blitz. Etwas wie Schmerz. Ein Ausdruck, der sich aber sofort wieder verflüchtigte. Vielleicht hatte ich ihn mir auch eingebildet. Sie sagte, und ihre Stimme war ruhig dabei:

„Aber denkst du nicht, daß du, sobald du Verantwortung für jemanden übernimmst – und in einer Partnerschaft tut man das doch: Verantwortung übernehmen –, denkst du nicht, daß so was stark macht?"

„Clarissa, ich bin nicht bereit, mich voll und ganz auf eine Beziehung einzulassen, und das weißt du. Ich habe auch nicht das

Gefühl, Verantwortung für irgend jemanden übernehmen zu wollen. So etwas lehne ich schlichtweg ab. Jeder ist für sich selbst verantwortlich. Ich für mich. Du für dich. Alles andere ist Trägheit. Ich kann es nur noch mal betonen: Wenn ich das fühlen würde, daß ich ohne Partnerschaft nicht sein kann, dann würde ich etwas in meinem Leben ändern."

Und da fuhr Clarissa hoch wie eine Furie:

„Und ich? Weißt du, was ich täte, wenn ich feststellen würde, daß ich ohne diese Partnerschaft durchaus leben könnte? Ich würde es auch tun. Alles andere ist verlogen, keine Partnerschaft, sondern eine Spielschaft. Eine Affäre!"

Wieso reagierte sie so extrem? Wir hatten nie über unsere Beziehung gesprochen, und ich habe solche Gespräche nie vermißt. Ich hatte mich gefreut, in Clarissa endlich eine Frau gefunden zu haben, die anders war als meine Ex-Freundinnen, eine Frau, der die eigene Freiheit wichtiger zu sein schien als ich selbst, und das hatte mich fasziniert. Was sie eben gesagt hatte, rief vergangene Gespräche mit anderen Frauen wach, Gespräche, an die ich mich nur ungern erinnerte. Denn oft genug hatte ich in meinen Beziehungen erleben müssen, daß meine Freundinnen, wenn sie glaubten, es gäbe nicht mehr genug anderes, über das man sich gut unterhalten könnte, schließlich begannen, über die Beziehung zu reden, über sich, über Gefühle eben.

Und im Innern war ich jedesmal schreiend davongelaufen, wenn es wieder soweit war, denn ich wußte ja genau, wie es ausgehen würde: Das ständige Analysieren von Gefühlen erdrückte diese Gefühle schließlich, bis ich nichts mehr zu spüren in der Lage war als den klammernden Griff der anderen Frau. Und ich war es, die diesen fremden Griff um mein Leben, diese Klammer um meinen Atem vorsichtig und bestimmt wieder löste.

Sobald das Gespräch auf die eigene Beziehung kommt, sobald man anfängt, sich zu erinnern, an sich selbst, an Erlebnisse, die manchmal kaum ein Jahr zurückliegen, sobald man dieses Erinnern zuläßt, kostet man bereits ein Stückchen Tod dieser Beziehung.

Deshalb war ich so ungehalten, als Clarissa davon anfing.

Doch seltsamerweise verstummte sie nach ihrem letzten Ausbruch. Ich selbst hatte kein Bedürfnis, etwas darauf zu entgegnen und das Feuer weiter zu schüren. Und so verbrachten wir den Rest des Abends schweigend. Schweigend sind wir auch nach Hause gefahren. Und am nächsten Tag war Clarissa so wie immer. Sie hat nie wieder ein Wort über diese Sache verloren. Sie hat nie versucht, das Gespräch fortzusetzen.

Das Ereignis liegt so lange zurück; ich hatte es schon fast vergessen. Aber als diese Frau hier neben mir, die bereits die Hälfte meiner Zigaretten aufgeraucht hat, von dem Wunsch mancher Frauen nach totalem Interesse *und* totaler Ignoranz sprach, da ist mir dieser Tag vor vier Jahren plötzlich wieder eingefallen. Ich glaube, Clarissa gehört zu den Frauen, die diesen Wunsch haben. Meine Ignoranz kannte sie zur Genüge. Sie sehnte sich danach, einmal vollkommenes Interesse zu spüren. Und zu hören, wirklich aus meinem Mund zu hören, daß sie mich interessierte. Diesen Wunsch habe ich nicht erfüllt.

Ich wende mich der Frau zu. Ihr Kleid ist von einem Gelb, das in die Augen stürzt wie ein Feld voller Narzissen. Das Tuch um ihren Hals ist rot, rot wie Klatschmohn, und die Schuhe sind blau. Dieses Bunte – das hätte Clarissa ganz sicher gefallen. Sie war es immer gewesen, die mich, wenn wir in einem Café saßen, auf die ganzen „gedämpften" Leute um uns herum aufmerksam gemacht hat. Männer und Frauen in gedeckten Farben: in beigefarbenen Jacken, jagdgrünen Röcken, ockerfarbenen Schuhen und mit naturbelassenen Haaren. Clarissa hatte oft in der Kinderabteilung eingekauft, weil sie die fröhliche Farbigkeit der Kindersachen liebte, das Laute, das Chaotische.

Ich sehe die Frau an und bemerke, daß ihre Buntheit mich froh macht. Heute trägt sie Ohrringe, die ihr bis zum Kinn reichen. Es sind metallene Blüten, und wenn sie den Kopf dreht, dann stoßen die langen Blütenblätter gegeneinander, und ein leises Klingeln ertönt. Selbst wenn der Wind die Ohrringe nur ein wenig bewegt, tönt das Metall. Es war auch beim letzten Mal so gewesen. Da hatte sie auch getönt. Ihre Armreifen waren immer gegeneinandergeschlagen, und stets war das Klingeln um sie gewesen, unaufhörlich.

„Letztens im Park, wieso haben Sie sich da verkleidet?"

„Wieso verkleidet?" fragt sie, und die Überraschung in ihrer Stimme ist echt. „Glauben Sie denn nur, was Sie *jetzt* sehen? Ich hatte gedacht, daß Sie mir vielleicht schon antworten könnten. Aber ich sehe, daß Sie immer noch glauben, daß der Himmel außen ist."

Sie steht auf. Ich bin erschrocken.

„Nein, bitte bleiben Sie doch noch. Wir haben uns doch noch gar nicht unterhalten. Bitte ..."

„O doch, wir haben uns unterhalten. Und wie."

Sie läuft auf das Holztor zu und ist verschwunden, ehe ich noch etwas erwidern kann.

Wie sehr habe ich das Gespräch mit Chris in dem Café, unserem Gartencafé, damals bedauert. Wie sehr habe ich mir gewünscht, es rückgängig zu machen. Es war so leichtsinnig gewesen, auf diese Art zu sprechen, denn ich ließ Chris einen Blick auf eine verwundbare Stelle in mir werfen. Ich hätte diese Worte nicht aussprechen sollen. Die Gedanken, ja, die durfte ich haben, aber nur für mich. Für mich allein. Was hatte ich mir eigentlich davon versprochen?

Ich hatte einen Zweifel ausgesprochen, der bereits seit geraumer Zeit an mir nagte. Und nur die Stimmung – dieser milde Abend, der süße Obstwein und die Stille um uns – hatte mich diesen Zweifel plötzlich als etwas Angenehmes wahrnehmen lassen. Dabei ging es um Abhängigkeit! Denn ich war mir durchaus nicht mehr im klaren, ob ich wirklich noch fähig war, ohne sie zu leben. Richtig zu leben. Hatte ich mich vielleicht schon so sehr an sie gewöhnt, daß ich zusammenfallen würde wie eine Holzhütte, der man den Stützbalken wegzieht, wenn sie mich verließe?

Ich habe nie wieder davon gesprochen. Überhaupt bedauerte ich oft, allzuviel offenbart zu haben, viel zu viele Worte verloren zu haben und zuviel Hinwendung. Immer wenn die Stimmung schön war und sich in mein Inneres legte wie ein helles, wogendes Feld, immer dann wurde ich redselig. Und später packte mich eine Aggression, und am liebsten hätte ich alles kurz und klein geschlagen, den Hausrat, unsere gemeinsamen Erlebnisse und die Erinnerungen daran. Am liebsten wäre ich jeden Morgen reinweiß aufgewacht, ein unbeschriebenes Blatt Papier, ein Wesen ohne Vergangenheit, das niemand gekannt hätte, Chris nicht, meine Freunde nicht, niemand. Dann hätte ich leben können, wie ich wollte. Aber da Chris mich kannte, so lange schon und mit jedem Tag mehr, war es nicht möglich, anders zu sein, mich zu verändern, auszubrechen aus mir selbst. Ich hatte einen Rahmen aus Vergangenheit und zukünftigen Vorstellungen um mich herum, und den mußte ich ausfüllen.

~

So häufig in den Park gegangen wie in den letzten Wochen bin ich noch nie. Immer nach der Arbeit schlendere ich die geharkten Wege entlang. Immer halte ich Ausschau nach ihr, aber nie ist sie da – die schöne, die verrückte Frau.

Ich sitze am See und beobachte die fünf Schwäne. Ein paar Kinder laufen an mir vorbei. Clarissa hätte mich jetzt angestoßen, und wir hätten ihr Lieblingsspiel gespielt: Namen geben. Immer wenn Clarissa Langeweile hatte, dann gab sie den Menschen in ihrer Umgebung Namen und dachte sich eine Geschichte dazu aus. Und so kam es, daß, wenn wir im Bus saßen, Clarissa mich plötzlich antippte und flüsterte:

„Schau! Felix versucht, Horst zu entführen."

Und dann sah ich, daß der Mann, den Clarissa Felix genannt hatte, ein riesiger, bärtiger Papa war, der die Decke über seinen Sohn im Kinderwagen geradezog. Immer mußte ich grinsen. Und jedesmal war mir aufgefallen, wie sehr die Namen Dinge veränderten.

Horst, zum Beispiel. Gibt es irgend jemanden, der heute ein niedliches Baby Horst nennen würde oder Heinz-Rüdiger? Clarissa schaffte es immer, den Menschen um uns herum die unpassendsten Namen zu geben, und jetzt erst fällt mir auf, daß in dem harmlosen Spiel ein ganz besonderer Ernst liegt. Denn ist es nicht so, daß wir alle irgendwie in einem Namen gefangen sind? Ist es nicht so, daß die Namen Dinge erst erschaffen? Wer Horst heißt, kann später nur ein Horst werden. Und Clarissa? Und Chris? Ist das nicht ähnlich?

Als wir noch Kinder waren, da hatte Clarissa mal ein Kaninchen gehabt. Es war ein Weibchen und hieß Benjamin. Ich schaffte es nie, „sie“ zu sagen. Für mich war Benjamin ein „er“. Und warum? Der Name war schuld. Nur der.

Ich sehe kurz auf, als sich jemand in einem ölverschmierten Arbeitsanzug der Bank nähert.

„Guten Abend. Ich setze mich mit hierher. Es ist Ihnen doch recht?“

Mein Kopf zuckt zurück. Ihre Stimme. Die Frau. Meine liebgewonnene, verrückte Frau.

„Wie sehen Sie denn aus?“

„Ana. Ich heiße Ana. Und Sie?“

Sie antwortet schon wieder nicht auf meine Frage!

„Chris. Aber das wissen Sie ja schon.“

Sie sieht völlig verändert aus in der Arbeitskluft. Wenn ich ehrlich bin, habe ich sie mir in solchen Sachen überhaupt nicht vorstellen können. Sie ist eine Person, die in Kleider paßt und Röcke, nicht aber in Overalls. Ihren langen Zopf hat sie aufgerollt und im Nacken zu einem festen Knoten verschlungen.

„Nein, das ist nicht Ihr Name. Sie machen sich da etwas vor. Es ist eine Illusion, einen Namen zu besitzen. Es ist eine der schlimmsten Vergewaltigungen, die uns zustößt: einen Namen versehen zu bekommen. Es ist die Vergewaltigung unserer Wandelbarkeit! Nichts ist so, wie man es sieht.“

„Aber Permanenz – die hat doch auch Sinn. Man verliert sich doch sonst im Chaos. Jeder Mensch braucht doch etwas, woran er sich festhalten kann: eine Meinung, einen Charakter, andere Menschen.“

„Warum sollte man sich nicht an der eigenen Wandelbarkeit festhalten können? Wenn ich Ihnen jetzt sagen würde, ich sei Schlosserin oder Zahnarztschwester oder Buschpilotin oder Steuerfachgehilfin – was würde Sie dann am meisten wundern? Sie hätten sofort ein Bild im Kopf, wenn ich mich als irgend etwas Bestimmtes erklären würde. Deshalb sage ich Ihnen nicht, wer ich bin und was ich bin. Heute bin ich Ana. Das ist nicht mein Name. Aber heute dürfen Sie mich so nennen.“

Sie legt ihre Finger auf meine Hand.

Irgendwie verstehe ich sie, aber irgendwie auch nicht. Da taucht diese Frau immer aus dem Nichts auf und redet wirres Zeug. Ich sehe zu ihr herüber.

„Ana?"

„Hm."

Sie hat die Finger wieder weggezogen.

„Sie machen mich ganz irre! Sie haben doch letztens vom Himmel gesprochen. Ob er außen ist ..."

Doch bevor ich weitersprechen kann, hebt sie ihre Hand, an deren Mittelfinger wieder der runde Bernstein prangt, und hält mir den Ring vor die Augen.

„Sehen Sie? Sehen Sie das Insekt? Wie es da so eingeschlossen ist, das ist doch traurig. Man muß sich das mal vorstellen: Da sitzt es ganz ahnungslos auf der Rinde eines Baumes, gerade ist es noch lustig durch den Tag geflogen, und dann wird es plötzlich von einem Tropfen Harz überrollt, und das war es. Und von diesem Tag an ist es tot und unveränderlich."

Mein Gott! Hört die Frau mir überhaupt mal zu? Sie reagiert nie auf das, was ich sage. Kann sie sich denn nicht einmal auf eine Sache konzentrieren? Sie springt auf und beginnt, den Schwänen Brotstücke zuzuwerfen. Ich sehe ihr zu.

Auch Clarissa konnte sich auf keine Sache konzentrieren, das heißt, niemals ganz und gar. Sie verströmte sich und ihre Energien in hundert Dinge gleichzeitig, fing alles an, beendete nichts, jedenfalls nicht sofort. Sie unterbrach ihre Arbeit, um sich wieder neuen Sachen zuzuwenden, unterbrach auch diese, führte dann die alten ein wenig weiter, hörte wieder auf, fing wieder Neues an, und so ging es immer weiter. Sie stand unentwegt unter Spannung. Ständig hatte sie Angst, etwas nicht rechtzeitig beenden zu können, und litt darunter. Und je dringender eine Sache wurde, eine Arbeit, ein Termin, für den sie eine Planung anfertigen mußte oder eine Rede oder was auch immer, desto hilfloser wurde sie. Sie war außerstande, sich mit Konsequenz daran zu setzen. Eine Sache begann sie zu langweilen, kaum daß sie sie begonnen hatte. Und sie war nur fähig, sie zu Ende zu bringen, wenn sie sich selbst dauernd unterbrach und einer anderen Sache widmete.

„Wissen Sie was, Chris ..."

Ich sehe auf. Ana steht an der Hängebrücke. Sie sieht wirklich aus wie eine Schlosserin oder wie eine Kfz-Mechanikerin.

„… um zur Ruhe zu kommen, müssen Sie beweglich sein."

Und dann läuft sie in vollem Tempo über die schwankende Hängebrücke und lacht dabei, ein herrliches, perlendes, sich wieder und wieder erneuerndes Lachen, und dann ist sie fort.

~

Nachdem ich eine Weile an der Tür gewartet habe und nichts sich regt, sehe ich durch einen Vorhang in einen weiteren Raum.

Und da ist sie.

Sie sitzt auf dem Boden, auf einem persischen Teppich, und sieht mir entgegen. Überall an den Wänden stehen Vasen mit Lilien. Ich bleibe vor der Schwelle.

„Komm rein."

Merkwürdig. Ich hatte alles erwartet, einen fremdländischen Akzent oder diese andere Sprache, die sie auf dem Markt gesprochen hatte, nicht aber dieses klare, ganz normale Deutsch.

„Ana. Ich heiße Ana. Und du?"

„Toller Teppich", sage ich und setze mich ihr gegenüber. „Als Kind habe ich mich immer auf unseren Wohnzimmerteppich gesetzt und mir vorgestellt, ich würde fliegen."

Ana reagiert nicht. Ich habe ihre Frage nicht beantwortet, und sie sagt nichts dazu. Sie rutscht etwas näher. Jetzt hocken wir uns beide im Schneidersitz gegenüber.

„Was weißt du vom Himmel?"

Anas Stimme ist leise. Sie sieht mich aufmerksam an.

Ich antworte ohne zu zögern.

„Es ist ein Wort. Ich sage es, ich höre es, ich schmecke es auf meiner Zunge. Wenn ich ‚Himmel' sage, stelle ich ihn mir vor. Ich denke ihn. Ich sehe ihn mit meinen Augen. Ich selbst mache den Himmel. Er gehört mir."

Während ich spreche, greift sie mit leichten Fingern nach meiner Hand. Sie hebt sie an und führt sie leise an ihren Oberkörper. Sanft dreht sie sie so, daß mein Handteller gegen ihren Oberkörper weist, und dann legt sie diesen an ihren Busen, sie legt ihn genau darauf, und einen kurzen Moment lang bin ich erstaunt über ihre forsche Art und über die Sanftheit, mit der sie meine Hand benutzt.

„Und was bist du eigentlich?“ fragt sie.

Und nun bin ich ratlos. Was ich bin? Ich weiß nichts zu antworten.

Früher habe ich immer betont, lesbisch zu sein. Ich war stolz darauf. Ich habe mein Lesbischsein nach außen getragen und wollte nichts als Sichtbarkeit. Es war schön, dazuzugehören und sich zu einer Gruppe zählen zu können. Ich hatte gelernt, mich zu identifizieren. Vielleicht war das damals ja auch in Ordnung. Vielleicht war es ja sogar wichtig gewesen. Jetzt aber, jetzt scheint mir Identifikation nur der einfachste Weg zu sein. Heute kann ich nicht mehr ohne weiteres sagen: „Ich bin lesbisch.“ Früher war mir der Satz glatt von den Lippen geflossen, und ich war sogar erpicht darauf gewesen, daß die Leute mich fragten. Ich kann es jedoch nicht mehr sagen. Es hängt so viel daran, und es hat nichts mit Männern zu tun.

Was ich an Chris begehrte, war nicht die Frau. Aber der Mann war es auch nicht. Ich glaube, es war nicht mal die Mischung aus beidem. Ich hatte das begehrt, was sie war. Und es ist nicht so, daß sie eine Mischung aus irgendwas war oder daß sie weibliche oder männliche Eigenschaften besaß beziehungsweise kopierte, sie *war* einfach. Sie war zu hundert Prozent das, was sie war.

Es stimmt, ich hatte immer versucht, sie irgendwie zu erklären, eben entweder als Mann oder Frau oder Mischung, doch nie ist es mir gelungen, denn Chris war nichts von all dem oder doch alles. Sie war etwas Reines, etwas Neues, etwas, wofür es keinen Namen gab.

Es war jedenfalls dieses Nicht-Faßbare, was mich an Chris reizte und wachhielt. Und da ich heute sagen kann, daß ich nicht weiß, was sie ist, kann ich folglich auch nicht wissen, was ich bin: Frau oder Mann oder beides oder etwas ganz anderes?

Ich habe gelernt, mich über das zu definieren, was ich begehre. Begehre ich einen Mann, bin ich heterosexuell. Begehre ich eine Frau, bin ich lesbisch. Begehre ich beides, bin ich bi. Das ist einfach und logisch. Und heute erst weiß ich, daß es falsch ist. Denn was, verdammt, bin ich denn, wenn ich etwas begehre, das weder Mann, noch Frau, noch beides ist? Was bin dann *ich*? Einfach nur ein begehrender Mensch vielleicht? Es ist so reduzierend, sich als Mann oder Frau oder beides zu erklären. Es ist überhaupt reduzierend, sich zu erklären. Aber das sehe ich erst jetzt so.

Immer habe ich diese Sucht, alles zu definieren. Aber heute wehre ich mich dagegen, eine Ähnlichkeit zwischen mir und diesen vielen Menschen um mich zu sehen. Denn wenn Chris nicht definierbar ist, dann ist es wahrscheinlich kein einziger Mensch. Folglich gibt es kein Lesbischsein. Ich bin also nicht lesbisch.

Was bleibt?

Was bleibt, sind Individuen.

„Du hast nicht geantwortet, Clarissa …"

Sie kennt ja meinen Namen!

„… aber das macht nichts. Es ist gut, daß du nichts zu sagen weißt. Anpassen, weißt du, Anpassen ist das Gefährlichste. Man kann versuchen, sich Menschen anzunähern, ihren Vorstellungen, ihren Idealen, aber man muß sehr aufpassen, daß man Annähern nicht mit Anpassen verwechselt."

Ich habe zwar keine Ahnung, was das mit ihrer Frage zu tun hat, aber ich verstehe trotzdem genau, was die Frau mir sagen möchte. Überhaupt habe ich das Gefühl, in ihr jemandem zu begegnen, der mir sehr ähnlich ist, ähnlich im Denken, ähnlich im Ausdrücken. Sie ist extrem sprunghaft.

Ich fürchte, ich habe es nie so recht geschafft, Anpassen und Annähern auseinanderzuhalten. Ich glaube, das war auch ein Grund, weshalb ich immer unzufriedener gewordenen war, weshalb ich immer stärker an meiner Attraktivität Chris gegenüber gezweifelt habe, weshalb ich immer ängstlicher und unsicherer geworden war.

Allzu oft habe ich Chris' Idee von einem perfekten Menschen zu übernehmen versucht, weil ich perfekt sein wollte, einmalig und unersetzlich. Ich habe beispielsweise bestimmte Gesprächsthemen zu vermeiden versucht, und über andere Dinge, Dinge nämlich, die Chris' Vorstellungen zufolge einen perfekten Menschen interessierten, habe ich mich kundig gemacht, um Chris dann mit meinem Wissen darüber zu überraschen. Ich wollte ihr das sein, was sie sich innerlich erträumte, und so analysierte ich heimlich all ihre Äußerungen und filtrierte ihre Vorlieben heraus und begann mich langsam innerhalb dieser Vorlieben zu bewegen, so als hätte ich das schon immer getan. Es war wie eine Sucht. Und es war ein Fehler.

Ich habe mich nicht an *sie* angepaßt. Schlimmer noch: Ich habe mich an ihre Vorstellungen herangewagt und mich verbogen, bis ich hineinpaßte. Was ich aber nicht beachtet hatte, war, daß ein angepaßter Mensch, ein überall passender Mensch niemals mehr Spannung und Interesse erzeugen kann. Anpassen heißt, Ecken zu glätten und Kanten zu verstecken. Es heißt, die Fremdheit zu zerstören. Das habe ich getan. Ich habe versucht, ihre Erwartungen zu erfüllen. Und das, was man erwartet, ist niemals fremd. Immer ist es etwas Vertrautes. Anpassung nimmt der Faszination die Luft zum Atmen.

~

Ja, Ana hat irgendwie recht. Vielleicht ist sie gar nicht verrückt. Vielleicht bin ja ich die Verrückte? Die Namen nageln uns an einem Platz fest, und es ist schwer, sich von diesem Platz wieder zu lösen. Und ist es nicht ähnlich mit *bizarr*? Was ist *bizarr* denn? Ein Verlag, sicher. Aber sollte es denn von vornherein ein belletristischer Verlag sein und mehr noch: ein Verlag für wirklich nur *leichte* Belletristik?

Ich habe das nicht gewollt. Ich wollte Anspruch, Vielfalt, Buntheit. Und jetzt bin ich es selbst, die das Programm gestaltet und die keinen Fußbreit vom bewährten Programm abweicht, die Überraschungen nicht zuläßt, weil das die Verkaufszahlen schädigen könnte. Aber was soll das? Ich habe dem Verlag damit einen Namen gegeben, der ihm anhaftet: leichte Belletristik!, und je mehr Zeit vergeht, desto schwerer ist es für *bizarr*, einmal anders zu sein.

Wie sagte Ana?

Wandelbarkeit. Überraschungen. Vielleicht mußte ich sie einfach treffen. Clarissa hatte nie so einen Einfluß ausgeübt.

Clarissa.

Clarissa bei einem Gespräch zu beobachten war eine Wonne. Zuallererst versuchte sie, die Meinung ihrer Gesprächspartner zu widerlegen. Selbst wenn ich wußte, daß sie eigentlich dieselbe Meinung vertrat, tat sie das. Sie schien Streit irgendwie zu provozieren. Es kam ihr am allerwenigsten auf ihre eigene Meinung an, die war variabel, vielmehr schien es ihr um eine intellektuelle Lust zu gehen. Sie liebte es, die Meinungen ihrer Gesprächspartner bis aufs kleinste zu analysieren und dann schließlich ihre eigene, die immer ein bißchen verrückt, immer ein bißchen abwegig war, ins Spiel zu bringen. Ich sage bewußt *ins Spiel*, denn ein Gespräch war ein Spiel für sie. Ein Spiel, sonst nichts. Und wehe, man hielt sich nicht an ihre Spielregeln.

~

Meine Hand liegt noch immer auf ihrem Busen und regt sich nicht. Ich sehe sie an und bemerke, daß sie die Lippen leicht geöffnet und den Kopf ein wenig zurückgelehnt hat, als ob sie träumte. Da zuckt sie plötzlich zusammen, als hätte sie gespürt, daß ich sie beobachte, und springt auf. Sie zieht mich hoch und schiebt mich in die Küche.

In die Küche!

Was in aller Welt wollen wir in der Küche?

Als ob sie meine Gedanken kennen würde, sagt sie lachend: „Kochen – was sonst?“

~

Ana ist verschwunden.

Ich habe sie seit drei Wochen nicht mehr gesehen. Und vorher sind wir uns jeden Tag im Park begegnet. Immer ohne uns verabredet zu haben, denn auf Verabredungen würde sie natürlich niemals eingehen. Immer hat sie anders ausgesehen: zuerst in einen langen, roten Overall gehüllt, etwas wie ein exotisches Kostüm, und überall klingelte ihr Schmuck. Dann wieder trug sie diesen lächerlichen Kindermantel oder eine einfache Levis und ein T-Shirt, einmal eine Weste aus Lack, und das letzte Mal kam sie mit Motorradhelm und in Lederkluft. Aber immer war sie es: Ana. Wenngleich sie sich auch jedesmal einen anderen Namen gegeben hatte.

Doch jetzt ist sie fort. Ich gehe jeden Tag in den Park, aber ich trage diese Ahnung mit mir herum, daß ich ihr nicht mehr begegnen werde.

Ich glaube, das Geheimnis der Liebe ist, daß wir als das erkannt werden wollen, was wir wirklich sind. Wir wollen unsere tiefsten Sehnsüchte entdeckt wissen, unsere Fantasien und Perversionen. Ana hat das getan. Ana hat alles gewußt.

Das Geheimnis der Faszination jedoch scheint darin zu bestehen, genau dieses Erkannte für sich zu behalten, nicht darüber zu reden, nichts davon preiszugeben, was auch geschieht. Genau das habe ich damals unbewußt getan. Ich habe Clarissas heimliche Leidenschaften aufgespürt, ihre immerwährende Suche nach einer festen Hand erkannt und das Entdeckte für mich behalten. Ich habe nur dann und wann die Ahnung durchscheinen lassen, daß ich um ihr Geheimnis wußte. Und dies hat Clarissas Widerstand hervorgekitzelt und den gemeinsamen Genuß erhöht. Ich glaube, der Genuß an der anderen erlischt dann, wenn deren Widerstand gebrochen ist.

~

Ohne meine Antwort abzuwarten, schiebt sie mir ein Brettchen und ein scharfes Messer zu, zwei große Auberginen, Kohlrabi und die gelben gurkenförmigen Früchte, die sie auf dem Markt gekauft hatte.

„Fangen wir mit den Auberginen an!"

„Ich hasse Auberginen", sage ich. Und das stimmt. Roh schmecken sie nach nichts, und wenn sie gebraten sind, werden sich weich und schlabberig und erinnern mich immer an diese ekligen chinesischen Austernpilze. Widerlich. „Sie haben keinen Geschmack."

„Quatsch. Auberginen sind toll. Sie müssen nur richtig gewürzt werden."

Im selben Moment greift sie nach dem Reißverschluß meines Kleides im Rücken und zieht daran, und im Nu ist das Kleid geöffnet und fällt herunter. Ich kann gar nicht reagieren. Als ich mich umdrehe, hat sie sich ebenfalls ihres roten Stoffes entledigt, und so stehen wir nun beide nackt in ihrer Küche, ich mit dem

Messer in der Hand, sie mit den Auberginen, und da muß ich ganz plötzlich lachen. Was für eine Situation! Ich beschließe, mich einfach nicht mehr zu wundern.

„Was soll ich denn eigentlich machen? Wenn es ums Kochen geht, sage ich nur: Linke Hand – dein Name ist Clarissa! Ein Fertiggericht bekomme ich hin. Danach wird's schwierig."

„Als erstes: dünne Scheiben. Den Rest übernehme ich."

Ich greife also nach den riesigen Auberginen und beginne sie zu schneiden. Dann kommt der Kohlrabi an die Reihe. Als ich mit den langen gelben Dingern ebenso verfahren will, kreischt sie auf, und schnell schiebe ich das Gemüse wieder weg.

Ana steht hinter mir, während ich schneide, und sammelt die Scheiben in einer Schüssel, und als ich fertig bin, sagt sie:

„Und jetzt das Würzen. Bleib genauso stehen."

Und dann spüre ich, wie sie von hinten an mich herantritt, wie ihr Busen meinen Rücken streift, ihre Spitzen sind hart und bewegen sich fast wie Finger über meine Haut, dann preßt sie sich ganz fest gegen mich, und an meinem Hintern fühle ich ihren hervorspringenden Venushügel, das knisternde Haar dort, das schwarz ist, nachtschwarz wie ihr Zopf. So, wie sie steht, faßt sie um mich herum und legt ihre Daumen auf meine Brustspitzen, nur die Daumen, sonst nichts. Mein Körper reagiert sofort. Als sie die Spitzen zwischen Daumen und Zeigefinger nimmt und dann einfach zudrückt, kurz und viel zu stark, da schießt mir der Schmerz ins Gehirn, und ich will sie abschütteln, doch sie drängt mich mit Macht nach vorn, gegen den Arbeitstisch, und hält mich in dieser Stellung fest. Wieder liegen ihre Daumen auf den Spitzen, die groß geworden sind und fest, und sie gibt ihren Daumen einen wohlbemessenen, intensiven Impuls, der mich aufstöhnen läßt und mir den Schweiß aus den Poren treibt. Meine Lippen öffnen sich von selbst, und ich lasse meine Finger den Bauch entlang nach unten wandern, bis sie das weiche Haardreieck erreichen. Darin vergraben sie sich und beginnen mich zu liebkosen.

Ich mag es, mich im Stehen zu streicheln. Es ist schwieriger als im Liegen, zugegeben, es erfordert eine höhere Konzentration, aber ich mag es trotzdem, weil ich den Schwindel in mir deutlicher spüre und die Erregung ebenso. Ich lege den Mittelfinger sanft und in voller Länge zwischen die senkrechten Lippen und taste in der aufsteigenden Nässe meinen Wünschen nach. Ich liebe es, den Orgasmus hinauszuzögern, und so berühre ich nicht allzuoft die empfindliche kleine Knospe, sondern lasse den Finger vor allem die schwellenden Lippen erkunden und die süße Öffnung, die wie eine geschälte Frucht ist: weich und appetitlich. Doch bald schon reißt der Genuß an der Berührung mich hin, und ich lasse meinen Finger in genau dem Rhythmus über der zarten Knospe vibrieren, der mich zum Orgasmus bringen soll. Im selben Moment, als mein Herz sich beschleunigt und den immer schneller werdenden Rhythmus meines Fingers annimmt, als es hart gegen die Wände meiner Brust pocht, so hart, daß ich es in den Ohren höre wie eine Trommel, in diesem Moment zieht Ana meine Hand zwischen den Beinen hervor und legt ihre eigene dahin. Zuerst regt sie sich nicht. Doch dann schließt sich die fremde Hand ganz fest um meine Vulva und erkundet mein Geschlecht mit einer Bewegung des Zeigefingers, eine Bewegung, die meine beiden Lippen teilt wie einen Schnitt. Plötzlich taucht etwas in meine Feuchtigkeit ein, zwischen die geschwollenen Lippen, etwas, das keinesfalls ein Finger sein kann, weil es sich ganz anders anfühlt, nicht wie Haut, sondern wie, wie – eine Aubergine!

Ich sehe noch, wie Ana die Auberginenscheibe in der Nässe meiner Vulva bewegt, als sei die Scheibe ein Boot und ich ihr Meer, und dann wirft sie diese Scheibe in eine Schüssel, die vor mir auf dem Tisch steht. Und eine neue Scheibe folgt, taucht in mich, in mein würziges Wasser, und wenn ich mich wehre, dann greift Ana mit der freien Hand in mein gelocktes Haarvlies und streicht mit dem Mittelfinger über die kleine harte Perle, läßt den Finger dort flattern und vibrieren, so daß ich nichts anderes mehr vermag, als mich darauf zu konzentrieren und den süßen Empfindungen nachzulauschen, die dieser Finger weckt. Und in der Zwischenzeit gleitet sie mit den Auberginen- und Kohlrabischeiben zwischen meine Brüste, dorthin, wo der Schweiß sich sammelt, und benetzt das Gemüse mit dem feuchten Salz meines Körpers, würzt jede einzelne Scheibe mit mir, mit den Kräutern meines Leibes, dem Sud meiner Erregung, und als ich spüre, daß ich jetzt gleich, in wenigen

Momenten, nicht mehr zurückkann, daß die Erregung sich in mir zentriert wie ein Wirbel im Meer, ein inneres Tosen, das der Erlösung entgegenstürzt, ein Kreisen, ein Strudel, der mich schwindelig macht, da liegen bereits alle Gemüsescheiben fertig gewürzt in der Schüssel vor mir, und ihr Knie schiebt meine Beine auseinander, so daß ich mich an dem Tisch abstützen muß, und dann spüre ich, wie etwas in mich eindringt, von hinten in meine Vulva hinein, etwas Langes, Sanftes, etwas wie ein Dildo, aber es ist keiner, sondern diese merkwürdige gelbe Frucht, die ganz behutsam an den Wänden meiner Vulva entlang tiefer gleitet und tiefer, bis sie einen Punkt erreicht, dessen Berührung mir einen erstickten, leisen Klagelaut entreißt, und dorthin stößt sie die Frucht erneut, in diesen Punkt, in meine Lust, unerbittlich. Und als ich komme, da schließen die Muskeln meiner Vulva sich um die köstliche Frucht, als ob sie sie verschlingen wollen, und meine Beine geben nach, und Ana, sie hält mich mit einem Arm fest umschlungen und aufrecht, während sie mit der anderen Hand die Frucht aus mir herauszieht und ebenfalls in die Schüssel legt.

Wir haben uns dann nach einer Weile tatsächlich das Gemüse zubereitet. Und nie, niemals haben mir Auberginen so köstlich geschmeckt wie an diesem Abend!

~

Ich habe beschlossen, etwas zu ändern.

Daß ich Ana nicht mehr wiedersehe werde, weiß ich jetzt. Aber sie hat etwas hinterlassen.

Jetzt erst verstehe ich, warum sie mir den Bernstein gezeigt hat und das Insekt darin. Einen winzigen Moment lang habe ich mich selbst gesehen, so wie ich werden könnte, wenn ich immer so weiterlebe, wie ich es jetzt tue. Der Gedanke, ein Insekt zu sein, eingeschlossen, immerwährend, unveränderlich in eine glänzende Schale aus Amber gebannt, ist tatsächlich traurig. In meinen Händen liegt es, anders zu sein. Meine Hände waren es auch, die *bizarr* den Namen *leichte Belletristik* aufgedrückt haben. Ich habe jetzt Neuerungen vorgeschlagen: Sachbücher aufzunehmen, Theaterstücke, Fotobände, Jugendliteratur.

Wandelbarkeit.

Um zur Ruhe zu kommen, mußt du beweglich sein, hat sie gesagt. Sie hat recht.

Das, was ich mich später, als Clarissa und ich in Berlin wohnten und unsere Probleme anfingen, immer mal wieder gefragt habe, war, ob wir eigentlich zusammenpaßten.

Zusammenpassen.

Es ist ein Wort, das ich nicht mehr verwenden möchte, wenn es um Menschen geht. Zusammenpassen bedeutet, sich selbst einen Namen zu geben: ‚Ich bin so, und damit alles glatt läuft, mußt du eben so sein.' Ich habe nicht gewußt, daß ich so gedacht habe. Denn war nicht ich diejenige gewesen, die sich immer gegen künstliche Harmonie verwehrt hatte? Und doch muß ich so gedacht haben, denn hatte ich zum Schluß nicht versucht, Clarissa zu verändern, hatte ich sie nicht insgeheim ihrer Heimlichkeiten, ihrer kleinen Geheimnisse wegen angeklagt, hatte ich nicht geglaubt, sie sei unehrlich? Aber all diese Dinge, ihre Fremdgänge, ihre Lügenmärchen, all das gehörte zu Clarissa, war Teil ihres Wesens, und indem ich ihre Ehrlichkeit in Frage stellte, habe ich versucht, sie anzupassen, mir anzupassen, meinem eigenen Wesen. Ich selbst habe das Zusammenpassende in uns gesucht!

~

Ich sitze in meiner Wohnung.

In Anas Bad habe ich meine winzige silberne Kette auf den Wannenrand gelegt. Um mich dazulassen. Als ich ging, drückte sie mir eine der Lilien in die Hand, und mir war ganz leicht ums Herz. Ich werde sie nicht wiedersehen, das ist mir bewußt. Obwohl ich weiß, wo sie wohnt, werde ich ihr nicht mehr begegnen. Intensive Momente sind nicht verlängerbar. Und den Fehler, luftige Illusionen festnageln zu wollen, will ich nicht mehr begehen.

„Wieso eigentlich Lilien?" habe ich sie beim Abschied gefragt.

„Weil sie weiß sind. Lilienblütenweiß."

Und dann lachte sie wieder ihr glucksendes, frühlingsbuntes Lachen und schob mich einfach so aus der Tür. Noch im Hausflur vernahm ich ihr Lachen. Ich lief nach Hause, und die laue Luft bewegte sich über meine nackten Armen und Beine wie der Atem eines sanften Tieres. Frühlingstier. Weißes.

Natürlich, weiß! Jetzt erst verstehe ich sie. Hatte ich mir nicht früher immer gewünscht, jeden Tag oder wenigstens einen einzigen Tag reinweiß und ganz neu aufzuwachen, befreit von allen vertrauten Regungen, ein Schneefeld ohne Spuren, so daß ich endlich einmal etwas sein konnte, was ich vorher nicht war, so daß ich endlich einmal andere Wege gehen konnte als die bereits betretenen, so daß ich mich endlich einmal von mir selbst wegbewegen konnte? Und hatte ich früher nicht immer geglaubt, die Erfüllung eines solchen Wunsches wäre eine Unmöglichkeit? Ana hat mir jetzt eine Möglichkeit gezeigt, wie es doch funktionieren kann.

Es ist die Begegnung mit anderen. In der immer neuen Begegnung mit Menschen liegt die Potenz, sich selbst zu entdecken, sich selbst loszulassen und die tausend Gesichter, die man versteckt trägt, aus sich herauszulocken, indem man sich von vertrauten Mustern fortbewegt, indem man nichts von dem tut, was man normalerweise tun würde. Menschen zu suchen, fremde, unbekannte Menschen, und sich mit ihnen auszutauschen bietet die Möglichkeit, die Rolle fortzuwerfen, die ich normalerweise als Ich bezeichne. Das ist es. Blütenweiß sein. Rein und neu.

Ich habe eine neue Geschichte gewonnen. Die Erinnerung daran wird von nun an eine Melodie auf meiner Haut spielen. Ich denke wieder an Chris. Auch sie ist eine Melodie, und wenn ich sie abspiele, wird jede Note zu einem zitternden Ton. Ich spüre noch Anas Körper aus weißem Schaum, den ich nie mehr trinken werde in kleinen Schlucken, und ich ersehne plötzlich Chris' Hand über meiner Einsamkeit, ihre Augen um mich geschlungen. Ich wünsche durch Blicke mich in Fesseln gelegt, die jede Stelle meines Leibes berühren: jedes Haar, das Muttermal über dem Nabel und mein Angstkorn im Herzen.

Immer war ich stolz auf meine Geschichten gewesen. Immer habe ich mich danach gesehnt, mich mit Geschichten umgeben zu können wie mit einem köstlichen, seidenen Stoff. Und immer hat es mich zutiefst verstört, wenn Chris mich als erlebende, als erotische Frau in Frage stellte. Aber eigentlich hat sie das gar nicht getan. Eigentlich habe ich selbst mich in Frage gestellt.

„Ich weiß, du hast so viele Erfahrungen."

Gott, ich hasse diesen Satz. Chris sagte ihn so oft. Scheinbar im Spaß. Ich wußte nie, ob sie ihn ernst meinte. Ob sie mich ernst nahm. Manchmal gab es Momente, da definierte ich mich nur noch über meine Sexualität, über meinen Körper. Ich konnte es einfach nicht ertragen, wenn sie mich nicht ernst nahm. Nicht ernst als ein sexuelles Wesen. Nicht ernst als eine Frau, die fähig war, anderen Menschen etwas zu bedeuten, andere Menschen zu reizen, andere Menschen zu befriedigen. Nicht zuletzt deshalb war ich immer trauriger geworden, immer ängstlicher und merkwürdigerweise: immer aggressiver. Ich haßte es, wenn sie im Scherz darüber sprach.

Machmal stellte ich mir vor, ihr einfach alles zu sagen: all meine Affären minutiös aufzuzählen, jedes heimliche Schäferstündchen zu beschreiben, alles zu sagen, alles, jede intime Kleinigkeit, bis zu den Worten, die ich geflüstert hatte dabei, und den Dingen, die ich zu hören bekommen hatte. Aber ich habe es nie getan. Ich beließ es bei Andeutungen, als gäbe es eine heilige Regel, die mir den Mund versiegelte über meine Affären.

Einmal, als Chris wieder sagte: „Ich weiß, du hast ja so viele Erfahrungen", mit einer Stimme, mit der Eltern ihren Kindern den Klapperstorch zum Bevölkerungsvermehrer erklären, da platzte ich. Ich stürzte auf sie zu wie eine Furie, griff sie am Kragen und schleuderte sie in Richtung Sofa. Schon als ich sah, wie sie stolperte, wie sie wie in Zeitlupe rückwärts auf das Polster zutaumelte und – Gott sei Dank – tatsächlich darauffiel und nicht daneben, als ich sah, daß sie dabei hart gegen das Holz stieß, erschrak ich entsetzlich und wollte nichts als diesen Moment ungeschehen machen.

Ich wußte ja von mir, daß ich ungeheure Kräfte entwickeln konnte, wenn ich verletzt war. Ich wußte, daß ich dann gefährlich sein konnte, und trotzdem, obwohl ich all dies wußte, hatte ich mich nicht im Griff. Ich starrte auf meine Hände und hörte dann Chris' leises Stöhnen und lief schnell zum Sofa, wo sie lag und sich die Schulter hielt. Ich sank vor dem Sofa auf die Knie, griff nach ihren Füßen und stammelte etwas von Verzeihen, doch Chris sagte kein Wort, stand nach einer Weile einfach auf und verließ ohne einen Blick auf mich den Raum.

Warum war ich so? Warum reagierte ich so verletzt, wenn das Gespräch auf meine Erfahrungen, auf meinen Schatz an Geheimnissen und Geschichten kam? Vielleicht hatte ich Angst davor, daß sie herausfand, daß ich eigentlich nur ein „geborgter" Mensch war, daß ich aus fremden Leidenschaften bestand. Aus Rollen.

Nachdem Chris den Raum verlassen hatte, war ich in mich zusammengesunken und hatte geweint. War ich denn überhaupt ein Ich? Hatte ich mich nicht aus meiner Umwelt zusammengesucht und zusammengeklebt? Nichts gehörte mir. Ich war angefüllt mit tausend Erinnerungen wie ein Spiegel, der alle Blicke verschluckt. Wer war ich denn? Wer?

Und jetzt erst habe ich begriffen, daß ich niemals eine Rolle gespielt habe. Daß all die Leidenschaften, die ich hatte, selbst die kopierten und abgeschauten, daß all diese Empfindungen echt waren und authentisch, denn sie hatten in meinem Wesen einen Nährboden gefunden, aus dem sie Kraft schöpften und herauswuchsen. Jede Rolle, die ich spielte, war ein Teil von mir. Mich als ein einzelnes, unzerteilbares Etwas finden zu wollen, irgendeine klare, filtrier- und analysierbare Essenz, ist eine Unmöglichkeit, denn mein Ich, mein ureigenes Wesen scheint als ein Chaos von einander widersprechenden Charakteren zu existieren und flirrt um mich und in mir herum. Unaufhörlich. Das bin ich.

Sommer

Sommer ist eine Frau, die mich entsetzt. Sie spürt mir nach. Sie rüttelt meine schlummernde Lust wach. Sie lauert mir auf, überall, und entblößt ihren glühenden Leib vor meinen Augen. Meine scheuen Hände reißt sie zu sich hin, auf ihre Brüste, die ledern und heiß sind, so heiß, daß meine Finger daran verbrennen.

Sommer schält sich aus einem grünen Mantel, und hervor kommt ein dürrer, trockener Leib, festgebrannte Erde, von feinen Rissen durchzogen. Ihr Blick durchglüht mich, und wenn sie mir folgt, streift ihr heißer Atem mein Ohr, und der Schweiß tritt mir aus den Poren.

Wenn Sommer kommt, wird alles still vor Schreck. Das Knospen verharrt. Das Treiben der Gewächse hält inne. Das Quellen versiegt. Und die Geräusche der Tiere verkriechen sich weit ins Unterholz. Sommer erscheint als bleiches Gerippe. Was sie berührt, krümmt sich. Sommer versengt die Farben. Alles weicht einem faden Gelb.

Sommers Entsetzlichkeit folgt mir überallhin, und ich flüchte vor dem Paradox meiner Erregung. Doch wo ich mich auch verstecke – ihr schwelendes Auge entdeckt mich. Sommer riecht meine Lust, und sie wirft mir ihr Gelb um den Leib. Ein Lasso aus Spinnennetzen. Gelbe Insekten zersurren meine Orientierung. Sie schwirren vor meinen Augen. Sie heften sich an meine Haut, an Wange, Lid und Lippen, und ich werde wirr davon. Ich taumle ihr ins gelbe Netz. Ich verfange mich im Gelb. Meine Zunge klebt am Gaumen. Sie streckt die dürren Finger nach mir aus und zieht mich an sich. Ihr Kuß lodert auf meinen Lippen. Und ihre spitzen Zähne brennen ein Mal in meine Kehle. Sie öffnet die Kleider und preßt mich gegen ihren Leib. Sie zerrt mich in den Bann ihrer Hitze, und das Feuer frißt sich durch meine Haut. Ich öffne die Lippen zum Schrei, doch sie senkt ihren Zungenstrahl in meinen Hals. Eine Funkenflut rinnt meine Kehle hinab, und mein Schrei verglüht.

Sommer zerreißt sich und übergießt mich mit ihrem kochenden Innern. Meinen Leib durchsticht sie mit Flammen, und unter ihrer sengenden Stimme verdorrt mein Ohr. Sommer ist ein gelbes Insekt, fremdartig und unberechenbar, das sich aus seinem Kokon schält, um als Monstrum zu leben.

Es ist still.

Der Wein wirft einen rubinroten Schatten über meinen Schreibtisch, und die Zeit dehnt sich ins Unendliche. Das Ticken der alten Wanduhr, eine Erinnerung an meine Großmutter, schmiegt sich weich in meine Gedanken, ein dunkler, gleichmäßiger Ton. Jetzt beginnt die Uhr zu läuten, und ich zähle die zehn Schläge im stillen mit. Die Abenddämmerung steht schweigend vor den Fenstern. Ich habe das Gefühl, schon eine Ewigkeit hier zu sitzen. Ein Sonntag liegt vor mir, ein langer Sonntag ohne jemanden, und ich frage mich, wie viele solcher Sonntage noch folgen werden. Chris ist fort. Zwei Jahre nun. Und ich dachte, ich würde keinen Gedanken mehr daran verschwenden.

Eigentlich waren wir schon einige Zeit voneinander entfernt gewesen. Ich glaube, wir haben uns schon lange vor der endgültigen Trennung verlassen. Innerlich.

Chris war oft fort damals. Eigentlich war sie immer fort. Sie hatte furchtbar viel zu tun, war so erschreckend engagiert, nahm an Konferenzen und Messen, Festivals und Vorträgen teil, wurde Vorsitzende des Vereins für Literaturfreunde Sachsen-Anhalts, begann eine Zeitschrift mitherauszugeben und traf sich ständig mit irgendwelchen Leuten, die ich nicht kannte. Und die ich nicht mehr kennen wollte. Ich hatte den Überblick verloren. Ich kannte mich in ihrem Leben nicht mehr aus.

Wenn wir uns mal Zeit füreinander nahmen, stellte ich die falschen Fragen, verwechselte Menschen und Daten, merkte, daß ich nicht mal mehr wußte, an welchem Projekt sie gerade arbeitete und daß es mich eigentlich auch nicht mehr interessierte. Chris hatte schon lange aufgehört, von sich aus über ihre Arbeit zu sprechen, und stellte ich einmal eine Frage, so antwortete sie nur unwillig.

Ich sah meinen Platz schrumpfen. Es war nicht so, daß sie sich gar keine Zeit für mich nahm, ich aber hatte das Gefühl, ihr diese Zeit zu stehlen. Ich wurde die Ahnung nicht los, daß ich sie ständig von irgend etwas abhielt, daß ihr unablässig noch hundert Dinge im Kopf herumspukten, während wir uns unterhielten, und daß sie eigentlich irgendwas vorbereiten, aufarbeiten, drucken und faxen mußte, Anrufe erledigen und Treffen ausmachen. Ich kam mir vor wie ein kleines lästiges Ding, das zu Hause wartete, das immer zu Hause wartete, das da war, wenn man kam, nett und hübsch, das einem aber doch ein gewisses Maß an Beachtung abverlangte, die man ihm nicht vorenthalten konnte, weil es einen ja mit seiner Anwesenheit immer daran erinnerte. Ich bin mit dieser Art zu leben nicht zurechtgekommen. Diese permanente Hektik, diese Unruhe, diese totale Spannung. Chris und ich sind auf einer Stufe stehengeblieben, wo wir aufeinander hätten eingehen müssen, um weiterzukommen. Wir hätten uns aufeinander konzentrieren müssen. Immer wenn wir eine Vertrautheit erreichten, auf die wir etwas hätten bauen können, immer dann mußte sie fort.

Ich sitze an meinem Schreibtisch, in meiner Wohnung, allein, und rubinrot schillert der Wein vor mir, und rubinrot sind meine Gedanken. Die Zeiger der Wanduhr bewegen sich unglaublich langsam. Die Sommernachtsstille hebt ratlos die Hände, und dies ist einer der seltenen Momente, in dem ich mich in die Beziehung zu einem Menschen stürzen möchte wie eine Wahnsinnige vom Dach eines Hochhauses. Ahnungslos, aber nicht mehr auf ein gespanntes Tuch vertrauend oder darauf, daß ich aufgefangen würde. Ahnungslos, und endlich mein gesamtes Selbst hinschleudernd in einem Augenblick und für einen Augenblick. Was bedeutet mir heute Vertrauen? Heute vertraue ich allein auf meine Stärke, lachenden Mundes aufzuschlagen.

Seit langem denke ich wieder an diesen Sommer vor zwei Jahren. Als die Vorwürfe anfingen, als ich fürchtete, nicht mehr zu genügen, als Chris und ich uns entfremdeten. Mir fällt wieder ein, daß Chris mir begehrenswerter geworden war, je weniger Zeit sie für mich und damit auch für uns hatte, je ferner sie mir in unseren Gesprächen war, je weniger ich sie verstand. Ich begann mich zu verzehren nach diesem Gesicht, das nie mehr ganz bei mir war, außer beim Sex, sonst aber immer gedankenvoll bei anderen Dingen hing. Ich verzehrte mich nach diesen Händen, die ruhelos über die Tischplatte trommelten und Zigaretten entzündeten und wieder ausdrückten. Chris war mir fremd geworden. Damals ging ich oft aus unseren Gesprächen mit dem Gefühl, eine Unbekannte getroffen zu haben, und hätte heulen können vor Wut und war doch so verrückt nach ihr gewesen, so verrückt.

Ja, ich denke an Chris.

Und ich denke an – Siren.

Ich bin in einer merkwürdigen Stimmung. Die Begegnung ist Schuld daran. Die Begegnung mit Siren.

Siren, die Unbegreifliche.

Siren, die Autorin.

Ich bin ihr das erste Mal vor einem Monat begegnet, im Juni also, im Kindermuseum. Ich war die Planung für die folgenden Wochen durchgegangen, und mir fiel fast der Stift aus der Hand, als ich ihren Namen entdeckte: *Siren Skalitz* – die sagenumwitterte Horror- und Fantasyautorin! Die phänomenale Schriftstellerin, zu deren Fangemeinde bereits mein halber Bekanntenkreis gehörte. Die Anne Rice Deutschlands, wenn man den Zeitungen Glauben schenken wollte.

Ich selbst hatte aus Neugier – und um mitreden zu können – mal in das eine oder andere Buch hineingelesen, und die Skalitz war mir wie eine Mischung aus Charles Bukowski und Stephen King erschienen, denn ihre Texte demonstrierten sowohl anstößige Direktheit als auch entsetzliche Spannung. Und das

Ganze spielte nicht in Amerika oder in nichtexistenten futuristischen Welten, sondern in Deutschlands weiten Auen. Wenn das kein Novum war! Die Zeitungen zerrissen sich jedenfalls die Mäuler über die Skalitz. Ich überflog die kurzen biographischen Hinweise in unserem Museumsführer, die sie als Berlinerin entlarvten. Das war mir neu. In meiner Fantasie lebten solche Leute wie die Skalitz niemals in meiner nächsten Umgebung, sondern immer in irgendeiner Über- oder Unterwelt.

Was wollte Siren Skalitz in unserem Museum? Was hatte sie mit Kindern zu tun? Ich las die wenigen erklärenden Zeilen und erfuhr, daß sie ein Kinderbuch geschrieben hatte – ein Kinderbuch! –, und dann fiel mir alles wie Schuppen von den Augen.

Seit einiger Zeit veranstaltete das Museum ein Projekt namens „Buch". Den Kindern sollte Schritt für Schritt nahegebracht werden, wie ein Buch entsteht, wie es gedruckt und gebunden wird, wie eine Druckfahne aussieht, wie ein Cover am Computer entsteht und wie dann schließlich das fertige Buch aussieht. Es gab Veranstaltungen, wo die Kinder in eine Buchdruckerei gingen und beim Drucken zusehen konnten, andere, wo ein Buchbinder zusammen mit den Kindern Buchrücken bastelte und ihnen anhand einer leichten Technik zeigte, wie sie selbst kleine Heftchen binden konnten, wieder andere, wo Papier geschöpft wurde, und dann eben eine, wo das fertige Produkt, das Buch eben, im Mittelpunkt stand. Diese Veranstaltung war sowohl Krönung als auch Abschluß des Projekts. Es war eine Lesung mit Siren Skalitz aus ihrem neuen Kinderbuch.

Warum aber hatte diese prominente Frau zugesagt, an einem so unbedeutenden Ort wie unserem Museum zu lesen? War das vielleicht Lokalpatriotismus? Liebe zum Kiez? Sie hatte doch ganz andere Möglichkeiten.

Ich war sofort zu Mira, der Leiterin des Museums, gegangen und erbat das Buch von ihr. Es war eine Sammlung von Geschichten, kleinen, oft lustigen, manchmal etwas traurigen Geschichten, die mir Spaß machten und mich erstaunten. Daß Siren Skalitz richtige Kinderbücher schrieb, also etwas ohne Horror, hätte ich nie für möglich gehalten. Ich kannte sie, wie gesagt, nur als Autorin von nervenaufreibenden Thrillern. Sie schrieb gelegentlich auch Erotik, aber dort nistete ebenfalls eher der

Schrecken als die zarte Sinnlichkeit. Vampire saugten den Lesenden die Lust aus den Adern, und Spinnen strichen mit haarigen Beinen über die Gänsehaut des Publikums. Wie gesagt: ich war überrascht über die plötzliche schriftstellerische Wendung.

Ich war es dann, die der Autorin schriftlich den vereinbarten Termin für die Lesung bestätigen mußte, da ich ja für Organisation und Terminplanung verantwortlich war. Ich hatte mir nicht verkneifen können, in dem kurzen Brief anzumerken, daß ich das Kinderbuch sehr ansprechend fand, weil es überraschend anders war als die, welche man von ihr gewohnt war, und daß mir nur hier und da ein paar schwächere Stellen aufgefallen wären.

Und so fing eigentlich alles an. Siren Skalitz rief kurz darauf im Museum an, um den Termin zu bestätigen. Mira hatte den Anruf entgegengenommen und reichte den Hörer dann an mich weiter mit der Bemerkung:

„Sie will *dich* sprechen."

Ich war vor Erstaunen atemlos, schließlich war ich nur eine einfache Mitarbeiterin, und es kam mir merkwürdig vor, daß die Skalitz ausgerechnet mit mir reden wollte. Allerdings hatte ich den Brief damals mit meinem Namen unterschrieben.

Ich nahm den Hörer und räusperte mich verlegen.

„Hallo. Du bist Clarissa? Du hast mir geschrieben."

Ihre Stimme. Mein Gott … So dunkel und unnahbar. Mir fiel ein, was man über sie erzählte: daß sie eine Kühle ausstrahlte, die verletzend war. In dem Augenblick konnte ich das nachvollziehen. Denn der beinah schon provokant distanzierte Tonfall zerstörte augenblicklich den Charakter eines ungezwungenen Telefonats. Irgendwie fühlte ich mich angegriffen, und doch begann etwas in mir zu kribbeln. Ich verschluckte mich, als ich zum Sprechen ansetzte. Wie peinlich. Doch da sprach sie schon weiter:

„Du hast von Schwachstellen in meinem Buch gesprochen. Schreib mir das mal auf. Ist das okay?"

Ich schluckte schon wieder. Gott, was war diese Frau kurzangebunden! Sie wirkte, als sei dies alles vollkommen gleichgültig. Sie gab mir zu verstehen, daß ich als Person völlig unwichtig sei. Sie machte mir unmißverständlich deutlich, daß sie nur mit mir sprach, weil ich in Beziehung zu ihren Texten stand. Nur deshalb.

„Fax mir das dann mal durch."

Und dann legte sie auf. Ich hatte gar nichts gesagt.

Welche Kaltschnäuzigkeit. Ich legte den Hörer langsam auf die Gabel zurück und strich den Gedanken, Siren Skalitz irgend etwas über meine Auffassung zu ihren Geschichten mitzuteilen, ganz dick durch. Zwei große, rote Balken!

~

Mit Siren Skalitz zusammenzuarbeiten ist ein Abenteuer.

Im Juni habe ich sie persönlich kennengelernt, vor einem Monat also.

Ich wage zu behaupten, daß jeder deutsche Horrorfan die Bücher der Skalitz kennt. Sie hat in sechs Jahren bereits ein gutes Dutzend Bücher veröffentlicht, scheint also eine erstaunlich produktive Frau zu sein. Die Skalitz ist fraglos eine Goldgrube für jeden Verlag. Sie veröffentlichte bislang allerdings bei einem Frankfurter Verleger. Eigentlich ist das seltsam, da sie selbst aus Berlin kommt. Es ist nicht mal ein sonderlich guter Verlag. Siren Skalitz hätte ohne jeden Zweifel sofort einen der Großverlage für sich gewinnen können. Aber vielleicht war sie ja ein sehr moralischer Mensch, hatte ich dann gedacht, eine Frau, die dem Verlag, der sie rausgebracht hatte, treu bleiben wollte.

Deshalb war ich auch recht überrascht gewesen, als nach einer Lesung des *bizarr*-Verlags, eine Lesung, die ich persönlich mit ein paar einleitenden Worten angekündigt hatte, plötzlich eine erschreckend häßliche Frau auf mich zutrat und sich als Siren Skalitz vorstellte. Sie bat mich um ein Treffen. Sie sei, so sagte sie, vom Programm unseres Verlags angenehm überrascht. *Bizarrs* Programm heißt „Offenheit", das heißt Offenheit für alle außergewöhnlichen Inhalte, also auch für Horror und Fantasy, und ist deshalb wirklich sehr abwechslungsreich und immer wieder überraschend.

Es bedarf ganz sicher keiner Erklärung dafür, daß ich Siren Skalitz' Wunsch um ein Treffen mit Freude erfüllte. Sie als Autorin für *bizarr* zu gewinnen wäre mit dem Hauptgewinn im Lotto vergleichbar. Ich schlug gleich den kommenden Tag vor, und die Skalitz sagte zu.

Eigentlich lege ich nicht allzuviel Wert auf Äußerlichkeiten. In erotischer Hinsicht bevorzuge ich zwar schon immer einen bestimmten Typ Frau, und das ist nicht gerade ein häßlicher, aber wenn ich mit Menschen freundschaftlich oder rein geschäftlich zu tun habe, dann ist mir das Äußere schlichtweg egal. Dennoch kam ich nicht umhin festzustellen, daß die Skalitz zu den wirklich häßlichen Menschen gehörte. Und – das ist das Erstaunliche: daß ihre Häßlichkeit etwas auslöste, was mich verwirrte. Fast so etwas wie Überlegenheit. So, als sei ich ein besserer Mensch, nur weil ich nicht häßlich war. Diese Regung zu spüren war erstaunlich, sie erschreckte mich sogar. Menschen aufgrund von Äußerlichkeiten unterschiedlich zu behandeln, erlaubt meine Moral nicht. Also vermied ich bewußt, auf diese Regung in mir zu achten, ich vermied es, Siren Skalitz länger als gewöhnlich anzusehen und anders mit ihr zu reden, als ich mit jeder anderen Autorin geredet hätte. Und doch war ich möglicherweise anders als sonst. Vielleicht war ich wirklich geschäftlicher, kurzangebundener, unpersönlicher zu ihr, als ich normalerweise gewesen wäre, weil ich bewußt einen persönlicheren Ton vermied, den sie als Provokation oder Verletzung ihrer Häßlichkeit wegen betrachtet haben könnte.

~

Ich arbeite nur von montags bis mittwochs im Museum, und als ich am Montag nach meinem langen „Wochenende" wieder erschien, wurde ich von Mira schon mit einem vielsagenden Lächeln erwartet.

„Am Freitag war unsere Autorin hier. Hast du mir nicht irgendwas zu sagen?"

Und dann lachte sie. Es war jetzt eine Woche seit dem Anruf vergangen, und ich hatte nicht damit gerechnet, daß irgend etwas folgen würde.

„Also, sie hat sich nach dir erkundigt. Natürlich nur so nebenbei, kurz bevor sie ging. Du hast bestimmt schon gehört, wie sie ist, immer auf Abstand. Fast schon arrogant. Jedenfalls meinte sie: ‚Deine Mitarbeiterin hatte versprochen, mir was zu schreiben', und sie wartet darauf."

Irgendwie fühlte ich mich geschmeichelt. Sicher war es Quatsch. Schließlich kochte auch eine Siren Skalitz nur mit Wasser und war, von ihrer Einzigartigkeit in der deutschen Horrorliteraturszene abgesehen, trotzdem eine gewöhnliche Frau. ‚Aber eine mit einem nicht zu leugnenden Fantasiepotential und beachtlichem literarischen Erfolg', flüsterte meine innere Stimme. Und ihr plötzliches Interesse machte mich irgendwie stolz. Ich hatte die Skalitz noch nie gesehen, war noch auf keiner Lesung gewesen. Freundinnen hatten mir aber berichtet, daß ihre Lesungen so voll seien, als ob dort Hundertmarkscheine verschenkt würden.

Am selben Nachmittag kam Siren Skalitz noch einmal ins Museum. Die Tür unseres Büros flog auf, und herein trat sie, mit einer Selbstverständlichkeit, als handle es sich um ihr Büro und als seien wir nichts als geduldete Untertanen. Ich sah etwas irritiert von meinem Computer auf und erschrak.

Ja, ich erschrak. Etwas wie Furcht beschlich mich, und jetzt weiß ich, daß ich Furcht haben mußte, weil ich noch nie so etwas wie Siren Skalitz gesehen hatte und weil mir alles Furcht einflößt, was unnormal ist und anders, ganz anders als ich selbst bin.

Obwohl sie sich nicht vorgestellt hatte und obwohl ich ihr noch nie begegnet war, wußte ich sofort, daß sie es war. Ich starrte sie an und war nicht sicher, ob sie das bemerkte. Dann aber wendete sie ganz plötzlich den Kopf in meine Richtung und sah mich an, sehr durchdringend und sehr scharf, und da war mir, als würde dieser Blick mich bis auf die Knochen entkleiden, als fiele er in mich hinein, gerade so, als ob ich keine Haut hätte. Und ich erwiderte diesen Blick wie hypnotisiert. Sie verzog den Mund zu einem Lächeln und entblößte eine Reihe spitzer, gesunder, langer Zähne. Es war keine gerade Zahnreihe, das hätte mich auch verwundert, sondern eine Reihe, in der die Schneidezähne faszinierend wild und ein wenig schief hervorstanden.

Das war Siren Skalitz?

Sicher, immer wieder hatte ich gehört, daß die Skalitz ungewöhnlich aussah, ab und zu war auch das Wort „häßlich" gefallen, aber daß sie tatsächlich häßlich war, hatte ich nicht für möglich gehalten. Schließlich folgten ihr Männer und Frauen auf Schritt und Tritt, und mein halber Bekanntenkreis war ihr verfallen. Und doch war die Frau dort in der Tür häßlich.

Sie genauer zu beschreiben macht mich hilflos. Siren Skalitz war ein einziger Kontrast: Für die Härte, die sie ausstrahlte, war sie seltsamerweise zu füllig. Das heißt, ihr Körper war zu füllig, nur ihr Körper, denn das Gesicht war markant, beinah kantig. Es hätte ein exklusives Gesicht sein können, wenn das Kinn nicht so voll gewesen wäre. Denn im Gegensatz zu den scharfen Wangenknochen hatte sie ein rundes Kinn. Diese Kombination von Hagerkeit und Fülle wirkte beinah grotesk. Auf jeden Fall jedoch zwang sie einen, ständig hinzusehen. Die Haut um ihre Augen war dunkel, dunkler als die übrige Gesichtshaut, und gab ihr den Anschein von Übernächtigung oder aber von einem inneren Fieber. Ihre Augen selbst waren tiefschwarz, so daß die Pupillen in dieser Schwärze unerkannt versanken. Schwarz waren auch die Wimpern und Brauen, viel zu schwarz eigentlich, denn sie wirkten künstlich auf der bleichen Haut und im Vergleich zu den sehr hellen Haaren. Ihre Brauen sahen wild aus, nicht buschig, aber wild, weil sie keine zwei symmetrischen Bogen bildeten, sondern einen geraden und einen schiefen, so als wären zwei Bäume zur selben Zeit gepflanzt worden, aber während der eine ebenmäßig in die Höhe wuchs, war dem anderen die Krone im Sturm abgebrochen, weswegen er nun ungestüm und schief emportrieb. Über der Nase waren diese verschiedenen Brauengeschwister zusammengewachsen. Die Linien um ihren Mund hatten sich scharf eingegraben. Selbst wenn sie entspannt war, zeichneten sich die Spuren deutlich in der Haut ab. Vom rechten Mundwinkel bis hinunter zum Kinn zog sich eine Narbe, ein gezackter Schnitt, dessen Anblick mich peinigte. Irgendwie schien alles in ihrem Gesicht dunkel, bis auf die Hautfarbe eben, aber gerade dadurch wurde dieses Dunkle noch deutlicher.

Als sie mich ansah mit diesen Augen, in denen die Pupillen vom Schwarz verschluckt waren, und ich auf ihre dunklen Augenringe starrte und dann auf die entsetzliche Narbe zwischen Mund und Kinn, verzog sie die Lippen, und mein Blick fiel auf die schiefen Zähne, die ungewöhnlich weiß und ungewöhnlich lang waren, und ich mußte kurz schaudern. Sie war nachlässig in dunkelverwaschene, äußerst geschmacklose Klamotten gekleidet: Bermudas und ein schlabberiges T-Shirt. Ihre Haut wirkte wahrscheinlich bleicher in all dem dunklen Zeug, als sie wirklich war. Die Haare waren sehr dünn und unbestimmt kurz; eine raspelkurze Frisur, die man als Frisur eigentlich nicht bezeichnen konnte, denn ihr Haar lag plattgedrückt und unmotiviert auf dem Kopf herum. Siren Skalitz war das häßlichste Wesen, das ich je gesehen hatte. Außerdem war sie kleiner, als ich sie mir vorgestellt hatte. Sicher immer noch größer als ich selbst, aber nicht groß genug, um zu den Frauen zu gehören, die mir Respekt einflößten. Und dennoch gab es etwas an ihr, das mich nervös machte und das mich unter Spannung hielt, mich aufmerksam machte und mich überraschte ob der Dinge, die ich nach und nach entdeckte.

Siren sah mich natürlich nicht. Sie blickte nach dem kurzen Augenkontakt demonstrativ weg und sah nur noch Mira, der sie die Hand gab und mit der sie einige Worte wegen der Lesung wechselte. Das weibliche Wesen am Schreibtisch, das sehr geschäftig auf den Tasten seines Computers herumtippte, beachtete sie nicht mehr. Und ich, ich war so erbost über diese Arroganz, daß ich mir jeden Blick und jedes Anzeichen von Aufmerksamkeit ihr gegenüber versagte. Luft hätte interessanter sein können als eine mitten im Raum stehende Siren Skalitz!

Sie wandte sich zum Gehen und stand schon in der Tür, als sie sich dann doch noch einmal umdrehte und die paar Schritte bis zu meinem Schreibtisch herankam, wo ich in absoluter Gelassenheit saß und tippte. Sie stellte sich neben mich und sah mir eine Weile zu. Da hörte ich schließlich auf zu tippen und sah sie an. Und sie sagte:

„Mich interessiert deine Kritik wirklich.“

Und ich wurde vor Überraschung fahrig und antwortete plötzlich wie ein Automat:

„Nun gut, ich will dir was schreiben und schicken, aber nicht per Fax, denn es wird vielleicht etwas ausführlicher. Ich mag kein Bla Bla.“

Wieso hatte ich eigentlich sofort eingewilligt? Wieso bot ich mich ihr an? Sie hatte nichts getan, mich mit Freundlichkeit darum zu bitten. Sie forderte. Und ich war einfach so darauf eingegangen.

Sie nickte nur und ging.

Und dann setzte ich mich tatsächlich zu Hause hin und begann, ihr meine Lesart zu schreiben, so wie damals an der Uni. Literatur hatte mich nie losgelassen, nie, obwohl ich selbst gänzlich untalentiert fürs Schreiben war. Aber ich las gerne und analysierte mit Vorliebe. Seit jeher interessiere ich mich dafür, wie Sprache als Abenteuer verwendet werden kann, als Spiel, meine ich, also als Material und nicht nur als Mittel der Kommunikation und Benennung. Ich liebe es wirklich zu analysieren, zu suchen, Subtexte zu finden. Ich habe mich wahrscheinlich so ausdauernd mit Texten beschäftigt, daß mir bereits etwas wie ein drittes Auge gewachsen war, ein Auge, das Sinnpotentiale hinter den Texten und nicht darin sah. So ausgestattet, ging ich an Siren Skalitz' Buch heran, und ich war mir nicht sicher, wie die Autorin auf diese Lesart reagieren würde, die literaturwissenschaftliche Analyse der Mitarbeiterin eines Kindermuseums!

Sie antwortete nicht, und ich ging nicht zu der Lesung im Museum, die glücklicherweise an einem Donnerstag, also an einem meiner freien Tage, stattfand. Ich hatte keine Lust, ihr zu begegnen und ihr mit meiner Anwesenheit das Gefühl zu geben, eine Antwort zu erwarten. Ganz tief in mir wußte ich, daß ich mich richtig verhielt und daß mein Dortsein nichts als Unwillen ausgelöst hätte.

Eine Woche nach der Lesung im Museum kam die Postkarte. Es war eine dieser Karten, die man in jedem Café und Kino gratis bekommt, und es stand darauf „Kritik erhalten, Danke Siren", ganz so, als wäre ein Brief schon eine Zumutung, weil er geschlossen wäre und somit eine gewisse Vertrautheit vortäuschen könnte. Ich ignorierte die Karte, weil ich Postkarten immer ignoriere. Ich war erbost. Postkarten sind eine schlimme Erfindung. Sie fördern die Trägheit im Menschen und seine Unfähigkeit, sich wirklich mit jemandem zu beschäftigen. Eine Karte zu bekommen macht mich wütend, denn ich spüre, daß ich den Schreibenden nicht viel bedeuten kann. Also schwieg ich.

Und dann, etwa zwei Wochen später, las ich im *Insider* die Ankündigung einer Lesung mit ihr, und ich beschloß, mit Carmen hinzugehen. Ich wollte sie lesen hören, endlich und das erste Mal. Und ich wollte sie sehen. Und ich wollte, daß sie mich sah.

Die Lesung fand im *Argon* statt, und ich war neugierig, wie viele Leute wohl kommen und was der Abend bringen würde.

Es ist still. Ich sitze an meinem Schreibtisch, die Wände schweigen, und der Wein wirft einen rubinroten Schatten. Die Zeiger rücken auf 23 Uhr. Ich denke an den morgigen Sonntag ohne jemanden.

Ich denke an Chris und unseren Sommer vor zwei Jahren.

Immer wenn wir uns endlich etwas vertrauter geworden waren, immer wenn wir etwas darauf hätten pflanzen können, mußte sie weg. Oder ich mußte weg. Ich denke an Chris.

Und ich denke an sie – Siren.

Ich bin in einer merkwürdigen Stimmung. Der gestrige Abend ist schuld daran. Diese Begegnung mit Siren, die mir irgendwie den Atem genommen hat und mich verschoben, irgendwohin verschoben, weil sie so anders verlief, als ich erwartet hatte. Gestern hat sie mir ein Manuskript geschenkt. Gestern hat sie mir Konzentration geschenkt. Und ich habe mich geschenkt. Und sie hat mich genommen.

Ich bin sehr verwirrt. Ich war noch nie so verwirrt wie jetzt. Denn ich weiß nicht mehr, wem ich trauen kann. Mir selbst anscheinend nicht. Meiner Meinung nicht. Und nicht meinem Urteil über Menschen, meiner Menschenkenntnis.

Siren.

Ich habe sie falsch eingeschätzt. Den ganzen Monat hindurch. Während all der Begegnungen habe ich sie falsch gesehen.

Ich bin verschoben.

Denn wenn ich sie falsch gesehen habe, dann tue ich das vielleicht bei anderen Menschen ebenso. Vielleicht sogar bei Chris?

~

Ich habe den Eindruck, Clarissa und ich bestanden irgendwann nur noch aus Gegensätzen. Doch das ist nicht möglich. Es gibt niemals nur Gegensätze. Dann hätten wir uns gar nicht wahrgenommen. Vielmehr ist es so, daß all unsere scheinbar unvereinbaren Wesensmerkmale einander doch irgendwie berührten, miteinander verschränkt und verknotet waren, und daß wir diese Verbindung, dieses Gleichsein nur nicht gemerkt haben.

Was ist Faszination? Ich habe jetzt oft darüber nachgedacht. Damals nicht. Als wir zusammenlebten, hatte ich mir diese Frage nie gestellt. Es war, als würde ein Instinkt mich leiten, der genau wußte, wie Faszination aufrechtzuerhalten sei. Wir haben beide das Richtige getan, instinktiv. Und doch genau das Falsche. Stärker denn je fühle ich mich in einem Käfig gefangen.

Faszination ist kein schönes Wort. Es ist ein Fluch, der mich nicht verläßt. Je mehr ich darüber nachdenke, desto fester haftet der Fluch mir an. Er ist wie Pech, klebrig und auffällig. Ich strahle einen Fluch aus, und die Menschen lassen sich von seinem schönen Schein blenden.

Angezogen fühle ich mich von Dingen, die anders sind als ich selbst. Es müssen nicht einmal schöne Dinge sein. Doch kaum, daß ich mich ihnen nähere, sterben sie unter meinen Augen. Und das, was an Außergewöhnlichem, an Faszination eben, noch geblieben ist, zerstöre ich selbst. Es ist ein Fluch.

Die Essenz der Faszination ist Fremdheit. Ich begehre, was ich nicht kenne. Ich bin berührt. Gebannt. Und obwohl ich wissen sollte, daß Faszination daran verendet, daß man sie zu ergründen versucht, bin ich doch immer und immer bestrebt gewesen, einer begehrten Frau nahezukommen, Vertrauen zu gewinnen, vertraut zu werden, sie mir vertraut zu machen.

Die Faszination stirbt mir unter den Händen, die das Geheimnis der Frau zerreißen. Jede ihrer kleinen Offenbarungen, jedes Geheimnis, das sich mir löst, jede Vertraulichkeit führt mich weiter weg vom Begehren. Je größer die Faszination war, desto dringlicher war auch mein Wunsch, das Rätsel der Frau zu lösen. Und unvermeidlich tief war der Sturz in die Gleichgültigkeit. Ich gehe in meinem Käfig auf und ab und stoße mich an den Stäben.

~

Was wir wollten, und was ich immer noch will, war Faszination. Ich hatte versucht, mir meine Ungewöhnlichkeit für Chris zu bewahren, indem ich Dinge tat, die mich selbst überraschten. Ungeplante, undurchdachte Dinge. Gleichgültigkeit resultiert nicht zuletzt aus Vorhersagbarkeit. Und so lebe ich immer noch. Nur heute weiß ich endlich, warum ich es tue.

Aber obwohl ich es ahnte: daß Faszination sich von Fremdheit nährt und daß man diese Fremdheit pflegen muß wie ein seltenes Pflänzchen, trug ich dennoch immer eine Sehnsucht in mir: den verzehrenden Wunsch nach Vertraulichkeit; das Verlangen danach, vollständig erkannt und verstanden zu sein. Kein Geheimnis mehr zu haben außer dem der nächtlichen Träume. Mich bloßzulegen und aufzuklappen. Alles, alles sichtbar zu machen und mich endlich von der Spannung des ewigen Verschweigens und der Lügen zu befreien. Mich völlig anzuvertrauen und alles zu geben, alles.

Da ist immer dieser Wunsch gewesen, den Weg in eine Infantilität zu finden, nicht zurück, sondern hin zu einer Kindlichkeit, die Frieden versprach und Geborgenheit und Heilung. Heilung von mir selbst und allen quälenden Fragen.

Doch nie konnte ich so leben. Alle Dinge haben ihre Zeit. Und die Lebenszeit verwirklichter Wünsche ist sehr kurz. Wo kein Geheimnis mehr besteht, gibt es auch keine Faszination.

~

Sie kam in den Verlag mit einer Selbstverständlichkeit, die mich irritierte. Sie setzte sich, ohne daß ich sie dazu aufgefordert hatte.

Siren Skalitz nahm sehr viel Raum ein. Ich bemerkte das gleich. Sie nahm sich den Raum, als sei dieser nur für sie da, als hätte er nur darauf gewartet, von ihr genommen zu werden. Sie streckte die Beine aus und berührte mit den Füßen die Beine des Glastisches.

„Häßliches Benehmen", dachte ich. Und im selben Moment, als ich das dachte, fragte ich mich, ob es wirklich stimmte oder ob ich nicht nur so dachte, weil sie eben häßlich war. Würde ich anders von ihr denken, wenn sie anders aussehen würde? Sie benahm sich, wie einige Erfolgsautorinnen sich eben häufig benehmen: raumeinnehmend, selbstbewußt, sicher. Wenn sie attraktiv wäre, interessante Klamotten anstelle dieser verwaschenen Sachen trüge, wenn sie beim Lächeln gerade Zähne entblößen würde und nicht diese chaotische Zahnreihe, wenn sie Wert auf ihre Haare, auf ihre Haltung, ach – einfach auf alles an sich legte, würde ich sie dann anders wahrnehmen? Ich wußte es nicht.

Aber ich wußte es dann, als sie zu sprechen begann.

Es ist nichts passiert. Eigentlich ist nichts passiert.

Carmen und ich gingen also zu dieser Lesung.

Ich glaube, es begann mit nichts als ihrem Blick, einem kurzen Blick, und Siren schwieg, schwieg mich die ganze Zeit an, sagte nichts als die Worte, die sie aus dem Buch las, sah nicht mehr zu mir hin, die ganze Lesung lang nicht, obwohl Carmen und ich vor ihr saßen, noch vor der ersten Reihe, auf dem Boden, nur einen Meter entfernt.

Es war entsetzlich voll gewesen. Die Stühle reichten nicht; sie störten sogar, denn sie nahmen unnötig viel Platz ein. Einfacher wäre alles gewesen, wenn von Anfang an auf Stühle verzichtet worden wäre und nur ein paar Kissen und Decken ausgelegen hätten. Als die Skalitz den Raum betrat, rutschte die Menge ehrfürchtig auseinander und machte ihr Platz. Und sie setzte sich, ohne das leiseste Anzeichen von Aufregung oder Überraschung. Sie setzte sich, trank einen Schluck Wasser, griff dann nach dem Buch und begann zu lesen. Ohne Einleitung. Sie fing einfach an. Und in den Pausen war es so still, daß ein vereinzeltes Magenknurren wie ein Donnergrollen wirkte.

Zwischendurch zündete sie sich unvermittelt eine Zigarette an und rauchte während des Lesens, und niemand protestierte dagegen. Jeder sah ihr gebannt zu, wie sie die Zigarette hielt, den Filter zum Mund führte, auf die Erde aschte und die abgebrannte Kippe dann senkrecht mit dem Filter nach unten auf den Tisch stellte, um sie später irgendwo zu entsorgen.

Sie sah nicht zu mir. Nicht ein einziges Mal mehr sah sie mich an, obwohl ihre Augen überall waren, in jedem Gesicht. Als die Lesung zu Ende war, stand ich auf und ging, ohne mich umzusehen, ohne Regung. Ich stand auf und ging. Und draußen standen Carmen und ich noch ein bißchen da und beobachteten all die vielen Leute. Doch dann wollte Carmen plötzlich noch mal rein, um sich den Büchertisch anzusehen, und ich begleitete sie, denn ich wußte, daß es sehr voll war und daß Siren ohnehin noch in der anderen Ecke des Raumes saß.

Siren. Ich nenne sie im Geist Siren, obwohl die Reduzierung auf den Vornamen eine Vertrautheit vermittelt, die es zwischen uns gar nicht gibt. Siren wie Sirene, und das war sie: eine Sirene, eine vollkommene, die butchigste Sirene, die ich kannte.

Lachend gingen wir durch die Tür. Carmen lief rein, und ich blieb erstarrt im Rahmen stehen. Nicht allein, daß nur noch eine Handvoll Leute in diesem Raum waren – Siren saß auch noch ganz vorn an der Tür, nur zwei Meter von mir entfernt. Ich konnte nicht rein und nicht mehr raus.

Ich wollte nicht rein, weil ich auf keinen Fall wie ein aufdringliches Ding zu erscheinen wünschte. Und ich konnte nicht mehr raus, weil ich schon im Rahmen stand und ohnehin bemerkt worden war.

Da Carmen nichts von dem Dilemma mitbekam und sich Zeit ließ beim Bücherbeschauen, wagte ich mich dann doch vorsichtig rein und besah mir die Flugblätter. Siren unterhielt sich. Vielleicht hatte sie mich ja doch nicht erkannt? Ich war mir sehr sicher, daß niemals ein Wort des Erkennens oder Kennens von ihren Lippen kommen würde.

Ich stand also am Tisch und besah mir die Flugblätter, als ich plötzlich erstarrte.

Ihre Stimme war verstummt, und dann, ganz plötzlich, erhob sie sich wieder, und anders, ganz leise, ganz sanft, ganz für mich allein, sagte sie meinen Namen.

Das erste, was zwischen uns entstand, war dieser Name, ein sehr weicher Ton. Und ich starrte jetzt auf die Buchtitel, die ich nicht mal lesen konnte, weil ich so angespannt war, und ich überlegte, was ich jetzt tun sollte. Am liebsten hätte ich nichts gehört, so als ob Clarissa nicht mein Name wäre. Am liebsten wäre ich rausgerannt. Aber ich hob den Blick und sah sie an. Nichts weiter. Kein Wort. Ich sah sie nur an.

Ich kann mich kaum noch daran erinnern, was sie sagte, aber sie sagte etwas ganz Außergewöhnliches, etwas ganz enorm Außergewöhnliches, weil es vor all den anwesenden Leuten geschah: Sie sagte, daß sie wegen mangelnder Zeit nur kurz antworten konnte und recht bald ausführlicher schriebe. Und alle waren anwesend, und ich war die einzige, die nicht anwesend war, und ich antwortete irgendwas und sie auch noch, und dann machte sie dicht, als ob sie gespürt hätte, daß da etwas Außerordentliches passiert war, und sie wandte sich ab von mir und ihrer Gesprächspartnerin wieder zu, und eigentlich hätte ich verletzt sein müssen, aber ich war es nicht.

Als ich aus dem Raum ging, blickte ich mich noch einmal um, und da sah sie mich bereits an. Ich mußte ihren Blick nicht suchen, ich mußte ihr Ohr nicht stehlen und nicht ihre Stimme, denn sie hörte mich sofort, als ich mich verabschiedete, und sie antwortete ohne zu zögern, und sie lächelte dabei.

Sie duzte mich. Das hatte sie schon gestern getan, als sie sich mir vorstellte.

Früher hatte mich so etwas immer gestört. Ich haßte diese Intimität, die ein Du ganz augenblicklich herzustellen schien. Und nichts ist mir unangenehmer als eine Intimität, wo es eigentlich keine gibt. Ich brauchte die Distanz zu den Menschen, um objektiv zu bleiben. Deshalb mochte ich das Du nicht.

Heute ist es anders. Ich habe mich verändert. Ich sehe es immer an solchen Kleinigkeiten, daß ich mich verändert habe. Heute weiß ich, daß es etwas anderes als ein Du ist, was Grenzen verletzt. Ich kann objektiv sein, auch wenn man mir sprachlich scheinbar näher rückt.

Ich lehnte mich zurück und hörte ihr zu. Sie hatte eine so schöne Stimme, und je länger ich auf diese Stimme hörte, desto mehr entspannte ich mich. Je konzentrierter ich lauschte, desto mehr faszinierte mich der Kontrast zwischen Stimme und Aussehen, zwischen Schönheit und Häßlichkeit. Diese Stimme hatte etwas derart Betörendes, daß sie meine Abneigung einzuschläfern begann. Ich lasse mich nicht schnell beeindrucken, aber ich muß zugeben, daß Siren Skalitz es irgendwie vermochte. Sie beeindruckte mich mit ihrer Stimme so sehr, daß ich erst nach einer Weile, denn ich hatte nur auf den Klang, nicht aber auf die Worte gehört, wahrnahm, was sie eigentlich sagte:

„... ja, ich habe Zweifel an dem, was ich schreibe. Ich hatte Zweifel, als ich den ersten Vertrag in der Hand hielt. Weißt du, Chris, ich habe nicht von Anfang an Horror geschrieben. Ich wollte andere Texte machen, andere Literatur. Ich hatte Texte geschrieben, die nicht von Grusel, Fantasy oder Erotik erzählten, die aber doch gruselig, fantastisch oder erotisch waren, weil ihre Sprache, die *Sprache*, verstehst du, nur die, aufschreckte, nicht der Inhalt. Es war ein Rauschen darin und ein Fließen, ein Stöhnen, ein Öffnen, ein Saugen, ein Füllen und ein Schmerz, ohne daß ich diese Worte benannt hatte.“

Wie konnte sie so etwas sagen? Wie konnte diese Frau so reden, die ich als publikationssüchtig einschätzte, die mir so heiß nach Karriere und Ruhm erschien. Wie konnte sie, die einen Bestseller nach dem anderen geschrieben hatte, plötzlich von diesen Dingen reden, die ich niemals in ihren Büchern gefunden hatte und die ich selbst so schmerzlich, allzu schmerzlich vermißte auf dem Literaturmarkt? Wußte sie wirklich, wovon sie redete? Sie sprach sich gegen die gängigste Methode aus, Texte zu machen, also auch gegen ihre eigene Methode: gegen Literatur, welche Erlebnisse beschrieb. Sie sprach sich gegen das Erzählen aus, sie wollte nicht erzählen, sie wollte durch Sprache erlebbar machen. So etwas war Kunst. Und so etwas war nahezu unverkäuflich.

„Ich hatte keine Chance damit. Ich hatte einen Jungautorenpreis nach dem anderen gewonnen, aber kein Verlag wollte mich drucken. Verstehst du? Sich auf Texte einzulassen, deren Inhalt sich beispielsweise aufs Rosenessen beschränkt, in denen die Form aber die Hauptarbeit leistet, weil die Sprache zustößt und liebkost, der Klang saugt und penetriert und der Rhythmus sinnlich ist, erfordert Konzentration, und ich habe die Erfahrung gemacht, daß nur wenige gewillt sind, sich zu konzentrieren.“

Mein Gott! Diese Worte hätte ich von jedem anderen Menschen erwartet, niemals aber von Siren Skalitz. Ich hatte all ihre Bücher gelesen, ich hatte von ihrer Arroganz gehört und war mir so sicher gewesen, daß ihr der Erfolg zu Kopf gestiegen war und daß sie sich deshalb so herablassend verhielt, weil sie in der Lage war, Bedürfnisse zu erfüllen. Bedürfnisse erfüllen zu können gibt einem Macht. Ich kannte solche Autoren zur Genüge. Siren Skalitz war eine der wenigen Horrorautorinnen, die anscheinend dringende Bedürfnisse erfüllte, weil sie Themen ansprach, welche die Nerven zerfetzten, weil darin alle vergrabenen Alp- und Wunschträume wachgerüttelt wurden, aber leider, das sah ich auf den ersten Blick, Themen, die sich auf einem allzu schmalen Grad zwischen Greuel und Kunst, zwischen Ekel und Lust, zwischen Pornographie und Sinnlichkeit bewegten. Sie schrieb, was das Lesepublikum erwartete, was es sehr lange schon vermißt zu haben schien, so lange, daß Frau Skalitz ihre Bücher in rasender Geschwindigkeit verkaufen und die gefragteste deutschsprachige Thrillerautorin werden konnte. Ihre Bücher erforderten keine Konzentration, denn sie waren schockierend direkt.

„Konzentration heißt für allzu viele Menschen heute nur noch Kräfteschwund. Verstehst du? Sehr viele Menschen lassen sich einfach auf nichts mehr ein, nicht mehr wirklich, meine ich, nicht mehr auf andere Menschen, nicht mehr auf Literatur, weil sie glauben, es raube ihnen Energie. Es wird so viel Flüchtigkeit produziert, um ein flüchtiges Begehren zu befriedigen. Dabei würde die Kraft wachsen, wenn man sich konzentrieren würde. Man spürt seine geistigen Kräfte während des Lesens, und daß man sie spürt, macht einen stark und – irgendwie froh, glaube ich."

Sie sprach genau das aus, was ich dachte.

~

„Böse Träume" – ein literarischer Abend der Gänsehäute
mit M. Vermota und S. Skalitz
Für schlaflose Nächte übernehmen wir keine Haftung.
Einlaß 22 Uhr in der „Galerie"

Diese Ankündigung hatte ich aus dem *Insider* geschnitten und seit Tagen in meiner Jackentasche mit mir herumgetragen, sie immer wieder befühlt und zerknüllt. Und nun ging ich tatsächlich hin. Ich ging zu dieser Lesung, obwohl der Brief, den sie geschrieben hatte, mich verletzt hat, obwohl ich wohl eher still in einer Ecke meine Wunden lecken sollte. Aber es ist immer so gewesen: Wer mich verletzt, beginnt mich zu interessieren. Wer mich ablehnt, hinterläßt eine Spur, der ich folgen muß, immer und immer, ob ich will oder nicht.

Sie hatte nicht einmal Danke geschrieben. Ich bin eine Analytikerin und weiß, daß das, was ich zu ihren Texten geschrieben habe, berechtigt war. Ihr Antwortbrief darauf war kaltschnäuzig, aber mit Kunstfertigkeit, denn sie verpackte ihre Kaltschnäuzigkeit in Worte, die ihr niemand als Beweis für Arroganz vorhalten konnte.

Was sie sagte, lag zwischen Zeilen. Und dort las ich ihre Ablehnung und ihren Spott. Sie hatte etwas von mir genommen – meine Meinung über ihr Buch – und lachte mir nun ins Gesicht, um sich dann umzudrehen und zu gehen. Sie verbot mir jeden weiteren Kontakt.

Nicht ich schrieb dann den kurzen Brief, den ich an sie faxte. Meine Enttäuschung schrieb ihn. Meine Enttäuschung über sie, die sich als genau das entpuppt hatte, was ihr Äußeres verriet. Ich war enttäuscht von ihr, daß sie nicht anders war, als sie aussah: häßlich. Mein Fax war kurz, scharf und ehrlich.

Ich kann nicht gerade sagen, daß ich ungerührt in dem Raum saß, wenn ich mir das auch vorgenommen hatte. Coolheit gehört nicht gerade zu meinen Stärken. Sie wirkt an mir immer hölzern und gestellt.

Sie würden zu zweit lesen: die Skalitz und dieser andere Autor, den ich nicht kannte.

Der Raum füllte sich. Es waren deutlich weniger Leute als zur Lesung vor einem Monat. Die Leute kamen und setzten sich. Alle fanden einen Platz. Dreißig, schätzte ich. Dreißig Leute. Höchstens. Alles war also sehr überschaubar.

Ich hatte mich wohlweislich in die zweite Reihe gesetzt, um Siren zwar gut im Auge zu haben, mich aber immer hinter meiner Vorderfrau verstecken zu können, wenn es mir angebracht schien.

Sie traten in den Raum. Ein leises Murmeln erhob sich. Natürlich trugen sie Schwarz. Siren hatte ein blutrotes Tuch um den Hals geschlungen. Sie setzten sich an den Tisch. Eigentlich war es eine sehr schöne Stimmung. Kerzen und dezent räuchernde Stäbchen. Ich trank meinen Rotwein, lehnte den Kopf ein wenig an die Wand und genoß mein Hiersein.

Siren würde mich natürlich ignorieren. Mira hatte mir erzählt, daß sie über mein Fax erbost gewesen war. Außerdem hatte sie es nicht beantwortet. Wahrscheinlich verachtete sie mich. Trotzdem war ich froh, gekommen zu sein. Möglicherweise hatte Siren geglaubt, daß ich mich nicht mehr unter ihre Augen wagen würde, und es machte mir Freude, genau das Gegenteil zu tun. Während der Frankfurter Verleger ein paar einleitende Worte sagte, schloß ich die Augen, bemerkte aber noch aus den Augenwinkeln, wie Siren sich im Raum umsah. Ihr Blick ging über die Köpfe, und als er bei mir angelangt war, stockte er kurz. Dann wanderte er weiter.

Sie las als erste.

Es wurde still und stiller, je länger sie las. Kein Husten kam aus dem Publikum, kein Räuspern. Jeder schien in sich hineinzusinken, in das leise Grausen, das ganz allmählich sich steigerte, jedes Rascheln und Scharren war verstummt zu einem lauschenden Nichts, und irgendwann schien es mir, als hätte sogar das Atmen der Leute aufgehört, damit nichts den hervorkriechenden Horror dieser Stunde unterbräche, damit der Schrecken ungestört zwischen den Lippen dieser Frau hervorquellen konnte wie ein dickflüssiger, schwarzer Strom.

Ich vermied es, dem Horror der Geschichte zu folgen. Ich hörte nur auf die Stimme. Sie hat eine angenehme Stimme. Beinah ungewöhnlich, weil sie nicht zu ihrem Äußeren paßt. Sie selbst wirkt ja rauh. Kaltblütig möchte ich fast sagen. Auf jeden Fall unzugänglich. Ihre Stimme aber ist die eines jungen Mädchens, eines schelmischen Mädchens, nicht die einer harten Frau. Wenn ich die Augen schloß und nur auf die Stimme lauschte, formte sich ein anderes Gesicht dazu und ein anderer Körper. Beides schöner als das Original. Aber seltsamerweise gefiel sie mir besser, wie sie wirklich war: häßlich.

Der Kontrast von Stimme und Aussehen war ein merkwürdiger Kitzel, ein Gleiten, als ob ein Finger über meinen Venushügel führe. Die Erzählung war zu Ende, und ich öffnete wieder die Augen. Nun las der Mann. Siren sah auf den Tisch und dann ein wenig ins Publikum. Überallhin, nur nicht zu mir. Um ihre Mundwinkel lag das typische Lächeln.

Als der Autor seine Erzählung beendet hatte und Stille eintrat, denn nun war Siren wieder an der Reihe, hob sie ihren Blick vom Tisch und sah mich direkt an. Ich hatte mit vollkommener Ignoranz gerechnet und war über die Direktheit ihres Blick geschockt. Ich sah wie gebannt zurück.

Ihre Augen lagen genau in meinen. Sie zuckte mit keiner Wimper, verzog nicht den Mund, bewegte sich nicht.

Sie sah mir nur genau in die Augen.

Es war so still, daß man das Flackern der Kerzen vernehmen konnte.

Ich wurde unruhig und senkte den Blick. Dann sah ich wieder hin. Ihre Augen lagen unverändert auf meinem Gesicht. Sie zog meinen Blick in ihren hinein. Ich wußte nicht, wie sie das machte, sie machte es einfach, und ich spürte eine wachsende Wärme in meinem Bauch, in meinem Gesicht und zwischen meinen Beinen. Mein Gott! Sie war zwar häßlich, aber ihr Blick stieß sich in mich wie ein Finger: hart, penetrierend, unnachgiebig.

Plötzlich nahm ich wieder den leisen Rauch der Stäbchen wahr, den Geruch, der sich sanft und benebelnd ins Gehirn schob wie der süßliche Duft eines Joints. Meine Augen begannen unvermittelt zu tränen, als hätten sie den Rauch erst jetzt bemerkt, und erneut senkte ich den Blick.

Sie sah mich immer noch an, nachdem ich den Blick wieder gehoben hatte. Und das Gefühl, berührt zu werden, wurde intensiver.

Die Leute im Raum wurden unruhig, denn allzulange dauerte die Stille nun schon an. Obwohl ich nur zu Siren sah, bemerkte ich aus den Augenwinkeln, wie die Blicke der anderen zwischen uns hin- und herwanderten. Ein leises Flüstern erhob sich.

Ich wußte nicht mehr, was ich tun sollte, und so blinzelte ich einmal, so wie es eine Katze tut, wenn sie ihre Friedfertigkeit demonstrieren möchte, und lächelte sie kurz an. Da verzog auch sie die Lippen zu einem merkwürdigen Lächeln, und endlich nahm sie ihr Buch und begann zu lesen. Ich lehnte mich zurück, atmete aus und stürzte einen Schluck Wein hinunter.

Wieso nur war alles so intensiv? Wieso hatte ich von Anfang an das Gefühl gehabt, mich mit ihr auseinandersetzen zu müssen? Wieso war sie mir nicht gleichgültig?

Schließlich war sie häßlich wie die Nacht und außerdem so unfreundlich wie kein anderer Mensch je zu mir gewesen war.

Ich habe, glaube ich, meine Vorurteile ihr gegenüber endgültig verloren, als sie über das „flüchtige Begehren“ sprach.

Sie selbst produzierte dieses flüchtige Begehren mit all ihren Büchern und befriedigte es auch sofort. Das war wahrscheinlich die Wunderdroge ihrer Bücher, welche die Lesenden zu Süchtigen machte. Aber sie wußte auch, daß sie damit nicht die Eigenständigkeit in ihrem Publikum förderte, sondern dessen Abhängigkeit von ihr. Und daß sie es wußte – daß sie Menschen abhängig machte –, erstaunte mich.

Sie lächelte mich an, doch ihr Lächeln war schauderhaft. Dieses Lächeln hatte sich in ihre Mundwinkel eingegraben, aber unterschiedlich tief, so als lächelte sie mit der rechten Seite immer etwas mehr als mit der linken, es hatte sich also in ihr Gesicht eingegraben, aber nicht wie Lachfalten, die ich immer sympathisch finde, sondern so wie eine Narbe, eine alte, sichtbar gebliebene Verletzung. Dann aber fragte ich mich, ob ich nicht vielleicht nur oberflächlich hinsah, und beschloß, das Lächeln als Lächeln zu nehmen, nicht als Grimasse.

Die Skalitz war also unzufrieden.

Sie behauptete, Flüchtigkeit stehle Kraft, während ein Sich-Einlassen Kraft gebe. Und da muß ich an Clarissa und mich denken und daran, daß wir uns nicht mehr gegenseitig um unsere Bedürfnisse gekümmert hatten, so wie es hätte sein sollen. Clarissas Briefe, die sie mir täglich schrieb, als ich schließlich wieder in Magdeburg zu arbeiten begann, waren zwar berührend gewesen, aber ich hörte irgendwann auf, sie bewußt zu lesen. Ich überflog sie nur noch, weil es immer um ihre Sehnsucht ging, und da sie jedesmal davon schrieb, verlor dieses Wort bald seine Prägnanz. Ich war flüchtig geworden. Ebenfalls flüchtig war ich, wenn Clarissa mich nach meiner Arbeit fragte. Ich mochte nicht erzählen. Ich hätte nicht gewußt, wo ich eigentlich anfangen sollte. Es gab zuviel. Wir sahen uns nur an den Wochenenden, und während der Woche passierte oftmals unverhältnismäßig viel, ich sah zu viele Leute, hatte zu viele Treffen und Gespräche. Hätte ich irgendwo zu erzählen begonnen, so hätte das einen enormen Aufwand an Erklärungen und Hintergrundinformationen erfordert, und ich war es einfach leid zu erklären. Wenn ich nach Hause in unsere Berliner Wohnung kam, wollte ich eigentlich über meine Arbeit nicht mehr nachdenken. Ich wollte einfach nur ein bißchen Ruhe. Und so reduzierte ich mich auf immer weniger Worte und noch weniger Erklärungen. Und das alles machte mich müde.

Clarissa begegnete mir mit derselben Flüchtigkeit. Wenn ich etwas erzählte, so unterbrach sie mich an den unmöglichsten Stellen, um kurz etwas von sich zu berichten, was irgendwie zu dem Thema paßte. Ich merkte, daß sie mir nicht richtig zuhörte. Sie fragte nach Dingen, die ich gerade erklärt hatte, und sowohl ich als auch sie gingen unbefriedigt und ohne Elan aus einem solchen Gespräch.

Flüchtigkeit raubt Kraft. Die Skalitz hat recht.

~

Meine Gedanken fallen in den Weinschatten auf dem Tisch, ein schwankender, roter See, und die Zeit zieht mich hinab wie ein Strudel. Es läutet zwölfmal. Weiche Schläge.

Uhrenschläge, Herzschläge, Augenschläge.

Mitternacht.

Ich denke an Siren und Chris. Wieso denke ich an beide? Vielleicht lösen sie etwas Ähnliches aus. Siren hat mich überrascht. Sie hat mich überrascht, weil sie mich einen Blick auf etwas hat werfen lassen, was ich in ihr nicht vermutet hatte. Sicher, ich hatte gehofft, es in ihrem Wesen zu finden: das Außergewöhnliche, das Andere, das Schöne. Aber daß es tatsächlich dort war, hat mich erstaunt.

Und vielleicht denke ich genau deshalb an Chris: weil ich immer seltener das Schöne an ihr gesehen und weil ich dieses Schöne als eine Selbstverständlichkeit hingenommen hatte. Ich hatte es nicht mehr wahrgenommen. Ich war nicht mehr wach gewesen. Nicht mehr konzentriert.

Siren hat mir gestern gezeigt, was Konzentration bedeuten kann.

Und jetzt erst weiß ich es, *geahnt* hatte ich es schon lange, aber jetzt erst *weiß* ich es: daß es viele Arten von Liebe gibt, aber Konzentration ist eine davon.

Bis gestern war ich überzeugt davon gewesen, daß Chris die Gleichgültigere von uns beiden gewesen sei, während ich selbst mich immer auf sie konzentriert hätte. Aber vielleicht war das keine Konzentration? Vielleicht war es Vereinnahmung?

Chris erzählte mir nie etwas von ihrer Vergangenheit. Das klingt komisch, weil wir uns sozusagen schon unser ganzes Leben lang kannten. Ich meine damit, sie erzählte mir nie etwas von der Zeit, in der ich sie nicht mehr gesehen hatte, als wir beide von dem Kindheitshaus fortgezogen waren und eigene Wohnungen und ein eigenes Leben hatten. Das heißt: auch das stimmt so nicht. Chris erzählte schon, was sie während dieser Zeit so getan hatte. Manchmal erzählte sie mir auch von ihren damaligen Illusionen und Ansichten. Worüber sie sich aber hartnäckig ausschwieg, das waren ihre menschlichen Kontakte. Kaum einmal erwähnte sie ihre beste Freundin. Das heißt, natürlich erwähnte sie sie. Sie erwähnte sie sogar ziemlich oft, so oft, daß mich schon eine leise Eifersucht beschlich, aber niemals, niemals ließ sie etwas davon verlauten, was sie mit dieser besten Freundin so besprach, wieso sie eigentlich so an ihr hing, ob es da einmal mehr gegeben hatte oder ähnliches.

Und das war es eigentlich.

Chris erwähnte niemals etwas Persönliches über irgendwelche Menschen in ihrem Umfeld. Da schien es so etwas wie eine moralische Schranke zu geben. Und wenn ich es einmal vor Neugierde nicht aushielt oder einfach unbedacht war und sie nach solchen Dingen fragte, nach Gesprächen oder Meinungen von ihren Bekannten, wenn ich also einfach mal ein bißchen mit ihr tratschen wollte – Tratsch ist doch nicht schlimm, oder? Er reinigt die Seele und tut niemandem weh –, wenn ich sie mit meiner Neugier bedrängte, dann sah sie mich nur seltsam an, mit einem ganz leisen Lächeln, und sagte nichts. Reinweg nichts.

Ich habe keine Ahnung, ob Chris damals wußte, was sie tat. Daß sie damit eine Erregung in mir wachhielt, die alle Liebhaber und Liebhaberinnen, die ich vorher und nebenher gehabt hatte, nicht aufrechterhalten konnten, die folglich allzu schnell abklang, die Erregung nämlich, das Innere eines Menschen durchleuchten zu wollen. Die Menschen, die ich sonst kannte, waren bereitwillig auf meine Neugierde eingegangen, hatten mein hungriges Ohr und mein Herz gefüllt und mich satt gemacht. Chris aber ließ mich unentwegt hungern. Nie erzählte sie mir von den Gefühlen eines anderen Menschen, vor allem nicht von Menschen, die ihr nahe waren. Und damit hielt sie natürlich auch sich selbst verborgen.

Ich hatte es anfangs vermieden, Chris auf ihre Vergangenheit anzusprechen, denn diese war es vor allem, die mich brennend interessierte. Ich hatte durchaus verstanden, daß es hierbei um eine seltsame Sache ging, um etwas, das man nicht antastete. Und ich wollte Chris nicht beunruhigen, indem ich daran rührte. Ich hatte sogar vorgehabt, überhaupt nicht daran zu rühren, bis sich das Gespräch von allein darauf bezog. Chris sollte mich nicht für gewöhnlich halten. Und auch nicht für neugierig. Doch ein solches Gespräch ergab sich einfach nicht. Chris schien nichts zu vermissen. Sie gab nur das Jetzt und das Hier, beziehungslos und unbedingt, aber ich, ich vermißte etwas. Und meine Neugierde fraß Löcher in meine Gedanken.

Und so rührte ich wider besseren Wissens schließlich doch daran. Und natürlich erhielt ich die Reaktion, die ich befürchtet und doch irgendwie erwartet hatte: ihr Lächeln, ihre Zurückweisung, ihren Spott. Chris stand in diesen Momenten weit über mir. Daß hier keine über der anderen stand und keine darunter, denn Chris wußte eigentlich genausowenig von meiner Vergangenheit wie ich von ihrer, war mir damals nicht aufgefallen. Ich hatte das Gefühl, im Nachteil zu sein, und zwar ganz ernsthaft im Nachteil.

Chris hatte mich nie nach meiner Vergangenheit gefragt, es sei denn im Scherz. Dieses Nichtwissen um das, was vorher war, bildete die Balance, die eine gegenseitige Faszination aufrechterhielt. Heute bin ich sicher, daß Chris zweifellos ebenfalls neugierig auf das war, was vorher geschehen ist, damals, als sie noch keinen Platz in meinem Leben einnahm. Sie aber muß um die Bedeutung der Balance gewußt haben. Unser einziger Unterschied war, daß ich an dieser Balance rührte.

Und so passierte es, daß ich, sobald Chris die Wohnung verließ, wie eine Verrückte nach Fotos zu suchen begann. Ich wollte sie sehen, alle. Die Geliebten von ihr. Ich wollte wissen, ob es Fotos gab. Und doch – eigentlich wollte ich kein einziges Foto einer Ex-Geliebten finden. Ich hatte Angst davor. Denn wenn ich tatsächlich Fotos finden würde, irgendwo versteckt, würde dann dieses Verstecken nicht bedeuten, daß noch ein Teil von Chris' Herzen daran hing?

Aber trotzdem war ich so begierig, Abbilder zu finden, und ich wußte schon während des Stöberns, daß es mich nicht freier machen würde, wenn ich nichts fand. Daß ich womöglich sogar noch mißtrauischer sein würde als jetzt. Denn nichts zu finden bedeutete ja nicht, daß es da nichts gab, sondern nur, daß es außergewöhnlich gut versteckt war.

Ich wußte, daß die Bilder mir weh tun würden, aber dies war ein vorgeahnter Schmerz, an dem ich rühren mußte wie an einer ewigen Wunde. Eine Wunde, die nicht heilen kann, weil sie immer wieder geöffnet wird.

Es war eigentlich dasselbe Phänomen wie damals, als ich mir, achtjährig, nach einem russischen Märchen, in dem eine Tarnkappe vorgekommen war, ebenfalls eine solche Kappe gewünscht hatte. Ich wollte unsichtbar sein, um herumzuschleichen und all die Leute zu belauschen, die ich kannte. Aber warum eigentlich? Jetzt erst fällt mir auf, daß ich schon als Kind süchtig nach Anerkennung gewesen sein muß. Ich hatte mir nichts anderes gewünscht, als von mir zu hören, von mir aus ihren Mündern. Ich wollte hören, daß sie sich mit mir beschäftigten, daß sie über mich redeten. Ich wollte, daß ich es wert war, beredet zu werden. Und wäre es so gewesen, hätten sie über mich geredet, dann hätte ich heimlich gefeixt, weil ich wieder mal jemanden übers Ohr gehauen hatte. Denn ich selbst kam mir so entsetzlich unwichtig vor, so entsetzlich langweilig, daß eigentlich niemand Interesse daran haben durfte, über mich zu tratschen.

Aber ist es Konzentration, und Konzentration scheint mir wirklich ein anderes Wort für Liebe zu sein, ist es Konzentration, wenn ich in Chris' Sachen herumstöberte? Wenn ich etwas über sie und mich und uns herauszufinden versuchte, was sie mir absichtlich verschwieg? Konzentration wäre vielleicht gewesen, sich mit dem zu begnügen, was sie mir zu sagen bereit war, und bei diesen Worten ganz genau hinzuhören.

Es ist schwer. Ich starre in den Schatten des Weins. Es ist schwer zu lieben. Ich habe es wohl nicht gekonnt.

„Und die Stein", wagte ich einzuwerfen. „Glaubst du, sie hat wirklich nur so geschrieben, damit die Leute sich konzentrieren? Hat sie nicht eher versucht, auf sich aufmerksam zu machen, auf sich als Person, meine ich?"

Gertrude Stein. Sie war eine der erstaunlichsten Personen, mit denen ich mich je beschäftigt hatte. Sie hatte Einzigartiges geleistet. Mit ihrer Arroganz und ihrer Selbstüberschätzung hatte sie vieles jedoch wieder zerstört.

Siren steht am Fenster. Ihre Stimme ist sehr klar, als sie antwortet.

„Die Stein. Gut, daß du sie ins Spiel bringst! Sie ist wohl das beste Beispiel dafür, daß es Schreiben nur um der Gefälligkeit und Konsumierbarkeit willen gar nicht geben dürfte. Sie hat sich jahrelang abgequält und ohne Anerkennung geschrieben, ohne gedruckt zu werden, ohne verstanden zu sein. Glaubst du, sie hätte tatsächlich in einer so erstaunlichen Konsequenz publikumsunfreundlich geschrieben, wenn sie nur auf Ruhm gehofft hätte, der später, eventuell aber auch nie kommen würde?"

„Aber sie hat inszeniert!"

„Sicher hat sie das. Sie hat sich in Pose gesetzt und sich feiern lassen. Sie hat intrigiert und Lügen verbreitet. Aber das gehörte zu ihrem Wesen. Genau wie das Schreiben. Das gehörte auch zu ihrem Wesen. Aber beide Dinge: diese Inszenierung und das Schreiben waren zwei voneinander getrennte Dinge, Chris. Ich bin sicher, daß sie im Schreiben nichts inszenierte. Sie schrieb nicht für ein Publikum. Sie schrieb nicht um der Pointe willen. Sie schrieb, um das zu schreiben, was sie schreiben wollte: etwas konsequent Neues. Sie konzentrierte sich auf ihr Schreiben mit einer Ausschließlichkeit, die ich bewundernswert finde."

„Aber du gibst zu, daß sie sich ebensosehr auf sich selbst konzentrierte, auf ihr Vorwärtskommen, ihr Bekanntwerden, ihren Ruhm."

„Das ist unbestritten. Und sie ist auch in beiden Dingen durchaus erfolgreich gewesen: in ihrer Literatur, die heute noch einmalig ist, und in ihrem Ruhm. Aber man darf nicht vergessen, daß diese beiden Dinge beinahe, ich sage beinahe, unabhängig voneinander sind. Denn stell dir vor, sie wäre weniger konzentriert auf sich selbst und ihren Ruhm gewesen! Sie wäre dann zwar weniger bekannt geworden, das ist gewiß, an der Einmaligkeit ihrer Literatur hätte es aber nichts geändert. Und wäre sie weniger konzentriert auf ihre Literatur gewesen, so hätte sie zwar schlecht geschrieben, sich aber immerhin noch so sehr inszenieren können, daß sie bekannt geworden wäre. Beides liegt in ihrem Wesen. Ich sage nur ‚wäre' und ‚hätte', Chris. Verstehst du, was ich meine?"

Ich nickte, denn ich verstand genau.

Clarissas Briefe, die sie mir damals geschrieben hatte, als ich wieder anfing, in Magdeburg zu arbeiten und wir uns noch an den Wochenenden sahen, diese Briefe hatte ich innerlich, und ohne daß ich es vor mir selbst zugegeben hätte, immer für eine Art Inszenierung gehalten. Ich hatte das niemals ausgesprochen, nicht einmal bewußt gedacht. Aber da war eben dieses Gefühl gewesen, ihr nicht trauen zu können. Ich hatte etwas wie eine Falle in den Briefen und in der anscheinenden Ehrlichkeit gewittert, so als würde Clarissa nur auf diese Weise schreiben, um sich meiner eigenen Gefühle für sie zu versichern, um etwas aus mir herauszupressen, eine Antwort, die ich ihr aber nie sagte und zu sagen auch nicht gewillt war. Das war es. Es erschreckt mich, wenn ich jetzt daran denke. Ich habe ihr nicht geglaubt. Ich war mir innerlich und heimlich sicher gewesen, daß sie ein Spiel mit mir trieb. Es ist wohl wirklich so gewesen, daß ich nur eine Inszenierung in ihren Briefen sah, eine Inszenierung aus effektvollen Worten.

Und was wäre nun, wenn alles echt war? Was wäre, wenn Clarissa nichts inszeniert hatte, weil sie wirklich das aufschrieb, was sie gefühlt hatte? Was wäre, wenn ich Clarissa einfach falsch verstanden hatte, wenn ich die Wesensmerkmale in ihrem Charakter einfach unentschuldbar vermischt hatte? Denn Inszenierung gehörte ganz ohne Zweifel zu ihrem Wesen. Aber Innigkeit gehörte ebenfalls dazu. Innigkeit und der Wunsch nach Ehrlichkeit. Was wäre, wenn ich ihr diese Ehrlichkeit einfach abgesprochen hatte?

Clarissa hatte seitenweise geschrieben, und das jeden Tag.

Wie hatte die Skalitz gesagt:

„Glaubst du, die Stein hätte um des Ruhms willen jahrelang so konsequent kompromißlos geschrieben? Sie hat so geschrieben, weil sie so schreiben wollte."

Mein Gott! Clarissa hat vielleicht nicht um der Neugier und Anerkennung willen so konsequent geschrieben. Sie hat womöglich so geschrieben, weil sie konsequent ehrlich sein wollte.

Ich vermisse sie. Das ist verrückt. Wir waren uns immer ferner geworden. Aber ich vermisse sie. Ich gieße mein Weinglas wieder voll und lasse meine Augen erneut in dem roten, schwankenden Schatten auf dem Schreibtisch ertrinken.

Immer verworrener war alles geworden, als Chris plötzlich wieder nach Magdeburg zog. Eigentlich hätte sie gar nicht mehr bei *bizarr* arbeiten sollen. Sie war ja schon ein Jahr dort gewesen, aber irgend etwas klappte nicht, ihre Nachfolgerin fiel aus, und Chris ging zurück nach Magdeburg. Sie kam nur noch an den Wochenenden nach Berlin, und meine vorherige Überzeugung, mit so einer Trennung schon klarzukommen, änderte sich bereits nach ein paar Wochen schlagartig.

Vielleicht war ich ja nicht gemacht fürs Alleinsein oder eben: nicht mehr. Es war furchtbar. Ich schüttete mich mit Arbeit zu, ging ständig aus, lud Leute ein, und doch: Immer wieder drängte es mich zu Chris, drängte es mich ans Telefon, aber ich wußte, daß ich diesem Impuls nicht nachgeben durfte, daß ich reserviert bleiben mußte. Chris mochte diese Anhänglichkeit nicht. Doch jeden Abend erfuhr ich ihr Entferntsein, ihr Wegsein aufs neue als ein „Immer", und ich wurde dieses „Immer" nicht los, egal, was ich auch tat.

Es waren die Abende.

Die Abende schafften mich. Ich trank Wein, sobald ich zu Hause war und die Stille mich zu bedrängen drohte und das leise Rauschen der Heizungen anfing, mich zu beängstigen. Ich konnte ja nicht immer fortgehen, ausgehen, wegsein von der Wohnung, von unserem Zuhause. Das ging einfach nicht, obwohl es mich rauszog, jeden Abend, obwohl ich wegwollte, fort von den einsamen Wänden, raus aus den Zimmern, wo nur ich war, niemand sonst.

Und doch: eigentlich wollte ich gar nicht fort.

Es war verrückt. Ich begann zu schreiben. Briefe, die ich Tag für Tag an Chris schickte. Ich besuchte sie an den Wochenenden, an denen sie nicht kommen konnte, und war so voller Vorfreude auf die Tage, die wir gemeinsam verbringen würden. Selbst in unseren Mißverständnissen fand ich Kraft, ein Sein, ein Werden, eine Neugier. Ja, eine Neugier auf ein Morgen und wieder ein Morgen und noch eins.

Ich schrieb Chris, wie ich nie zuvor geschrieben hatte. Und ich hätte es doch wissen müssen: daß Dinge nicht für ewig sind und daß so zu schreiben, wie ich schrieb, ein Fehler sein konnte, weil es so offen war, so entblößend und so traurig. Ich hatte aber diesen Gedanken weit von mir geschoben. Zwar war ich den Zweifel nie ganz losgeworden, wenn ich schrieb, immer hatte es da eine geheime Ahnung gegeben, aber vielleicht wäre es ja doch kein Fehler, ihr zu schreiben, ihr zu zeigen, daß sie mir fehlte. Vielleicht wäre es kein Fehler, so hoffte ich wenigstens. Vielleicht gäbe es so etwas ja gar nicht: Fehler. Wäre es nicht möglich, daß alle meine und überhaupt alle Theorien falsch waren, die da sagten: „Sei mißtrauisch! Sei immer auf der Hut. Sag niemals etwas von Vermissen und Glauben und Zukunft. Sag Gott verdammt nichts von Liebe! Bleib still. Bleib reserviert. Laß sie kommen. Bleib bloß still"?

Möglicherweise, so dachte ich, wäre das ja alles nicht wahr. Warum sollte es nicht möglich sein, solche Dinge auszusprechen, ohne Angst zu haben, sie im Aussprechen bereits verloren zu haben?

Vielleicht gäbe es Intensität. Vielleicht gäbe es Treue. Vielleicht gäbe es Liebe?

Wenn ich Chris schrieb, kam ich langsam zur Ruhe. Wenn ich schrieb, legte sich mein Schrei. Der Stein in meiner Brust rollte hin und her, aber fort rollte er nicht. Ich schrieb langsam, bedächtig, ohne Pause. Es war ein langsames, schriftliches Atmen.

Es gab da einen Schrei in mir, der nie verklang. Einen Schrei, der sich nur legte, aber niemals reglos, niemals stumm, der sich legte und wartete und klang. Ein Schrei.

Es gab Momente, da stieg er empor, und nichts, nichts konnte ihn niederdrücken. Er hatte mit ihr zu tun, und ich schrieb ihn auf, aber vielleicht wollte sie ihn ja gar nicht hören. Vielleicht wollte sie nicht, daß jemand an sie dachte. Vielleicht war das bereits zuviel. Zuviel. Ich konnte nichts daran verrücken. Der Schrei war da.

Es war ihr Weiches. Es machte diesen Schrei. Aber es war ein guter Schrei. Ein inniger Schrei. Ihr Weiches. Lange war es hergewesen, daß Chris einmal weinte. Weinte wegen mir, wegen meinem Spiel; für mich war es ein Spiel gewesen, für Chris war es Lüge. Ich hatte ihr eine erfundene Geschichte über mich erzählt. Es war ein Spiel, ein Rollenspiel, wie wir es oft spielten, und ich dachte, Chris hätte es längst durchschaut und spielte eben mit. Aber sie hatte mir wirklich geglaubt, ich weiß nicht, wieso sie das konnte, denn es war mehr als offensichtlich, daß ich log, und als ich dann lachte und alles auflöste, da begann sie zu weinen. Ich habe Chris nur einmal später noch weinen sehen.

Doch dieses erste Mal hatte meinen Schrei geboren.

Es hatten schon einige Menschen meinetwegen geweint. Und da hatte es auch einen Schrei in mir gegeben, aber es war ein kleiner Schrei gewesen, ein Kind von einem Schrei. Niemals jedoch ein solcher Schrei, wie er jetzt in mir ist, einer, der sich nur legt, aber nie verklingt. Immer wenn ich dieser weichen Seite in Chris begegnete, rührte er sich. Die winzigen Momente waren es, wenn sie nicht lachte, wenn sie nicht spielte, wenn sie nicht – dachte.

Ich schrieb ihr täglich, obwohl ich ahnte, daß sie sagen würde: „Das ist zuviel. So viel will ich nicht, wollte ich nie. Geh. Bleib bei dir. Sei du. Sei du! Geh von mir. Von meiner Person. Meinem Leben. Geh!"

Aber mein Schrei war da.

Ich wollte aufhören zu mißtrauen. Ich wollte glauben.

Aber ich hatte Angst davor, daß sie sagen würde:

„Laß mich! Laß mein Leben. Laß mein Ich. Keine Zentrierung um mich. Laß mein Leben. Gib dein Ich nicht auf!"

Aber ich ließ es ihr ja. Ich ließ sie. Ich zentrierte mich nicht um sie allein. Ich hatte mein eigenes Leben. Aber da war eben auch diese Intensität, die ich nicht verleugnen wollte, weil sie zu mir gehörte wie Salz zum Leben. Sie war da, neben meinem Ich, das ich ja immer verfolgte und behütete. Mein Ich, das ich nicht aufgab. Mein Ich, das ich zum großen Teil in meiner Arbeit fand. Mein Ich, das seine Erfahrungen machte und pflegte und hütete und oft nicht zu teilen gewillt war, weil es seine waren. Seine allein.

Aber daneben hat es eben immer auch diese Intensität gegeben, diese Irrationalität, diese Stärke, die mich zu ihr zog. Diesen Schrei, der sich nur legte, aber nie verklang. Dieses innere Weinen, weil ich verbunden war, weil ich verbunden sein wollte, über und über verbunden von ihr, mit ihr, durch sie. Ich weiß, daß es merkwürdig klingt, aber mein Ich war trotzdem da. Es war da, obwohl dies alles sehr nach Aufgabe klingt. Ich war ein Ich, trotz allem. Und ich wollte ein einziges Mal mein Mißtrauen fortwerfen, indem ich schrieb und ihr damit sagte, daß ich schwimmen konnte, schwimmen in meinem Schrei, schwimmen in meinem Weinen, schwimmen in diesem Verbundensein. Es war wie Blut, wie ein Fließen in diesem Schmerz, den ich nicht missen konnte, weil er etwas Lösendes besaß und mich zu mir führte. Ich wünschte, mich ausdrücken zu können. Ich wünschte, von Liebe reden zu können, wie ich sie erfuhr, aber es war schwer, Worte zu finden, wo niemand welche ausgelegt hatte. Ich entblößte mich, indem ich schrieb, nicht nur durch den Inhalt, sondern allein schon durch die Tatsache, daß ich täglich schrieb, seitenweise, daß ich mich also immer mit ihr beschäftigte. Aber ich wollte es: einmal nur, einmal ohne Logik sein, ohne Warnungen im Ohr, einfach nur sein.

Chris hat auf diese Briefe kaum geantwortet. Meine Fragen blieben offen. Meine Stimme schien irgendwo ungehört zu verhallen. Irgendwann habe ich dann nicht mehr geschrieben. Und als ich damit aufhörte, wußte ich plötzlich, daß ich ihr das nie verzeihen konnte: daß sie mein Vertrauen einfach nicht erwidert hatte.

~

„Woran denkst du?"

Siren Skalitz' Stimme schreckte mich aus meinen Gedanken auf.

„Ich, ach, ich denke an einen Fehler, den ich vor langer Zeit mal begangen habe und den ich nicht mehr gutmachen kann.“

„Weißt du, Chris, was ich mit der Zeit lernen mußte: verpaßten Gelegenheiten nicht nachzutrauern. Man bleibt sonst stecken. Man kommt nicht weg und nicht weiter. Es ist gut, zu verstehen, daß man Fehler gemacht hat, aber der Versuch, sie rückgängig zu machen, ist sinnlos.“

Ich hob die Schultern. Ich straffte mich. Ich wollte auf keinen Fall mit Siren Skalitz über vergangene Geister reden.

„Du willst also bei uns veröffentlichen“, begann ich. „Ich nehme an, daß du vorhast, mir etwas ‚Literatur‘ anzubieten?“

Sie lächelte, und dann packte sie das Manuskript aus.

Ich nahm es in die Hand, und sowie ich die erste Seite gelesen hatte, wußte ich, daß *bizarr* so etwas niemals drucken durfte. Es war unverkäuflich.

Sie sagte kein Wort. Sie rauchte.

Ich las und las.

~

Lange nach Mitternacht erst war die Lesung beendet. Es war eine Spätlesung gewesen, und das war gut so, sonst hätten die Kerzen nicht gewirkt, und auch die Stimmung wäre eine andere gewesen.

Während dieser Lesung war etwas Merkwürdiges passiert. Es war nicht so, daß ich meine Aggression Siren gegenüber verloren hätte. Aber irgend etwas hatte sich verändert. Mein Hiersein schien plötzlich nicht mehr nur den Zweck des Kräftemessens zu haben. Ich hatte plötzlich das Bedürfnis, dortzubleiben und zu warten, bis alle Frauen gegangen waren. Daß ich so etwas fühlte, machte mich nervös. Und absichtlich ging ich auf diesen inneren Wunsch nicht ein.

Als die Fragen aus dem Publikum beantwortet waren, stand ich auf und verließ den Raum. Ich stand einfach auf und ging. Ich sah nicht noch einmal zu ihr hin. Ich drehte ihr den Rücken zu. Ich mischte mich unter all die anderen Gehenden, als sei ich aus keinem anderen Grund hergekommen, als eine Lesung zu genießen.

Geduld.

Geduld war das Wichtigste.

Ich mußte warten, bis eine Aggression in ihr wuchs.

Das war es wohl immer. Manche würden Interesse dazu sagen, ich aber nenne es Aggression.

Ich wollte Siren, aber ich hatte festgestellt, daß sie, genau wie ich, nicht zu denen gehörte, die andere Menschen einfach nehmen konnten, wenn sie sich anboten. Jeder Orgasmus hat eine Geschichte, und erst Aggression ist der rote Faden, der sich zur Geschichte der Lust verspinnt. Aggression braucht Raum zur Entfaltung, und wenn ein Mensch sich einfach gibt, einfach so, ohne Zurückweichen und Ablehnung, dann gibt es keinen Kampf, dann gibt es keine Aggression, dann fallen Anfang und Ende des Werbens zusammen, und die Lust erstickt sich selbst.

Bliebe ich, so würde es sein, als böte ich mich an. Ich verließ die *Galerie* und trat ins Freie.

Damals hatte ich meine vielen Briefe an Chris immer nur als ein Zeichen des absoluten Vertrauens betrachtet. Des Anvertrauens. Ich war entsetzlich enttäuscht gewesen über Chris' Schweigen. Ich hatte geglaubt, durch die Briefe zu einer außergewöhnlichen Aufmerksamkeit gefunden zu haben, das heißt, mich wirklich und wahrhaftig auf uns beide, auf ein Morgen, auf Gefühle zu konzentrieren.

Und erst jetzt glaube ich, daß ich mich eigentlich überhaupt nicht auf Chris konzentriert habe. Daß alles ein Trugschluß war. Daß ich mir etwas damit vorgemacht habe. Denn die einzige, auf die ich mich mit all den Briefen konzentrierte, war ich selbst. Vielleicht habe ich nur meiner Eitelkeit geschmeichelt.

Was verrückt ist und was immer verrückt sein wird, weil es zum Wesen der Faszination gehört, ist diese verdammte Konzentration. Aber nicht die Konzentration auf die Erfüllung der Wünsche der anderen, sondern die Konzentration auf deren Nichterfüllung.

Es ist paradox. Ich hatte vergessen, mich zu verweigern. Ich hatte vergessen, Chris zu mißachten. Ich hatte vergessen, wie es ist, ihre Wünsche aufzuspüren und diese nicht zu erfüllen.

Denn was die Briefe möglicherweise wirklich bedeuteten, ist die Erfüllung des größten und absurdesten Wunsches, der aus einer Partnerschaft erwachsen kann: Gewißheit.

Vielleicht habe ich Chris viel mehr mit den Briefen genommen, als diese ihr geben konnten? Vielleicht haben sie ihr die Unsicherheit genommen? Ich habe sie meiner allzu sicher sein lassen. Und Sicherheit – Sicherheit ist der Tod der Faszination.

Die Luft war mild. Ich liebte diese laue Nachtluft. Die Skalitz saß jetzt sicher am Tisch und signierte Bücher. Langsam schlenderte ich auf die S-Bahn-Station zu. Ich sog die Luft tief in meine Lungen, denn es lag ein Geruch darin, der mich immer schon süchtig gemacht hatte. Früher, als Schülerin, hatte ich nur diese laue Sommernachtluft an den Wochenenden riechen müssen, und wie in Trance fing ich an, mich zu schminken, mich dann in ein dünnes Kleid zu hüllen und auf den Weg zu machen zur nächsten Disco. Der wahre Geist der sommerlichen Discos auf dem Dorf regte sich außerhalb der Wände, unter dem Himmel, inmitten dieser süßen Luft. Niemand schien den Wunsch zu haben, stundenlang in den verrauchten Räumen auszuharren. Alles strömte ins Freie, in die klare Nacht, unter die Bäume, wo die Musik noch hörbar war und an den Fibern und Fasern zerrte, wo man aber sein eigenes Herz noch vernahm und das Pochen des Blutes im Kopf. Ich war in solchen Nächten wie besessen, war wie von einer Droge benebelt, heimgesucht von einem kitzelnden Virus, der mich nach Händen schreien ließ, nach Zungen, nach Schweiß. Ich habe niemals Angst vor Menschen gehabt, vor Körpern, vor Sex. Ich suchte in jenen Nächten nach Leibern. Ich wollte genommen werden, ohne Fragen zu beantworten. Ich wollte gesehen und gehört werden, ohne mich erklären zu müssen. Ich wollte nur die Nacht und keinen Tag danach. Ich suchte keinen Menschen, weder Mann noch Frau, sondern nur Hände, Augen, Ohren. Und Lust. Ich wollte erlebt sein. Und ich wollte erleben. Es war wie ein Rausch.

Jetzt bin ich über fünfzehn Jahre älter, und noch immer wirkt diese laue Sommernachtluft wie damals. Ich atmete sie tief in meine Lungen, die sich damit wie mit einer süßen Droge füllten.

Ich erreichte die S-Bahn-Station. In einen langen Mantel gehüllt stand da eine Person. Sie stand im Dunkeln. Aber als ich mich näherte, drehte sie sich um und kam mir einen Schritt entgegen. Sie trat dabei in den Lichtkreis der Straßenlampe.

„Guten Abend, Clarissa."
Diese dunkle Stimme.
Die Skalitz.

~

Ich legte das Manuskript zur Seite.

„Wie würde es denn heißen, wenn du es drucken könntest?"

„Heimsuchung."

„Heimsuchung? Interessanter Titel. Ich nehme an, daß du damit nicht die beklemmende Bedeutung des Wortes meinst, sondern ..."

„... die Suche nach einer Wurzel, der Sprachwurzel, der Lebenswurzel, dem Heim eben. Du hast recht."

„Also ..." Ich straffte mich. „Wir können das auf gar keinen Fall drucken. Es wäre, und darin bist du mit mir sicher einer Meinung, sozusagen unverkäuflich. *Bizarr* ist einfach zu klein dafür. Das Risiko, ich meine das finanzielle Risiko, ist schlichtweg zu hoch. Außerdem ist *bizarr* nicht für Experimente, sondern für solide Belletristik bekannt. Wir könnten natürlich so hinterhältig sein und mit deinem Namen und deinem Ruf arbeiten und die Leute sozusagen ein bißchen beschummeln. Du weißt, daß sich grausig-lustvolle Erwartungen an deinen Namen knüpfen, und deshalb allein würden eine Menge Leute dein Buch kaufen. Das wäre aber nicht fair. Es tut mir wirklich leid, doch so ein Buch können wir auf keinen Fall drucken. Aber ich mache dir einen Vorschlag: Bereite dein Publikum einfach vor. Schreib doch einen Roman über eine Frau, die etwas schreiben will, das ‚Heimsuchung' heißt, streue einige gutgewählte Textausschnitte mit ein. Nicht zu viele. Und vor allem: Erkläre, was das alles soll. Denk daran, du hast keine Literaturwissenschaftler vor dir. Wenn du das kannst – eine gute Geschichte entwickeln und deine Idee darin einbetten –, wenn du den Leuten die Freude am Konzentrieren nahebringen kannst, dann, denke ich, würde *bizarr* dieses Buch veröffentlichen. Sollte das Ganze erfolgreich sein, sollten die Leute tatsächlich Geschmack an den Textstellen gefunden haben, solltest du ihnen wirklich eine richtige Chance gegeben haben, dich beziehungsweise die ‚Heimsuchung' zu verstehen, dann und nur dann könnte ich mir vorstellen, ‚Heimsuchung' im Original zu drucken!"

„Kompromisse ..."

„Ja, wir beide, du und *bizarr*, gehen damit einen Kompromiß ein, aber einen, der uns vielleicht weiterbringt."

~

Ohne mir Zeit zum Überlegen zu lassen, kam sie auf mich zu, streckte die Hand aus und griff nach meinen Fingern. Sie hatte wie ein Phantom gewirkt, wie sie dort im Dunkeln stand und sich mir dann zudrehte und ihr häßliches Gesicht offenbarte. Ich hatte schon immer Angst vor Dingen im Dunkeln. Schon als Kind haßte ich die Fähigkeit des Lichtschalters, sich im Dunkeln zu verschieben. Nachts wurden harmlose Kleider auf noch harmloseren Sesseln zu Monstern. Ich haßte es, in den Keller zu gehen, weil ich wußte, daß in Kellern die häßlichsten Geschöpfe lebten. Sie versteckten sich schnell, wenn Licht auf sie fiel. Sie stoben auseinander, sobald ich die Kellerlampe anschaltete, aber ich hatte es doch immer gesehen: ihr Würmeln und Kriechen, die vielen Beine, die Fühler und die dunkle Farbe ihres Leibes. Alles Häßliche ist dunkel. Alles dunkle Häßliche lebt versteckt. Ich kann mir nichts rotes oder grünes Häßliches vorstellen.

Siren stand im Dunkeln, in einen schwarzen Mantel gehüllt, ihr Gesicht war dunkel und ihre Augen ebenfalls, sie war eins dieser Phantome der Nacht, doch als das Licht der Laterne auf sie fiel, war sie nicht fortgelaufen, um sich zu verstecken. Sie hatte den Mund verzogen zu etwas, das wohl ein Lächeln sein sollte. Mir aber war beim Anblick der Grimasse ein Schauer den Rücken heruntergelaufen. Sie hatte die Hand ausgestreckt und nach meiner eigenen gegriffen. Und ihre Finger waren nicht eisig gewesen oder glitschig, sondern ganz wie normale Finger sein sollten. Und ich war derart erstaunt über das, was passierte, daß ich mich widerspruchslos mitziehen ließ und erst aufmerkte, als wir vor einem Auto standen, dessen Beifahrertür sie öffnete, um mich auf den Sitz zu schieben, dann schnell zur anderen Seite zu gehen und sich auf dem Fahrersitz niederzulassen. Sie ließ den Motor an, und da erst bekam ich Panik und wollte meine Tür öffnen. Sie war jedoch verriegelt.

Leise brummte der Motor auf, und Siren lenkte den Wagen ruhig auf die Straße. Bevor ich protestieren konnte, sagte sie mit einer Stimme, die dunkel war wie sie selbst und so kühl, als schlüge eine Scholle eisig gegen mein Ohr:

„Ich möchte danke sagen für die Arbeit, die du dir gemacht hast. Danke auch für den Brief. Zum Austausch will ich dir etwas Wertvolles zeigen. Konzentration."

Ihre Finger lagen auf dem Lenkrad. Schlanke, harte Finger.

~

„Die Dinge, die du da geschrieben hast, Siren, sind wirklich nicht gerade publikumsfreundlich. Das Ganze würde Enttäuschung hervorrufen. Dessen bist du dir doch bewußt? Was ist es eigentlich: Prosa, Lyrik? Es gibt keine Handlung, keine Pointe, und wer spricht denn da? Das sind zwar viele Stimmen, aber wer sind sie? Das ist schwierig zu fassen. Das ist ohne logischen oder sagen wir ohne den gewohnten Zusammenhang. Stellenweise könnte man den Text sogar als häßlich bezeichnen. Aber er ist gut."

„Chris, was meinst du: Ist es nicht die Häßlichkeit, die uns voranbringt? Man könnte sogar Schönheit dazu sagen. Beide Dinge sind eigentlich dasselbe."

Es ist verrückt, wirklich, aber es gibt Momente, wo eine Erkenntnis plötzlich das gesamte Leben durchfährt wie ein Blitz: gleißend hell und schneidend. So etwas passierte gerade. Ich verstand ganz plötzlich, was sie sagen wollte, und es zerschnitt mich wie ein Messer, so daß ich sie unterbrechen mußte:

„Und das Hübsche ist es, was uns stagnieren läßt, nicht wahr?"

Ihr Kopf ruckte in meine Richtung, denn sie hatte während des Erzählens aus dem Fenster gesehen. Jetzt aber blickte sie mir in die Augen. Diese Aufmerksamkeit machte mich froh. Und langsam erstaunte es mich auch nicht mehr, daß das Interesse dieser Frau mich froh machte. Ich habe dieses Gefühl nur bei Menschen, die ich schätze. Ich schätzte sie also bereits, ihre Klugheit, ihre Moral.

„Ja, du hast recht. Hübschheit ist ein ziemlich schlimmes Übel. Es ist etwas, was uns alle irgendwann mal erfaßt wie ein Virus und unsere Gedanken und unser Gefühl verseucht. Hübschheit ist das Maßvolle, das Gefällige, das Schematische. Hübschheit ist Mittelmaß. Und da Mittelmaß niemals aufregend ist, wird Hübschheit uns auch keinesfalls zu Höchsttaten anspornen."

„Und Schönheit ist demzufolge, genau wie Häßlichkeit, das Übermäßige, das Ungleichmäßige, das, was uns im Sinn bleibt, weil es anders ist, als wir es gewohnt sind?"

„Sie sind Zwillinge, ganz ähnlich und doch ganz unterschiedlich. Beide schrecken uns auf. Denn wenn wir etwas bemerken, dann müssen wir aufgeschreckt sein aus unseren ewig sich gleichenden Gedanken. Man kann nur etwas bemerken, was besonders ist, und ‚besonders' heißt ‚nicht mittelmäßig'. Hübschheit fällt uns nicht sonderlich auf. Wir sehnen uns aber danach, weil wir uns von Harmonie angezogen fühlen, weil wir das Gleichmäßige lieben, weil wir darin versinken wollen."

„Aber wenn wir darin versunken sind, dann schrecken wir eines Tages vielleicht wirklich auf und tun etwas sehr Schönes oder etwas sehr Häßliches, weil wir es einfach nicht mehr aushalten vor mittelmäßigem, harmonischem Glück."

„Häßlichkeit und Schönheit sind dasselbe, weil sie dieselbe Wirkung haben. Nur wir selbst waren es, die diesem Phänomen zwei verschiedene Namen gegeben haben. Ich werde diesen Roman schreiben. Er wird *Die heimgesuchte Frau* heißen und wird, der Hübschheit willen und um gedruckt werden zu können, eine Handlung haben und verständlich sein, aber ich werde Textstellen aus *Heimsuchung* einfügen."

„Das Häßliche ist schön, weil es uns produktiv macht."

Ich sprach leise.

Siren Skalitz beugte sich über den Tisch und legte ganz leicht ihre Hand auf meine Finger, die noch immer auf ihrem Manuskript ruhten. Ich nahm die Berührung hin.

Meine Gedanken gingen zu Clarissa, der schönen, der aufschreckenden Clarissa. Als wir noch in Magdeburg lebten, so ganz leidenschaftslos, da war ich zufrieden gewesen, obwohl ich ahnte, daß das eigentlich nicht alles sein konnte. Ich bin mir plötzlich sicher, daß ich nur nach dem Harmonischen gesucht habe, daß ich so müde war von den Jahren vorher bei *Insider* und in Berlin, daß ich vollgestopft war mit schönen und häßlichen Erlebnissen, vollgestopft mit dem Übermäßigen, das mir tagtäglich allzuviel Energie abverlangt hatte. Es war Zeit gewesen für einen Ausgleich. Und ich war Clarissa begegnet und habe in ihr nur das Ruhige und Hübsche gesehen, das Harmonische eben. Ich wollte meine Spannung und meine Nervosität verlieren und habe absichtlich alles an ihr übersehen, was schön war oder häßlich. Ich habe nur das Hübsche gesehen und bin darin versunken, ein ganzes Jahr lang.

Verdammt! Ich hatte ihr allein die Schuld gegeben für all die Unmäßigkeiten, die folgten, als wir schließlich in Berlin lebten. Denn sie war es doch gewesen, die unmäßig lebte und mich provozierte, oder? Sie hatte doch ständig Affären? Aber vielleicht hatte es dieselbe Unmäßigkeit ja auch vorher gegeben, und ich habe sie nur nicht gesehen, weil ich so erpicht auf Ruhe und Harmonie war? Vielleicht lag es nicht an ihr, sondern an mir? Vielleicht war es einfach mal wieder Zeit für einen Wechsel gewesen: fort mit dem fetten Glück und her mit der scharfkantigen, süßschmeckenden Unsicherheit? Weg also mit der hübschen Lauheit in unserer Beziehung und statt dessen her mit einer häßlich-schönen Rastlosigkeit?

Die Dinge müssen in Balance sein, und vielleicht war es niemandes Fehler, daß unsere Beziehung sich so unglaublich verändert hatte. Vielleicht mußte sie das ja, um in Balance zu bleiben. Und vielleicht hatten wir nur verpaßt, wieder auf das Harmonische zurückzugreifen, als die Zeit dafür gekommen war?

Das Verrückte, das Übermäßige war es gewesen, was unsere Beziehung damals vor dem zufriedenen Tod gerettet hat. Ich habe Clarissas Hingabe bis zum Blut ausgeschöpft und damit auch meine eigene Aggression verbraucht, aber ich habe mehr geschöpft, als nötig war. Wir haben die Dinge aus der Balance gebracht.

Trotzdem habe ich der Zufriedenheit von da an mißtraut.

~

Ich sitze an meinem Schreibtisch. Der Gong, der die erste Stunde nach Mitternacht verraten hat, hallt mir noch in den Ohren. Die

Sommernacht quillt schwül durch die geöffneten Fenster, und zum ersten Mal seit langer Zeit fällt mir auf, daß etwas in dieser Luft fehlt. Ich erlausche die Geräusche dieser Nacht und vermisse plötzlich das Zirpen der Grillen, das kätzische Kampfgeschrei und das langgezogene Quaken der Frösche, Nachtgeräusche, die Chris und mich in Rotau jeden Sommer bis in den Schlaf begleitet haben.

Das neue Glas Wein wirft ebenfalls einen langen rubinroten Schatten. Rubinrot sind meine Gedanken. Rubinrot und nicht mehr dunkel. Dunkel ist alles Häßliche, aber Häßlichkeit scheint es nicht zu geben. Häßlichkeit ist ein Abstraktum, auf das wir einander aufmerksam machen. Weil es anders ist, als wir sind.

Vor mir liegt ein Romanmanuskript.

Die heimgesuchte Frau.

Gestern, nach dieser verrückten Nacht, hat Siren es mir gegeben. Ich lese das Vorwort:

ich kenne einen tanz, den niemand kennt, nur ich. den tanz tanz ich mit mir allein, mit mir allein, den tanz. ich führ den tanz, der tanz führt mich. mein partner ist der tanz. er setzt die schritte, beugt mich, hebt mich, lenkt mich, dreht mich, applaudiert. einen partner kenn ich nicht. mein partner ist der tanz. in mir ist der tanz. im blut, im ohr, im aug, in mir. mein atem ist er und mein schrei. der tanz.

ich weiß ein buch, das niemand weiß, nur ich. ich weiß ein buch. das buch les ich mit mir allein, mit mir allein, das buch. ich sag „das buch“, das buch sagt „ich“. mein spiegel ist das buch. es fängt die augen, greift mich, neckt mich, schreckt mich, weckt mich, reflektiert. einen spiegel weiß ich nicht. mein spiegel ist das buch. mit mir ist das buch. mit wehr, mit wort, mit schlag, mit mir. mein sehnen ist es und mein schmerz. das buch.

ich bin fuß für den tanz. ich bin aug für das buch. ich gehorche der hand, die mich zwingt. die mich zwingt, die mich zwängt, die mich drängt, die mich lenkt. ich verfolge das band, das mich fängt. meine lust, meine gier ist der tanz, der nicht stirbt, denn er stirbt nur gemeinsam mit mir. mein begehr, mein verzehr ist das buch, das mich lehrt, was ich bin, was ich wär und entbehr. ich gehöre nur mir, mir gehör ich allein. ich bin tanz und bin partner zugleich. in dem buch les ich stumm, schlag die seiten herum, und das buch schlägt zurück und entweicht. ich verwandle zu schrift, und ich wachse zu wort, und das buch hebt mich fort und liest mich. ich bin buch, ich bin tanz. ich bin hand, die mich lenkt, und ich suche des geistes gesicht. ich verführe den geist, seinen namen zu schreien, und sein wort ist ein hallendes ICH.

Ein eigenartiges Vorwort. Es regt an zum Lautlesen, zum Summen, zum Stampfen. Normalerweise überlese ich Vorworte immer. Sie sind so langweilig. Das hier ist schön.

Im Sommer damals vor zwei Jahren war es, wo ich nur noch Häßlichkeit gesehen habe. Der Sommer in Berlin.

Etwas veränderte sich.

Leise. Schleichend. Stetig.

Chris schien mich irgendwann einfach nicht mehr zu bemerken. Sie arbeitete während der Woche in Magdeburg, wir sahen uns also nur an den Wochenenden, und ich hatte den Eindruck, daß sie nur noch für ihren Job lebte, für ihre Karriere, nur noch für sich selbst. Chris war wie ein Fels. Scharfkantig, schweigend und unerschütterlich. Wenn ich etwas zu ihr sagte, hörte sie nicht richtig zu, und meine Stimme verhallte ungehört und unbeantwortet. Wenn Chris nach einer Woche in unsere Berliner Wohnung kam, lebte sie so, als ob es mich gar nicht in ihrem Leben gäbe.

Ich war nichts.

Ich hatte keine Stimme, keinen Einfluß, nichts.

Ich hatte keinen Platz mehr in diesem Leben, denn einen Platz zu haben hieße ja, Raum einzunehmen, Aufmerksamkeit zu beanspruchen und Rücksicht und Verantwortung einfordern zu können.

Ich hatte nichts.

Es war nie so, daß Chris mir über den Mund fuhr, daß sie mich bekrittelte oder bevormundete. Das hätte ja auch etwas wie Aufmerksamkeit bedeutet. Chris ließ mich einfach tun, was ich wollte, und wenn sie mal mit mir sprach, dann behandelte sie mich mit einer Zurückhaltung und Kühle, die mir ins Herz schnitt.

Chris kümmerte sich einfach nicht mehr um mich. Nichts demütigte mich stärker als diese Gleichgültigkeit. Nichts verwundete mich mehr, als fortwährend aus ihrem Leben ausgeschlossen zu werden. Alles wäre anders gewesen, wenn ich mir wenigstens hätte sicher sein können, begehrenswert zu sein. Denn wer begehrenswert ist, kann davon ausgehen, zumindest manchmal, nämlich beim Sex, mit Ausschließlichkeit behandelt zu werden. Doch diese Ausschließlichkeit besaß ich ebenfalls nicht mehr.

Eigentlich war genau das das Schlimmste.

Seit ich mich erinnern kann, erlebe ich alles direkt über den Leib. Worte konnten mir körperlich weh tun, freudige Erfahrungen konnten Lust auslösen, ich konnte krank werden an Ungerechtigkeit oder einen Energiekick spüren bei einem Lob. Ich nahm eigentlich alles über meinen Leib wahr.

Und Chris suchte mich nicht mehr. Sie suchte mich nicht mehr als Leib. Sie suchte mich nicht mehr als Lust, die zwischen uns entstehen konnte. Sie lehnte meinen Leib ab.

Machen wir uns doch nichts vor: Als Leib, als erotisches Wesen abgelehnt zu werden, gehört ganz sicher zu den traurigsten Dingen, die einem widerfahren können.

Wenn ich mich Chris näherte in der Absicht, sie zu küssen, zu streicheln oder sie selbst zu Berührungen zu verführen, so hielt sie sich bedeckt, zog Kopf und Hand von mir fort, schob mich zurück und ließ mich einfach mit meiner Sehnsucht allein. Erst dachte ich, es sei ein neues Spiel. Aber Tage und Wochen vergingen auf diese Weise, und nichts geschah.

Erst waren es drei, dann sechs und schließlich acht Wochen.

Irgendwann war es dann soweit, daß jede zufällige Berührung und jeder längere Blick von Chris mich wie ein Schmerz traf. Ein Schmerz, der von meinem Unterleib ausging und der seltsam lustverschwistert war. Etwas in meinem Unterleib zog sich zusammen, wenn sie mir zufällig etwas nahe kam, und mir war, als ob ich mich krümmen müßte.

Wie Schmerz. Wie Schmerz.

Wenn sie an mir vorbeiging, beugte sich mein Körper ihr von allein entgegen. Sie aber ging einfach an mir vorüber und beachtete meinen Leib gar nicht. Er war ihr gleichgültig, mein schöner Leib, als wäre er ihr zuviel, als wäre er ihr lästig, entsetzlich lästig und zur Bürde geworden. Und ich zuckte zusammen bei dieser Zurückweisung, unsichtbar zwar und innerlich, aber ich zuckte zusammen.

Ich konnte nicht mehr.

Ich konnte nicht.

Ich bat sie um ein Gespräch. Selbst diese Bitte schien sie müde zu sein.

Ich hatte ihr dann gegenübergesessen und in ihr abweisendes Gesicht gesehen. Sie öffnete keine Tür zu ihrem Innern. Ich stand draußen und hatte keine Ahnung, warum ich da stand. Sie machte es mir nicht leichter. Keine einladende Geste, nichts. Ich stand draußen, und sie war mir so fremd. Ich fühlte mich nur noch wie eine bloße Bekannte von ihr, nicht wie ihre Geliebte.

Sie war fremd. Fremd.

Ich wußte – keiner unserer Freunde hätte das je vermutet –, aber ich wußte, daß selbst diese Freunde Chris näher waren als ich. Ich war nichts als etwas, das einfach da war.

Nicht mal eine Bekannte war ich, denn der hätte sie sich etwas geöffnet. In dem „Gespräch" sprach nur ich. Als sie da vor mir saß, so kühl, so fern, habe ich nichts stärker gewünscht, als eben diese Kühle aufzuschmelzen und die Ferne zu überbrücken.

Es gelang mir nicht.

Und weil ich innerlich zitterte – zitterte vor Sehnsucht nach ihren Händen, die mich nicht mehr berühren mochten, und nach ihrer Stimme, eine Stimme, die sich früher einmal rauh in meine Ohren geschlängelt hatte und die ich schon zu vergessen im Begriff war, ein Prozeß, der wie ein sich verbreiternder Schnitt fortschritt –, konnte ich alledem nicht mehr standhalten, denn ich war nicht mehr frei für irgend etwas außer diesen ewigen Gedanken an sie und diesem quälenden Schnitt, und so mußte ich dem Ganzen ein Ende bereiten, denn ich erniedrigte mich vor mir selbst, und das war die schlimmste Erniedrigung.

„Ich möchte, daß wir uns trennen, Chris."

Mein Gott! Man konnte diesen Satz sagen. Man konnte sich an Endgültigkeit heranwagen. Aber vielleicht hatte ich das ja nur gekonnt, weil ich gehofft hatte, daß sie irgend etwas tun würde, um diesen Satz zwischen uns ein für allemal zu entfernen. Sie tat jedoch nichts.

Sie sah mich an, so gleichgültig, als hätte ich ihr eben den Vorschlag gemacht, etwas zum Abendessen zu kochen, und als ich dies sah: ihre unveränderte Gleichgültigkeit, da verstand ich endlich, daß ich ihr rein gar nichts mehr bedeuten konnte. Ich mußte ein Niemand für sie sein, wenn ein solcher Satz ihr nicht die kleinste Regung entlockte.

Und weil ich all dies verstand und dann diese heiße Traurigkeit heranrollte und mit ihr das unbezähmbare Verlangen, das mich immer nach unerreichbaren Dingen ergreift, weil ich das erkannte: wie ich selbst mir aus der Hand zu gleiten drohte, drehte ich mich um und ging. Auf der Straße fiel mir die Sommerhitze auf den Kopf, ein bleierner Block, und ich stürzte davon, auf der Suche nach einem schattigen Platz, bevor die pralle Glut mich vollends betäubte.

Chris würde an diesem Abend nach Magdeburg zurückfahren, denn es war ein Sonntag, und erst, nachdem sie bereits abgefahren und die Wohnung leer war, wollte ich zurückkehren.

~

Es war ein eigenartiger Sommer gewesen, damals, vor zwei Jahren. Ein Sommer der Extreme. Der Juli war trocken und stickig. Ich erinnere mich genau an den Staub, der überall aufwirbelte, wohin man den Fuß setzte: auf den Straßen, den welken Rasenflächen, in den Verkehrsmitteln. Nicht nur meine Kehle, mein gesamter Körper war wie ausgedörrt. Selbst literweises Trinken nützte nichts. Meine Luftröhre schien wie mit einer feinen Staubschicht überzogen. Die Wochenenden in Berlin waren wegen der außergewöhnlich hohen Ozonbelastung kaum auszuhalten. Und dann kam dieser plötzliche Umschwung: die Feuchtigkeit, die drückende Schwüle, die so unangenehm wie ein allzu tiefer, allzu feuchter Kuß war. Eine Feuchtigkeit, die mich nicht mehr losließ, sondern tagtäglich begleitete: als feiner Schweißfilm über Haut, Herz und Geist.

Ich hatte damals, in jenem verhängnisvollen Sommer, nie das Gefühl gehabt, Clarissa bewußt zu verletzen. Und doch muß ich es getan haben, denn sie begegnete mir schließlich mit einer Verzweiflung, die mir unverständlich war. Dabei hatte ich gerade in jenem Sommer geglaubt, endlich auf dem richtigen Weg zu sein. Ich hatte mich in meinem Job bis zur Spitze emporgearbeitet, ich gab eine Zeitschrift mit heraus, ich schrieb Artikel für verschiedene Zeitungen und arbeitete nebenbei noch an meinem Buch. Ich war rundherum ausgelastet, und das machte mich zufrieden. Ich fing an, den Erfolg regelrecht anzuziehen. Was ich nicht gewußt habe, aber zu ahnen begann, als mich Clarissa um die Trennung bat, war, daß nicht nur ich allein für diesen Erfolg verantwortlich war. Einen großen Anteil daran hatte Clarissa. Es klingt merkwürdig, aber Clarissa war mir auf der einen Seite so gleichgültig gewesen wie nie zuvor und auf der anderen Seite doch lebenswichtig geworden. Einerseits hatte ich Clarissas Wesen, ihren Charakter, ihre Eigenheiten ad acta gelegt. Ich hatte kein Verlangen mehr gespürt, sie zu verstehen, andererseits jedoch war es absolut wichtig, sie zu Hause zu wissen, sie um mich zu haben. Ich hatte nicht einmal mehr Interesse daran, sie wirklich zu bemerken. Ich redete kaum mit ihr, und ihre Fragen waren mir lästig geworden. Aber es war wichtig, daß Clarissa in der Wohnung war, in ihrem Zimmer, auf der Couch, einfach da eben. Clarissa war so etwas wie ein inneres Ruhebett geworden. Ich schlief nicht mehr mit ihr, ich tauschte mich nicht mehr mit ihr aus, aber der Gedanke, daß es sie für mich gab, der Gedanke, daß sie mich begehrte, war das, was mich stark und ausdauernd machte. Ich brauchte Clarissa zwar überhaupt nicht mehr, weil es nichts gab, was wir teilten, und doch war sie so wichtig wie nichts anderes.

Sie erkannte mich an. Das war es. Anerkennung scheint eine für das Gefühl der Unabhängigkeit entscheidende Reaktion zu sein. Sie ist gekoppelt mit Selbstbehauptung. Indem Clarissa mir Fragen stellte und mich mit Aufmerksamkeit überschüttete, begann ich mich erst zu spüren, mein Ich, mein Inneres, meine Kraft. Clarissa gab mir Anerkennung. Ich aber, ich enthielt ihr genau das vor, was sie mir gab. Und somit scheine ich ihr auch das Gefühl für ihre eigene Kraft, für ihr Ich und ihre Schönheit genommen zu haben. Vielleicht ist es so, daß jedes Ich, um sich und seine ganz eigene Schönheit auch wahrnehmen zu können, immer auf die Reaktion, auf das Bemerken und das Anerkennen von außen angewiesen ist.

Als Clarissa damals um dieses Gespräch gebeten hatte, in dem sie dann die Trennung verlangte, war etwas Merkwürdiges passiert.

Mein Wesen ist logisch und rational. Jede meiner Beziehungen vor Clarissa habe ich in Würde beendet. Wenn ich diejenige war, die die Beziehung beendete, dann hatte ich stets in Ruhe alles erklärt, und wir waren dann ohne Groll auseinandergegangen. Hatte meine Partnerin den Vorschlag gemacht, so habe ich akzeptiert, was sie sagte, denn jedesmal waren die Gründe einleuchtend gewesen. Es gab nie einen Moment, wo ich den Schritt bedauert hätte oder eine meiner ehemaligen Geliebten noch einmal verführen wollte. Es ist seltsam, aber nach der Trennung waren diese Frauen einfach tabu geworden, und es hatte mich nicht ein einziges Mal danach verlangt, dieses Tabu zu durchbrechen.

Als Clarissa aber die Trennung verlangte, da brach irgend etwas in mir entzwei. Ich hörte ihr zu, erstarrt und ungläubig, und dort, wo etwas zerbrochen war, wurde es heiß und heißer, bis ich zu bersten glaubte unter dem Druck dieser Hitze, und ich weiß, wenn ich irgend etwas gesagt hätte, wäre alles anders gekommen, denn ich hätte geweint, ich hätte einfach so vor ihren Augen geweint. Und obwohl das alles hätte verändern können, obwohl Clarissa dann endlich verstanden hätte, daß ich sie liebte, liebte und brauchte, hätte ich nie mehr mit ihr leben können, ohne einen Tropfen Haß in meinen Adern. Denn irgendwie, auf eine versteckte Weise, auf eine Weise, die man vor niemandem zugeben würde, haßt man jeden Menschen, der einen schwach erlebt hat. Ich blieb stark. Ich weiß nicht, wie ich es schaffte, aber ich blieb stark. Keine Regung durchfuhr mein Gesicht, kein Funke Bedauern war mir anzumerken. Ich sagte kein einziges Wort, denn der Festigkeit meiner Stimme mißtraute ich. Dem einzigen, dem ich in diesem verdammten Moment vertraut hatte, war Clarissas Vermögen, Schwäche zuzugeben. Ich vertraute auf ihre immerwährende Ehrlichkeit ihren Gefühlen gegenüber. Und da ich wußte, daß sie sich nach mir verzehrte, vertraute ich darauf, daß dieses Verzehren sie höhlen würde, bis sie reuig zu mir zurückkäme.

Ich selbst hätte niemals zu ihr kommen können. Ich hätte sie niemals bitten können zu bleiben. Ich konnte warten, warten. Sonst nichts.

Neben mir liegt das Manuskript *Die heimgesuchte Frau*, und ich führe die Blätter an die Lippen und dann an die Nase, ich atme ihn tief ein, diesen herrlichen Papiergeruch, und ich versuche noch etwas in dem Geruch zu erspüren, einen Hauch ihrer Haut vielleicht oder etwas anderes. Natürlich rieche ich nichts als Papier. Aber das macht nichts. Ich weiß, wie sie riecht: ihre Haut.

Mir hatte es irgendwie die Sprache verschlagen, als wir so selbstverständlich in dem Auto durch Berlin fuhren. Siren lenkte den Wagen ruhig durch die Nacht, an all den erleuchteten Läden und Kneipen vorbei, und da ich schon immer eine Schwäche dafür hatte, Menschen beim Fahren zu beobachten, betrachtete ich heimlich Sirens Finger, welche das Radio andrehten, Schalter betätigten oder sich kurz durchs Haar fuhren. Ich sah auf die hervortretenden Adern auf der Rückseite ihrer Hände, etwas, das mich schon immer gereizt hat, und als genau diese Hand, die ich gerade so eindringlich musterte, über mich hinweggriff, ohne mich jedoch zu berühren, als diese Hand das Handschuhfach öffnete und eine Zigarettenschachtel hervorholte, geschickt eine Zigarette herausfingerte, sie zwischen die Lippen schob und entzündete, einen Zug davon nahm und mir die Zigarette dann hinhielt, war ich bereits feucht.

Das war absurd, denn nichts war passiert. Siren hatte kein Wort mehr gesagt, seit wir eingestiegen waren. Sie lenkte nur ruhig den Wagen. Als sie mir die Zigarette hinhielt, von der sie selbst erst einen Zug genommen hatte, hob ich den Blick und sah sie das erste Mal kurz an. Und derselbe intensive Blick wie vorher, während der Lesung, lag auf mir, und wieder hatte ich das Gefühl, dieser Blick sei ein Finger, der in mich eindrang, einfach so. Der sich in mich schob, unter meine Sachen erst und dann in meinen Körper. Eine merkwürdige Hitze stieg mir in den Kopf, und ich senkte den Blick schnell wieder.

Ich räusperte mich, um etwas zu sagen. Doch bei meinem ersten Wort bremste sie ohne Vorwarnung, und ihr Kopf ruckte in meine Richtung. In ihrem Gesicht lag so viel Zorn, daß ich erschrocken sofort verstummte.

„Kein einziges Wort, oder ich werfe dich auf der Stelle raus!", zischte sie, und ihre Häßlichkeit umstrahlte sie wie ein Heiligenschein. Ich war so eingeschüchtert von ihrer Wut, daß ich jedes weitere Wort verschluckte. Ihre Augen waren tiefschwarz, und die wilden Brauen verliehen ihr ein so diabolisches Aussehen, daß ich mich wirklich zu fürchten begann. Und doch schlummerte in dieser Furcht eine Lust, die mich verwirrte.

Wir sind einen Kompromiß eingegangen. Siren und ich. Sie wird dieses Buch schreiben, das sie nicht schreiben will, und ich werde dafür sorgen, daß es veröffentlicht wird, weil es erst dann verkäuflich ist. Verdammt!

Als ich ihr Manuskript gelesen hatte, war etwas in mich hineingewachsen, langsam und schmerzhaft, so wie ein Nagel ins Fleisch wächst. Ich wußte, daß der Text gut war. Gut und kunstvoll. Genau so, wie er war, hätte er gedruckt werden müssen. Die Veränderung des Originals zu einem Roman bedeutet sowohl einen Verlust der Prägnanz als auch einen Verlust der Formvollendung von Siren Skalitz' Sprache. Der Text war schon perfekt, so wie er war.

Beim Lesen war mir plötzlich bewußt geworden, wie sehr ich mich selbst bereits vergessen hatte, wie sehr ich mich in meinem Erfolg bei *bizarr* gesonnt und darüber aus den Augen verloren hatte, was ich eigentlich in und von meinem Leben wirklich wollte. Es ist verrückt, aber erst Siren hat mich aufgeschreckt. Ich stelle fest, wie egal es mir bereits geworden war, ob ein Text, den ich zur Veröffentlichung vorschlug, gut war oder schlecht. Ich hatte festgestellt, daß es nur an mir selbst lag, ob ein Text zum Druck angenommen wurde oder nicht. Es lag nicht an seiner Qualität, sondern an mir, meiner Courage, meiner Begeisterung. Ich wußte, daß ich alles durchsetzen konnte, was ich wollte. Das war beunruhigend, aber auch faszinierend. Es bedeutete Macht.

Aber in wessen Dienst stellte ich mich da eigentlich? Stellte ich mich nicht nur in den Dienst meiner eigenen Eitelkeit? Mir wird bewußt, daß ich es verlernt habe, um der Sache willen zu arbeiten, also um der Literatur willen. Ich arbeitete längst nicht mehr für die Literatur, sondern ließ die Literatur, oder was ich auch immer unter diesem Namen zum Druck empfahl, für mich arbeiten. Ich arbeitete tatsächlich nicht mehr aus dem Grund, Literatur zu fördern und neue Autoren zu entdecken, sondern nur mehr für meine eigene Anerkennung. Und obwohl ich fleißig und ambitiös war wie selten zuvor, obwohl ich kaum mehr Zeit für irgend etwas anderes außer den Verlag fand, war ich doch so träge geworden wie nie in meinem Leben. Der Literatur gegenüber war ich träge geworden.

Ich weiß, daß ich einmal den Anspruch hatte, Antworten zu finden, indem ich gute, unverbrauchte Literatur entdeckte und förderte. Ich wollte das Besondere in einem Berg von Alltäglichkeiten aufspüren. Ich wollte Geschwätz und Literatur streng voneinander trennen. Aber je länger ich bei *bizarr* arbeite, je erfolgreicher und publikumswirksamer ich das Verlagsprogramm gestalte, desto mehr verrate ich die Literatur. Ich erwische mich dabei, daß ich Manuskripte beiseite lege, die erfahrungsgemäß nicht den Geschmack eines breiten Publikums treffen. Ich erwische mich dabei, daß ich diese Manuskripte aus meiner Erinnerung und meinem Gewissen verbanne, obwohl gute Stücke darunter sind, Literatur eben.

Was ist nur mit mir geschehen? Ich habe mich selbst aus den Augen verloren und all meine Ziele. Ich habe den süßen, aber faden Geschmack einer Anerkennung gekostet, die nicht meine wirklichen Fähigkeiten betrifft, nämlich Spreu von Weizen zu trennen, sondern nur mein Auge für Dinge, die sich gut verkaufen lassen.

O ja, Siren Skalitz. Du hast recht. Überall wird ein flüchtiges Begehren produziert, und so viele Menschen verlieren deshalb den Geschmack am wirklichen Lesen, an der Konzentration, an der Liebe zu den Worten. Du kannst deine Texte nicht veröffentlichen. Die *Heimsuchung* wird niemand in Druck geben, weil das finanzielle Risiko zu hoch ist. Du hast ja gar keine andere Wahl, als in deinen Büchern auf dieses verdammte flüchtige Begehren zu reagieren.

Und ich, ich selbst gehöre zu denjenigen, die Schuld daran tragen, daß du deine Bücher produzieren mußt, unaufhörlich. Daß du erfolgreicher wirst und reicher und irgendwann vielleicht einmal vergißt, was du wirklich machen wolltest. So wie ich.

Ich habe gelernt, die Literatur hinter meinen Wunsch nach Erfolg und totaler Anerkennung zu stellen. Ich habe sie für eine eigenartige Macht aufgegeben, und niemandem ist das aufgefallen, nur mir allein. Und jetzt kommst du und zeigst mir, wer ich geworden bin, und ich schäme mich vor mir selbst.

~

Sie fuhr ruhig, stetig, und irgendwann wußte ich nicht mehr, wo wir uns befanden. Ich kannte diese Straßen nicht. Wir mußten irgendwo in Kreuzberg sein, nur wo? Mir war nicht klar, was hier geschah. Ich saß in einem Auto neben der berühmt-berüchtigten Siren Skalitz, einer Autorin, die Fragen, Grauen und eine seltsame Lust zurückließ, wo immer sie auch auftauchte. Ich saß hier einen Meter entfernt von dem häßlichsten Geschöpf, das ich je gesehen hatte. Mir gingen tausend Gedanken durch den Kopf, und nervös rauchte ich die Zigarette zu Ende, die sie mir gereicht hatte, strich mir dann mehrmals durchs Haar und über das Kleid und tat plötzlich etwas, das ich seit meiner Kindheit nicht mehr gemacht hatte: Ich kaute an meinen Nägeln. Da streckte sie unerwartet die Hand nach den Fingern in meinem Mund aus, zog sie heraus und blickte mich dabei kurz an. Es sah aus, als ob die ungestüme Augenbraue noch mehr nach oben strebte, während die andere sich zu senken versuchte, was ihrem Gesicht im Spiegel ein beunruhigendes Aussehen verlieh. Sie hielt meine Finger einen Moment in ihren und sagte dann:

„Bis jetzt ist doch noch gar nichts passiert. Kein Grund also, nervös zu sein. Später vielleicht. Im Moment konzentriere dich auf das Jetzt."

Sie gab meine Hand wieder frei. Und als wären ihre Worte magisch, ließ ich meine sich drehenden und windenden Gedanken fahren, sank tiefer in den Sitz, ich fiel einfach hinein, meine Muskeln entspannten sich, und ich begann dieses Jetzt zu erspüren.

Irgend etwas öffnete sich in mir.

Meine Augen wurden größer, die Beine schoben sich wie von selbst ein wenig auseinander, den Mund hielt es nicht mehr in seiner zusammengepreßten Stellung, und selbst die anderen Lippen, die meiner Vulva, schienen sich in einer mir unbegreiflichen Bereitwilligkeit zu öffnen. Ich war ein Tor, das seine Pforten für alles Kommende aufgetan hatte. Sirens Hände lagen auf dem Lenkrad. In der rechten hielt sie eine Zigarette, und als ihr Daumen hin und wieder über den Filter strich, hing mein Blick wie gebannt an diesem Bild.

Da brach plötzlich wieder ihre Stimme zwischen den allzu schmalen Lippen hervor, und beim Sprechen bewegte sich die schattenhafte Narbe zwischen Mundwinkel und Kinn wie ein bedrohliches Tier.

„Wir werden spielen, Clarissa."

Mir war, als würde sich eine Zunge in mein Ohr stoßen. Mir war, als legte sich ein Ring aus Zähnen um meine schon harte Brustspitze. Ich holte tief Luft und ließ sie dann langsam wieder aus mir herausfließen. Es klang wie ein Seufzen.

Ein Seufzen.

„Du wolltest doch spielen, nicht wahr? Das war es doch immer, was du wolltest. Du hast ein Spiel angefangen, als du mir geschrieben hast. Denn du hättest auch anders schreiben können, ohne diese Intensität, ohne diese Überwältigung. Du bist zu meinen Lesungen gekommen, und damit hast du das Spiel fortgeführt. Du hast einen weiteren Zug gemacht, als du die Augen gesenkt hast, sobald ich dich ansah. Du hast ein Spiel begonnen, Clarissa, und jetzt werden wir es zu Ende spielen."

Ich hatte ihr zugehört, schweigend, und nicht mehr darauf geachtet, wohin wir fuhren. Abrupt hielten wir jetzt vor einem schmalen Gebäude, vor einem äußerst schmalen Gebäude, so schmal, daß es aussah, als würde es jeden Moment von den breiten Fronten der Nachbarhäuser zerquetscht werden. Eine Straßenlaterne stand genau vor diesem Haus, und so konnte ich deutlich das sich im Wind hin- und herwiegende Blechschild erkennen, das über der Tür hing wie eine Wetterfahne. Ich warf einen Blick auf die Aufschrift:

Club K.

Ein seltsamer Name für eine Kneipe. Ich hatte noch nie davon gehört.

Siren stieg aus dem Wagen, kam in großen Schritten herum, öffnete meine Tür, griff einfach nach meiner Hand und zog mich heraus. Sie hielt meine Hand fest umklammert, als sie an die Eingangstür pochte.

„Wir werden spielen."

Ich hatte noch immer kein Wort gesagt.

Ein Kratzen im Schlüsselloch schreckte mich aus meinen Gedanken. Mein Blick hing an der Klinke. Sie senkte sich lautlos.

Und dann schwang die Tür auf.

Ich bin so erstaunt über diese Frau. Nur wenige Wochen nach unserem Gespräch liegt mir fast die Hälfte des Manuskripts *Die heimgesuchte Frau* vor. So produktiv kann selbst eine Siren Skalitz nicht sein. Entweder schreibt sie Tag und Nacht, oder aber sie hat bereits eine vorgearbeitete Story irgendwo in einer Schublade liegen, die sie nun nur noch für unsere Zwecke umschreibt. Das Manuskript gefällt mir. Und erstmals seit beinah zwei Jahren bin ich wieder einmal ehrlich stolz auf mich, ich meine innerlich stolz, wirklich stolz und nicht nur befriedigt über ein geglücktes Projekt. Ich habe ein so gutes Gefühl, wenn ich in dem Manuskript lese. Ich erkenne etwas Neues darin, etwas Außergewöhnliches, und ich erkenne, daß ich dabei helfen kann, daß dieses Außerordentliche geboren wird.

Ich habe immer Distanz gewollt. Distanz zu allem: zu Menschen, vor allem zu meinen Mitarbeitern, Distanz zu Situationen, Distanz zu anderer Menschen Emotionen. Ich will es immer noch. Was mir jetzt bewußt wird, ist, daß ich diese Distanz über alles andere gestellt hatte. Ich habe auf andere Menschen herabgesehen, die es nicht vermocht oder nicht gewollt hatten, eine solche Distanz herzustellen. Sie kamen mir schwach vor.

Ich weiß genau, wozu ich Distanz brauche, weshalb sie für mich so notwendig ist. Halte ich Abstand von Menschen, fällt es mir leichter, Kritik zu äußern. Es ist einfacher, Rechte einzufordern. Distanz zu bewahren heißt für mich, meine Verfügbarkeit abzulehnen.

Clarissa war vollkommen anders. Clarissa wurde mit allem, was sie umgab und was in ihrem Leben eine Rolle spielte, buchstäblich eins. Sie tat genau das, was ich absolut ablehnte: Sie identifizierte sich.

Mit den Emotionen anderer Menschen.

Mit Situationen.

Mit ihrer Arbeit.

Vor allem mit ihrer Arbeit. Wenn sie ihre Arbeit von ganzem Herzen liebte, sobald sie also emotional voll und ganz ergriffen war, dann bemerkte sie nicht, wenn diese Arbeit ihre Kräfte überstieg. Sie tat alles, was sie nur konnte für diese Arbeit. Sie verzichtete, wenn es sein mußte, sogar auf Freizeit, Schlaf oder Essen. Sie machte sich absolut unentbehrlich, aber irgendwann schaffte sie es einfach nicht mehr, ihren Einsatz zurückzuschrauben, ihre Energien wieder in sich zu sammeln oder wenigstens einmal Luft zu holen. Und es geschah nach einiger Zeit, daß alles, was sie täglich immer wieder neu bewältigte, und ohne daß ihre Mitarbeiter die Menge an Arbeit, die dahintersteckte, irgendwie erahnen konnten, es geschah allzu häufig, daß diese Dinge plötzlich als selbstverständlich angesehen wurden, daß all die Anerkennung versiegte, die man ihr anfangs gezollt hatte, denn man hatte vergessen, wofür man Clarissa lobte, weil Dinge, die immer da sind, irgendwann einfach nicht mehr auffallen, so also auch Clarissas übermäßiger Eifer. Doch anstatt einmal anzuhalten und zu zeigen, daß ihr Fehlen eine Lücke bedeuten würde, erkannte Clarissa nur Kritik und Tadel in der fehlenden Aufmerksamkeit und mobilisierte alle Kräfte, um noch mehr zu tun, noch fleißiger zu arbeiten, noch selbstloser zu werden. Es war verrückt. Und dann passierte es in vorhersagbarer Regelmäßigkeit, daß Clarissa einfach zusammenbrach oder aber daß ihr gar nichts weiter übrigblieb, als von ihrer Arbeitsstelle mit fliegenden Fahnen zu fliehen. Ohne sich umzusehen. Ohne sich zu verabschieden.

Clarissa konnte sich nur ganz geben. Oder gar nicht.

Ich habe sie nie verstanden. Ich habe oft mit ihr darüber geredet, habe ihr geraten, egoistischer zu sein, sich selbst nicht aus den Augen zu verlieren, nicht nur zu sehen, was andere von ihr wollten. Aber sie hat mich jedes Mal nur angesehen und gesagt:

„Du verstehst mich nicht. Das ist es doch, was ich will, Chris. Genau das. Das Schönste, was mir passieren kann, wäre an der Sache zu sterben, für die ich lebe."

Clarissa lebte für so vieles.

~

Um ehrlich zu sein, hatte ich eine richtige Spelunke erwartet. Einen verrauchten Schankraum, finstere Gestalten am Tresen, unheilschwangere Atmosphäre.

Nichts von dem traf zu. Der junge Mann, der uns die Tür geöffnet hatte, war lässig in helle Jeans und ein T-Shirt gekleidet. Kein bedrohlicher Typ also, wie ich gedacht hatte. Ich sah ihm in die Augen, in das intensivste Blau, das man sich vorstellen kann. Einen Moment lang war ich sicher, es müßten Kontaktlinsen sein. Vielleicht aber leuchteten die Augen nur deshalb so, weil das Licht der Straßenlaterne genau darauf fiel.

Als er Siren erkannte, verzogen sich seine sinnlichen Lippen zu einem breiten Lächeln, das eine strahlend weiße Zahnreihe entblößte. Sein Haar war kurz und dessen Farbe ein Gemisch aus hellen, schwarzen und roten Strähnchen. Er sah aus wie ein Teufel, denn keine einzige dieser Farben paßte zu der seiner Augen. Und doch hätte jede andere Haarfarbe an ihm einfach nur fad gewirkt. Hose und T-Shirt lagen unverschämt eng an seinem Körper und betonten sein knabenhaftes Aussehen. Alles an ihm war schlank und sehnig. Seine Bewegungen waren geschmeidig. Er sah schlicht unglaublich gut aus.

Er begrüßte Siren mit einem Kuß auf den Mund, und fasziniert sah ich zu, wie ihre Zungen einander streichelten und umschlängelten und sich dann beinah zögernd wieder voneinander lösten.

Dann wandte er sich zu mir und sah mich an, mit diesem Lächeln auf den Lippen, ein Lächeln, das, noch rot vom Kuß, wie eine Blüte war. Einen Moment lang glaubte ich, in seinen Augen zu versinken. Einen Moment lang war ich sicher, er würde mich ebenfalls küssen. Einen Moment lang schloß ich schon die Augen und öffnete die Lippen ganz sanft, um seine Zunge zu empfangen, doch er hatte sich nur zu mir hinuntergebeugt, um mein Gesicht genauer zu betrachten, und dann sah er wieder hoch, und zu Siren gewandt sagte er:

„Faszinierend."

Ich sah ihn an, still und wie versunken im Blau seiner Augen und in dem Verrückenden seiner gesamten Erscheinung, als ich plötzlich wieder Sirens Hand spürte, die immer noch meine hielt. Sie drehte sie herum und strich mit dem Daumen über meine Handinnenfläche. Ein Schauer lief mir durch den gesamten Körper.

Siren beobachtete mich von der Seite. Wenn sie häßlich wie die Nacht war, so war er strahlend schön wie die Sonne.

Siren und der Mann blickten sich an. Sie tauschten einen merkwürdigen, langen Blick und sahen daraufhin auf mich, und mir wurde schwindelig unter den schwarzen und den blauen Augen.

Er hielt die Tür auf, und wir traten ein. Zuerst dachte ich, es herrschte totale Dunkelheit da drinnen. Nur ein paar Lichtpünktchen flimmerten hin und her. Schatten regten sich. Doch als sich meine Augen an das Dunkel gewöhnt hatten, wurden die Pünktchen zu Kerzenflammen und die Schatten zu Gestalten, die an Tischen saßen. Er führte uns durch den Raum, an den Tischen vorbei, und die Blicke der schattenhaften Gestalten folgten uns. Siren lächelte und nickte mal in die eine, mal in die andere Richtung. Sie schien hier wie zu Hause zu sein.

Am Ende des Schankraums befand sich eine niedrige Tür. Wir gingen hindurch und betraten einen winzigen Raum. Ein Kandelaber an der Wand spendete merkwürdiges Licht. Die Flammen flackerten, als würden sie unaufhörlich von einem Windzug berührt, und warfen einen huschenden Schattentanz an die Wand. In der Mitte des Raums stand ein niedriger, ovaler Tisch, darauf eine weitere Kerze, und an Kopf- und Fußseite je ein Stuhl. Der Mann führte uns dorthin, und Siren, die immer noch meine Hand fest umschlossen hielt, blieb vor einem der Stühle stehen. Gehorsam nahm ich Platz. Sie ging um den Tisch herum und setzte sich mir gegenüber. Der Mann verschwand, und nur Sekunden später erschien er wieder mit einer weingefüllten Karaffe und zwei langstieligen Kristallgläsern.

Siren lächelte ihm zu. Ich hatte erwartet, daß er uns einschenken würde, aber er stellte nur Karaffe und Gläser auf den Tisch und verschwand lautlos. Beim Hinausgehen zog er einen Vorhang aus schwerem Samt vor die Tür, der unseren Raum nun völlig verschloß.

Alles war still. Ich vernahm nichts mehr als das Blut in meinen Ohren.

„Erotik …", begann Siren und hob die Karaffe gegen die Flamme. Der Wein funkelte und warf einen blutroten Schatten auf ihre Hände.

„… ist das, was unsere Gedanken machen. Erotik sind Assoziationen."

Ich wollte etwas darauf erwidern und hob schon zum Sprechen an, als ihr Blick sofort zu mir hinschoß und mich mit kaum verhohlener Aggressivität bedachte. Augenblicklich verschluckte ich all meine Worte.

„Heute abend werde ich nur fordern. Meine einzige und letzte Bitte teile dir ich jetzt mit, Clarissa: Schweig! Sag kein einziges Wort. Du wirst heute nacht, was auch passiert, so still sein wie der Wein …"

Sie goß das Rot in mein Glas, und das, was sich weich in das gewölbte Kristall schmiegte, kam mir nicht mehr vor wie Wein, sondern wie etwas Dickflüssiges, etwas Lebendiges, wie der Saft einer fleischigen Blüte vielleicht.

„… stumm wie dieser Wein, und doch wirst du mit mir reden, Clarissa. Aber anders, als du denkst. Deine Worte werden ein roter Schatten sein, und deine Stimme wird duften von Aroma und Purpur."

~

Der Roman liegt vor mir. Siren hat mir verraten, daß sie tatsächlich eine alte Story verwendet hatte. So schnell hätte auch kein Mensch schreiben können. Ich lese immer wieder die Textstellen, die sie aus dem Manuskript *Heimsuchung* mit eingefügt hat.

Es stimmt: Dieses Buch ist ein Kompromiß.

Es ist ein Kompromiß.

Vorher bin ich niemals einen Kompromiß eingegangen.

Es gibt da eine Wunde in mir, von der ich bis jetzt nichts gewußt habe. Sie blüht nach innen, und jetzt erst weiß ich um ihr Vorhandensein. Es ist eine rote Blüte, die sich entblättert und vibriert – im Herzton einer Disharmonie.

Als ich auf Clarissas Reaktion nach der Trennung wartete, weil ich mir ihrer Reue sicher war, als ich sie ausharren ließ, den ganzen restlichen Sommer lang, anstatt selbst zu ihr zu gehen, als ich ihr nichts erlaubte als den demütigenden Schritt zurück, da habe ich eine Wunde geschlagen. In ihr und in mir.

Ich habe es verpaßt, einen Kompromiß einzugehen. Ich hätte diejenige sein müssen, die kam. Ich allein. Nicht sie.

Ich suche die Stelle, an der meine Wunde sitzt, denn mir ist, als müßte ich sie lecken, als würde da etwas leise bluten, immer noch und schon so lange, doch ich finde die Wunde nicht, denn sie ist in mir, ganz tief innen.

~

Sie hob ihr Glas, und ich hob meines.

Ich sah sie an, als sie das Kristall an die Lippen führte. Ich lächelte. O ja, ich würde spielen. Ich würde schweigen. Aber mein Blick war ungebrochen und klar, seitdem sie „Schweig!“ gesagt hatte. Ich spürte etwas in mir wachsen, von dem ich geglaubt hatte, daß es längst gestorben war.

Stolz.

Ich spürte sie wachsen, diese herrliche, glasklare, eiskalte Emotion. Die schönste, die es gab. Eine Emotion, die mit Demut gepaart eine Sensation ergab, eine Größe, die mit nichts zu überbieten war. Ich würde schweigen, und ich würde spielen. Ich würde diesen Abend erleben und durchleben. Mit Stolz.

Was dann geschah, erschien mir als der absurdeste Moment in meinem Leben.

Sie griff in die Tasche ihres Mantels, den sie über die Lehne des Sessels gehängt hatte, und zog ein Kartenspiel hervor.

Ein Kartenspiel!

„Spielen“, sagte sie lächelnd.

Ich öffnete den Mund.

Spielen. Ein Kartenspiel.

Ich schloß den Mund wieder und hörte genau zu, was sie mir sagte. Sie erklärte die Regeln des Spiels.

Ich lese die letzte Seite des Manuskripts, und ich weiß, daß ich wieder betroffen sein werde, wenn ich den ganzen Roman beendet habe. Die letzte Seite thematisiert eine mißglückte Kommunikation. Ich bin jedesmal bestürzt. Es geht um die Unfähigkeit, miteinander zu reden:

Ein Ton zerkreischt das Wort.

Ein hoher, schleifender Ton.

Sie wetzen ihre Zungen.

Sie wetzen die Zungen in der Pause von Wort zu Wort. Am Schleifstein des wundgewordenen Egos wetzen sie sich die Zungen spitz. Sie trachten nach spitzen Zungen. Sie sinnen nach Spitzzüngigkeit. Sie schleifen die Zungen blank von Wärme. Spitz werden sie, scharf und glatt – Zungen, die alles durchdringen und nichts mehr binden.

Ein sandiges Scheuern wird hörbar, wenn der Schleifstein schweigt.

Sie schärfen ihren Blick.

Sie schärfen die Sicht mit Sand, den sie ins Auge werfen und reiben, bis es klargeschliffen und scharf ist und der Blick eisglatt. Sie reiben die Sicht frei vom warmen Ton, bis alles geglättet ist und fort, was fremd war. Und ihr Auge, scharf nun wie das eines Adlers, sieht das Ego allein, am Horizont.

Ein spukhaftes Rascheln ertönt, wenn das Scheuern des Sandes verstummt und der Schleifstein schweigt.

Späne fallen. Sie trudeln zu Boden und rascheln.

Sie spitzen ihre Ohren.

Sie spitzen die Ohren am Wort der andern. Am scharfzüngigen Wort der andern spitzt sich das Ohr zum Kegel, und Späne fallen dabei. Das Wort der andern wird Hobel, und wie ein Trichter spitzt sich das Ohr. Sie hobeln die Öffnung eng, und nur dünne Worte finden hinein.

Ist der Hobel still, und der Augensand schläft, und der Schleifstein bleibt stumm und tot, naht ein Quietschen. Das sind die sich senkenden Schranken. Rost stöhnt uralt in den Angeln.

Sie verschränken ihre Arme.

Sie verschränken die Arme vor der Brust, um sich zu schützen vor dem nahenden Zug. Dem Zug im Gesicht der andern. Dem weichen, weichen Gesichtszug, der den Stein begräbt und den Sand und den spukhaften Hobel auch. Sie halten die Armschranken vor der Brust, und der Zug fährt vorüber und rührt sie nicht.

Hebt die Schranke sich, und das Quietschen verstummt, kreischt ein hoher Ton in das Wort.

Ein hoher, schleifender Ton.

Ich taste über meinen Körper, um die Wunde zu finden, die immer noch blüht.

Clarissa. Meine Wunde.

Ich vermisse sie. Wieso nur ist mir nie aufgefallen, daß wir uns so ähnlich waren? Ich habe nur unsere Unvereinbarkeit gekannt. Dabei waren wir einander so ähnlich im Mißverstehen. So ähnlich in unserem Ich-Anspruch. So ähnlich im Häßlich-Sein zueinander.

Wieso habe ich nicht erkannt, daß darin eine Möglichkeit gelegen hätte, sich aufeinander einzulassen und verstehen zu lernen? Wieso habe ich all ihre Zeichen nicht verstanden, all ihre kleinen Hilferufe, all ihre nonverbalen Bitten? Wieso war ich so sicher gewesen, daß nur das Bedeutung hätte, was sie auch aussprach? Als ob es die wortlose Sprache nicht gäbe!

Clarissa hat mit mir gesprochen. Ich habe sie nur nicht gehört, weil ich ihre Sprache nie gelernt habe. Sie kommunizierte mit Zeichen. Ich tat das mit Worten. Ich habe versucht, sie zu erreichen, wie ich selbst erreicht werden wollte: mit Logik, mit Gründen, mit Ratio. Clarissa hat kein Wort verstanden.

Mißglückte Kommunikation.

Und die Schuld liegt bei uns beiden, weil wir uns nicht aufeinander konzentriert haben.

Siren teilte die Karten aus. Zwei Stapel. Einer lag vor ihr, einer vor mir. Ich nahm die Karten nicht auf, denn bei diesem Spiel durfte man sie nicht sehen.

Es war ein so einfaches Spiel. Das einfachste, das ich kannte.

Leben und Tod.

Es ging nicht um Geld. Es ging nicht um Punkte. Es ging um Leben und Tod. So einfach war das. Eine Acht schlägt eine Sieben. Ein Aß schlägt einen König. Die einfachsten Regeln der Welt. Die stärkere Karte schlägt die schwächere. Was in aller Welt sollte das bringen?

Es gab drei Regeln, die neu waren:

Vollkommene Wortlosigkeit.

Langsamkeit.

Absolute Konzentration.

Ich hob die erste Karte an. Eine Zehn. Ruhig legte Siren ihre Karte daneben. Eine Acht. Schnell griff ich nach beiden Karten und legte sie neben meinen Stapel. Als ich sie dort abgelegt hatte, griff Siren über den Tisch nach meiner Hand und sah mich tadelnd an. Sie hob zwei Finger in die Höhe. Verdammt! Ich war zu hektisch gewesen. Ich hatte gegen die zweite Regel verstoßen: Langsamkeit.

Wer gegen die Regeln verstieß, mußte das Blatt abgeben. Ich schob ihr die beiden Karten zu. Meine nächste Karte war der Karo Bube. Siren griff nach ihrer obersten Karte und legte sie daneben. Kreuz Dame. Sie ließ den Stich einen Augenblick wirken und nahm die Augen nicht von mir, als sie die Karten dann langsam zu sich heranzog. Ihre nächste Karte war eine Kreuz Zehn.

Langsam gewöhnte ich mich an die Stille, die das Spiel begleitete, und die Besonnenheit, die alles zu durchdringen begann. Das war kein Phlegma. In dieser Gelassenheit, der Langsamkeit, der anscheinenden Passivität lag etwas verwirrend Erregendes. Ich legte meine Karte neben ihre. Herz Zehn. Die Zehnen lagen genau nebeneinander. Rot neben Schwarz. Herz neben Kreuz. Rundungen neben Ecken.

Stechen.

Siren tat erst einmal gar nichts. Sie sah auf die Karten, dann auf mich, dann hob sie ihr Glas, und ihre Bewegung war die Einladung, dasselbe zu tun. Ich griff nach meinem Glas und hob es ihr am Stiel entgegen. Als das Kristall zusammenstieß, schien der helle Klang sich mit einem Klingen in meinem Körper zu vereinen, ein Klingen, das durch meine Adern flimmerte wie Elektrizität.

Sie trank einen Schluck, und dann griff sie nach ihrer obersten Karte und legte sie verdeckt auf die Zehn. Ich tat dasselbe. Das Ganze ähnelte einem stillen Gefecht. Sirens nächste Karte, die Stichkarte, war ein König. Meine war ein Aß. Der Stich gehörte mir.

Gerade als ich die Karten ganz ruhig zu mir heranziehen wollte, trat der junge Mann in den Raum. Er trug nichts in der Hand. Er brachte uns nichts. Er kam nur in den Raum, lautlos, als liefe er auf Samt, ein sanftes, teuflisches Tier, und trat hinter mich. Ganz unerwartet reagierten meine Lenden auf seine Anwesenheit. Er war mir zu nahe. Er stand direkt hinter der Lehne meines Stuhls. Ich spürte seinen Leib dicht an meinem Kopf, und seine Wärme schien auf mich abzustrahlen. Irgendwie wurde ich schwach. Ich weiß nicht, warum diese beiden Menschen einen solchen Einfluß auf mich hatten. Ihre Wirkung war erschreckend. Siren löste dieselbe Reaktion aus wie dieser Mann. Sie war vor mir, er hinter mir. Und die Stille waren zwei Hände, die sich auf meine Brüste legten und vibrierten. Meine Glieder erschienen mir weich und biegsam. Ich war froh zu sitzen. Siren sah mir unterdessen genau in die Augen. Sie schien zu wissen, was in mir vorging, und ihr merkwürdiges Lächeln verstärkte meine eigenartige Erregung. Der Mann stand so nahe bei mir, daß ich am liebsten meinen Kopf nach hinten fallengelassen hätte, um mich gegen ihn zu lehnen. Um aufgefangen zu werden von seiner Haut, seiner Hand, seinem Schoß.

Ich tat es nicht.

Ich drehte mich auch nicht um, denn ganz plötzlich war mir klar, daß Umdrehen ohne Zweifel verboten, daß dies eine der unausgesprochenen Regeln war. So erwiderte ich nur Sirens Blick. Ihre Augen und der Zug um ihren Mund schienen meinen Gedanken zu bestätigen.

Warum er hinter mir stand, wurde mir klar, als ich mein Glas Wein geleert hatte und seine Hand hinter meinem Rücken auftauchte und mir neu einschenkte. Er kam mir dabei so nah, daß ich das Deo riechen konnte, das er benutzte, eine herbe Mischung aus Sommer und Nacht. Anscheinend stand er zu nichts weiter da, als uns einzuschenken, zu beobachten, wann wir irgend etwas benötigten. Er war stumm wie wir. Und trotz der Stille – oder gerade deswegen? – hatten seine Anwesenheit und die außergewöhnliche Nähe eine beunruhigend intensive Wirkung auf mich.

Als ich nach einer Weile immer noch nichts tat, als meiner Empfindung, ihn im Rücken und Siren direkt vor mir zu haben, nachzuspüren, als ich immer noch nicht den gewonnenen Stich einzog und neben mich legte, um das Spiel fortzuführen, hob Siren plötzlich drei Finger. Verdammt! Ich war nicht aufmerksam genug. Die dritte Regel hieß Konzentration, und ganz offensichtlich ließ ich mich nur allzu leicht von der Anwesenheit des Mannes ablenken. Siren schob ihre Hand über den Stich und zog ihn zu sich hinüber. Ihr Mund war ein Strich, unbeweglich, eine häßliche Narbe, immerwährend, unvergänglich, als wollte sie an etwas lange Verlorenes erinnern. Ein Mund wie eine bleibende Verwundung. Darüber der Schatten, den die Kerze warf, dunkel und riesig, eine Spinne, die ihr Netz über die gesamte Wange geworfen hatte.

Ich hatte bis jetzt nur verloren. Und ich wußte noch nicht einmal, worin der Gewinn bestand. Ich würde von nun an besser aufpassen.

Ich zog die oberste Karte von meinem Stapel und legte sie ab.

Die Herz Dame.

Wieso ging mein Herz plötzlich so schnell?

Ich sah mit großen Augen auf die Karte, und plötzlich wußte ich, daß dies die wichtigste Karte im Spiel war. Es gab zwar keine Regel, die das besagte, aber ich wußte es: Die Herz Dame war die wichtigste Karte überhaupt! Ich sah zu Siren. Sie lächelte mir wieder zu, aber es war dieses schiefe Lächeln, das nicht anmutig und liebenswert war, sondern das ihre Züge noch mehr entstellte, weil es darin herumkroch wie ein wildes Tier. Sie hob ihre Karte auf, sah nicht hin, als sie diese über meine Dame legte, es war ein

Kreuz Aß, und bevor dieses Aß meine Dame völlig bedeckte, strich ihr Daumen darüber hinweg: über den Leib, das Gesicht und das Haar meiner Herz Dame. Ich wurde nervös. Dann lag das Aß darüber, und ich ahnte, daß ich diesen verlorenen Stich mit nichts wieder gutmachen konnte. Siren griff nach den beiden übereinanderliegenden Karten, und als sie sie zu sich heranzog, war mir, als zöge sie auch das Blut aus meinen Wangen. Ich hatte verloren, das ahnte ich, obwohl das Spiel noch nicht beendet war. Ich hatte verloren. Ich ließ meinen Kopf nach hinten sinken. Sirens Lächeln vertiefte sich.

Mein Kopf stieß gegen seinen Bauch. Ich wollte zwar gleich wieder nach vorn zucken, aber da hatte er schon die Hände auf meine Schultern gelegt und hielt mich in meiner Stellung fixiert. Siren sah ihn liebevoll an, und diese Regung auf ihrem Gesicht tat mir fast weh. Dann griff sie wieder nach ihren Karten und hob die oberste ab. Eine Pik Sieben. So wie ich war, mit dem Kopf gegen den Leib des Mannes gelehnt, griff ich nach meinem Stapel und legte eine Pik Zehn daneben. Gerade wollte ich diesen ersten gewonnenen Stich einziehen, als Siren sich ins Haar griff. Gleich darauf fühlte ich seine Hand im Haar, Finger, die über meine Kopfhaut strichen wie eingezogene Krallen. Ein Schauer lief unter meinem Haar entlang. Die andere Hand hielt meinen Kopf weiterhin an seinen Leib gedrückt. Siren beobachtete mich und hob ihr Glas an die Lippen. Seine Hand folgte dem Beispiel und wanderte über meine Wange auf meine Lippen zu. Er hielt mich fest. Ich kam nicht frei.

Er hatte so schöne Hände, schlank und feingliedrig. Künstlerhände. Die Berührung war zart, aber unter Sirens Beobachtung wurde sie unerträglich. Ihr Blick glitt über mein Gesicht, als versuchte sie, jede Regung darin einzufangen. Nachdem sie getrunken hatte und seine Finger dabei sanft über meinen Mund und in die Mundwinkel geglitten waren, zuckte plötzlich ihre Zunge hervor und leckte über die Lippen, und seine Finger teilten im selben Moment meine Lippen und glitten hinein, und ich schloß die Augen und saugte daran.

Da aber hörte ich einen Laut, einen unwilligen Laut, aus Sirens Richtung, und ich wußte sofort, daß ich die Augen nicht schließen durfte, daß ich sie ansehen sollte und mußte, immer und immer und bis zum letzten Augenblick. Seine Finger verließen meinen Mund.

Wieder hob Siren drei Finger. Wieder hatte ich mich nicht genug auf das Kartenspiel konzentriert. Wieder zog sie meinen Stich zu sich heran.

Meine nächste Karte war eine Dame. Siren deckte ebenfalls eine Dame auf. Die Damen lagen nebeneinander, und als Siren ihre verdeckte Karte hinzufügte, legte sich ihr Finger auf die Büste meiner Dame. Da glitten seine Hände nach vorn und von oben in mein Dekolleté hinein und senkten sich auf meine Brüste. Siren sah mich an, während sie die Bewegungen seiner Hände mit ihren kreisenden Fingern auf der Spielkarte dirigierte. Die Finger – waren es seine oder ihre? Ich konnte es nicht mehr unterscheiden, denn mein Blick war in Sirens gefallen und in ihr Lächeln hinein, und mir war, als fühlte ich ihre Berührungen auf meinem Leib, als strichen ihre Daumen quälend langsam über meine Brustwarzen – diese Finger also zogen jetzt spielerisch an den festen Spitzen, glitten dann hinab zu meinem Bauchnabel, in den sich der Zeigefinger kurz senkte, und wanderten daraufhin wieder hoch und aus meinem Dekolleté hinaus. Sirens Daumen und Zeigefinger strichen über die Schultern der gemalten Dame, und schon fühlte ich, wie die Hände des Mannes über meine Schultern glitten und den Stoff des Kleides dabei hinunterschoben, ein leichter, dehnbarer Stoff, der sich ohne weiteres bis zum Nabel und weiter hinabstreifen lassen würde. Unter dem leisen Druck seiner Hände hob ich den Hintern ein wenig an, und er strich mir den Stoff zusammen mit dem Slip einfach über Schenkel und Knie und schließlich über die Füße.

Ich war vollkommen nackt.

Unerwartet verließ der Mann seinen Platz hinter mir und ging zum Fenster. Er öffnete die beiden Laden weit, und ein Schwall dieser schwülen, süßen Sommernachtluft stieg von draußen über den Rahmen in den Raum hinein, stieg mir in die Nase, mitten ins Gehirn, und rief eine Unzahl vergangener sommernächtlich-schwüler Abenteuer wieder wach, stieg mir in den Bauch, hoch zu den Brüsten, die bei der luftigfeuchten Erinnerung anschwollen, stieg mir in die Vulva, meine nächtliche, fremde Vulva, und stieg mir endlich in den Kopf, Sommernachtswein, rot, süß und schwer.

Der Mann war zurück.

Sirens Blick brannte in mir. Sie hob meine Dame in die Höhe und riß sie langsam senkrecht bis zur Mitte ein. Ich wußte, was ich tun mußte. Ich rutschte nach vorn und spreizte die Beine. Ich teilte mich. Ich riß mich ebenfalls in zwei Teile. Für sie.

Sirens Zeigefinger glitt in den Riß und dehnte den Spalt im Papier noch mehr. Ohne sie aus den Augen zu lassen, ließ ich meine Hände über die Brüste gleiten, deren Spitzen sich hart gegen die Handteller preßten, führte sie nach unten, über den Bauch und hin zu dem Haarvlies, das sich, wie ich wußte, weich und anmutig lockte, ließ den Zeigefinger der einen Hand zwischen die feuchten Lippen gleiten und führte ihn dann langsam, langsam meinen gesamten Spalt entlang hinab, bis zu dem anderen, dem zarteren, dem rosigen kleinen Loch und wieder zurück zur Vulva, tauchte dann sanft in die Höhlung ein, die sich weitete und meinen Finger umschmiegte. Hitze ergriff mich. Schweiß trat mir aus den Poren. Die Luft vom Fenster trocknete nicht, sie war schwer wie Blei und genauso heiß und feucht wie ich selber. Sie lag auf mir wie ein dampfender Körper. Mir war jetzt so heiß, daß der Schweiß sich zwischen den Brüsten sammelte und kleine Tropfen bildete. Ich atmete schneller. Ich wollte meine Augen schließen. Ich wollte kommen, jetzt sofort, vor beiden. Ich konnte nicht mehr warten. Jetzt, jetzt!

Da zog er meine Arme nach hinten und fort von mir, fort von meiner Vulva. Er zog meine Arme hinter die Lehne und hielt sie dort fest, und unter Sirens fordernder Musterung öffnete ich meine Schenkel noch weiter und gestatte ihr den Blick in mein Innerstes, in meine einzige, feuchte Wahrheit, in die Süße dieser zwei Lippen, die sich auszudehnen schienen und zusammenzuziehen und wieder auszudehnen unter ihrer aufmerksamen Beobachtung. Ich ließ sie in mich hineinsehen, in diese dunkle Spalte, die wie ein Tier war, das nach ihr verlangte, um sich an ihr zur reiben, sie zu beißen, sie zu verschlingen, ein Tier, das nach etwas hungerte, nach einer Berührung, einem festen Griff, einer Peitsche, die es zähmen sollte.

Diese Reglosigkeit machte mich wahnsinnig.

Da endlich bewegte sich seine Hand über meinen Bauch und in die dunklen Locken hinein, und nur ganz leicht, fast wie ein Kitzel, sehr vorsichtig, so als fürchtete er, mich zu verletzen, berührte die Spitze eines Fingers den Ansatz meines Spalts. Das war nicht genug! Ich wollte den Finger ganz spüren, ich wollte ihn über den gesamten Spalt streichen spüren und in meine Nässe tauchen, hinein, tief hinein in mich, in meine dunkle, sanfte Vulva.

Und als ich Sirens Blick erwiderte, wurde ich buchstäblich davon gepackt, ganz so, als wären ihre Augen die Hände des Mannes, ihr Blick drang in diese Hände, die mich berührten, und lenkte sie, und ich wußte nun, daß diese Hände nichts anderes waren als ihre Augen, als sie selbst, Siren! Daß sie es war, die jetzt meine Schamlippen mit Daumen und Mittelfinger teilte, daß ihr Zeigefinger sich auf meine Klitoris legte, nicht seiner, daß sie selbst jetzt in mich eindrang, erst in meinen Mund mit den Fingern der anderen Hand und dann, endlich, in meine grundlose Höhlung. Ich leckte seine Finger, seine köstlichen, langen Finger, aber sie allein war es, die sich an meiner Zunge rieb und an den Wänden meiner sich dehnenden Vulva.

Oh, ich wollte zerrissen werden von ihr, so wie sie diese Karte eingerissen hatte: meine Dame. Die Finger in mir waren nicht genug. Ich wollte mich ganz für sie öffnen, wollte härtere Stöße, eine Wunde sein für sie, ich wollte einen Orgasmus, der mich griff, und keinen, den ich mir griff, ich wollte vergehen unter ihren Augen und nichts mehr sein als ihr Objekt. In ihrem Blick spiegelte sich die Gerte. Und ich zitterte. Ich wollte nichts, als vor ihren Füßen liegen und ihre Gerte auf mir spüren, überall und immerwährend, diese unablässigen Schläge ihrer Augen, die auf mich niederfielen, mich entblößten, mich öffneten und wehrloser machten als alles andere. Ihre Augen. Ich wollte die Aufmerksamkeit ihrer Verletzungen, wollte mich auflösen in ihrer Züchtigung und durch den Schmerz in sie hineinfließen, bedingungslos, unaufhörlich hinein in sie, in ihren Leib, ihre harten Finger, in ihren Willen.

Der Ratsch, als Siren die Karte endgültig zerriß, schreckte mich auf. Und da schob sich seine Hand in mich, seine ganze Hand, langsam, stetig und tief, und als er bis zum Handgelenk in mir war, da füllten sich meine Augen vor Glück, denn sie war es, die mich füllte, sie allein und voll und ganz, die sich nun in mir ballte, ganz langsam ballte, und als sie sich in mir zu bewegen begann, da liefen mir die Tränen über die Wangen.

Sanft und tonlos wie die Schweißperlen, die auf den Boden tropften.

Sanft und tonlos wie die Konvulsionen, die meinen Körper durchzuckten.

Sanft und tonlos wie dieser Orgasmus, mein quälend langsamer, mein weinender Orgasmus.

Ich weiß nur, daß ich mit ihr verschmolz. Ich weiß nur, daß ich noch nie auf eine Weise verschmolzen bin wie in dieser Nacht. Selbst wenn ich jemanden mit ganzer Lust liebte und wir den Orgasmus sogar in derselben Sekunde erreichten, selbst dann war ich noch nie verschmolzen. Ich blieb einsam in meiner Lust. Gefangene meiner Zuckungen und meiner Schreie.

Jetzt, als ich mich Sirens Augen allein, ihrer Beobachtung und dem Genuß an meinem Anblick völlig ausgeliefert hatte, jetzt erst war ich verschmolzen. Ich war einen Moment lang nicht mehr einsam gewesen. Ihre Augen.

Es ist still.

Der Wein wirft einen langen, rubinroten Schatten auf meinen Schreibtisch, und die Zeit dehnt sich ins Unendliche. Die Zeiger der Wanduhr rücken auf die zweite Stunde nach Mitternacht, doch ich fühle mich, als säße ich seit einer Ewigkeit hier. Ich habe einen langen Sonntag vor mir, einen langen Sonntag ohne jemanden, und ich frage mich, wie viele solcher Sonntage noch folgen werden. Chris ist fort. Zwei Jahre nun. Und ich dachte, ich würde keinen Gedanken mehr daran verschwenden.

Meine Hand ruht in der Wärme zwischen meinen Beinen wie ein in Schlaf gesunkenes Tier. Es gibt viele Arten von Liebe, aber Konzentration, jetzt weiß ich es, Konzentration ist eine davon.

Herbst

Herbst ist eine Frau mit schweren, nackten Brüsten und einer Stimme wie dunkler Wein. Herbst nimmt man mit allen Sinnen wahr. Wenn sie sich nähert, werde ich unruhig.

Zuerst rieche ich sie.

Sobald ich den Duft ihres Leibes einatme – es ist der Geruch von Früchten und Heu –, bewege ich mich anders als sonst. Mein Körper reckt sich der reifen Luft wie einer Berührung entgegen. Meine Brustspitzen werden fest in Herbsts Luft.

Dann höre ich sie.

Sie ist hinter mir. Ihr langes Haar gleitet über die Wege, es zieht die Blätter mit sich und verursacht ein Rascheln. Sie greift ins Laub und wirbelt es durch die Luft. Ihr Lachen bewegt sich durch Bäume und Sträucher. Es dunkelt die Blätter und reift den Wein.

Ich spüre sie.

Mein Finger streift die Borke der Bäume und erahnt dahinter die Wärme des vergangenen Sommers. Ich taste mich über Herbsts Leib und steche mir dabei einen Finger an den wilden Brombeerbüschen blutig. Nein, ich schlafe nicht ein. Herbst ist ein beständiger Kuß, der mich wachhält und meine Lippen schwellen läßt.

Ich schmecke sie.

Noch vor dem Morgen suche ich sie auf. Im Gras glänzt der tausendäugige Tau. Ich lege mich auf den Boden, streiche mit den Händen über die benetzten Pflanzen, Herbsts vulvanische Locken, Herbstverlockungen, und nähere meine Lippen dem Tau. Meine Zunge streichelt die Gräserspitzen und senkt sich tief ins Halmgeflecht. Dort, nahe am Boden, kurz vor der Wurzel, sammelt sich der Tau. Und meine Zunge taucht hinein, kostet die Nässe, die erdig, nach Wald schmeckt, leckt sie aus Herbsts Locken und berührt die Wurzel, deren Aroma mich nach mehr hungern läßt. Nach mehr Wald, mehr Wurzel, mehr Tau.

Ich sehe sie.

Ich sehe sie überall. Aber ich erkenne sie nie wirklich. Ich sehe nur Fragmente. Ich sehe sie in jedem Blatt, aber niemals ganz und gar.

Herbst verändert mich. Sie ist von einer beinah schmiegsamen Helle, die meinen Blick weich macht und mein Blut schwer. Honigblut. Die Sonne liegt schwer in den Furchen der Felder.

Ich liebe sie. Herbst. Sie pflügt die Felder, reißt ihnen die Haut auf, schlägt Hunderte Wunden, die Ackerfurchen, in denen das rohe Fleisch sichtbar wird. Das rohe Weibliche. Das Wahre. Ich erschrecke, wenn ich Ackerfurchen sehe. Meine Augen gehen dann ängstlich über meine Haut. Immer ist sie weiß und glatt. Doch ich weiß, daß Herbst mich pflügt. Sie tut es von innen.

Herbst hat seltsame Stunden. Mein Herz schlägt dann wurzelnde Wünsche frei. Ich sehne mich nach Leib, nach Frau, nach dem weichen Fleisch des Busens an meiner Handfläche, dem Geschmack von Schweiß und der dunklen weiblichen Höhlung. Ein taunasses Feld, dessen Furchen am Morgen dampfen. Herbst führt meine Hände über meinen Leib, schmiegt sich an mich und öffnet mich. Sie bricht meine Haut auf und gräbt Furchen in meinen Verstand.

Herbst macht ein Feld aus mir, dessen Wunden mir meine dunkle Weiblichkeit offenbaren.

Ich sitze im Auto auf dem Weg von Magdeburg nach Dübenau, dem Ort, wo Clarissas Familie jetzt wohnt. Im Handschuhfach liegt die Einladung zur Einweihungsparty. Es ist früher Nachmittag, als ich das Ortsschild passiere. Langsam biege ich in die bucklige Dorfstraße ein. An den Wegrändern wuchert Schöllkraut. Die wilde Resede wächst entlang der Friedhofsmauer in die Höhe. All das erinnert mich an Rotau. Die Räder knacken die Eicheln, ein gelbbrauner Teppich, und die Zweige der buntbelaubten Sträucher am Straßenrand streichen über das Autodach und die Fenster hinweg. Herbstfinger. Ich studiere die Hausnummern an den niedrigen, weinberankten Häusern. Und dann erreiche ich ein neugebautes Wohnhaus, das ganz anders aussieht als das Haus der Kindheit in Rotau. Ich fahre die Auffahrt hoch, und bevor ich aus dem Wagen steige, um mich der Vergangenheit zu stellen, bleibe ich noch einen Moment sitzen.

Angefangen, über alles nachzudenken, habe ich erst, als das Gerücht laut wurde, daß die Familie Assmann wegziehen würde. Vielleicht war das zu spät?

Clarissa, meine Kindheit.

Clarissa, die Hexe.

Clarissa, meine Geliebte.

Es gab eine Zeit, da waren wir Schwestern.
Es gab eine Zeit, da waren wir Verschwörerinnen.
Es gab eine Zeit, da brachen wir die Regeln unseres Spiels.

Als ich zwölf war, schlichen Chris und ich um Mitternacht aus dem Haus, hin zum Friedhof, um uns dort, unter dem knorrigen Holunderbusch nahe beim Beinhaus, Gruselgeschichten zu erzählen. Ein anderes Mal hatten wir ein Wochenende lang freche Briefe geschrieben und diese anschließend heimlich in den Briefkästen des Nachbarorts verteilt. Als ob niemand uns dort erkennen würde! Wir waren so bekannt wie bunte Hunde. Sie war die Tochter der Bürgermeisterin unseres Dorfes, und meine Mutter war Erzieherin im dortigen Kinderheim. Jeder wußte, wer wir waren. Aber darüber hatten wir uns keine Gedanken gemacht.

Einmal in den Herbstferien schrieben wir Nachrichten und verschlossen sie wasserdicht in Flaschen, die wir in der Elbe schwimmen ließen. Zehn Flaschen, die zusammen mit roten, gelben und braunen Herbstblättern über das Wasser davontrieben. Nach zwei Wochen kam die erste Antwort. Aus dem Dorf, das am anderen Ufer der Elbe lag, keine hundert Meter entfernt von der Stelle, wo wir die Flaschen ins Wasser geworfen hatten. Es war egal gewesen. Das Wichtigste war der Erfolg. Die zweite Flaschenpost wurde sechzig Kilometer weiter herausgefischt. Wir platzten damals beinahe vor Stolz. Auf die anderen acht Antworten warten wir noch heute.

Wir lasen uns aus unseren Tagebüchern vor, bauten Buden und Baumhäuser, besaßen eine Geheimsprache, die nur wir kannten, und außerdem einen Zauberbaum, mit dem wir reden konnten. Abends schlich sie zu mir oder ich zu ihr, und im Dunkeln, unter der Decke, tauschten wir uns über unsere ersten Liebeskümmernisse aus. Manchmal kann ich nicht glauben, daß solche Dinge einfach vorbei und vergessen sein sollen, nur weil wir als Geliebte gescheitert sind.

Es ist verrückt. Da habe ich geglaubt, ich würde die Zeit, die uns noch bliebe, für ein Gespräch nutzen, dieses eine Jahr, in dem wir uns noch in unserem Kindheitshaus begegnen konnten. Ich hatte geglaubt, wir würden aufeinandertreffen und gemeinsam die Bitterkeit fortreden, die nach unserer Trennung geblieben war. Und nichts davon ist passiert. Wir sind uns während des letzten Jahres nicht ein einziges Mal begegnet, obwohl ich ihr nicht länger aus dem Weg gegangen bin. Und doch war ich ihr in diesem Jahr so nah wie niemals sonst nach unserer Trennung. Ich habe den bitteren Geschmack verloren. Von allein.

Der Herbst ist eine eigenartige Jahreszeit. Wundergetränkt. W-gefüllt. Wieviel Wünsche werden wuchern? Wolken wanken, Wahrscheinlichkeiten wachsen, Wehmut wandelt sich. Weicher Wein wirbelt Waldträume wach. Herbst ist die Wiege des Winters.

Ich habe in diesem Jahr ein neues Selbstverständnis gefunden und ein neues Äußeres. Ich bin füllig geworden. Irgendwie fühle ich mich präsenter als früher, als ich noch dünn war, dünn wie ein Strich, wie meine Mutter zu sagen pflegte, so dünn, daß man die Rippen zählen kann. Vorher habe ich mein Gewicht kaum gespürt. Früher, im Sportunterricht, bin ich nahezu ohne Anstrengung herumgewirbelt. Übungen, die wie Liegestützen oder Klimmzüge mit dem eigenen Gewicht zusammenhingen, sind mir unsagbar leicht gefallen. Da ich nahezu nichts wog, war es, als würde ich Gewichtheben mit einem Tennisball versuchen. Aufgefallen ist mir diese Lastlosigkeit aber niemals.

Erst nachdem ich langsam über zehn Kilo zugenommen habe und längst nicht mehr in Größe 34 passe, erst nachdem meine Brüste so schwer geworden sind, daß ich ihr Gewicht sich gegen meine Handflächen pressen spüre, wenn ich sie umfasse: schwer, warm, lebendig; erst nachdem meine Taille fleischig und fest und mein Hintern lockend zum Blickpunkt meines Körpers geworden ist, erst dann habe ich verstanden, was Gewicht bedeutet.

Die beachtliche Menge, die ich zugenommen habe, ist gezwungen, sich irgendwo an meinem Körper zu verteilen. Und sie hat sich in harmonischer Gleichmäßigkeit auf Oberarme und Schenkel gelegt, hat meinen Hintern gewölbt und den Busen üppig gemacht. Selbst Hände und Füße sind runder geworden. Und mein Gesicht hat diese erstaunliche Sanftheit und Niedlichkeit gewonnen, eine Infantilität, die ich nicht einmal als Kind besaß. All die Rundungen an meinem Körper haben mich wieder zum Kind gemacht, aber zu einem, das ich nie gewesen bin. Ich stelle eine merkwürdige Mischung aus Naivität und Stolz dar, aus Kindsein und dem Wissen, daß dies nur eine optische Kindlichkeit ist. In meinem Innern gibt es eine Leidenschaft, die sich mit der Kindlichkeit meines Äußeren zu einem eigenartigen Paradox verbindet.

Ich gehe jetzt so gern ins Freie und lasse mich anstarren. Ich genieße die Blicke, die durch die dünnen Stoffe von Bluse und Rock dringen und meine Schenkel berühren, Blicke, die hinauf- und hinunterwandern, meine Pobacken greifen und drücken und das schwere Fleisch augenscheinlich begehren. Ich genieße die Augen, die auf meinen Brüsten liegen, Augen, so offensichtlich fasziniert von der Schwere und Feste meines Busens, daß ich die Blicke wie eine Berührung spüren kann und die Brustspitzen hart werden und ich tief einatme, bis die Brüste sich heben und in die Luft stechen, zwei provokante Kugeln, weich und spitz, hell und rosig, begehrlich und gefährlich. Und sie heben und senken sich im gleichmäßigen Rhythmus meines Atems, ein Rhythmus wie Ebbe und Flut, ein Kommen und Gehen, ein Locken und Verweigern, ein Tanz, der eine körperliche Sensation verheißt, ein orgiastisches Wiegen.

An solchen Tagen bin ich glücklich. Und ein solcher Tag ist es, an dem ich Chris wieder begegnen soll.

Ich sehe aus dem Fenster meines Dachzimmers im neuen elterlichen Haus. In der Einfahrt und auf der Straße mehren sich die Autos. Die Gäste trudeln zur Einweihungsparty ein. Die Kastanien im Garten fallen in unregelmäßigem Rhythmus von den hohen Bäumen auf die Autodächer herab – ein kollerndes Herbstgetrommel, das mich glücklich stimmt –, platzen auf und kullern glänzend auf die Erde. Überall im Garten liegen die Herbstträume: glattglänzende Kastanien und grüne Stachelhäute. Zwischen den Astern und Herbstzeitlosen in den Rabatten wächst die ungeliebte Wolfsmilch. Ich wende mich vom Fenster und meiner Reisetasche zu. Es ist Zeit, mich fertigzumachen. Ich krame den rotbraunen Samt hervor.

Alles würde auf der heutigen Einweihungsparty für das neue Haus meiner Eltern passieren, zu der, das sehe ich an den Autos, eine Menge Leute gekommen sind. Natürlich auch Chris. Niemals, niemals aber habe ich geahnt, daß auf diesem Fest etwas Unglaubliches passieren, daß es eine dritte Person geben würde, die sich zwischen unser Wiedersehen drängen sollte, eine Person, die uns miteinander verbindet, weil sie mit uns beiden verbunden ist. Niemals habe ich geahnt, daß diese Feier – eine Einweihungsfeier! – plötzlich zu einem Fest der Sinne werden würde. Kein Fest zwischen Chris und mir, sondern eins zwischen mir und ihr und Phyllis.

Phyllis.

Ich kenne sie aus London. Drei Wochen habe ich dort verbracht. Seit gestern bin ich zurück. London! Eine Stadt, die ich liebe und hasse. Eine Stadt, zu der ich regelmäßig im September, Oktober oder November zurückfinde, seit der kurzen Zeit mit Chris dort im Herbst vor zwei Jahren, und immer, immer fühle ich dieses Fieber, das mich dort umspült, diese wallende Hitze der Rush-hour, immer spüre ich, wie die Stadt an mir hängt mit ihren Zähnen, an meinem Hals, dort, wo das Blut klopft, und wie sie an mir saugt. Doch immer finde ich dorthin zurück. Wieder und wieder kehre ich in ihren Lärm und den Schmutz der Seitengassen zurück, in den schreienden Chor aus gebrochenem Englisch, Flüchen im Finsbury Park am Abend, gespuckte Worte, die neben dem Abfall auf den Rasenflächen vermodern, in das Gemisch aus Dialekten und Akzenten, in die fehlende Reinheit und in die künstliche Schönheit. Immer begebe ich mich in Londons blutvolle Arme, wenn ich nicht weiß, wohin mit mir, und inmitten alledem: dem Schmutz und der Schönheit, dem Lärm, dem Smog, dem Schieben in der U-Bahn und der tausend Geschichten, die auf mich einstürzen, finde ich Reinheit, finde ich die Süße in mir, finde ich meine eigene Stille. Die Stadt saugt mir das Blut aus dem Leib, doch wenn ich nicht allzulange bleibe, erstarke ich an diesem Blutverlust. Phyllis. Meine Londoner Erfahrung. Sie hat sich eingebissen. Ein Vampir. Ein unberechenbarer Vampir.

Während die Gäste sich schon unten im Haus befinden, bin ich noch oben, in meinem neuen Zimmer. Ich habe die Fenster geöffnet, um das Rauschen der Kastanienbäume hereinzulassen, den unvergeßlichen Herbstwind, der einige späte Spinnweben mit sich trägt, und das weiche Licht des Nachmittags. Ich nehme mir viel Zeit, weil ich beschlossen habe, mich für diesen Tag besonders sorgfältig zu kleiden. Nicht, weil ich weiß, daß Chris kommt – das spielt keine Rolle mehr –, sondern weil ich mir in meiner neuen Schwere gefalle und weil ich will, daß jeder diese Schönheit sieht. Sie soll so augenscheinlich sein, daß niemand unbeeinflußt bleiben kann.

Es gibt da ein merkwürdiges Glühen in mir. Kein äußeres Brennen. Nicht diese Schönheit der Mannequins, die in die Augen sticht und vergessen ist, sobald man den Blick abwendet. Es ist ein Glühen, ein schwelender Stolz auf all das lebendige Fleisch meines Körpers und auf die Bewegungen dieses Fleisches, wenn ich gehe, lache, mich setze, aufstehe oder ein Glas hebe. Bewegungen, die rosig sind und weich und fest, nicht eckig und bleich. Bewegungen, die still sind und doch voller Leidenschaft. Bewegungen, die für sich existieren und nicht für andere.

Diese Schönheit mitzuteilen ist mein Wunsch. Und es spielt keine Rolle, ob Chris da ist oder nicht. Es spielt überhaupt keine Rolle, wer da ist. Ich existiere für mich, zu meiner Freude, zu meinem Stolz. Und die Augen auf meinen Brüsten, den Armen und Schenkeln werden nichts sein als der Sauerstoff, der meine Glut heiß hält.

Als ich von meinem Zimmer zu den Gästen herunterkomme, lächelnd und schön, als ich Chris in dem Gewühl auszumachen versuche, und plötzlich, ganz plötzlich und so völlig unerwartet Phyllis entdecke und in ihren Blick hineinfalle, in diesen spöttisch arroganten, sehr typischen Blick, als sie die Hand wie zum Gruß leicht hebt und ich mit einem inneren Schauern all die Finger wiedererkenne, die erst nacheinander und dann zugleich die Öffnungen meines Leibes erkundet haben, die mich kennen und die ich kenne und die ich doch zu vergessen versucht habe, was mir jedoch nicht gelungen ist, weil ich oft, allzuoft jetzt nachts aufwache, mit einem klagenden Laut im Ohr, meinem eigenen, und meine Finger zwischen den Beinen verkrampft finde, als suchten sie dort etwas Verlorenes, die Finger von ihr, Phyllis, die mich so sehr geöffnet und so tief durchdrungen haben wie niemand zuvor, die mich gefüllt haben, buchstäblich gefüllt, als ich also Phyllis in den Gästemassen entdecke, auf einer Feier meiner

Familie – was völlig absurd ist, denn was will sie hier, warum ist sie nicht in London, und woher weiß sie eigentlich, wo ich wohne? –, als ich also an der Tür stehe und sie entdecke und von ihr entdeckt werde, da schlägt mir das Herz bis zum Halse, und all meine Muskeln werden weich und die Beine wie Hölzer, und ich will zurückweichen, fort aus dem Haus, fort von den Gästen, fort von ihr! Doch ich weiß genau, daß ich jetzt nicht gehen kann, denn sie hat mich gesehen, und sie würde mir folgen und in mich dringen, mit Worten und Fingern und Sätzen und Händen und Schreien und Fäusten, mich durchdringen, wie sie es damals getan hat, und mehr noch, viel mehr, tiefer noch und härter! Wenn ich ginge, würde sie mich suchen. Und finden. Überall.

Also bewege ich mich wie eine hölzerne Puppe in den Raum hinein und mische mich unter die Gäste. Phyllis habe ich bald aus den Augen verloren, denn schon muß ich mich auf die Fragen von Verwandten und Bekannten konzentrieren. Langsam werde ich gelassener. Und nach einer Weile lächle ich über meine Gedanken. Ich fühle mich sicher. Hier zwischen all den Menschen kann nichts passieren. Und bald beginne ich mich zu entspannen und werde heiter. Ich weiß, daß wir uns an diesem Abend begegnen werden. Und ich werde Chris begegnen. Aber plötzlich sehe ich dem Ganzen mit einer genüßlichen Neugier entgegen.

~

Clarissa war immer zwei Jahre älter als ich.

Vielleicht habe ich ihr das nicht verzeihen können. Ich hatte immer diesen Anspruch gehabt, besser zu sein als die Älteren. Diese hatten mir das Alter voraus, und das war schlimm genug. Ihr Wissen und ihre Erfahrungen konnte ich ein- und überholen, wenn ich mich darum bemühte. Doch die Distanz zwischen den Jahren blieb immer.

Es scheint absurd, einen lächerlichen Altersunterschied für die Dinge verantwortlich machen zu wollen, die geschehen sind, aber ich glaube trotzdem, daß genau diese Lücke von zwei Jahren, die ich mit nichts überbrücken konnte, damals eine Rolle gespielt hat.

Ich schlage die Autotür zu. Die Auffahrt ist übersät von Kastanien, und ganz plötzlich packt mich meine frühere Fußballbegeisterung, und ich kicke die Früchte weit in den Garten. Braune Muttermale des Herbsts. In den Rabatten blühen Astern. Ich stehe vor der Haustür. Ich drücke den Klingelknopf.

~

Ich gehe an Cousinen und Cousins, Tanten, Onkeln, Verwandten und Freunden vorüber und sehe mich mit ihren Augen.

Ich habe ein rotes Kleid gewählt. Es ist eins meiner Lieblingsstücke, das mir vor wenigen Tagen in einem winzigen Secondhandshop in die Hände gefallen ist, einem merkwürdigen Laden, den ich durch Zufall in einer unscheinbaren Seitenstraße Sohos entdeckt habe.

Das Oberteil legt sich eng um die Brust. Es ist ein samtenes Mieder mit Stäbchen, das meinen Busen hebt und die zwei Kugeln gegeneinanderschiebt, so daß sie beinahe aus dem Stoff zu blühen scheinen, glatt, weich und hell: ein Quell, der hervorsprudeln will und vom Stoff kaum zurückgehalten werden kann. Die Brüste pulsieren vor Neugier und Fröhlichkeit, und ich wünsche mir zum ersten Mal in meinem Leben ein Rokokokleid, das meine Brüste freilassen würde, das ihnen Freiheit von den beengenden Stoffen und Nähten ließe, das ihnen Luft schenkte und Lust und den Stolz, sich in ihrer Gänze zu zeigen. Sie drängen sehr offensichtlich nach draußen. Die Spitzen begehren Luft und Blicke, Blicke vor allem, Blicke, in die sie sich schmiegen wollen, um sich darin zu wiegen wie in dem Stoff eines fehlenden rokokierenden Dekolletés.

Ich gehe in dem roten Kleid, und meine Brüste strahlen den Wunsch, frei zu sein, so augenscheinlich aus und sind doch so natürlich in ihrem Wunsch, daß niemand Anstoß an der Provokation nimmt. Im Gegenteil beginnen die Gäste, ihre Blicke an dem vollen Fleisch zu wärmen, und nehmen die eigene Begehrlichkeit ohne Verlegenheit wahr.

Das Unterteil des Kleides ist ein weitschwingender Rock aus dunkelrotem Chiffon, der zwei Handbreit über dem Knie endet. Der dünne Stoff umspielt meine Schenkel. Strümpfe habe ich vermieden. Nicht, weil Strumpfhalter bei der Kürze des Rockes unweigerlich zu sehen gewesen wären, sondern weil ich stolz auf das Fleisch meiner Schenkel bin, auf die Farbe der Haut und das Pulsieren darunter. Die Rundung meiner Schenkel soll nicht bedeckt sein, und sei es auch mit kleidsamem Nylon. Ich will die Rundung offen zeigen, denn sie ist fröhlich und jung und bemerkenswert. Sie kokettiert mit den Blicken der Gäste.

Während meine Schenkel früher leicht mit zwei Händen zu umspannen gewesen sind, strahlen sie nun in einer Fülle, die den Griff zweier Hände mit praller Leichtigkeit sprengen würde. Einschließen lassen würden sie sich nicht mehr, weil ihre Üppigkeit sich wie eine Welle verströmt und die Augen füllt. Die frühere Zerbrechlichkeit meines Körpers ist einer in sich ruhenden Schwere gewichen, die wie ein tiefes Vibrieren ist, ein dunkel summender Ton eines immer rotierenden Brummkreisels.

~

Ich habe Phyllis über *bizarr* kennengelernt. Sie arbeitete mit einer Lyrikerin zusammen. Und ihr Plan war, ein gemeinsames Buch rauszubringen, aus Lyrik und Grafiken. Keine Frage, daß Phyllis mich interessierte. Allein die Art, wie sie mit mir, mit uns, mit allen, umging, ließ keinen Zweifel an ihrer Bedeutung. Jedem und jeder gegenüber war sie respektvoll; niemand konnte ihr irgendeine Grobheit vorwerfen, und doch ließ sie uns alle irritiert zurück. Sie wühlte etwas in uns auf, ohne Zweifel. Niemand wagte es, sie in Frage zu stellen, und ich wundere mich, wie sie es geschafft hat, jedem einzelnen in so kurzer Zeit Achtung abzuverlangen.

Ich erinnere mich genau an Phyllis' Anruf. Sie fragte nach dem Verbleib des Manuskripts, und als ich höflich erklärte, daß wir keine Lyrik mehr veröffentlichten, nachdem wir einmal schlechte Erfahrungen damit gemacht hatten – denn Lyrik war schlichtweg nicht publikumswirksam genug und aus diesem Grund immer ein finanzielles Risiko für den Verlag –, als ich sie mit diesen Worten zu einem anderen Verlag hinübertrösten wollte, schnitt sie mir kurzerhand das Wort ab und überraschte mich mit der Ankündigung eines Besuchs im Verlag noch am selben Tag.

„Schließlich handelt es sich nicht um Gedichte allein. Ich habe die Grafiken dazu gemacht. Und die haben Sie noch nicht gesehen."

Als ich aufgelegt hatte, fühlte ich mich immer noch etwas überfahren. Ich ärgerte mich, daß ich nicht auf die Frau reagiert hatte, wie ich es hätte tun müssen. Ich hätte ihr – wieder höflich, aber entschieden – erklären müssen, daß auch Grafiken nicht zum Profil des Verlages gehörten. Ich seufzte, als ich an das bevorstehende Treffen dachte, und war zum Stapel „unaufgefordert eingesandte Manuskripte" gegangen, um die entsprechende Mappe herauszusuchen. Als ich mich in die Gedichte reinlas, mußte ich eingestehen, daß sie durchaus künstlerisch waren. Ich hatte sie mir noch nicht mal angesehen. Seitdem nach dem einmaligen lyrischen Reinfall feststand, daß kein weiterer Poesieladenhüter produziert würde, gab es im Computer den Serienbrief „Lyrik ablehnen", der es erlaubte, sämtliche eingesandten Gedichtmanuskripte ungelesen zurückzuschicken.

Mich hatte plötzlich wieder einmal der Konflikt gequält, in dem ich mich seit meinem ersten Arbeitstag bei *bizarr* befand: diese beinah ständige Unvereinbarkeit von „Ware Kunst" und „wahrer Kunst". Es war eine Gewissensfrage, die mich anfangs irgendwie verstörte, die ich aber im Laufe der Zeit und mit wachsendem Desinteresse immer weiter verdrängte. Bis ich eben, so wie jetzt, nicht einmal mehr etwas Respektloses darin sah, Manuskripte ungelesen zurückzuschicken. Ich war plötzlich erschrocken über mich selbst, über meine Gleichgültigkeit, über die Leichtigkeit, mit der ich Illusionen aufgegeben hatte. Und in diese Stimmung hinein platzte Phyllis.

~

Phyllis ist überall. Ich sehe mich um und erblicke sie. Immer steht sie in einigem Abstand, unterhält sich, trinkt etwas, raucht, sieht nie zu mir hin, und doch habe ich das Gefühl, daß sie willentlich genau so steht, daß ich sie sofort entdecken muß. Gehe ich zum Buffet, steht sie auf der anderen Seite, mir gegenüber, getrennt durch die Tischplatte und ein Gebirge von Köstlichkeiten. Überall ist sie, immer sehe ich sie aus den Augenwinkeln, während ich Chris nirgends entdecken kann. Nie sieht sie mich an. Nie gibt sie mir das Gefühl, daß sie überhaupt weiß, daß auch ich auf diesem Fest bin. Und jetzt beginne ich mich damit zu beruhigen, daß sie vielleicht wirklich nichts davon weiß und daß ich mir ihren erkennenden Blick vorher nur eingebildet, daß sie die Hand nicht zum Gruß, sondern aus Zufall erhoben hat, vielleicht, um sich eine Haarsträhne aus dem Gesicht zu streichen, und daß sie aus irgendeinem abstrusen Zufall hierhergeraten ist, als Bekannte eines geladenen Gastes vielleicht, und ich entspanne mich. Nur, daß sie immer in meiner Nähe ist, egal, wo ich mich auch aufhalte, verwirrt mich etwas.

Ich kenne ihren richtigen Namen nicht. Sie nennt sich aber Phyllis, und es ist der einzig wahre Name für sie. Sie sieht aus, wie eine Phyllis aussehen muß: groß, sehr groß sogar, hager und von einer Kräftigkeit, die mich in ihr eine angenehme Überlegenheit erahnen läßt, kurzes Haar, sehnige Arme und harte Hände mit langen Fingern. Über die Handrücken zieht sich ein sichtbares Aderngeflecht, das Leidenschaft verrät. Alles an Phyllis ist viel größer als an mir. Alles ist härter und geäderter.

Ich muß zugeben, daß Phyllis eine nicht zu unterschätzende körperliche Anziehung auf mich ausübt, immer schon, eigentlich seit ich ihr das erste Mal in der Ausstellung begegnet bin. Diese verhängnisvolle Begegnung.

Ich hatte beschlossen, irgendwo hinzugehen, gleich nachdem ich in London angekommen war. Ich blätterte die *Dyke* durch und stieß auf die Ankündigung dieser Ausstellung. Lesbische Künstlerinnen. Grafiken. Earl's Court. Ich konnte mich also nicht mal vor mir selbst mit meiner Trägheit herausreden, denn diese Ausstellung war sozusagen vor meiner Tür. So ging ich also hin.

Lange stand ich vor dem Bild, in dem alle Züge, alle Bewegungen des Leibs und alle Regungen des Körpers verzerrt dargestellt waren, verzerrt ins Grobe, ins Gefährliche, so sehr verzerrt, daß ich glaubte, eine entmenschte Aggressivität zwischen den Lippen hervorspringen und in den Linien des Gesichts entlanglaufen zu sehen, daß mir schien, als meinte das zynische

Lachen mich, daß ich diese ausgestreckte Hand mit den langen, harten Fingern schon meinen Hals entlangtasten fühlte, meinen Kopf zurückdrücken und mich mit einer quälenden Leichtigkeit würgen, während die andere Hand unter meine Sachen und auf eine Brust zuglitt, schnell, ohne Vorbereitung, und die Spitze mit der Daumenkuppe flachdrückte. Bei dieser Vision war mir der Schweiß ausgebrochen, und der Schreck fuhr mir in die Glieder.

Unter dem Bild stand „Phyllis". Sonst nichts. Nur „Phyllis", und ich wußte nicht, ob damit die Figur oder die Künstlerin gemeint war. Ich starrte auf das Portrait wie hypnotisiert und trat einen Schritt zurück, weil es mir gefährlich vorkam, nicht wie ein Bild, sondern wie etwas sehr Reales, etwas Verrücktes, etwas, das sich auf der Grenze zwischen Traum und Alptraum bewegte, und ich ging noch einen Schritt zurück und dann noch einen, denn ich mußte mich losreißen davon, weil der Anblick etwas in mir wachrüttelte, was mich zutiefst verwirrte. Ich konnte aber die Augen nicht abwenden, und so ging ich quer durch den Raum rückwärts und noch einen Schritt und noch einen, und plötzlich stolperte ich, denn ich war in der anderen Ecke des Raumes angelangt, in der sich ein einzelner Stuhl befand, und auf diesem Stuhl ein einzelner Mensch, den ich vorher nicht bemerkt hatte, nicht den Stuhl und nicht den Menschen, und wie in Zeitlupe taumelte ich über die ausgestreckten Beine – zwei schwere Stiefel, Leder und Metall – und ruderte mit den Armen, verlor die Balance und fühlte nur noch, wie zwei Hände an meine Seiten griffen und mich mit Leichtigkeit heranzogen.

Ich lag halb auf diesem Körper, der meinen Fall verursacht und aufgehalten hatte. Es war nur ein kurzer Moment, und doch passierte dabei sehr viel.

Zunächst spürte ich die Härte unter mir. „Konturen" war das erste, was ich dachte. Es gab keine weiche Stelle. Überall stieß ich mich an dem harten Körper. Und an meinen Seiten spürte ich sehr deutlich den schmerzhaften, den sehr festen Griff zweier kräftiger Hände. Ich rappelte mich auf und lächelte verlegen. Bevor ich hochsehen konnte, legte sich ein Daumen unter mein Kinn und hob meinen Kopf an. Gezwungenermaßen sah ich in das Gesicht und begegnete Phyllis' Blick. Die Frau auf dem Bild.

Ich murmelte irgend etwas Verwirrtes und kam wieder auf dem Boden zu stehen. Sie sagte nichts, lächelte mich nur merkwürdig an, und die Linien um ihren Mund waren tief und paßten nicht zu einem Lächeln. Sie sprachen von anderen Ausdrücken, härteren und kompromißloseren, und ich begann zu zittern bei dieser Vorstellung. Meine Knie wurden weich, und ich wußte nicht, wie mir geschah: Das erste Mal, seit ich Siren begegnet war, rührte sich mein Leib wieder, rührte sich in seiner alten, verdrängten Intensität, zeigte mir wieder seine Sehnsucht und sein Begehren, ein Ziehen, das schon schmerzhaft war und das mich zu dieser Frau drängen wollte, das mir Unterwerfung vorschlug, die ich überwunden glaubte – überwunden! – und nun das: Ich sah mich vor all die Regungen gestellt, die ich nicht mehr fühlen wollte, und ich muß ein sehr merkwürdiges Bild abgegeben haben, wie ich da stand, stammelnd und völlig wirr und starrend, starrend in dieses Gesicht, daß mich bereits auf dem Gemälde so sehr verunsichert hatte.

Sie sah mich intensiv an und sagte kein Wort. Dann wurde ihr Blick abweisend, und ich hastete aus dem Raum. Sehr schnell und ohne nachzudenken. Im Nebenraum lehnte ich mich gegen die Wand und schloß die Augen.

Phyllis.

Die restliche Ausstellung sah ich und sah sie nicht. Ich war mit meinen Gedanken nur in dem einen Raum, in dem ich sie warten wußte, und ich hätte liebend gern das Haus sofort verlassen, denn ich fühlte mich auf eine merkwürdige Art sehr verwundbar. Ich hatte das Gefühl, mich offenbart, ihr einen Blick in mein Inneres erlaubt zu haben, während ich das Gemälde betrachtet hatte, während mein Atem schneller gegangen und meine Hand über meine Kehle und die Brust geglitten war. Sie hatte in der Ecke gesessen und alles beobachtet. Sie wußte alles, und ich – ich wußte nichts.

Ich blieb lange in dieser Ausstellung, denn um zum Ausgang zu gelangen, mußte ich denselben Weg zurücknehmen. Ich mußte unweigerlich durch den Raum hindurch und an ihr vorbei, und ich hatte eine merkwürdige Angst davor. Kurz vor der Schließung der Ausstellung wagte ich mich dann zurück und hoffte, daß sie schon gegangen sei. Doch als ich mich dem Raum näherte, hörte ich Stimmen. Und da stand sie: mit zwei Frauen, beinahe so groß wie sie selbst, sehr schlanke, sehr auffällige Frauen. Die eine trug die kurzen pechschwarzen Haare streng zurückgekämmt und gegelt und besaß dieselbe Ungerührtheit im Gesicht wie Phyllis, wobei ihre Züge etwas feiner waren, ich sage nicht femininer, ich sage feiner, von einer Art, die den Blick fesselt und quält. Die andere Frau hatte rotes Haar, sehr lockiges, feuerrotes Haar, und einen sehr kurzen Rock, der den Blick auf ihre makellosen Beine lenkte, die in überknielangen Stiefeln steckten. Ihre Finger waren schlank und unberingt und lagen auf einem Arm von Phyllis, und Phyllis hielt die Taille dieser Frau mit einer Hand halbumfaßt.

Ich hörte nicht, was sie redeten. Ich stand wie versteinert an der Tür und starrte auf das Bild dieser drei Frauen. Sie hatten mich noch nicht bemerkt, und das war gut so, denn ich spürte, wie etwas mir in die Brust schoß: ein ganz unverständlicher Kummer. Kurz und spitz. Und dann hörte ich zum ersten Mal Phyllis' Stimme: eine Reihung dunkler, rauher Töne, die sich an meinem Ohr rieben wie eine Zunge und die mich auf eine unbegreifliche Art öffneten, ohne daß ich es wollte. Ich hörte ihr Lachen, ein tiefes Lachen, so tief, daß es an meinen tiefsten Wurzeln rührte und rüttelte und ich innerlich schwankte. Und ich sah Phyllis' Hand um die Taille der Rothaarigen. Ich betrachtete diese zwei auffälligen Frauen, die rote und die schwarze, die so anders waren als ich, größer und ohne Makel, und von einem Stolz auf sich, der wie ein gefährliches Licht strahlte, das die Augen verletzt und irgendwann blind macht. Und ich erkannte in diesen beiden Frauen eine so seltene Schönheit, die nur deshalb vollkommen war, weil sie sich niemandem öffnete. Sie ließ niemanden teilhaben. Sie ließ niemanden die Augen wärmen. Diese Frauen umgaben sich mit einem blendenden Stolz, der ihre Schönheit zwar betonte, sie aber undurchdringlich machte.

Die drei standen genau in der Tür. Ich betrat den Raum. Beim Geräusch meiner Schritte verstummten sie und wendeten sich in meine Richtung. Die Rothaarige begann leise zu lachen. Die Schwarzhaarige sah mich nur gleichgültig an. Als ob sie durch mich hindurchblickte. Ich kam immer näher, und plötzlich wurde ich ganz ruhig.

Das Grinsen auf dem roten Mund tat mir nicht weh. Ich wußte, daß ich noch vor einem Jahr zutiefst unglücklich gewesen wäre und daß meine Unsicherheit mich tolpatschig gemacht und mir eine Unterwerfung aufgezwungen hätte, die ich verabscheute, weil es die falsche Unterwerfung war: eine, die aus dem Gefühl der Minderwertigkeit herauswuchs und die mich quälte, eine, die ich mir nicht selbst ausgesucht hatte. Als ich das spürte: daß der abschätzige Blick der Roten mir nichts anhatte, daß er an meinem Stolz abprallte, daß er mich unbeeinflußt ließ, da dehnte sich etwas in mir vor Freude und Überraschung. Sie konnten mir nichts anhaben!

Zwar empfand ich noch diesen unsinnigen feinen Schmerz zwischen meinen Brüsten – denn ich bedauerte, daß keine der drei mich so wahrnahm, wie ich war: einfach nur schön –, doch dieser Schmerz war etwas, womit ich leben konnte. Sie starrten mich an, auffällig und fast schon aufdringlich. Und da sah ich mich plötzlich selbst, wie ich in all meiner entschieden andersartigen Leiblichkeit von den dreien, vor allem aber von ihr, Phyllis, wahrgenommen werden mußte, deren Finger immer noch die schlanke Taille der Frau berührten. Ich sah mich in diesen Raum treten, in meiner üppigen Schmiegsamkeit, in meiner Fülle und maßlosen Vollkommenheit. Ich sah mich, wie ich ihnen entgegenkam, rund und anders, nicht in Maße gepreßt, sondern von einem weiten, sehr weißen Kleid umhüllt, das schwelgerisch um meine Fülle wallte und das meine runden Schultern und Arme freiließ. Ich spürte, daß die Rote auf mein Kinn sah und daß sie sich straffte, je näher ich kam. Sie stärkte sich an mir. An meinem Äußeren. Sie sah in mir etwas, das anders war. Sie sah nicht das Schöne, doch es war mir egal. Ich lächelte die drei an. Ich ahnte in diesem Moment, daß Phyllis sich ganz sicher niemals von einer Schönheit wie der meinen angezogen fühlen würde, doch der Gedanke tat mir nicht weh. Es gab keine vollkommenere Schönheit für meinen Leib als diese hier, alles andere war Qual, und ich wußte auch, daß diese Schönheit sichtbar wurde und unübersehbar für diejenigen, die sich darauf einließen.

Gleichgültig passierte ich sie, ging dann quer durch die Vorhalle zum Ausgang, ohne mich noch einmal umzudrehen, und trat ins Freie. Sie sahen mir nach; das hatte ich im Glas der Tür erkannt. Und plötzlich hätte ich jubeln können vor Freude, denn ich hatte gespürt, daß sie mich gesehen hatten, alle drei. Ohne Zweifel. *Sie hatten mich gesehen.*

So wie ich war, so schön, so glühend, so wahr. Das Grinsen der Roten war verschwunden, die Schwarzhaarige hatte mich aufmerksam angesehen, und Phyllis – sie hatte mich von oben bis unten gemustert. Mit einem Blick, den ich nicht deuten konnte.

~

„Guten Tag! Wir haben telefoniert. Mein Name ist Phyllis Hobusch. Sie sind Chris?"

Die Erscheinung in der Tür beeindruckte mich sofort. Alle starken, selbstbewußten Frauen beeindrucken mich. Alle Frauen, die eine äußerliche Härte zur Schau tragen, kitzeln irgend etwas in mir zum Kampf heraus. Ich habe dann den Wunsch, mich zu messen.

Sie sah mich schweigend an, und dann streckte sie mir ihre Hand entgegen, und als ich spürte, wie unsere beiden Hände ineinander nicht versanken, sondern sich verkeilten, als ich die Härte unseres Griffs fühlte, Kante gegen Kante, sah ich plötzlich etwas in dieser Begegnung, was mir merkwürdig vorkam. Ich hatte plötzlich die Gewißheit, einem Menschen zu begegnen, der aufs engste mit mir verbunden war. Und nicht nur das: Ich glaubte, in einen Spiegel zu starren.

~

Manchmal, wenn ich wieder nach London fahre – seit der Trennung von Chris vor zwei Jahren bin ich nun schon das dritte Mal dortgewesen –, manchmal also, wenn ich wieder am Flughafen Heathrow auf mein Gepäck warte, frage ich mich, warum ich so regelmäßig in diese Stadt zurückfinde. Ich fahre nur im Herbst, in den Monaten September, Oktober und November. Ist es wirklich so, daß mich die Spuren rufen und anlocken, die Chris und ich dort hinterlassen haben, und daß ich die sich auswaschenden Wegmarkierungen meiner Erinnerung wiederfinden will?

Im Herbst, kurz nach der merkwürdigen Versöhnung, sind wir schließlich nach London geflogen. Chris hatte meinen Vorschlag und die Tickets ohne weitere Frage angenommen. Das war vollkommen untypisch. Ich hatte es damals jedoch als gutes Zeichen gewertet und nicht weiter darüber nachgedacht, warum Chris so bedenkenlos einwilligte und was diese Reise nach London überhaupt bedeuten würde. Ich hatte an einen neuen Anfang geglaubt.

Jetzt erst weiß ich, daß es niemals einen neuen Anfang gegeben hat. Niemals wirklich. Wir haben genau dort wieder angesetzt, wo wir unser Spiel unterbrochen hatten.

Nach der Trennung, die ich damals im Sommer so plötzlich herbeigeführt hatte, war mir, als sei ich in einen Schacht gestürzt. Ich hatte versucht, alles auszuhalten, die Leere, die Sehnsucht, die vielen Fragen, aber es funktionierte nicht. Ich kam nicht über den Verlust hinweg. Ich hatte das Gefühl, erstmals eine Entscheidung getroffen zu haben und erstmals wirklich Verantwortung zu tragen. Etwas hatte sich über Nacht in mein Leben hineingewälzt wie ein Fels und war nicht mehr fortzubekommen. Und ich hatte es einfach nicht mehr ausgehalten: nicht den plötzlichen Stillstand in meinem Leben, nicht die sich ewig drehenden Gedanken und vor allem nicht diese entsetzliche Verantwortung.

Ich war diejenige gewesen, die zurückkam.

Ich hatte mich daran aufgerieben, still zu bleiben, nichts zu sagen, auszuharren, bis Chris etwas unternähme. Aber Chris unternahm nichts. Chris lebte ganz einfach in Magdeburg und verlor kein Wort über die Trennung. Nichts geschah. Sie kam an den Wochenenden nicht mehr nach Berlin, und das schien für sie die einzige Veränderung in ihrem Leben zu sein. Ich aber hielt das nicht aus. Sie kam mir so beängstigend stark vor. Von der Trennung schien sie unbeeinflußt zu bleiben, denn offenbar verführte nichts sie dazu, mich zurückgewinnen zu wollen, und das war es, was ich ihr nicht verzeihen konnte. Und doch, und das ist das Verrückte daran, waren es gerade dieses Schweigen, ihr Fortbleiben und ihre Ignoranz, die mich stärker an sie fesselten, als alles andere es vermocht hätte.

Heute frage ich mich, was wohl passiert wäre, wenn Chris diejenige gewesen wäre, die plötzlich vor mir gestanden hätte, wenn sie zu mir gekommen wäre und nicht ich zu ihr, wenn sie zum ersten Mal einen Fehler eingestanden hätte. Und die Antwort, die ich habe, nährt sich vom Irrsinn: Ich wäre nicht zu ihr zurückgekehrt.

Es ist verrückt, aber ich weiß, daß ich sie in diesem Fall von mir gestoßen hätte. Und daß ich so hätte handeln müssen, um mich selbst nicht zu verlieren. Ich habe mich immer danach gesehnt, Chris einmal schwach zu sehen, mir einmal vollständig ergeben, und doch habe ich solche Augenblicke nicht anzunehmen vermocht. Es hat durchaus einige wenige dieser Momente gegeben, und ich habe dann ihre Schwäche nicht aushalten können, nicht ihre kargen Tränen, nicht ihre Offenheit. Und ich bin sicher, eine eingestandene Liebe hätte ich schon gar nicht ertragen.

Und so geschah es, daß Chris – gerade weil sie sich nach der Trennung eben überhaupt nicht mehr rührte, keinen Blick zurückwarf auf die Dagebliebene in der Berliner Wohnung, weil sie keinen Schritt tat, um zu mir zurückzukehren – mich tiefer verletzte als je zuvor. Meine Leidenschaft begann mich aufzuzehren.

In mir erblühte Haß.

Und doch glaube ich, daß dieser eine Monat nach der Trennung die Zeit gewesen war, in der sie mir die stärkste Faszination entlockt hatte. Ich begehrte sie, weil sie mich ablehnte, weil sie mich einfach zurückließ, weil sie mir nicht das geringste Zeichen der Zuneigung oder Reue schenkte. Mit ihrer Kälte stieß sie mich in einen Schacht, durch den ich Tag für Tag und Nacht für Nacht fiel, ein nichtendender Sturz durch mein eigenes Begehren, ein Sturz in meine eigenen Abgründe hinein, und ich wollte sie, wollte sie, wollte sie mehr als jemals zuvor.

Es ist eigenartig, aber als ich in jener Herbstnacht, einen Monat nach der Trennung, Clarissa schlafend in meiner Magdeburger Wohnung vorfand, auf dem Sessel eingerollt wie eine Katze, da war ich nicht überrascht. Es war, als ob alles so sein müßte. Ich stand einige Zeit auf der Schwelle und sah sie an, wie sie da schlief, und da wußte ich, daß ich sie erwartet hatte. Ich glaube, dies war es gewesen, was mich den ganzen Monat nach der Trennung kühl und stark gemacht und mich davor bewahrt hatte, den Telefonhörer zu heben und sie anzurufen: Ich hatte gewußt, daß sie zurückkommen würde. Und so war ich schließlich ganz ruhig geworden und hatte begonnen, mich voll und ganz auf meine Arbeit zu konzentrieren. Ich wartete. Ich wußte nicht, wie lange es dauern würde, bis Clarissa käme, aber sie würde kommen, irgendwann.

Ich konnte auf Clarissas Weichheit niemals ebenfalls mit Weichheit reagieren. Ihre Verwundbarkeit, ihre Sanftheit, ihre Fähigkeit, mir meine Gleichgültigkeit immer wieder zu verzeihen, veranlaßten mich nicht zu vorsichtigeren Regungen, also nicht dazu, ebenfalls einmal weich und sanft zu sein. Ich hatte immer nur entgegengesetzt reagiert. Mein Zynismus stärkte sich an ihrer Sanftheit. Ich faßte sie um so härter an, je weicher sie wurde. Ich verletzte Grenzen, ging weiter, je bedingungsloser Clarissa sich mir hingab, je fragloser sie mir ihren Körper anvertraute. Clarissa gab, und ich nahm. Und da wir beide wie Pole waren, unendlich weit voneinander entfernt und unsäglich fremd, niemals wirklich vereinbar, schöpften wir unsere Kräfte in der Anstrengung aus, uns einander zu nähern, und kamen uns doch niemals wirklich nah. Clarissa und ich sind bis zum Schluß unvereinbar geblieben. Und gerade deshalb erkannten wir einander mehr, als jeder andere das vermocht hätte.

Wir waren Pole, zwei Gegensätze, die einander nicht treffen konnten. Zwischen uns lag eisig das Polarmeer unserer Fremdheit.

Einen Monat nach der Trennung also fand ich Clarissa in meiner Wohnung in Magdeburg vor, eingerollt auf dem Sessel wie eine Katze. Sie war mein schlafender Pol, mein Kätzchen, meine weiche Haut, und ich war die Wachsame, der Kern aus Eisen, der sich mit dieser Haut umgab. Immer.

~

Warum hänge ich nur an allem, was mich einsamer macht? Warum hänge ich noch immer an Chris?

Kaum etwas ist mir jemals schwerer gefallen als der Schritt zurück. Wahrscheinlich hätte ich stark sein müssen, und einfach für mich allein leben, aber ich konnte dem Schacht nicht entkommen, durch den ich stürzte. Die Endgültigkeit hatte mich überrollt.

Ich glaube, es gibt nur eine Art der Trennung, die ich wirklich verkraften könnte: die langsame, unvermutete, die eigentlich nicht echte. Wenn ich zum Beispiel in eine fremde Stadt führe und ganz unvermutet dort zurückgehalten würde, immer wieder neu, Tag für Tag, wenn ich also nicht von vornherein wüßte, daß ich für immer in dieser Stadt bleiben müßte, ohne meine Geliebte einmal noch zu sehen, wenn ich also in Gedanken jeden morgigen Tag zu ihr zurückkehrte und es dann doch nicht täte, dann würde mir diese Trennung keinen Schmerz bereiten. Ich würde mich ihr langsam entfremden, denn jeden Tag in dieser fremden Stadt würde ich genießen, weil ich glauben müßte, es sei der letzte. Und am nächsten Tag würde dann das gleiche passieren. Und wieder. Und wieder. Und langsam wäre Chris mir schließlich so fremd geworden, daß ich sie nicht mehr bräuchte. Nur so könnte ich eine Trennung wirklich verkraften. Ich brauche den Gedanken, jederzeit zurückkehren zu können, um mich rigoros von jemandem loszureißen.

Ich fuhr nach Magdeburg. In der Tasche lagen meine Zahnbürste und die Flugtickets nach London, die ich als Symbol für einen neuen Anfang betrachtete. Ich war mit dem Zweitschlüssel in Chris' Wohnung gelangt und hatte auf sie gewartet. Ein Monat war seit der Trennung vergangen. In meinem Geist hatte es die Vision einer großartigen Versöhnung gegeben. Ich saß fiebernd im Sessel. Ich wartete. Doch die Stunden vergingen, nichts rührte sich, und irgendwann rollte ich mich dann auf dem Leder zusammen und schlief ein.

Es war gegen zwei Uhr, als ich den Schlüssel im Schloß hörte. Ich blieb eingerollt liegen. Plötzlich kam ich mir entsetzlich naiv vor. All mein Tun, mein spontaner Plan, mit ihr nach London zu fahren, schien plötzlich undurchführbar. Und dann knipste sie das Licht an und sah mich dort liegen.

Eigentlich ist es merkwürdig, daß wir die Trennung so ohne weiteres aufgehoben haben. Aber taten wir das wirklich? War es nicht eher so, daß gerade diese so eigenartig einvernehmliche Versöhnung uns innerlich noch stärker voneinander weggetrieben hat?

Ich weiß nicht einmal, warum ich Clarissas Vorschlag, nach London zu fahren, gleich annahm. Ich hätte darüber nachdenken sollen, was diese Reise bedeuten würde, aber ich tat es nicht. Ich nahm Clarissas Vorschlag einfach an, und erst heute erkenne ich darin eine Resignation, eine Vorahnung, daß ich sie niemals halten konnte, ebensowenig wie sie mich hätte halten können. Das erste Mal habe ich resigniert, indem ich aufgehört habe, gegen sie anzukämpfen, gegen ihre Spontaneität, gegen ihre Emotionalität, gegen ihre Tränen. Ich war ihrer Schwäche mit Schwäche begegnet. Meine sofortige Zusage war nichts gewesen als das Eingeständnis unseres endgültigen Scheiterns.

Wir fuhren nach London und wohnten bei einer Freundin von mir. Ich hatte damals bereits eine Menge von dem Wahnsinn in uns geahnt. Aber noch längst nicht alles. Ich hatte erkannt, daß ich auf Clarissa eigentlich nicht eingehen durfte, daß ich ihr niemals den Wunsch nach Permanenz erfüllen konnte, ohne das Risiko einzugehen, ihre Leidenschaft damit zu ersticken. Und deshalb verhielt ich mich nicht anders als vorher. Clarissa schloß sich vollkommen meiner Führung an. Sie protestierte nicht, als wir bei dieser Freundin wohnten, obwohl ich sicher war, daß sie sehr viel lieber irgendwo anders übernachtet hätte. Meine Freundin war Inhaberin einer gutgehenden Boutique und lebte in Kensington. Ich genoß den Aufenthalt dort. Ich genoß es, shoppen zu gehen und diese herrliche Atmosphäre zu erleben, die nur Großstädte ausstrahlen. Und Clarissa genoß das offensichtlich auch.

Und doch war diese scheinbar friedliche Zeit der brutalste Kampf, den wir je ausgefochten haben. Unsere ganze Beziehung war ein Kampf um Macht gewesen. Und wir beide kämpften mit den uns eigenen Mitteln. Aber eigentlich hatten wir doch immer gewußt, daß wir ein Spiel spielten.

Den Spielcharakter aber hatte unsere Beziehung verloren, als ich nach unserer Trennung still blieb und Clarissa schließlich zurückkam. Wir waren beide zu weit gegangen. Ich im Verweigern und Clarissa im Nachgeben. Und das war das eigentliche Ende.

Ich ging also aus der Ausstellung, die Straße entlang und war aufgewühlt, empfand dieses Aufgewühltsein aber als widersinnig, denn was war schon vorgefallen, außer daß ich über eine Frau gestolpert und dann an ihr vorbei ins Freie gegangen war? Dennoch konnte ich jetzt nicht in mein Zimmer in dem schäbigen Bed & Breakfast gehen. Ich schlenderte durch die milde Herbstluft ins *Hobbits*, das gleich auf der anderen Straßenseite lag, und bestellte einen Cappuccino. Etwas ziellos begann ich darin herumzurühren.

Da hatte ich wirklich geglaubt, endlich frei geworden zu sein von meinen maßlosen Gefühlen, von dem ganzen Irrsinn, endlich frei von mir selbst. Und jetzt, als ich in eine gewöhnliche Ausstellung ging, traf ich sofort auf einen Menschen, der all das wieder wachrüttelte. Ich rührte noch immer in dem Cappuccino. Dann legte ich den Löffel auf den Unterteller und probierte den ersten Schluck. Sämtliche Wärme war rausgerührt.

Da ging die Tür auf. Mein Atem beschleunigte sich, denn die drei Frauen hatten das Café betreten. Ich griff schnell nach einer der herumliegenden Zeitschriften und hielt sie mir vor das Gesicht. Ich hoffte, noch nicht gesehen worden zu sein. Sie setzten sich zwei Tische weiter. Dann aber fiel mir auf, wie albern ich mich benahm. Warum versteckte ich mich denn? Es war nichts vorgefallen, und es würde auch nichts weiter passieren. Trotzdem mochte ich nicht bleiben. Ich ging nach vorn zur Bar, um den Cappuccino zu bezahlen, und es war mir egal, daß sie mich erkennen würden. Warum auch nicht? Mein weißes Kleid war zu auffällig, um übersehen zu werden, und als ich auf die Theke zustrebte, hoben sich die Blicke. Sie drangen durch den Stoff, unter dem Beine und Busen als weicher Schatten hervorschimmerten. Ob Phyllis' Blick darunter war?

Es war mir auf einmal egal. Sollten doch alle hersehen, runde Menschen waren selten geworden, sollten sie sich doch einmal sattsehen, sollten sie doch reden!

Die Barfrau lächelte mich an. Eine Sekunde zu lange. Ich lächelte überrascht zurück. Beschwingt ging ich an meinen Platz, um nach meiner Jacke zu greifen und dann noch einmal auf der Toilette zu verschwinden. Als ich durch den Raum ging, bewegte sich der weiße Stoff leicht über meinem Körper. Der Saum umspielte die Knöchel.

In der Kabine summte ich vor mich hin. Als ich dann am Waschbecken stand, öffnete sich die Tür hinter mir. Ich sah in den Spiegel.

Stiefel, Leder, die Farbe Schwarz.

Phyllis schloß die Tür ohne ein Wort und stellte sich ruhig in den Rahmen. Genau wie ich, sah auch sie nur in den Spiegel und blickte mir direkt in die Augen. Ich stellte den Wasserhahn ab, zog ein Papierhandtuch aus dem Kasten und trocknete mir langsam die Hände. Ich wollte mich nicht umdrehen.

„Komm her!“

Deutsch. Sie redete deutsch! Ihre Stimme und das harte Lauern darin schossen mir in den Bauch. Etwas krampfte sich dort zusammen, schrie und wand sich. Etwas schlug die Zähne in meinen Bauch und biß mich von innen, und jeder Biß machte mich schwächer und meine Beine weicher.

„Ich sagte: Komm her!“

Natürlich sackte mein Widerstand in sich zusammen. Er schmolz dahin unter ihrem Willen. Ich sah mich zögernd auf Phyllis zugehen. Wessen Willen aber war das?

Und dann stand ich vor ihr, und sie streckte die Hand aus und zog mich am Haar zu sich heran. Und ich zuckte zurück. Sie stand an der Tür, ich vor ihr. Da drehte sie mich blitzschnell an die Wand und drängte meinen Körper gegen die Fliesen.

„Du weißt doch, was du brauchst“, flüsterte sie. „Du weißt, wie du es willst, nicht?“

Sie strich mir mit dem Daumen über den Mund, und ich preßte die Lippen zusammen. Sie drückte stärker zu, und meine Lippen stießen sich schmerzhaft an den Zähnen. Unwillkürlich öffnete ich den Mund, und ihr Daumen drang ein. „Na also“, sagte sie, und ich spürte die rauhe Kuppe an der Zunge. Sie bewegte den Daumen leicht, drückte und ließ locker, drückte wieder und ließ locker, und schnell fand meine Zunge einen eigenen Rhythmus, einen saugenden, drängenden Rhythmus, unbeeinflußt von meinem Geist, der daneben stand und als stummer Zuschauer die Szenerie beobachtete.

„Ich ...", begann sie, und ihre tiefe Stimme schob sich in mich hinein, „... ich kann dir nur sagen, daß du es hinnehmen solltest. Daß du akzeptieren mußt, so wie du bist, denn dann erst wirst du damit klarkommen."

Die Finger ihrer anderen Hand tasteten nach meiner Brustspitze und kniffen sie. Mein Bauch wurde heiß und schrie nach ihr, und ich begann die Wand herunterzurutschen. Sie zog mich an den Haaren wieder nach oben.

„Ich weiß, was du brauchst. Und du weißt es auch."

Ich saugte an ihrem Daumen, saugte mich wund an ihrer Rauhheit. Sie preßte ihren Körper gegen meinen, und an meinem Rücken drang die Kälte der Fliesen durch den dünnen Stoff des Kleides. Sie drängte sich gegen mich, und das Leder drückte sich hart in meine Haut, ihre Gürtelschnalle preßte sich gegen meinen weichen Bauch, und die Knöchel ihrer Hand lagen nun zwischen meinen Beinen. Ich schloß die Augen.

„Sieh mich an!"

Ich war weich und feucht und wie ein dichtes, warmes Moor, in dem ich versank und versinken wollte; meine Beine gaben nach, und ich wollte nur noch rutschen, in mich hineinrutschen, in dieses süße, schwindelnde Gefühl, und ich glitt die Wand hinunter und wurde aufgehalten von der Hand zwischen meinen Beinen, die mich stützte und aufrecht hielt wie ein Balken, und deren Knöchel sich zwischen die weißen Stoffe drängten. Der Stoff wird naß sein, dachte ich noch, dann dachte ich nichts mehr und gab mich nur noch hin, diesem einen, einzigen Gefühl, diesem grausamen, abgetrennten Gefühl, diesem lustvollen Gefühl der Wiederholung aller Begegnungen mit Chris, dieser ewigdauernden, lederriechenden Erinnerung an Chris, und ich spürte, wie Phyllis den Stoff hob und ihre Hand darunterschob und den Daumen unter den Slip und in mich hineintrieb, und ich war eine Wunde, mein Mund, meine Vulva, mein Körper, alles war eine sanfte, schöne Wunde.

„Sieh mich an und sag mir, daß du es so willst."

Ich sagte nichts. Ich schwankte in ihr, auf ihr, an ihr. Der lederne Geruch fraß mich, und ich schwelgte darin. Ich sagte nichts.

„Sag es!"

Ihr Daumen stieß, und ich biß mir auf die Lippen.

„Clarissa!"

Ich öffnete die Augen im Schreck. Da hatte sie schon abgelassen von mir, und ich sank nun endlich herunter, an der Wand entlang, bis ich auf dem Boden hockte. Und sie ging einen Schritt von mir fort und dann noch einen, und ich sah zu ihr hoch, ganz erschrocken und fragend und naß, und sie ging zur Tür und sah mich noch einmal an und sagte nichts mehr, und dann öffnete sie die Tür und war fort.

Woher kannte sie meinen Namen?

Ich bot dieser Phyllis einen Platz an, und unkompliziert setzte sie sich, griff vorher noch in ihre Gesäßtasche, brachte eine Packung Tabak zum Vorschein, und mit hochgezogener Augenbraue – eine Geste, die ich sofort als eine von meinen erkannte, denn früher hatte ich selbst auf diese Art immer um Erlaubnis gefragt –, mit dieser Geste also, die ich mit kaum merklichem Nicken bejahte, begann sie sich eine Zigarette zu drehen und dann schweigend zu rauchen.

Sie sagte erst mal gar nichts, saß nur da und rauchte. Und ich war irgendwie erstaunt und beeindruckt von dieser Stärke des Schweigens, denn eigentlich war sie doch hergekommen, um zu reden, oder?

So also lehnte ich mich entspannt in meinem Sessel zurück und beobachtete sie beim Rauchen. Ich wußte, daß sie das Schweigen beenden würde, sobald sie die Zigarette aufgeraucht hätte, und während wir beide also darauf warteten, betrachtete ich diese Frau interessiert, die mich so sehr an mich selbst erinnerte, so wie ich einmal sein wollte und wie ich einmal war, als ich gerade zwanzig geworden war: kompromißlos und sehr geradlinig. Eine Wesensart, die mir zwar nicht verlorengegangen war, die sich aber verschoben hatte zugunsten meiner jetzigen Natur, die ich manchmal als verwaschen, in schlechten Zeiten sogar als amöbenhaft bezeichnete, aber wenn ich gut drauf war, als androgyn und ambivalent! Während ich sie also betrachtete und einer vergessenen Seite in mir nachspürte, schweiften meine Gedanken einige Jahre zurück.

Clarissa hat oft unter meiner Härte gelitten. Ich erinnere mich so gut an die Momente, wenn wir durch den Park spazierten und sie dabei ununterbrochen erzählte und ich wie immer still meinen eigenen Gedanken nachging, und sie mich plötzlich ansprach und um meine Meinung zu irgendeinem Thema bat, das weder sie noch mich interessierte, und ich folglich nicht darauf reagierte, denn was sollten solche Gespräche? Ich erinnere mich gut daran, daß Clarissa jedesmal verletzt reagierte, und doch konnte ich diesen Kreislauf einfach nicht unterbrechen, obwohl ich sie nie bewußt verletzen wollte. Es war immer so, daß sie sich um ein Gespräch bemühte, daß sie versuchte, mich zu reizen und zu einer Meinung herauszufordern. Ich aber wollte einfach nur die Luft, die Natur, diesen Moment genießen und dabei still vor mich hin sinnieren. Clarissa konnte nicht still sein. Sich nicht zu unterhalten, schien für sie etwas Bedrohliches zu besitzen. Sie war immer bestrebt, Worte um uns zu verteilen, an denen wir uns berühren konnten, wenn uns danach war. Sie sah Worte als Brücken, die uns verbinden, und Sätze als Boote, in denen wir uns einander nähern konnten. Aber sie konnten uns auch leicht voneinander forttreiben. Doch dieses Risiko ging sie ein. Jedesmal.

Es war eigentlich kein Wunder, daß unsere unterschiedlichen Auffassungen von Gemeinsamkeit aufeinanderprallen mußten wie zwei Steine. Ich fühlte mich wohl, wenn wir einfach nebeneinander hergingen, und Clarissa sah von diesem Nebeneinander alles bedroht, was zwischen uns war. Für sie durfte es kein Nebeneinander geben, nur ein Miteinander. Sie glaubte, daß in solchen Momenten einfach nichts Verbindendes mehr zwischen uns vorhanden sei.

Ich aber wollte nichts, als mich wie ein Individuum zu fühlen. Als etwas Unterscheidbares. Ich hatte da also meine eigene Meinung von Gemeinsamkeit, und die konnte und wollte ich nicht aufgeben. Ich wollte mich nicht nur Clarissa zuliebe auf ein Gespräch einlassen. Ich wollte mich überhaupt nicht auf sie einlassen, wenn es nur um der Harmonie willen war. Harmonie entstand. Sie herzustellen hatte etwas Künstliches. Etwas Gewolltes. Und das durfte nicht sein.

Ich wollte immer etwas Unangepaßtes sein. Unangepaßt im Sinne von unabhängig. Ich wollte niemals von irgend etwas abhängen, wenn ich es nicht absolut wünschte.

Paradoxerweise gierte Clarissa ja danach: nach dieser Individualität in mir, nach meinem Ich-Anspruch, nach meiner Einsamkeit. Ich aber wußte nie, ob ich das alles wirklich so besaß, ob alles echt war, oder ob diese Individualität in mir möglicherweise nur inszeniert war. Vielleicht strebte ich so sehr danach, ich selbst zu sein, daß ich mich nicht mehr finden konnte, sondern auf die erste beste Regung hörte und mir sagte: Das bin ich. Das will ich jetzt. Und ich will es auch durchsetzen.

Ich hatte viele Zweifel. Erst jetzt fällt mir das auf. Erst jetzt, wo ich endlich Gelassenheit gefunden habe und diese Phyllis beobachten kann ohne Schmerz, ohne das Gefühl, versagt zu haben, ohne den Gedanken: Da sitzt eine Frau, die weiß, wer sie ist und was sie will, sondern zu wissen, daß ich mich gefunden habe, so wie ich bin, und daß meine Wahrheit nicht in einer Persönlichkeit wie Phyllis' liegt, jedenfalls heute nicht, vielleicht früher einmal gelegen hat oder später wieder liegen wird, jetzt aber nicht, denn ich habe herausgefunden, daß ich mich ständig wandle, daß ich nie sagen könnte: Das bin ich, weil es die Zeit gibt, die Zeit und ein ständig sich änderndes Bewußtsein.

Endlich, endlich sehe ich sie: Chris.

Mein Herz setzt nicht aus, ich werde nicht blaß oder rot, ich fühle weder Wut noch Angst, noch sonst irgendeine beunruhigende Regung, nur Freude, Freude, sie zu sehen. Ich gehe langsam auf sie zu, durch all die Gäste hindurch auf sie zu, und nichts scheint mir mehr wichtig angesichts des Lächelns auf ihren Lippen und der Arme, die sich halb im Scherz, halb ernst öffnen.

Ich begegne ihr so, wie ich allen anderen auch begegne. Ganz sicher mit mehr Freude, denn wir haben uns ja so lange nicht mehr gesehen, aber mit demselben Stolz auf meine Fülle, den ich auch den anderen Gästen entgegenbringe.

Den Gedanken, zu schwer zu sein für meine Größe, zu rund, zu anders, habe ich nicht mehr. Ich bin schön. Das ist meine Wahrheit. Ich habe lange nach Wahrheiten gesucht: als ich studierte, als ich die verschiedensten Jobs annahm, als ich unterwegs war und die Welt kennenzulernen versuchte. Dabei ist die Wahrheit so einfach: Ich bin schön. Mein Blick trifft den der anderen und senkt sich nicht. Ich sehe allen in die Augen und lache. Und mein runder Körper bewegt sich mit dem Lachen, so daß es scheint, als lache der gesamte Leib, als lache mein Kinn, mein Busen und mein runder, runder Po. Und niemand bleibt kalt vom Lachen meines Fleisches. Und jetzt, als ich Chris erblicke, lache ich auch für sie und sogar noch eine Nuance heller, und als ich meinen Weg zu ihr durch die Gäste bahne, kommt sie mir schon entgegen und nimmt meinen lachenden Leib in ihre Arme, in die Arme der Schwester, die ich nicht mehr habe.

Er ist seltsam, dieser Tag. Ich glaube, es ist der Tag, an dem ich das erste Mal weiß, wirklich weiß, daß sich mit meinem Äußeren auch mein Inneres verändert hat. Das Innere ist mitgewachsen, hat ebenfalls Formen bekommen, greifbare Formen, Busen, Bauch und Po, herrliche Schenkel und runde Arme. Und dort, wo die Festigkeit fehlt, gibt es doch immer das ruhende Weich – die Lagerstatt meines Stolzes. Ich habe Formen bekommen, in mir, und während ich mich mit Chris unterhalte, bemerke ich erstaunt, daß dort, wo früher Scheuheit und ein Gefühl der Minderwertigkeit wucherten, mein Inneres seine Formen jetzt reckt und streckt und sich genüßlich räkelt.

Eine merkwürdige Sicherheit lenkt mich an diesem Tag, und ich möchte von ihr gelenkt werden all die Tage, die noch folgen, und ich lache, weil ich weiß, daß ich schön bin.

~

Clarissa hatte immer eine andere Meinung zu den Dingen gehabt als ich. Deshalb waren die Gespräche mit ihr eigentlich nie langweilig. Wir konnten miteinander streiten und in ebendiesen Streits eine Kreativität entwickeln, die mich begeisterte. Damals, als wir noch in Clarissas Wohnung in Magdeburg lebten, als von einem Umzug nach Berlin noch lange nicht die Rede war, da waren unsere Gespräche gut gewesen, gut und fruchtbar. Dort hatte ich mir angewöhnt, immer einen Stift und ein kleines Notizheft bei mir zu tragen, denn durch die Gespräche, durch unsere unablässigen Meinungsverschiedenheiten, erfuhr ich rege Anstöße und neue Ideen, die ich festhalten wollte. Aber es waren nicht Clarissas Ideen, die ich festhielt. Und es waren auch nicht meine. Es waren Ideen, die aus uns herausgewachsen waren.

Ganz anders verhält es sich bei Phyllis.

Bei ihr verspüre ich das erste Mal keine Lust zu reden, weil ich genau weiß, wie und was sie antworten wird und auch, wie ich selbst wiederum auf diese Antwort reagieren würde. Ich höre die Worte unserer Gespräche schon im voraus, es gäbe keine Wendungen, keine Überraschung, denn wir sind einander einfach zu ähnlich. Daß ich keine Lust verspüre, mich mit einer Frau zu unterhalten, die mich doch ganz offensichtlich interessiert, ist mir noch nie passiert. Ich mag es, Phyllis beim Gespräch mit anderen Leuten zu beobachten, aber selbst mit ihr zu reden wäre so, als würden sich zwei Echos miteinander unterhalten.

Dennoch interessiert mich Phyllis. Aber auf andere Weise.

Nie habe ich mich innerlich auf eine Frau wie Phyllis eingelassen. Es scheint da so etwas wie ein ursprüngliches Muster in mir zu geben, das mir einen bestimmten Typ Mensch vor Augen bringt, den ich interessant zu finden habe oder sinnlich. Nie bin ich auf die Idee gekommen, mir Frauen, die zwischen die Gitterstäbe dieses Musters hindurchfielen, die ich also schlichtweg unerotisch fand, einmal anders vorzustellen, nicht als geschlechtslose Wesen eben, sondern als sinnliche Körper.

Und jetzt ist genau das geschehen. Phyllis ist keine Frau, die mich gewöhnlicherweise interessiert hätte. Und doch habe ich mir einmal, nur zum Test, eine sinnliche Begegnung zwischen uns vorgestellt. Und diese Vorstellung werde ich jetzt nicht mehr los. Es ist, als wäre da eine Fähigkeit aufgewacht, von deren Existenz ich nichts gewußt habe. Oft habe ich mich gefragt, wieso

Clarissa sich immer wieder neu verliebte. In immer andere Menschentypen. Es verging ja kaum ein Tag, an dem sie nicht flirtete oder nicht liebesbekümmert war. Passierte ihr das einfach so? War sie so empfänglich für sinnliche Botschaften, daß sie gar nicht anders konnte, als sich ständig zu verlieben?

Ich glaube jetzt, es verhielt sich ganz anders. Ich glaube, Clarissa war nicht die Passive, die Empfangende, der all dieses Verlieben nur passierte. Nichts passierte ihr. Sie wollte es einfach. Sie sah die Menschen an und wollte sich verlieben. Das war es.

Es ist das Sich-Einlassen. Clarissa nahm das Leben als Spiel wahr, und überall sah sie Figuren, mit denen sie spielen konnte. Sie ließ sich voll und ganz auf das Spielen ein.

Und jetzt habe ich es ebenfalls getan. Ich bin Phyllis begegnet und nehme ihre Sinnlichkeit wahr, aber nur, weil ich es will.

Immer wenn ich nach London zurückkehre, meide ich Kensington. Es ist nicht so, daß ich Angst davor habe, plötzlich diesem hohen, hellen Haus gegenüberzustehen, das der Freundin von Chris gehört, bei der wir damals zwei Wochen wohnten. Es ist etwas anderes. Immer wohne ich in anderen Gegenden, vielleicht weil ich mich von irgend etwas befreien will. Ich habe einmal seitdem in Finsbury gelebt und zweimal in Earl's Court.

Earl's Court gehört zu den Gegenden, die Chris gemieden hat wie die Pest. Es war zu laut, zu bunt, zu billig. Und auch ich hatte damals, in jenen vierzehn Tagen nach unserer Versöhnung, keine Sehnsucht nach einer Gegend wie Earl's Court verspürt. Ich war Chris immer gefolgt, durch die glamourösen Einkaufsstraßen, über die Märkte, durch die großen Parks. Und jetzt weiß ich endlich, warum ich immer wieder nach London zurückkehren muß, warum ich nicht zur Ruhe komme, bis ich meine Schuld eingelöst habe. Ich muß mich freimachen von einem fremden Einfluß, und Chris war ein fremder Einfluß, der mir ein Bild von London schuf, das nicht meines war. Ich kehre jetzt wieder und wieder zurück, um mich den Dingen zu stellen, die Chris nicht angesehen, die sie unbeachtet gelassen hat, und um mein eigenes London zu erleben, nicht eines auf Chris' Spuren, sondern ganz allein eins, das meiner eigenen Sehnsucht, meinen Wünschen und meinem Wesen entspringt, und um damit endlich mich selbst zu finden.

Und ich glaube, nach dem letzten Besuch in dieser Stadt habe ich mich endlich freimachen können, habe endlich mein eigenes, ein häßliches, wunderschönes, sanftes, schmutziges, aggressives, unvergeßliches London gefunden und auch einen Blick auf mich selbst erhascht: auf meine Häßlichkeit und auf das Schöne. Und diese Freiheit von fremden Einflüssen und auch von mir selbst trage ich jetzt nach außen.

Ich gehe durch die Menge der Gäste zu dem aufgetürmten Berg Köstlichkeiten, und die Blicke der Gäste folgen mir.

Ich esse.

Was mir in Erinnerung bleiben wird, ist das Wohlwollen, mit dem man mich essen sieht. Ich scheine Freude auszulösen, wenn ich nach einem Stück Obst vom Buffet greife, wenn ich den Löffel mit Eiskrem zum Mund führe oder die Zähne in die knusprige Honigschicht des Prasselkuchens senke. Ich bemerke das Lachen, das für mich bestimmt ist, und wundere mich nicht einmal darüber.

Ich liebe es zu essen. Essen ist ein Mysterium, etwas, dem ich auf den Grund gehen will. Es muß da ein Geheimnis hinter dem Genuß geben. Irgendwo hinter dem zarten Duft von Mandel und Vanille gibt es ein Geheimnis, und indem ich mich auf den Genuß einlasse, auf Genuß als solchen, ohne Reue oder Gedanken an ein Danach, indem ich also einfach nehme und esse – das Jetzt, das Hier, die augenblickliche Köstlichkeit, die meine Geschmacksknospen in einem reizvollen Vorspiel erregt und meine Sinne in eine beinahe schmerzhaft ziehende Lust hineintreibt –, indem ich mich also auf das Phänomen Essen einlasse, bin ich dem Geheimnis dahinter auf der Spur.

Herausgefunden habe ich, daß Essen wie Lieben ist. Nein, eher wie Sex. Ich meine nicht den aggressiven Sex, der einen verletzt und heiß und offen und naß zurückläßt, ich meine einen langsam kosenden Akt, der sich auf beides konzentriert: auf die Sinne und aufs Geschlecht. Einen Akt, der dem Spiel, dem Locken, dem Reiz mehr Wert beimißt als der schnellen Befriedigung, der sanft meinen Mund füllt wie das Weich eines

Busens, der die Sinne umspült und ihnen die Grenzen nimmt und Tore öffnet, durch die meine Scheuheit flieht. Der intime Akt des Essens ist mit einer körperlichen Vereinigung vergleichbar. Ich werde eins mit einer Köstlichkeit, die meine Sinne liebkost. Ich empfinde Erregung, Lust und die Gier nach mehr. Ich fühle die Befriedigung danach, diesen rauschhaft matten Zustand, in dem ich alles zugeben kann, mich zurücklehnen und nur noch lächeln.

Mein Körper ist zu einem Lächeln geworden, ein weiches, duftendes Lächeln, nach dem jeder die Hände ausstreckt, um es zu berühren, weil es die Sehnsucht auslöst, es ebenfalls zu besitzen, es auszutauschen gegen das verbissene Gesicht des eigenen Körpers, gegen das mürrisch sich vorwärtsbewegende schlechte Gewissen. Mein Leib verrät Genuß, doch die Augen um mich scheinen nichts anderes zu kennen als Gier. Ohne Genuß aber scheint es kein Lächeln zu geben, denn Gier besitzt nur Grimassen. Ein Körper, der nicht fähig zum Genießen ist, klammert sich an die verlorene Beherrschung, bis er ganz elend von diesem Schatten wird und sein angedeutetes Lächeln spurlos wieder verschwindet und nichts zurückläßt als ein verbissenes Schweigen.

Ich lehne mich nach dem Essen zurück und lächle. Ich bin viel zu schwer für die Normalität, das weiß ich. Daß ich so nicht weiterleben kann, mahnt mich meine Umgebung: das Fernsehen, die Mode, die Zeitschriften. Ich verliere die Maße. Menschen müssen von Tag zu Tag dünner werden. Dünner und jünger und erfahrener. Das ist das Motto. Menschen bewegen sich in Maßen. Ich aber werde täglich schwerer. Und ich freue mich über jedes Gramm, das meine Waage jeden Morgen mehr anzeigt. Ich bin maßlos, weil ich keine Maße will. Keine Kleidergröße mehr, in der ich festgehalten werde, keine Vorstellung, die mein Leben bestimmen kann.

~

Auf der Arbeit habe ich immer häufiger das Gefühl, daß die Leute sich vor mir ducken. Sicher, ich nehme eine leitende Stellung ein. Aber diese Position habe ich mir nach und nach erarbeitet. Schließlich bin ich jetzt schon das vierte Jahr bei *bizarr*. Der Verlag ist gewachsen, und daß sein Name bekannt geworden ist und sich durchsetzen konnte, ist dem Engagement aller *bizarr*-Leute zu verdanken.

Meine Meinung ist immer gewesen, daß man nur mit absoluter Ehrlichkeit weiterkommt. Ich bin sicher, *bizarr* wäre nicht, was es jetzt ist, wenn ich der Ehrlichkeit nicht einen so großen Platz eingeräumt hätte. Das Wichtigste ist vor allem immer die Ehrlichkeit sich selbst gegenüber. Ich kann es nicht verantworten, wenn geschludert wird und ich darüber hinwegsehe, nur um eine Scheinharmonie aufrechtzuerhalten. Gute Arbeit erfordert Aufmerksamkeit und Ehrlichkeit. Wenn Fehler gemacht werden, ist Kritik unabdingbar. Und ich erwarte, daß auch ich kritisiert werde, wenn ich Fehler mache. Ich kritisiere doch nicht, um jemanden zu verärgern, sondern um eine bessere Zusammenarbeit zu ermöglichen. Doch anstelle dieser Zusammenarbeit ist es nun schon beinahe zu einer Herrsch-Beherrsch-Situation gekommen, in der ich mich nicht wohlfühle. So etwas habe ich nie gewollt.

Ich wollte niemals herrschen, aber wenn ich einen oder eine vom Team kritisiere, reagieren sie jedesmal gekränkt und drängen mir die Rolle der Herrscherin auf. Irgendwie bin ich da reingewachsen. Ich fühle mich allein unter ihnen. Aber warum ist das so? Weil ich kritisch bin? Weil ich sage, was alle anderen verschweigen?

Das Verrückte ist, daß ich aus der leitenden Rolle nicht mehr raus kann, selbst wenn ich es wollte. Denn genauso wie ich in dieser Rolle von den anderen gehaßt werde, werde ich auch vollkommen akzeptiert darin. Diese allgemeine Akzeptanz ist es, die mich viel stärker an meine Rolle kettet als irgend etwas anderes.

Manchmal bin ich froh, in eine andere Umgebung zu kommen, wo man mich noch nicht kennt und wo ich vermeintlich so sein kann, wie ich wirklich bin.

„Ich möchte dich jemandem vorstellen."

Chris nimmt meine Hand wie selbstverständlich und zieht mich durch den Raum, an den Gästen vorbei, ins Musikzimmer.

An der Schwelle zucke ich zusammen.

Phyllis.

Sie steht neben dem Klavier und betrachtet die Bilder an den Wänden.

„Phyllis, ich möchte dir Clarissa vorstellen. Clarissa, das ist Phyllis."

Langsam dreht sie sich um. Meine Hand in Chris' wird schlagartig eiskalt und beginnt leicht zu zittern. Ich starre sie an. Sie sieht zurück. Schweigend.

Chris zieht mich in den Raum hinein. Merkt sie denn nicht, daß ich nur widerstrebend folge? Sie schließt die Tür, und nun dringen die Geräusche der Gäste und die Musik nur noch gedämpft in den Raum. Chris zieht mich zu Phyllis, bis wir uns genau gegenüberstehen.

Phyllis streckt die Hand aus, und ich lege meine kalten Finger hinein. Ihre Hand schließt sich um meine. Sie sieht auf meine Lippen, die sich sofort leicht öffnen. Sie beginnt zu lächeln und entblößt ihre Zähne.

„Erfreut."

Ihre Stimme. Wie ein Stoß in meinen Leib. Ich zucke zusammen.

„Phyllis ist Künstlerin. Sie malt."

Die Anwesenheit von Chris ist plötzlich so beruhigend. Ich ziehe meine Finger schnell aus Phyllis' Griff und suche nach Chris' Hand.

„Phyllis und *bizarr* werden zusammenarbeiten. Wir haben uns entschieden, ein Buch mit Lyrik und Grafiken zu veröffentlichen. Nach *Heimsuchung* von Siren Skalitz ist das *bizarrs* zweites Experiment. Und wer weiß – vielleicht wird das Ganze ja auch so ein überraschender Erfolg wie das Buch von der Skalitz. Phyllis hat uns jedenfalls überzeugen können."

Ich sehe auf die dünnen Lippen, die so hart sind, wenn sie küssen. An Phyllis' Überzeugungskraft habe ich keine Zweifel. Ich senke schnell die Augen, als ich bemerke, daß Phyllis meinen Blick zu erwidern beginnt. Mein Blick wandert unruhig am Boden hin und her. Ich will weg. Ich fühle mich wie ein Kaninchen in der Falle.

„Ich würde dich gern malen."

Überrascht sehe ich auf und genau in Phyllis' Augen. Dann blicke ich zu Chris. Diese scheint nicht im mindesten verwundert zu sein.

„Phyllis malt fantastisch. Sie hatte vor kurzem eine Ausstellung in London."

Ganz leise erwidere ich: „Ich weiß."

Keine reagiert.

Phyllis fährt fort:

„Ich bereite eine Ausstellung zum Thema Sinnlichkeit vor. Du hast genau die Ausstrahlung, die ich suche. Du wärst ein gutes Modell, denke ich."

Ihre Stimme klingt dunkel und weich, aber dahinter liegt etwas Hartes. Sie ist wie eine Katze. Man ahnt die Schärfe der Krallen unter dem weichen Fell ihrer Worte.

Chris sieht mich an.

Da weiß ich plötzlich, daß ich nicht ablehnen kann. Ich kann nicht. Und ich werde auch nicht.

„Ich, na ja, warum nicht."

Ich versuche, locker zu klingen, aber meine Stimme ist leise, und sie zittert.

Chris fällt mir fast ins Wort:

„Okay, ich freue mich, daß das klappt. Eigentlich hatte ich ja auch nichts anderes erwartet. Laßt uns zu den anderen zurückgehen. Clarissa, du magst doch bestimmt einen Wein mit uns trinken?"

Chris öffnet die Tür und läßt die Geräusche wieder rein. Sie verläßt den Raum als erste. Phyllis folgt ihr, bleibt aber im Rahmen stehen und macht dann eine einladende Armbewegung, um mich vorbeizulassen. Wie an Fäden gezogen, gehe ich an ihr vorbei durch die Tür und streife sie dabei unweigerlich. Sie zieht ihren Mundwinkel hoch und bedenkt mich mit ihrem immer etwas schiefen Lächeln.

~

Wir mischen uns wieder unter die Gäste.

Clarissa ist schöner denn je. Sicher, sie ist fülliger geworden. Ihre Formen haben mich aber nie gestört. Ganz im Gegenteil. Sie selbst ist es immer gewesen, die sich auf eine Art und Weise kritisierte, die mir einfach unverhältnismäßig erschien.

Früher hatte sie sich oft vor den Spiegel gestellt und ewig an ihrem perfekten Körper herumgemäkelt. Ich habe Clarissas Weichheit immer gemocht. Sie ist eben eine Frau, die Üppigkeit ausstrahlt, ob sie nun gertenschlank ist oder nicht.

Da war ich nun so gespannt auf das, was passieren würde, wenn ich Clarissa nach einem dreiviertel Jahr wiedersehen würde. Ich habe mit allem gerechnet: mit Kaltschnäuzigkeit zum Beispiel, denn die beherrschte Clarissa hervorragend, wenn sie unsicher war. Mit Gleichgültigkeit auch, denn ich selbst habe ja oft genug erlebt, wie Personen, die Clarissa eine Zeitlang entflammt hatten, ob Frauen oder Männer, war egal, ihr von heute auf morgen gleichgültig werden konnten, sogar unangenehm, denn sie war sie einfach leid geworden, und jede neue Annäherung dieser Personen war für sie plötzlich eine Grenzverletzung, ein unerlaubter Schritt in ihr Intim- und Seelenleben, und sie hatte sie dann mit einer Geringschätzung und Respektlosigkeit zurückgewiesen, die mich jedesmal aufs neue verblüfften.

Ja, damit habe ich also gerechnet: mit Kaltschnäuzigkeit oder Gleichgültigkeit, nicht aber mit dieser Herzlichkeit und sinnlichen Schönheit, die sie ganz bewußt nach außen trägt, eine Weiblichkeit, die provokant ist, weil sie unversteckt üppig und unversteckt natürlich ist.

Ich spüre eine Wärme für Clarissa, wie ich sie nur selten spürte, als wir noch zusammenlebten. Es ist, als hätte es dieses lange Einander-nicht-Sehen gar nicht gegeben, als wären wir uns tagtäglich begegnet und hätten einander endlich verstanden.

Ich wollte Phyllis unbedingt mit Clarissa bekanntmachen, denn es hieß, Phyllis das ganze Gegenteil ihrer selbst zu zeigen. Es hieß, ihr etwas entgegenzustellen, das ihr in keiner Weise glich, denn da, wo Phyllis zynisch ist, bleibt Clarissa immer liebenswert und sanft, da wo Phyllis' Härte sitzt, gibt es bei Clarissa nur Schmiegsamkeit, und dort wo Phyllis schweigt, blüht Clarissas wortreiche Begeisterungsfähigkeit.

Phyllis eine solche Frau wie Clarissa vorzustellen, eine Frau, die Sinnenfreude ausstrahlt, wo sie geht und steht, und die begehrenswert ist in jeder Sekunde, ist mir ein heimlicher Wunsch gewesen.

Und Clarissa mit Phyllis bekanntzumachen, das ist ein Kitzel gewesen, ein kleines Experiment, um festzustellen, was Clarissa nach all der Zeit von mir hält, ein heimliches Experiment, das tatsächlich geglückt ist. Phyllis trägt all die Härte nach außen, die ich verborgen halte. Wir sind wesensähnlich. Clarissas Reaktion auf Phyllis würde mir zeigen, was sie über mich denkt.

Und Clarissa hat nach meiner Hand gegriffen, als sie Phyllis sah, und ihre Finger waren eiskalt. Phyllis hat unzweifelhaft etwas ausgelöst, was auch ich früher ausgelöst habe.

Es ist seltsam, aber ich fühle mich wie ein verbindendes Element zwischen beiden Frauen, denn sie sind einander Extreme, Punkte, die ich in dieser Ausschließlichkeit nie erreicht habe und nie erreichen will, weil meine Aufgabe vielleicht darin besteht, Dinge miteinander zu verbinden. Extreme einander anzunähern.

Als ich zwischen den beiden stand und beobachtete, wie sie sich die Hand gaben und Clarissa ganz bleich wurde und Phyllis auf ihre unnachahmliche Art zu lächeln begann, ein schiefes, irgendwie wissendes Lächeln, da wußte ich plötzlich genau, daß die beiden sich unweigerlich zerfleischen würden, wenn sie aufeinander zugingen, denn sie sind so verschieden, daß sich nichts mehr treffen kann, nur ihre Unvereinbarkeit. Ich allein bin die Möglichkeit, über die sie sich begegnen können. Ich kenne Clarissa. Ich kenne ihre Sprache, ihren Körper, die stummen Worte dieses Körpers. Und ich weiß, wer Phyllis ist: eine Frau wie ich selbst, nur noch eine Nuance kompromißloser.

Ich will, daß diese Frauen einander näherkommen, denn wenn sie das tun, müssen sie sich auch mir nähern. Ich bin ihre Verbindung, und das ist es auch, was ich zu sein wünsche. Wir drei gehören zusammen. Auf eine merkwürdige Weise gehören wir wirklich zusammen.

~

Nach dem kurzen Intermezzo im Musikzimmer kann ich mich nicht mehr so recht entspannen. Es ist, als sei etwas in Gang gesetzt worden, irgend etwas Unvorhergesehenes, von dem ich weder weiß, was es ist, noch wohin es führen wird.

Es ist so merkwürdig, daß ausgerechnet Chris diese Phyllis kennt und diese sogar noch hierher mitgebracht hat. Ich könnte mich wundern. Ich könnte einen solchen Zufall wirklich absurd finden. Aber Zufälle haben mich noch nie verwirrt. Sie passieren eben. So ist das. Was mich tatsächlich beschäftigt, ist die Frage, in welcher Beziehung sie zueinander stehen. Wie Liebende sehen sie nicht aus. Es ist mir auch schleierhaft, wie das funktionieren soll. Denn von Phyllis weiß ich, daß sie ebenso hart ist wie Chris, ebenfalls keine Kompromisse eingeht, und daß sie sich gleichfalls einfach nimmt, was sie will.

Dennoch habe ich, trotz des Schocks, den Phyllis noch immer und immer wieder neu auslöst, die Spannung zwischen den beiden bemerkt. Da gibt es etwas in ihnen und zwischen ihnen, was sie verbindet, aber ich bin mir sicher, daß sie sich zerfleischen würden, sobald sie sich näher aufeinander einließen. Denn da trifft Gleiches auf Gleiches. Kante auf Kante und Härte auf Härte. Chris und Phyllis würden sich wund reiben aneinander, denn welche von ihnen sollte geben und welche nehmen?

Und plötzlich erkenne ich mich selbst genau zwischen ihnen. Eine Art Verbindungsstück, die Leitung dazwischen, an der die Erregung entlangzittert und die beide Frauen miteinander verbindet. Ich bin die einzige Möglichkeit, sie einander näherzubringen, weil beide mich begehren und weil dieses Begehren eins ist, das sie zugeben dürfen und dem sie nachgeben können, während ihre Leidenschaft füreinander verborgen bleiben muß.

~

Kardamom und Zimt.

Clarissa liebte es, diese beiden Gewürze für ihren Kaffee zu verwenden. Und ich liebte den eigenartigen Geruch dieser Kreation, der noch in der Küche hing, wenn ich aufgestanden und Clarissa bereits zum Kindermuseum gegangen war.

Kardamom und Zimt.

Der Geruch war immer in der Wohnung, den ganzen Tag lang. Er wurde schwächer, aber er verschwand nie. Und wenn er kaum mehr wahrnehmbar war, so kam Clarissa von ihrer Arbeit zurück in die Wohnung und kochte sich bereits einen neuen Kaffee, und die Wohnung füllte sich erneut mit dem Geruch. Richtig bewußt war mir nie, was dieser Geruch eigentlich bedeutete: daß er mir nämlich Clarissa nahehielt, egal ob sie da war oder nicht. Durch den Geruch war sie immer anwesend. Der Geruch war es auch, den ich sofort vermißte, als Clarissa und ich uns getrennt hatten. In meiner Wohnung gab es diesen Geruch nicht, und oft, wenn ich früh aufgestanden war, hatte ich das Gefühl gehabt, irgend etwas zu vermissen, aber erst lange später war mir aufgefallen, daß es der Geruch war, der fehlende Duft von Kardamom und Zimt.

~

Als Chris nicht mehr da war, begann die Wohnung zu verlottern. Nie ist mir aufgefallen, daß sie besonders viel Zeit und Energie fürs Putzen verwendet hätte, aber sie muß es ja getan haben, denn kaum, daß wir uns getrennt hatten, nahm die Wohnung einen etwas verwahrlosten Zustand an.

Manchmal hatte ich mich lustig gemacht, wenn Chris all meine überall im Bad liegenden und stehenden Kosmetikartikel mal geordnet und in einer Batterie aufgestellt hatte. Eine echte preußische Meile also. Jedesmal wenn sie sie weggeworfen hatte, habe ich Zeter und Mordio geschrien. Denn ich bin vernarrt in Krimskrams.

Ich bin so eine verdammte Horterin. Aus jedem Hotel, aus jeder Pension besitze ich diese winzigen Duschgelfläschchen, die immer für die Gäste hingestellt werden. Diese Leidenschaft trieb Chris beinah in den Wahnsinn und mich oft an den Rand des Legalen – dann nämlich, wenn ich die Fläschchen und kleinen Seifen aus den Trolleys der Zimmermädchen heimlich herausstahl. Ich konnte Säcke mit all diesen zwergenhaften Dingen füllen: mit Shampoo in Fünfzig-Gramm-Tübchen, hauchdünnen Badehauben, Wattestäbchen im Zweierpack, klitzekleinen Nagelfeilen, Conditioner in homöopathischen Mengen, Pflegelotion in Döschen aller Formen und Farben und vielem mehr. Ich hätte wirklich eine mittelgroße Familie ohne Probleme ein Vierteljahr lang mit diesen Sachen versorgen können, die sich in meinen Badezimmerschränken stapelten, die alle Konsolen und jeden freien Platz überfüllten, die einfach überall waren. Es war schrecklich, aber ich konnte mich einfach nicht davon trennen. Und Chris war es immer gewesen, die hin und wieder eine Art Reinigungswut gepackt und dann alle leeren und angebrochenen Winzlinge einfach entsorgt hatte. Immer war mir ein lauter Schrei des Entsetzens und der Entrüstung entfahren, aber heimlich hatte ich die plötzliche Leere im Bad doch genossen. Sie hielt ohnehin nicht lange an.

Nie hätte ich es für möglich gehalten, aber jetzt erwische ich mich dabei, daß ein Trolley voll dieser verlockenden Kleinstpackungen mich gleichgültig läßt. Ich brauche die Souvenirs zu Hause auf und werfe die leeren Behältnisse weg. Ich lasse nicht mehr zu, daß sie mein Bad annektieren. Ich stelle meine Kosmetikartikel jetzt manchmal in einer Reihe auf. Es ist keine so schöne preußische Meile; die Dinge sehen nicht aus wie exerzierende Soldaten, aber sie stehen anders da als damals, als ich noch mit Chris zusammenwohnte. Ich räume auf und tue jetzt einige der Dinge, die Chris immer getan und die ich gehaßt und in schöner Regelmäßigkeit immer wieder boykottiert habe: Ich habe beispielsweise endlich den Teppich aus der Küche entfernt. Chris hatte das vorher immer getan. Ich aber legte ihn erbost jedesmal wieder hin. Wir haben nie darüber geredet. Aber immer war der Teppich von der Küche in den Flur und wieder zurückgewandert.

Ich habe mir zwei Lappen zum Abwaschen zugelegt. Vorher hatte ich nur einen für alles benutzt, auch für einen kurzen Wisch über was Verkleckertes am Boden. So was zu bemerken: daß ich mit dem Abwaschlappen auf dem Boden rumwischte, war für Chris immer fast so bedrohlich wie ein mittlerer Wohnungsbrand gewesen. Chris hatte damals sogar drei Lappen eingeführt: einen fürs Geschirr, einen für den Herd, einen für den Tisch. Ich hörte auf, die Töpfe und Pfannen abzutrocknen, etwas, das Chris widerwärtig fand.

Und das Bedeutsamste: Ich hasse meine Waage nicht mehr.

Ich merke an all diesen Kleinigkeiten, daß Chris noch da ist, immer und immer, jeden Tag. Ich habe etwas von ihr übernommen, einfach so, einige ihrer Alltäglichkeiten sind in mich übergegangen, und das stimmt mich nachdenklich.

Ich habe geahnt, daß Phyllis Clarissa malen würde. Und da ich wußte, wie ich selbst war, war mir auch klar, daß sie es möglichst schnell tun wollte. Eigentlich hatte ich nur auf das Zeichen gewartet, das dann schließlich auch kam, das Zeichen, aufzubrechen, um sie zu malen. Ich selbst hätte genauso gehandelt. Wenn mir Dinge sehr wichtig sind, dann möchte ich sie sofort erledigen, denn dann ist der Eindruck am stärksten. Dinge, die man ruhen läßt, und seien es auch die faszinierendsten, verlieren schnell an Dringlichkeit und Prägnanz, so daß man leicht der eigenen Trägheit aufsitzt und sie für immer schlafen läßt.

Ich glaube, so etwas ist mir damals mit Clarissa passiert. Die Gewißheit, sie zu besitzen, der Gedanke, daß sie mich nie verlassen würde, weil sie irgendwie süchtig geworden war, süchtig, so wie ich eigentlich auch – dieser Gedanke war es, der mich träge gemacht hat. Ich hatte meinen Wunsch verloren, mich selbst durch Clarissa kennenzulernen, meine Fähigkeiten über sie zu motivieren und gemeinsam mit ihr zu wachsen, weil wir eigentlich so unterschiedlich waren und Nahrung füreinander hätten sein können. Diesen Wunsch hatte ich entschlafen lassen und vergessen, in Beziehung zu ihr zu denken. Ich dachte nur noch an mich, mit mir, durch mich, für mich. Ich. Ich hatte Individualität mit Egoismus vertauscht.

Auch wenn ich es Clarissa nie gesagt habe: Sex ist mir nie so wichtig gewesen, wie er für sie war. Sex war nur eine Sache in meiner Partnerschaft, während er für Clarissa *die* Sache zu sein schien. Was ich mir von meiner Partnerschaft erhoffte, war immer der geistige Anstoß. Ich mußte gemeinsam mit Clarissa denken können. Und sie hat mich zum Denken gebracht, ganz einfach dadurch, daß sie ein sinnlicher Mensch war, während ich eher ein Verstandesmensch bin. Clarissa erfuhr die Dinge immer anders als ich, und sie hatte stets eine andere Meinung. Mit Clarissa zu streiten konnte eine Lust oder eine Qual sein. Eigentlich genau wie Sex. Auf jeden Fall war jedes Gespräch, das über die Oberfläche hinausging, anstrengend. Sie dachte in Bildern, ich in Begriffen. Sie konnte ihr gesamtes Leben erotisieren, das heißt, in sexuellen Zusammenhängen begreifen; ich konnte versuchen, meines zu erklären. Das alles war verwirrend, aber faszinierend.

Clarissa hatte mich auf meinen Körper aufmerksam gemacht. Indem sie sich mir vollkommen hingab, lernte ich meinen Körper, meine eigene Lust, meine Freude an einem anderen Körper kennen. Ich mochte den Sex mit ihr, weil er außergewöhnlich war, aber was ich noch mehr mochte, waren die Streits, die wir hatten, weil es gute waren, Streits wie ein innerer Orgasmus, die aggressiv oder sanft, zurückhaltend oder hervorbrechend waren, zärtlich oder gewaltvoll. Als wir aufgehört hatten, miteinander zu streiten, hatten wir auch aufgehört, miteinander zu schlafen. Oder war es andersrum? Ich weiß es nicht mehr. Auf jeden Fall scheinen diese Dinge zusammenzugehören.

~

Wie kann ich nur glauben, ich verstünde, was Herbst bedeutet, wenn ich mich im Winter oder Sommer oder Frühling befinde! Ich kann mich dann nur an den Herbst erinnern, und das ist so, als würde ich in einen blindgewordenen Spiegel sehen. Den Herbst fühlen kann ich nur im Herbst.

Wir gehen über die Waldwege, die ich nicht mag, weil es nicht die Wege des Dörfchens Rotau sind, aber wir gehen die Wege zu dritt, als sei das selbstverständlich. Der Nachmittag ist noch jung. Es ist eigenartig. Nach dem kurzen Zusammentreffen im Musikzimmer haben wir noch ein Glas Wein getrunken, aber geredet hat keine. Wir standen schweigend da und beobachteten die anderen Gäste. Dann aber, das ist das Merkwürdige, haben wir uns gleichzeitig einander zugewendet. Wir haben einen einzigen Blick gewechselt, und ohne mir recht im klaren zu sein, was ich tue, habe ich mein halbgeleertes Glas weggestellt und bin vorausgegangen. Ich habe mich draußen nicht gefragt, warum ich den blätterbunten Weg in den Wald einschlug. Es war, als würde sich ein Stromkreis schließen. Ich dachte nicht darüber nach. Ich handelte einfach. Mein Körper schien ein Eigenleben zu haben.

Wäre mein Leib ein Geist, wäre die Wärme darin ein Denken, dann würde ich vielleicht verstanden haben, was vorging. Aber mein Leib war nichts als Gefühl und Bild, kein Kopf mit Logik und Sprache, und wenn der Kopf verstand, so war es der Körper, der erfuhr.

Ich verstehe wirklich nicht, warum ich jetzt schweigend mit Chris und Phyllis über die Waldwege laufe, aber mein Leib scheint ein Wissen zu haben, das dem Kopf voraus ist. Und ich folge ihm.

~

Clarissa geht in der Mitte, wir beide neben ihr.

Phyllis trägt die zusammenklappbare Staffelei unter dem Arm und über die Schulter die Tasche, in der ich ihre Zeichenutensilien aufbewahrt weiß. Wir laufen in den Herbstwald, und ich bin außerordentlich beschwingt. Wir kommen an einer Lichtung an, und ich kenne diese Lichtung nicht, ich kenne eigentlich gar nichts hier, denn dies ist nicht mein Dorf, hier sind nicht meine Wurzeln, aber auch Clarissa kennt das alles nicht, ich sehe es an der Art, wie sie sich bewegt, an ihrem Blick, der all die Bäume betrachtet wie Fremde, an ihrem Gesichtsausdruck, der kein Erkennen verrät. Auch sie ist eine Fremde hier.

Plötzlich bin ich froh darüber, hier zu sein und nicht in Rotau.

Rotau wäre die Wurzel, unsere Wurzel, vollgesogen mit Erinnerungen, vollgesogen mit uns und unserer Vergangenheit. Dies hier ist neu. Dies hier ist eine Begegnung in einer von Vergangenem unberührten Umgebung.

~

Als wir eine Lichtung erreichen, halte ich an. Es stehen vereinzelt ein paar Buchen und Birken dort, und die Sonne liegt schwer auf den schwarzweißen Rinden und über dem Moos. Taubnesseln und Bilsenkraut haben sich hier ausgebreitet, denn die ordnende Hand eines Gärtners brauchen sie hier nicht zu fürchten. Ganz unerwartet verstehe ich, was wir hier wollen. Dies ist der Ort, wo Illusionen gemacht werden. Hier werde ich gemalt werden.

Phyllis sieht mich an, als verstünde sie genau, was ich denke. Ihre Stimme erschreckt mich nicht, denn ich weiß, was von mir erwartet wird. Die Worte schleichen sich in mein Ohr.

„Setz dich unter die Buche da.“

Und mit einem scheuen Blick auf beide begebe ich mich zu dem Baum, auf den Phyllis gewiesen hat. Seine Wurzeln ragen weit aus dem Erdreich, umschlängeln sich und formen eine Art Nest, ein Nest, gefüllt mit verschiedenfarbigen Blättern, die von den Bäumen gefallen, sich in dem Wurzelgeflecht verfangen haben und nun zur Ruhe gekommen sind. Ich setze mich in das Wurzelblätternest und bin überrascht, weil ich tiefer einsinke, als ich angenommen habe. Mein Rock rutscht höher, als ich meine Beine über das Gewurzel lege. Er rutscht weit über die Schenkel, und plötzlich fällt mir ein, daß ich keine Unterwäsche trage. Es ist nicht so, daß ich nie welche trage, aber manchmal mag ich es, all diese überflüssigen Stoffe zu vermeiden. Ich versuche gar nicht erst, den Rock wieder herunterzuziehen. Das würde nur Aufmerksamkeit erregen. Einen kurzen Moment lang fühle ich mich schutzlos. Einen kurzen Moment lang taucht die alte Erinnerung an meinen damaligen Körper auf, den schlanken, perfekten Körper. Und einen kurzen Moment lang bin ich unsicher, während ich mich vor den beiden präsentiere. Doch nur einen Augenblick später ist diese Unsicherheit wieder weg, die Erinnerung versunken, und ich bin nur noch, was ich bin: Clarissa.

Phyllis zieht einen Block und eine Feder aus ihrer Tasche.

Ich stütze die Hände neben mir auf und sitze sehr gerade und unbequem. Plötzlich komme ich mir so lächerlich vor: in einem Wurzelnest, inmitten lauter Blätter. Der pure Kitsch! Am Stamm wächst Johanniskraut in die Höhe. Ich erinnere mich plötzlich daran, daß die Blüten sich rot färben, wenn man sie zwischen den Fingern zerquetscht. Ich muß an eine Intrige denken und lächle verkrampft. Das Moos neben mir ist weich und riecht intensiv nach Wald.

„Nein, nicht so. Stütz dich nicht mit den Händen auf. Lehn dich einfach gegen den Stamm und laß die Arme fallen.“

Ich tue, was sie sagt. Diese Stellung ist bequemer.

„Jetzt zieh das linke Bein etwas an. Das andere laß ausgestreckt.“

Als ich nicht gleich die richtige Position einnehme, kommt sie zu mir und schiebt meine Beine, so wie sie es wünscht, mit geübtem Griff, und ohne eine Emotion zu zeigen. Sie greift nach meinen nackten Knien, eine Berührung, die mich erschauern läßt, schiebt das linke Bein dicht an meinen Körper, so daß ich augenblicklich ein wenig aufrechter sitze und mein Busen nach vorn rückt. Das andere Bein schiebt sie ein wenig zur Seite. Meine Schenkel öffnen sich dabei einen Spalt. Nicht zuviel, nur in einer Andeutung, und nun sitze ich sehr entspannt, mit Beinen, die in zögerlicher Neugier sich dem Blick öffnen und doch noch geschlossen sind, der rote Stoff, dünnhäutig und luftig über den Schenkeln, im Wind bebend. Ich bin eine Welle, weich und offen, schwer und fließend.

Phyllis beginnt zu malen.

~

Ich stehe hinter ihr, als sie zu malen beginnt. Ich sehe Clarissa auf dem Papier entstehen, keinen Baum, kein Blatt, kein Stück Moos sonst. Nur sie. Vor einem weißen Hintergrund. Und da wird mir klar, daß die Umgebung für das Bild keine Rolle spielt, daß wir überall hätten sein können, in einer Schwimmhalle sogar oder in einem Geräteschuppen. Wozu aber sind wir dann genau hier? Diese Umgebung scheint einen anderen Sinn zu haben. Sie ist nicht wichtig für das Bild, das hätte mich auch verwundert, denn weder ist Phyllis eine Romantikerin noch eine Naturalistin. Wäre auf dem Bild eine Clarissa unter einem Baum in einem Wurzelgeflecht entstanden, wäre ich enttäuscht gewesen.

Sie malt das Gesicht, und ich staune über die Geschwindigkeit und Sicherheit, mit der sie die Feder über das Blatt führt. Kein Strich geht fehl, jede Bewegung sitzt. Und obwohl Phyllis' Federzug scharf ist und abrupt, obwohl das spitze Metall hart auf dem Papier aufsetzt und die Linien, die sie setzt, ohne Krümmung sind, sondern gerade, exakte Linien, ein Liniengewirr, ein stechendes Durcheinander aus harten Strichen, entsteht doch Clarissas Gesicht darunter, ihre Augen mit dem sanften Brauenbogen, ihr voller Mund, ihre Weichheit, die Wangen, die kleine

Nase, die winzigen Ohren, und alles ist rund, rund und weich, obwohl Phyllis nicht einen einzigen weichen Strich setzt.

Phyllis ist jetzt an der Nackenlinie angelangt und beginnt die Schultern zu zeichnen. Plötzlich hält sie inne. Sie hält die Feder in der Hand, die Spitze zeigt in die Luft, ein scharfer Dolch, der aufgehört hat zuzustechen. Sie wartet.

Dann dreht sie sich zu mir herum und lächelt. Es ist das erste Mal, daß Phyllis mich anlächelt. Ich verstehe augenblicklich, daß dieses Lächeln eine Bitte bedeutet. Und ich weiß auch, daß ich die Bitte erfüllen werde. Und ich lächle ebenfalls.

~

Phyllis malt, und es ist merkwürdig, was mit mir passiert, als sie die ersten Striche setzt. Sie sieht auf das Papier, wenn sie zeichnet, und dann und wann geht ihr Blick über das Gezeichnete hinaus und saust auf mich zu wie ein Messer, verharrt in meinem Gesicht, eine winzige Ewigkeit lang, und ich fühle diesen Blick so sehr, ich fühle so intensiv, wie der Blick mich abtastet, meine Züge, meine Augen, meine Nase, meinen Mund, ich fühle diesen forschenden Blick so genau, daß er mich ängstigt. Nach einer Weile wandern ihre Augen zurück auf das Blatt, und ich höre die Feder arbeiten. Ich werde immer schwächer, je länger sie zeichnet, denn ich habe diese merkwürdige Ahnung, daß ihr Blick meine Gesichtszüge nicht beobachtet, sondern daß er sie einfängt, fesselt und auf das Papier bannt, bis sie nicht mehr mir gehören, sondern ihr allein. Ihr.

Plötzlich hält sie inne. Sie dreht sich nach Chris um, und ich sehe von der Seite, daß sie ein Lächeln austauschen.

Was haben sie vor?

Chris tritt hinter Phyllis hervor und kommt auf mich zu. Ich habe das Gefühl, immer schwerer zu werden in meinem Nest, und obwohl ich mir plötzlich sicher bin, daß eine Gefahr sich nähert, kann ich nicht aufspringen und weglaufen. Ich sehe an Chris hoch, die jetzt vor mir steht, über mir, und als sie sich zu mir herunterbeugt, mich an den Armen greift und hochzuziehen beginnt, erkenne ich plötzlich alles wieder, alles, was ich vorhin übersehen habe und was sich jetzt mit Macht wieder in mein

Gedächtnis bringt: ihre Größe, die Stärke ihre Arme, die mich mühelos zu Boden zwingen konnten, ihr Geruch, ein herbes Gemisch aus Leder, Körper und Parfüm, ihre Kanten überall, vor allem im Gesicht, die Linien dort, scharf hineingewachsen, Linien, die sich nie glätteten, nicht einmal beim Sex, ihr Nacken, schmal und gerade, der in den Ansatz ihres Haars überging, eine exakt geschnittene Nackenpartie.

Das alles erkenne ich in dem Moment wieder, als Chris vor mir steht und mich an den Armen nach oben zieht, zu sich heran, und einen kurzen Moment lang sind meine Beine schwach, so daß ich mich an ihr festhalten muß und mein Körper den ihren berührt. Ich schließe die Augen, und als ich sie wieder öffne, ist Chris bereits von mir fortgetreten und sieht mich an. Und der Zug in ihrem Gesicht ist mir so vertraut, daß ich schreien könnte. Sie ist mir so verdammt nah, daß ich nur die Hand ausstrecken müßte, um sie an mich heranzuziehen. Ihre Augen sind die, die mich immer beobachteten, wenn wir miteinander schliefen; es sind dieselben, die alle Regungen meines Körpers einsogen, alle Lust und den Schmerz ebenso. Ebendiese Augen wandern jetzt über mein Gesicht und meinen Körper, und ich würde am liebsten hinsinken vor ihr, vor meinen Erinnerungen an sie, vor all dem Wahnsinn, dem betörenden Wahnsinn, den ich nicht loswerde, niemals.

Phyllis steht noch immer so still da wie zuvor. Keine sagt ein Wort. Und als Chris dann doch plötzlich ihre Stimme erhebt, ist das ebenso, als schneide jemand mit dem Messer ein Stück Stoff entzwei.

~

„Sie hat eine wunderbare Haut.“

Ich habe mich Phyllis zugewendet, und sie sieht von Clarissa zu mir und nickt mir kurz zu, und ich fahre fort, von Clarissa zu sprechen, als sei sie etwas, das mir gehört – nein, das uns gehört, uns allein. Und irgendwie ist es auch so. Ohne die Augen von Phyllis zu wenden, deren Blick jetzt wieder auf Clarissa liegt, sage ich:

„Zart und weich und wie Seide.“

Und zu Clarissa:
„Bitte …"
Und jetzt sehe ich Clarissa genau in die Augen, die meinen Blick erwidert und ihn dann, als sei sie bei etwas Verbotenem ertappt worden, sofort senkt und das erste Band ihres Mieders zu lösen beginnt. Leise öffnet sich der Stoff, und Clarissas Brüste drängen nun endlich nach draußen. Den Blick hält sie weiterhin gesenkt, während sie das Mieder bis zum letzten Band entschnürt und den Stoff schließlich nach unten schiebt wie die aufgeklappten Hälften einer Muschel.
„Sehr schön …"
Phyllis' Stimme ist kühl, aber nicht ohne Interesse.
„… aber zu emotionslos. Ich suche einen sprechenden Körper, einen Leib, der Geschichten erzählt."
Ich erwidere, ohne mich nach Phyllis umzusehen:
„Erzähl uns eine Geschichte, Clarissa."
Und folgsam hebt sie die Hände und hält sie vor ihr Gesicht, wie um sie noch einmal kurz zu betrachten, bevor sie damit ihren Körper berührt, wie um sich zu vergewissern, daß es ihre eigenen Hände sind und keine fremden, und dann führt sie sie über ihre Lippen und den Hals entlang und hinab zu den Schultern und dann zu den beiden Rundungen, und noch bevor ihre Finger die rosigen Brustwarzen erreichen, überzieht eine Gänsehaut ihre Glieder, und die Spitzen werden fest und scheinen zu wachsen.
Phyllis nimmt ein neues Blatt hervor, und während sie zu malen beginnt, sagt sie:
„Das Gesicht ist exklusiv. Es könnte so ausdrucksstark sein. Es liegt etwas Großes darin, das spüre ich."
Und ich antworte:
„Es ist exklusiv. Sieh es dir an, wenn sie sich vergißt."
Und zu Clarissa gewandt:
„Siehst du die Pilze dort drüben? Hol einen her und streichle ihn ein wenig."
Ergeben geht Clarissa die drei Schritte und pflückt den weichen Birkenpilz vom Boden, ganz sanft, als fürchte sie, ihm weh zu tun, und dann kehrt sie zurück und beginnt ihn zu liebkosen. Ihre Augen liegen genau auf ihren Fingern, während sie immer wie-

der zart über den kleinen Stiel streicht, diesen dann plötzlich ganz fest und dicht unter den Lamellen greift, die Nägel dort in das zarte Fleisch gräbt und den Stiel mit einer kurzen Bewegung einfach abtrennt. Sie läßt ihn fallen und sieht dann erschrocken auf die Wunde, die sie hinterlassen hat, und immer wieder bewegen sich ihre Fingerkuppen über das kleine Loch, über die zarten Lamellen, die dünn sind wie Blütenblätter. Und ganz plötzlich schiebt sie die Lamellen ein wenig auseinander und versenkt den Mittelfinger in dem so entstandenen Spalt, hebt ihn dann wieder heraus und führt ihn an ihre Lippen, saugt daran, lange, genießerisch, und als sie ihn wieder aus dem Mund zieht, scheint sie plötzlich unzufrieden, denn mit einem schnellen Ruck knickt sie den Pilz in der Mitte ein, so daß sein Fleisch einreißt und das weiche Innere sichtbar wird, und in diese Furche taucht sie ihre Zunge, sie gleitet hinein in das aromatische Fleisch, fährt sanft über den Riß und leckt ihn ausgiebig. Sie scheint darin zu versinken, ihre Lippen saugen sich fest, ihre Zunge kostet den Geschmack, ihr Atem streicht sanft über die befeuchtete Furche.

Phyllis zeichnet ununterbrochen.

„Clarissa."

Ich gehe zu ihr und nehme ihr den Pilz aus der Hand. Sie sieht mich an, als habe sie geträumt, und hebt ihre Hände. Will sie mich berühren? Ich trete ein Stück zurück. Ihre Hände senken sich. Da komme ich wieder näher. Und Clarissa versteht, sie rührt sich nicht, sie macht keine Bewegung, mich zu berühren, sie steht einfach da, den Blick auf das Moos geheftet. Ich greife nach ihren Händen und lege sie auf den Saum ihres Kleides.

„Dreh dich."

Und sie dreht sich fügsam, und als sie uns den Rücken zugewendet hat, sage ich sanft:

„Zieh dein Kleid etwas höher."

Und sie schiebt den Stoff wenige Zentimeter hoch und entblößt ihre weichen Schenkel, aber dann steht sie wieder mit der Vorderseite zu uns und verharrt.

„Höher."

Mein Ton wird schärfer. Phyllis soll Clarissas Körper sehen, diesen einzigartigen, wunderbaren, begehrenswerten Leib. Sie soll ihn sehen und zeichnen.

Ich trete wieder hinter Phyllis, die ein Gewirr aus Gesichtszügen zu Papier gebracht hat. Gesichter, keinen Körper!

Während ich mich drehe und Chris' Anweisungen ohne Widerspruch befolge, muß ich zurückdenken, zurück an die Zeit, als wir zusammenlebten, als ich ständig Angst hatte, sie zu verlieren, sie zu belasten, ihr zu mißfallen. Ich hatte mich immer mehr bemüht, so zu sein, wie sie sich eine perfekte Partnerin vermutlich wünschte. Aber je bemühter ich wurde, desto mehr wendete sie sich von mir ab. Es war verrückt. Und obwohl ich bemerkte, daß ich mit der Bemühung, möglichst perfekt zu sein, mehr und mehr zerstörte, konnte ich doch nichts an meinem Verhalten ändern. Ich war in einen eisglatten Kreislauf aus Perfektionismus und Anpassung hineingeschlittert, und ich habe nicht mehr ausbrechen können.

Zu bestimmten Zeiten aber, vor allem an irgendwelchen Jahrestagen, wurde ich unausstehlich, weil ich diese Tage einfach nicht ertrug, weil ich immer fürchtete, die Zeit für uns könnte mit einem solchen festgelegten Datum plötzlich abgelaufen sein. Immer dann umgab ich mich mit einer abstoßenden Unliebenswürdigkeit. Vielleicht wollte ich ihrem Mitleid vorbeugen? Vielleicht wollte ich der Trägheit den Wind aus den Segeln nehmen? Ich hatte immer Angst, Chris könnte irgendwann nur noch aus Trägheit bei mir bleiben. Man gewöhnt sich ja so schnell an Dinge: an eine Umgebung, an eine Arbeit, an einen Menschen. Und jede Veränderung bedeutet auch eine Gefährdung der eigenen Sicherheit. Doch Trägheit war für mich immer ein zweideutiges Gefühl, das ich vermeiden wollte, unbedingt. Soviel lieber war es mir, ein echtes, glaubhaftes, eindeutiges, wenn auch negatives Gefühl zu spüren. Und so provozierte ich immer wieder gerade an den Jahres- und Geburtstagen Streit, der mir endlich die Sicherheit des absoluten Wissens über unsere Beziehung geben sollte.

Zwiespältige Gefühle raubten mir Kraft, genau wie sie mich dazu motivierten, immer aufmerksam zu sein und meine Attraktivität zu pflegen, aber das sah ich damals noch nicht. Ich erkannte nur, daß Zwiespalt mir Kraft raubte, weil ich darauf nicht zu reagieren wußte. Und die Art, in der Chris ihr Gefühl für mich, für uns, für diese Verbindung zwischen uns immer offen und in der Schwebe hielt, bedeutete Zwiespalt. Nie sagte sie was von Liebe.

Da ich Trägheit in Chris immer stärker fürchtete, da diese vermeintliche Trägheit mein größter Feind geworden war, schwankte ich in meinen Reaktionen Chris gegenüber ständig zwischen Ernst und Spiel. Ich wollte die Wahrheit wissen. Ich wollte endlich, endlich wissen, was sie von mir hielt. Doch wenn ich scherzhaft darauf anspielte, so antwortete Chris ebenfalls im Scherz. Und wenn ich ernsthaft fragte, so war ich mir niemals sicher, ob ihre Antwort ebenfalls ernst war oder nicht doch nur ein verstecktes Spiel. Diese Unsicherheit war entsetzlich. Und ich haßte mich selbst dafür, Chris so direkt gefragt zu haben, denn meine Ehrlichkeit war nichts als eine Entblößung. Und Entblößung machte mich verwundbar.

Erst jetzt verstehe ich, daß es niemals gut ist, eine Wahrheit herausfinden wollen: die Wahrheit über die Gefühle eines Menschen, die Wahrheit über eine Liebe. Es gibt niemals nur eine einzige Wahrheit, die für immer gültig ist. Wahrheiten verändern sich, sobald man selbst sich verändert. Es ist nicht so, daß es überhaupt keine Wahrheiten gäbe. Die gibt es schon, aber für jeden Tag eine oder auch drei oder zehn. Wer weiß das schon? Die einzige Wahrheit, die ich jetzt anerkenne, ist, daß es nur zeitlich begrenzte Wahrheiten gibt, daß man niemals ewiggeltende Antworten erzwingen kann und niemals Gewißheit und Sicherheit.

Es ist Herbst, und die Sonne bewegt sich langsam und schwer über meine Glieder. Ich drehe mich vor Chris und Phyllis und spüre die Wahrheit dieser Stunde: daß sie mich lieben, beide, daß sie mich begehren, weil sie mir ihre volle Aufmerksamkeit schenken, weil sie mich zwingen, demütig zu sein. Sie zwingen den Stolz meiner Demut hervor, und das macht mich glücklich, eine Minute, eine Stunde lang, und dies ist Wahrheit.

~

Ich stehe hinter Phyllis, die gerade Clarissas Gesicht zeichnet, was mich wundert, denn ist sie nicht jetzt eben dabei, den Stoff des

Rockes zu heben? Entblößt sie nicht gerade den anmutigen Ansatz ihres herrlichen Hinterns?

„Höher."

Und Clarissa dreht sich still, mit erhobenem Kopf und geschlossenen Augen, die Lippen leicht geöffnet, auf ihren Wangen ein zögerndes Rot – eine leise Scham? –, und die Hände, die den Saum des Kleides ergriffen haben, heben sich folgsam und entblößen zuerst das schwarze Haarvlies, aber langsam nur, ganz langsam, so als hoffe Clarissa noch auf ein Zeichen, ein Wort von mir, dies alles abzubrechen – aber das Wort kommt nicht, statt dessen ein weiteres „Höher" –, und der Stoff schiebt sich nun über den Nabel und die Brüste und schließlich über den Kopf.

Sie läßt das Kleid fallen, und rot liegt es um ihre Füße.

Phyllis zeichnet nichts anderes als ihr Gesicht. Sie kümmert sich gar nicht um Clarissas Körper; sie will nur ihr Gesicht und fängt die Scheuheit darin ein, die geschlossenen Augen, den Ausdruck von Gehorsam. Ich trete näher an Phyllis heran. Ihre Art zu malen fasziniert mich. Sie hält die Feder so, wie ich gewöhnlich meinen Stift halte, sie kneift die Brauen zusammen, wie ich es auch tue, sie preßt die Lippen ebenso aufeinander wie ich, wenn ich mich konzentriere. Ich bin ihr jetzt so nah, daß ich die Wärme ihres Körpers spüre, und ich weiß nicht, wie es kommt, aber plötzlich hebe ich die Hand, um ihr in den Nacken zu greifen. Mich schwindelt, als meine Hand durch die Luft geht, auf diesen Nacken zu, mich schwindelt, weil ich plötzlich vor meinem inneren Auge ihre Hände an meinem Körper sehe, in meinem Körper, ihre Haut an meiner, ihre Zunge mit meiner im Spiel, und da zuckt etwas in mir auf, eine ganz eigenartige, ganz traurige Ernüchterung, und bevor ich ihren Nacken berührt habe, reiße ich die Hand wieder herab. Im selben Moment dreht Phyllis sich um und sieht mich an. Meine Hand zittert ganz schwach. Und da weiß ich, daß ich sie niemals berühren kann, weil sie nur berührt werden darf von jemandem, der stärker ist als sie oder schwächer. Niemals aber von mir. Und im selben Moment, als wir uns ansehen, erkenne ich auch, daß ich mich ebenfalls niemals von ihr berühren lassen würde.

Ihr Blick ist seltsam. Es liegt etwas darin, das mich zutiefst berührt. Wir schütteln beide die Köpfe. Da müssen wir schon lächeln. Gleichzeitig. Und Phyllis nickt in Clarissas Richtung. Ich gehe auf Clarissa zu und weiß, daß ich uns dreien ein Geschenk machen werde.

Ich öffne die Augen nicht, als Chris auf mich zukommt. Daß sie es ist und nicht Phyllis, merke ich sofort. Ich rieche es sozusagen. Ich atme den erregenden Ledergeruch ein, der zwar auch Phyllis umgibt, der bei ihr aber nicht gepaart ist mit dieser ganz eigenen Nuance von Leiblichkeit und einem herben Parfüm. Chris greift mir in den Nacken. Der Griff ist fest und unnachgiebig, und daß er so ist und nicht leicht und zart, macht etwas in meinem Innern ganz weit. Sie drückt zu, bis ich in die Knie gehe. Ich hocke auf meinen Fersen. Mein Kopf wird heiß und mein Mund trocken.

Alle Erinnerungen tauchen wieder auf. Alle verdrängten Erlebnisse zwischen uns, all unsere sinnlichen Experimente, die mir nach unserer Trennung so unerträglich vorgekommen waren, an die ich nicht mehr denken mochte und die mich doch so erfüllten, weil sie mir endlich das Gefühl gaben, sein zu können, was ich war, meine Stärke, meine Ressourcen, meine Potenzen auszuschöpfen, völlig auszuschöpfen, nämlich die Stärke, mich zu geben, mich hinzugeben, aufzugeben, wegzugeben, in eine andere Hand zu begeben. Und sie hatte mich zu nehmen gewußt und diese Stärke erkannt und sie immer und immer gefordert.

Sie steht über mir, und ihre Hände liegen auf meinen Schultern. Sie hat mich in Phyllis' Richtung geschoben, deren Feder ich nicht mehr kratzen höre. Also sieht sie gerade auf mich. Sie beobachtet. Ich halte die Augen geschlossen. Chris beugt sich zu mir herunter und flüstert mir etwas ins Ohr. Und der Satz, eine leise Forderung, schießt mir rot ins Gesicht und dann in den Bauch:

„Spreiz die Beine und lehn dich gegen mich."

Ich tue es. Als ich die Beine öffne, verliere ich kurz das Gleichgewicht, doch da spüre ich schon Chris' Schienbeine in meinem Rücken, ihre Knie am Kopf. Der Ledergeruch – ich könnte ihn trinken.

„Und jetzt öffne die Augen.“

Ich öffne sie und sehe auf Phyllis, die vor dem Papier steht, die Feder in der Hand, und immer noch nicht malt. Sie sieht mich an. Erst gleitet ihr Blick meine Beine entlang, über die Innenseiten meiner Oberschenkel, dann bewegt er sich in die vulvanischen Locken hinein und verharrt lange dort, fast schon spüre ich, wie er sich dort festsaugt, an der kleinen Knospe und den vollen Lippen, und ich will eine Hand heben, um mich dort zu streicheln, wo ihr Blick mich berührt. Ich will eine echte Berührung daraus machen, will einen Finger auf die Knospe legen und ihn sanft darüber hinweg bewegen, doch kaum daß ich die Hand rege, spüre ich den Schlag von Chris' Fingern darauf. Ich lasse die Hand also, wo sie ist, und verharre in meiner Stellung. Phyllis' Blick geht jetzt hinauf und über das gelockte Haardreieck, das mir plötzlich wie elektrisiert vorkommt, wandert weiter über meinen runden Bauch und die vollen Brüste, beißt sich in den rosigen Brustspitzen fest, daß ich seufzen muß, und landet schließlich in meinem Gesicht, auf dem Mund erst und dann in meinen Augen. Ich will sie schließen.

„Laß sie offen, bitte.“

Phyllis Stimme ist leise, aber unüberhörbar wie ein Befehl.

Ihre Augen gehen jetzt über mich hinweg, hinauf zu Chris, und beider Blicke scheinen sich zu begegnen, denn plötzlich beginnt Phyllis zu lächeln, ein ganz eigenartiges Lächeln, das ich an ihr noch nicht gesehen und das ich auch nie vermutet hätte. Es liegt etwas Weiches darin. Als sich ihr Blick wieder auf mich richtet, wird er so wie immer: hart.

„Das Gesicht – ich will das Außergewöhnliche darin zeichnen.“

Und da beugt sich Chris wieder zu mir herab und flüstert mir etwas ins Ohr, und gehorsam hebe ich eine Hand vom Boden, strecke einen Finger aus und führe ihn in die Feuchtigkeit meiner Vulva hinein, öffne die weichen Lippen dort, tauche in meine Wärme, lege den Finger ganz sanft auf die kleine Knospe. Ich schließe die Augen, und keine sagt etwas dagegen. Mein Finger umrundet die Knospe, feuchte Kreise ziehend, und dann taucht wieder Chris' Stimme in mein Ohr, fordernd, fest und ganz für mich. Und ich löse mich von dem winzigen Punkt der Lust und führe meinen benetzten Finger an die Lippen, ich trinke mich,

ich schwelge an mir. Ich höre die Feder kratzen. Meine Zunge spielt mit dem Finger, als sei es ein fremder, und plötzlich sind nicht mehr Chris' Beine in meinem Rücken, sondern ihr Leib ist es. Ihr Atem bewegt sich an meinem Ohr. Sie kniet hinter mir. Und ich lehne den Kopf zurück, an ihre Schulter, und entblöße meine Kehle.

Sie beugt sich über meinen Hals. Ihre Hand streicht meinen Oberschenkel entlang und die andere den Rücken hinab. Sie legt die Lippen auf meine Kehle. Und plötzlich bin ich das Fließende, in das man hineinstoßen muß. Ich umspüle alles. Ich kann nicht verletzt werden, weil ich weich bin und zart und wie Wasser. Wasser kann man auch nicht verletzen. Chris' Hand erreicht das schwarze Haarvlies und bewegt sich tastend durch die Locken. Die andere streicht über meine Hinterbacken. Sie senkt die Zähne in das weiße Fleisch. Ich seufze. Niemand kann mich verwunden. Alles, was in mich stößt, wird von mir umspült. Chris' Hand öffnet meine Vulva. Ich erkenne sie. Meine Vulva erkennt sie wieder: diese geschickten, wissenden Finger, die berühren, so wie ich berührt werden muß, die durchdringen, wie ich durchdrungen werden will, die finden, was ich nicht in mir vermute.

Die andere Hand schiebt meine Hinterbacken auseinander, und ein Finger treibt ohne Ankündigung in mich hinein, langsam, aber unaufhaltsam, in die winzigere, die andere, die vernachlässigte Öffnung. Und ich ergebe mich. Ich öffne meine Beine weiter und lasse die Blicke zu. Phyllis' Blicke.

Sie soll die Lust in meinen Zügen sehen. Ich bewege mich noch nicht. Ich koste die Stöße der Finger von vorn, die so tief eingedrungen sind, wie Finger können, und die Wände meiner Vulva massieren. Ein Daumen vibriert dabei über der kleinen Knospe. Und ich spüre den Bewegungen dieses Fingers von hinten nach, konzentriert, als lauschte ich einer unbekannten, betörenden Musik. Ich spüre, wie er sich tiefer schiebt und von meinem Schließmuskel umfangen wird, eine stille Umarmung, ein Finger, der sanft ist und leise und mich doch, all der Sanftheit zum Trotz, tiefer verletzt, als alles andere das vermocht hätte.

Ich bewege mich langsam. Der Biß an der Kehle wird schmerzhaft. Tief. Es ist egal. Ich bewege mich. Vor. Und zurück, und die

Finger gleiten in mich hinein und aus mir heraus, sie durchbohren mich, sie brechen mich entzwei, sie zerstechen meinen Ballon aus alten Ängsten, und ich bin so frei, ich fliehe aus mir, ich fühle sie in mir, diese Finger, von vorn, von hinten, wie zwei Tiere, die mich durchdringen und all meine Antworten verschlingen. Ich fühle auch die Augen auf mir, Phyllis' Augen, die all dies wahrnehmen und die Regungen in meinem Gesicht studieren, all die Regungen, die der Spiegel meiner Gedanken sind, die sie aufnehmen und in Bildern verarbeiten wird, damit sie bleiben, damit sie für immer sind, auch wenn diese Stunde längst vergangen ist. Es gibt dann immer noch dieses Bild; es gibt die gemalte Wahrheit, die länger dauert als diese Stunde.

Ich fühle die Zähne an meiner Kehle nicht mehr. Jetzt höre ich Chris' Atem an meinem Ohr. Ich höre ihre Worte, die mich aufschrecken, die wie ein Stachel sind, ein weiterer Stachel in mir, eine weitere Verletzung, und ich schwimme in diesen Worten und antworte und denke nicht mehr daran, wie ich wohl aussehen mag. Ich vergesse alles und spüre nur noch den Tieren in mir nach, die mich stoßen, stoßen und vorwärtstreiben, fort von mir und doch ganz dicht an mich heran, ganz tief in mich hinein und auch ganz tief in sie: Chris.

Und als ich das Gefühl habe, die beiden Tiere glitten bei jedem Stoß ein Stück weiter nach vorn, sie kämen einander immer näher, bis nur noch eine dünne Wand sie voneinander trennte, eine zarte Haut, durch die sie sich stoßen möchten, um sich endlich zu begegnen und übereinander herzufallen, da birst etwas in mir, in meinem Leib, in meinem Geist, in meinen Augen, und ich schreie.

Ich bewege mich lange nicht. Ich liebe es, die Finger noch in mir zu spüren, nachdem die letzten Beben schon abgeklungen sind und der Schweiß auf meiner Haut trocknet. Ich liebe es, meine Feuchtigkeit zu teilen: meinen Schweiß und die Süße, die den Finger in mir benetzt. Chris zieht sich erst nach längerer Zeit von mir zurück, und ich drehe mich um und streiche kurz über ihr Gesicht.

Plötzlich verstehe ich alles.

Ich habe sie einen Augenblick lang geliebt; sie hat mich einen Augenblick lang geliebt. Das ist Wahrheit. Nichts sonst. Einen

Augenblick lang hätte ich mein Leben für sie gegeben. Ich lächle sie an. Das ist vorbei. Jetzt ist ein neuer Augenblick. Und jetzt ist die Innigkeit vorüber, und ich gäbe auch mein Leben nicht mehr für sie. Ich stelle fest, daß ich mich verändert habe. Vor zwei Jahren noch habe ich versucht, Ewigkeiten zu schaffen, ewige Worte und ewige Gefühle. Vor zwei Jahren noch hätte dieses Erlebnis mich an sie gefesselt.

Vielleicht hätte es uns damals retten können, wenn ich Chris nicht immer im geheimen Unehrlichkeit mir gegenüber vorgeworfen hätte, wenn ich akzeptiert hätte, daß Gefühle wandelbar sind und jede Minute eine neue Wahrheit bereithält, wenn ich nicht immer und immer auf ein andauerndes Gefühl gehofft hätte.

Ich glaube, ich habe die Kraft gefunden, anders zu leben. Jetzt zu leben. Und jetzt. Und jetzt.

Chris und ich gehen die blätterbunten Wege entlang zurück. Wir lachen. Ich setze die Schritte leicht auf dem Waldboden auf, und obwohl der Saum meines Kleides sich einmal in den wilden Brombeerbüschen verfängt, ist mir, als ob ich schwebte. Das Auge dieses Abends ist sanft und verhangen, grün wie das feuchte Moos auf den Wegen, ein sumpfgrünes, taubenetztes Auge, tausend Blicke wieder aufspiegelnd, die einmal darin versunken sind. Es schwimmt über mich hinweg wie eine ertrunkene Erinnerung.

Wir laufen an den alten Obstbäumen vorüber, deren Früchte in diesem Herbst so schwer sind, daß sie die Äste zu Boden ziehen, um dann, herabfallend, zu platzen und ihr reifes, feuchtes Fleisch in die schluckende Erde zu ergießen und zwischen den Wurzeln zu verderben. Ich atme den schweren, erregenden Geruch verbotener Süße ein und träume den unerfüllbarsten aller Apfelträume: den Traum der nie versiegenden Faszination.

Den gläsernen Traum.

~

Phyllis soll ihr Gesicht bekommen. Clarissa ist so schön in ihrer Lust. Ich bin niemals satt geworden an dem Ausdruck der Erregung, der all ihre Züge veränderte, der sie verzerrte, als litte sie Schmerz.

Clarissas Hitze greift auf mich über. Ich kann nicht anders, als mit ihr zu sein, ich spüre durch sie auch mich selbst. Ihre Lust schreckt mich auf. Meine Finger dringen ein. Und plötzlich überfällt mich die eigenartige Begierde, ganz und gar in sie dringen zu wollen, mit allem, mit meinem gesamten Körper, hinein in sie, bis sie um mich ist, ihre Weichheit, ihre Schönheit, ihre Haut. Meine Finger stoßen tief, und endlich habe ich das Gefühl, einmal, ein einziges Mal nur, Clarissas Grund erreichen zu können, Clarissas Innerstes, Clarissas Seele. Doch ich erreiche sie nicht, ihre Seele. Nie habe ich sie erreicht. Und doch habe ich das Gefühl, Clarissa gäbe sich ganz und gar. Ihre Seele kann sie nicht geben. Niemand kann das. Und das ist gut so. Ich sehe sie weinen, als sie kommt, und bleibe in ihr, um diesen Moment auszukosten.

Als ich mich schließlich von ihr löse, und sie sich umdreht, um mein Gesicht kurz zu berühren, ist die Innigkeit plötzlich verschwunden. Das ganz intensive Bewußtsein der Zusammengehörigkeit hat sich aufgelöst, und ich bin sehr froh darüber, daß Clarissa kein einziges Wort von Gefühlen verlauten läßt.

Und als ich das bemerke: daß wir endlich fähig zu sein scheinen, voneinander zu lassen, ohne das Gefühl der Verletzung oder der Rücksichtslosigkeit, bin ich beinah glücklich.

Ja, ich bin nun sicher, jedes Leben – meines und Clarissas ebenso – besteht aus Augenblicken, die man kosten soll und genießen muß. Augenblicke ausdehnen zu wollen ist der Fehler, den man allzu schnell begeht. Und den ich begangen habe, damals. Jetzt eben, einen Augenblick lang, habe ich Clarissa geliebt. Ganz wahr. Ganz ehrlich. Doch nun ist der Augenblick vorüber. Aber jetzt zu sagen, ich hätte sie nie geliebt, wäre eine Lüge. Es sind Augenblicke.

Phyllis.

Ich sehe schnell zu ihrem Platz. Der Baum, an dem sie gelehnt und gezeichnet hat, ist verlassen. Ein großes Blatt Papier liegt auf dem Boden. Clarissa geht neugierig darauf zu. Sie hebt es auf und betrachtet die Zeichnung. Sie scheint erstaunt zu sein. Dann hält sie mir das Papier entgegen.

Ich erwarte Clarissas Gesicht, verzerrt wie im Schmerz. Ich erwarte eine extreme Schönheit, Clarissa im Schrei, Clarissas

Augen, Clarissas Mund, der einen Zug formt, der den Namen Begehren trägt. Ich sehe auf das Blatt.

Mein eigenes Gesicht. Mein Gesicht mit dem unnachahmlichen Ausdruck der Lust. Ich lasse ein Lächeln in mich hineinfallen. Ganz hell und tief. Mich – sie hat mich gezeichnet. Dieses Bild ist ein Geschenk. Es ist ein Augenblick.

Phyllis.

Es wird noch unzählige Augenblicke geben.

Clarissa und ich gehen die Waldwege entlang zurück zum Haus. Wir lachen. Das weiche Herbstlicht schwimmt wie ausgegossen über Blätter, Rinden und das Moos. Unter den knorrigen Obstbäumen gären die wilden Äpfel und verströmen den vertrauten Kindheitsgeruch von Süßmost und Wein. Wir laufen nebeneinander, ohne uns zu berühren, und ich träume plötzlich den alten, den unlebbaren Traum immerwährender Faszination. Den zerbrechlichsten aller Träume. Den gläsernen Traum vom Glück.

Dank

Vor allen anderen möchte ich Claudia L. für ihre andauernde Begeisterung, ihre liebevolle Motivation und die nie versiegende Neugier danken.

Weiterhin: Claudia G. für ihr Interesse und die gesunde Skepsis, meinen Eltern und Axel für ihre Aufmerksamkeit, Doro für das Kartenspiel, Irina für die unbekümmerte Zuversicht und meiner Freundin Manuela für die viele Geduld.

Besonderer Dank gilt meinen Verlegern Ilona und Jim.